越境捜査

転生

笹本稜平

双葉文庫

転生　越境捜査

第一章

1

日曜日の午前十時過ぎ、警視庁捜査一課特命捜査対策室特命捜査第二係の鷺沼友哉《さぎぬまともや》警部補は、枕元で鳴る携帯の呼び出し音で叩き起こされた。嫌な予感を覚えながら応答すると、流れてきた甲高《かんだか》い声は、起き抜けにいちばん耳にしたくない種類のノイズだった。

「鷺沼さん、元気なの。近ごろ音沙汰なしだけど」

「できれば死ぬまで音沙汰なしでいたいんだがな。用はないから切るぞ」

「ちょっと待ってよ。こっちに用があるから電話したんじゃない。せっかくいい儲け話を聞かせてやろうと思ったのに」

恩着せがましく言うのは、神奈川県警瀬谷《せや》警察署刑事課の宮野裕之《みやのひろゆき》巡査部長だ。

「またいつもの病気が出たのか。悪いが、あんたみたいな月給泥棒に付き合ってる暇はない」

「またまたうまいこと言っちゃって。毎度、解決の見込みのない迷宮入り事件を見繕っては、忙しいふりをしてるのはお見通しなんだからね」

「勝手に同類にしないでくれ。警察手帳はな、犯罪捜査にかこつけてあぶく銭を稼ぐための道具じゃない」

「いまさらきれい事を言っても無駄だよ。鷺沼さんだって、これまでしこたまあぶく銭を懐に入れてきたじゃない」

「結果的にそうせざるを得なかっただけで、意図してやったわけじゃない」

たしかにそういうことはあった。悪党が手に入れた金で、返還すべき被害者もいない。宙に浮いた金をどうするか。思い悩んだ末の選択だった。それを国庫が没収しても、だれが幸せになるわけでもない。

そもそもその事件自体が警察組織の利権集団が絡んだもので、犯罪を暴いたのは徒手空拳のタスクフォース。メンバーは鷺沼に係長の三好章《みよしあきら》、同僚の井上拓海《いのうえたくみ》巡査部長が加わった特命捜査第二係の面々に、鷺沼をヒーローとあがめる碑文谷《ひもんや》署刑事組織犯罪対策課の山中彩香《やまなかあやか》巡査。そこに横浜の関内でイタリアンレストランを経営する元やくざの大物の福富《ふくとみ》が、ある因縁で加わった。

問題はその発足当初から頼みもしないのに居座って、警視庁の捜査を悪銭稼ぎのネタにする神奈川県警の鼻つまみ者、宮野という存在だ。

もともと自然発生的に生まれたに過ぎないタスクフォースの盟主のような顔をして、

犬並みの嗅覚を働かせ、事件の裏で一攫千金を狙う。それがときたま当たることもあり、成り行きで鷺沼たちも分け前に与《あずか》りはしたが、自分たちに関しては、それが捜査の目的ではなかったと声を大にしたい。

たしかに前回の事件で宮野に壊されたビンテージ物のスカGをGTRに買い換えて、それでもたんまりお釣りが残ったし、いずれは結婚を視野に入れているらしい井上と彩香は新生活に備えて少なからぬ貯金ができた。三好も残っていた住宅ローンを繰り上げ返済し、老後の不安はなくなったと手放しで喜んでいる。福富も新規出店の資金の足しになると大歓迎だった。

いささか言い訳がましいとは自覚するものの、だからといって今後のタスクフォースの活動が、すべて金目当てになってしまっては本末転倒だ。メンバーのだれもそれを望んではいないと信じたい。

しかし例外はやはり宮野だ。そもそもいまかかってきている電話がなにを意味するのか、鷺沼には手にとるようにわかるのだ。

「普通なら家一軒買えるほどの金を手にしておきながら、けっきょくギャンブルで全部すってしまったわけだな」

「全部ってわけじゃないけどね」

宮野の声が小さくなった。鷺沼はさらに訊いた。

「どのくらい残ってる？」

「今月の家賃分くらいかな」

「それで、またおれのマンションに居候《いそうろう》しようって算段か」

「福富はもう金輪際金は貸さないと言うし、鷺沼さんは頼むだけ無駄だし」

「この前は福富から借りた金をすべてすって、うちへ転がり込んできたんだったな」

「でも真面目に働いてその分は返済したんだし、ついでに鷺沼さんたちにもけっこうな金を稼がせてあげたんだし」

「どこが真面目に働いただよ。一人で事件を引っかき回して、おれの車までぶっ壊して、結果オーライで事件は解決したけど、おれは危うく死ぬとこだった」

苦々しい思いで鷺沼は言った。腐れ縁という言葉がこれほどふさわしい相手もいないだろう。警視庁と神奈川県警に跨がったある事件で、やむなく付き合ったのが悪縁の始まりだった。

そのときも捜査の成り行きで、悪徳警察官僚がため込んだ悪銭を奪取した。それでまとまった金を懐にして以来、鷺沼たちが扱う警視庁の事案を金のなる木と見立て、ことあるごとにすり寄ってくる。

宮野は、新米刑事のときにマル暴担当の捜査四課に配属されたが、本人の言によれば当時は正義感の塊《かたまり》だったらしい。やくざとツーカーで賄賂《わいろ》を受けとり、見返りに捜査情報を渡す先輩刑事のやり方に義憤を覚えた宮野は、その実態を上司に訴えた。だが、逆に癒着の濡れ衣を着せられて、監察に呼び出されてこってり絞られたという。

捜査四課ではその先輩刑事のやりかたが当たり前で、それに異を唱える輩は組織の敵というのが当時の（あるいはいまも）常識だということを宮野は知らなかった。以来冷や飯を食わされ続け、本部に引き上げられることもなく、田舎の所轄のどさ回りをきょうまで余儀なくされてきた。

すべて本人の言うことだから、どこまで信じていいかはわからない。しかし宮野なりの矜持《きょうじ》はあるらしく、捜査のどさくさで金をせしめる相手は権力や財力を笠に着る悪党だけで、弱者から毟《むし》り取るようなことは一切しない。

いまでは確信犯的に不良刑事に徹していて、所轄内でも毛虫のように嫌われているのをいいことに、与えられた窓際のポジションを死守しつつ、本業のほうでは月給泥棒に徹し、頼みもしないのにこちらの捜査に首を突っ込んでくる。

鷺沼もかつては警視庁の花形、捜査一課殺人班に所属していたが、警察庁から出張ってきた青臭いキャリアの管理官と諍《いさか》いを起こし、お宮入り事件担当の特別捜査一係に飛ばされた。殺人罪等の時効廃止に伴って特命捜査対策室と看板はつけ替わったが、仕事の中身はなんら変わりない。

主力の殺人班が忙しいときは助っ人に駆り出され、遊軍といえば聞こえはいいが、いわば二軍のような位置づけでもある。迷惑なことに、宮野はそんな境遇に勝手に親近感を抱いているらしい。

「でもあのときは、間一髪でおれが助けてやったじゃない。つまり、おれと鷺沼さんは、切っても切れない運命の糸で結ばれた仲なんだよ」

宮野はいよいよ暑苦しく接近を試みる。心を鬼にして鷺沼は言った。

「勝手に結ばれるのはいい迷惑だ。どんなネタか知らないが、手伝えと言うんならお門違いだ。あんたと違って県警のヤマに首を突っ込むほど暇じゃない。せっかくの日曜なんだから、朝寝の邪魔はしないでくれ」

「刑事が日曜の朝に寝てられるなんて、暇だって白状してるようなもんじゃない。ちょっと付き合うくらい、いいでしょう。おれなんか休日返上で、きょうも正義の追求に邁進してるんだから」

「あんたの言う正義は、金の匂いがぷんぷんして鼻につく」

「いやいや、犯罪というものにはそもそも金の匂いが付きまとうわけで、おれにはそれを嗅ぎ分ける鋭敏な嗅覚があるということでしょう」

「じゃあ、好きなだけ嗅ぎ回れ。おれはもうひと眠りするから、これで切るぞ」

「だめだよ、刑事がそんな怠惰なことを言ってたら。月給泥棒だって窃盗の一種なんだから」

「あんたに言われりゃ世話ないけどな。おれは県警のヤマに興味はない。あんたもたまには月給分の仕事をするんだな」

「でも今回のは、うちじゃなくて、鷺沼さんのほうのヤマなんだけど」

とぼけた調子で宮野が言う。だったらますます大きなお世話だ。

「頼みもしないのに、余計なヤマを見つけるなよ。売りに出したいほど未解決のファイルを抱えてるのに」

「だったら全部叩き売っていいよ。それでも元がとれるくらい美味しい、いや違った、やり甲斐のあるヤマだから。じつは殺し絡みなんだよ」

そこまで言われると、気持ちはわずかに揺れる。

「殺し？」

「うん。事件が起きたのは三十年くらい前らしいんだけど」

「ずいぶん古いな。しかしそれならうちのファイルにあるはずだ。わざわざあんたに教えてもらうような話じゃない」

「ところが警視庁は、まだ事件として認知していないんだよ」

「どういうことだ」

「検視の結果、事件性なしということになったんじゃないの。それとも、そもそも死体が出ていないのかもしれない。警察庁のデータベースを検索しても、該当するような事件はなかったから」

「だったらそれで済んだ話だ。いまさら蒸し返す理由があるとは思えない」

「だから、おれたちが乗り出すんじゃないの。警視庁の検視官の目が節穴だったのか、犯人の手口が完璧だったのかは知らないけど、おれたちから見れば、埋蔵金とも言うべきお宝だよ」

「おれたちって、勝手に複数形を使うな。それより、殺されたのはいったい誰なんだ」

「聞いて驚かないでよ」

「もったいつけずに早く言え。ぐずぐずしてると、このままもうひと眠りしちまうぞ」

「マキオスの会長の槙村尚孝《まきむらなおたか》だよ。消費者金融の最大手で、最近は企業買収でＩＴ分野にも手を広げているようだね。資産総額では日本のトップテンの常連でね」

「だったら、いまも元気に生きてるんじゃないのか」

「だから、本物はじつは三十年前に死んでいて、いまの槙村は別人が成りすましてるって話なんだよ」

「あのなあ。冗談もほどほどにしろよ。じゃあ、その死体はどこにあるんだよ」

「どこかの寺で、無縁仏になってるんじゃないのかね」

「だったら、どうしてそれが警視庁管轄の事件だという話になる？」

「ある爺さんの証言があるんだよ。葛西浩二《かさいこうじ》というんだけど、三十年前に原口敏夫《はらぐちとしお》という男と共謀して、世田谷の豪徳寺《ごうとくじ》に住んでいた槙村尚孝の留守宅に侵入した。目的は物盗りで、家のなかを物色しているうちに槙村が帰ってきた。原口が持っていた金槌で槙村を殴って殺害し、なにも奪わずに家を出た」

「その槙村がじつは生きていて、いまは大企業の経営者になっている。だから、いまの槙村は成りすましだとでも言いたいのか。そもそもその爺さん、いったい何者なんだ」

「瀬谷署の管内にある老人ホームの入所者で、死ぬ前に警察に話しておきたいことがあると言い出して、それできのう職員が署に電話してきたんだよ。たまたまおれがそれを受けてね。なにかありそうだとぴんときて、上には内緒でさっきじっくり話を聞いてきたわけ」

「歳はいくつだ」

「八十五だと言ってたね」

半端ではない脱力感に襲われた。

「あのなあ。そういう話をしだしたら、世の中のだれもが成りすましになっちまう。おれもあんたも、本物はじつは殺されていて、ここにいるのは成りすました別人だと言われても反論のしようがないだろう」

「ところが爺さん、なかなか矍鑠《かくしゃく》としてて、話を聞いてみるとかなり信憑性があるわけよ。それでこれから、鷺沼さんといろいろ相談したいと思ってね」

「悪いが、まるっきり興味がない。これから夢の続きを見なくちゃいけないから、また再来年な」

そう応じて通話を切って、頭から布団をかぶったところへ、また携帯が鳴りだした。

「いい加減にしろよ。興味がないと言っただろう。これ以上おれに付きまとうと、ストーカー規制法違反で訴えるぞ」

着信表示も見ずに応答すると、当惑したような声が返ってきた。

「あの、鷺沼さん。井上なんですけど──」

「えっ？　いや、済まん。宮野かと思った。なにか事件でも起きたのか」

慌てて問いかけた。井上はきょうは当直で、朝から一人で刑事部屋に張り付いている。継続捜査が本業の特命捜査対策室の場合、当直を置かないと困るような急ぎの仕事は建前上は発生しないが、殺人班が忙しいときに駆り出そうという思惑が上にはあるから、いやでもそういうシフトを組まされる。

当直が明けるのがあすの午前八時半で、日曜日や祭日の当直はいわば貧乏くじの一等賞。事件が起きれば初動の手配を一人でやることになる。

「白骨死体が出たんですよ。いま管理官から電話が入って、どうやらうちにお鉢が回ってきそうです」

「白骨死体ってことは、かなり古いのか」

「検視官の見立てだと、三十年くらいだそうです」

「事件性は？」

「頭部に鈍器で強打されたような陥没骨折の痕が見られるそうで、殺人の可能性が高いとのことです」

「厄介な事案だな」

「いま殺人班が扱っている事件はそう多くはないはずですよ。億劫だからうちに投げてきたに決まってます。三十年前の死体じゃ、認知した時点ですでに迷宮入りみたいなもんじゃないですか」

井上は愚痴る。殺人罪の時効が撤廃されて、そのくらい古い事件も相当数預かってはいるが、時効には処罰感情の問題とは別に、捜査効率上の意味もある。時間が経つほど物証は乏しくなり、人々の記憶も風化し、捜査の難度は幾何級数的に高くなる。

それならより解決の可能性の高い事案に力を注ぎ、限られた警察力の効率的な運用で全体の検挙率を上げるという考えもある。継続捜査担当の鷺沼たちにしても、そこまで古い死体となると腰が引ける。

「どこで見つかったんだ、その死体？」

「古い住宅の床下からです。ここ数年空き家になっていたんですが、やっと買い手がついたんで更地にしようと建物を取り壊したら、その下から出てきたようです」

「その家は、いつごろ建ったものなんだ」

「通報してきた不動産業者の話だと、築三十年は経っているだろうとのことです。そのあいだに何度も転売されていて、最初に建てたのが誰かは法務局で調べないとわからないそうです」

「現場は？」

「世田谷の豪徳寺です」

宮野が言った怪しげな話とその点が一致する。まさかとは思うが、宮野の鼻も侮れない。かといってこんな話をいま聞かせれば、引っかき回しに馳せ参じるに違いない。

「わかった。おまえもこれから現場に行くのか」

訊くと井上はてきぱきと応じる。

「ええ。係長やほかのメンバーにもこれから連絡を入れますので、現地集合ということで。住所は――」

2

金の出どころを同僚に疑われても困るので、愛車のGTRは使わずに、柿《かき》の木坂《きざか》から豪徳寺まではタクシーで向かった。

現場は小田急線豪徳寺駅に近い住宅街の一角で、家屋が取り壊された敷地の周囲にブルーシートが張り巡らされている。

本庁の鑑識はすでに帰ったようで、居残った機捜の隊員と所轄の捜査員が、近隣の家の戸口に立って聞き込みをしている。

三好をはじめ特命捜査第二係の面々もやってきて、北沢《きたざわ》警察署の刑事組織犯罪対策課長から報告を受けた。

現場からは、死体の身元がわかるものは出ていないという。近隣の家はどこも比較的最近越してきており、その家の元の持ち主がだれなのかもよくわからない。

ここ数年はずっと空き家で、現在の所有者は区内の不動産業者になっているらしい。その業者も五年前に別の不動産業者から転売を受けていて、前の業者はその後倒産したため、それ以前のことは知らないとのことだった。

「殺しには違いないと思うけど、難しいヤマだね。死後三十年というのも検視官のとりあえずの見立てで、あそこまで完璧に骨になっちゃうと、正確なところはまずわからないらしい」

新里《にいざと》という課長は三好とは古い付き合いのようで、なに憚《はばか》る様子もなく愚痴を言う。付き合いよく三好も頷いた。

「殺された人には気の毒だが、指紋も凶器も出てこない、そのころのことを知っている人間もいないんじゃ、手掛かりの摑みようがない。そもそもおれのところに仕事を投げてきた時点で、殺人班の連中のやる気のなさが見え見えだ」

「帳場を立てる様子はないのか」

「まったくなさそうだな。庶務担当管理官は臨場してないんだろう」

苦々しげに三好は応じる。特捜本部の開設に当たっては、捜査一課の筆頭管理官である庶務担当管理官が先乗りし、必要とみれば刑事部長に具申するのがしきたりだ。それがないということは、所轄と特命で適当に片付けろという意味で、帳場を立てる気などさらさらないとみるしかない。

「美味しいヤマには頼みもしないのに出張ってきて、所轄の捜査員を顎で使いやがる。そのうえ、飲み食いのツケは所轄に回し、手柄はすべて自分のものだ。いや、あんたたちのことを言ってるわけじゃない。エリート臭ぷんぷんの殺人班の連中の話だよ」

新里は慌てて言いつくろうが、特命捜査対策室がエリートとみなされていないのはこちらも百も承知だから、三好は意に介すふうでもない。

「おれも所轄にいたときは、連中にはずいぶんむかついたもんだよ。所轄の助けがなきゃなにもできないくせに、いつまで経ってもそこがわからない」

鷺沼も殺人班にいたころは、そういうむかつく連中の一人だったのは間違いない。耳が痛いが頷くしかない。

「そういう連中がしゃしゃり出てこないのは、むしろけっこうじゃないですか。このヤマ、うちで預かりましょうよ。そもそも三十年も前の事件となれば、認知した時点で事実上こちらの扱いですから」

鷺沼が勝手に決めてかかっても、三好は別に異を唱えない。ほかのメンバーにしても同様で、特命でいったん預かって、ファイルをキャビネットに収めて一件落着。それが順当な処理だというのが、この場合は全員の本音だろう。

物証や証言がないどころか、被害者の名前も素性もわからない。帳場を立てて大人数で捜査に乗り出しても、けっきょくお宮入りで終わり、そのあと特命に丸投げしてくるだろうことは想像に難くない。だったら最初からこちらでコントロールするほうが手間が省ける。

しかし現場に出向いてそんな話を聞くうちに、宮野のことが気になりだした。こういう事件をマスコミが大きく扱うはずもないが、紙面の片隅くらいには載るだろう。めざとい宮野が見逃すはずがない。

新里や特命班のほかのメンバーは宮野の本性を知らないから、そこに飛び込んでやりたい放題やられたら目も当てられない。それを避けるためにも、この事案はタスクフォースのマターにすべきで、あとで事情を説明すれば、三好も井上も納得してくれるはずだ。

空き家の床下から出てきた白骨死体が、宮野が期待するような金のなる木とは思えないが、もしその嗅覚が当たっていたら、見て見ぬふりをして済ませられる話ではなくなってくる。

そんな鷺沼の内心をテレパシーで感得でもしたかのように、さっそく宮野が電話を寄越した。

「いまテレビを見てたら、豪徳寺の空き家の床下から白骨死体が出たってニュースをやってたけど、このヤマ、鷺沼さんたちの担当じゃないの」

急いで人のいない場所に移動して、声を落として応答した。

「いまその現場にいるんだよ。ここじゃあんたとは話せない。じゃあな」

「じゃあな、で済ます気？　せっかくおれがヒントをくれてやったのに。これからいろいろ相談しないとまずいでしょ」

「さっきのいまじゃ話が出来すぎだろう。まともな頭の持ち主なら、ただの偶然としか考えない」

「おれにそれを言われてもね。爺さんは爺さんなりに、なにか感じるものがあったんじゃないの。その死体の人物が夢枕に立ってさ、そろそろ出て行くからよろしくねって頼まれたとか」

「そんな話をしていたのか」

「べつにしてはいないけど、爺さんもそろそろ冥土からお迎えが来るころだから、日々、なにかと感じるものがあるんじゃないかと思ってね」

「なんだかオカルトめいてきたな。ここじゃ人の耳がある。あとでこっちから電話をするから、詳しいことはそのとき聞くよ。じゃあな」

「いやいや、こういう大事な話は会って話さないと。どうせ古い白骨死体が出たくらいで、すぐに帳場を立てるほど警視庁の捜査一課は仕事熱心じゃないでしょう。おれはこれから鷺沼さんちに出かけて、晩飯つくって待ってるよ。井上君も誘ったら？」

すでに居候を決め込むつもりらしい。この手でやられていつも侵入を許してしまう。悔しいが宮野の料理の腕は天下一品で、頭がいくら警戒警報を発しても、腹の虫が言うことを聞かない。

「わかった。ただし泊めるのは一晩だけだぞ。あす以降、許可なく侵入したら家宅侵入で警察に通報するからな」

「そんなつれないこと言わないで。この先、鷺沼さんとは緊密な連携が不可欠なんだから。横浜の片田舎から通勤するんじゃ、捜査効率はがた落ちじゃない」

「本務の瀬谷署のほうはどうするんだ」

「伯父貴が死んだことにして休暇をとるよ」

「あんたの伯父さんは、いったい何回死んだんだ」

「そういう細かいことを上は気にしないよ。本音を言えばおれがいないほうが嬉しいんだから。休暇願いを出せば喜んで判子を捺してくれるのよ」

宮野は今回も嫌われ者の特権を最大限利用する腹らしい。こんな男がどうして分限免職もされずに月給泥棒を続けられるのか、大いに理解に苦しむが、宮野曰《いわ》く、上の人間の汚い行動を日頃から抜かりなく押さえているから、迂闊には自分にちょっかいを出せずにいるとのことだった。

それが本当なら、上司にとって宮野はまさに毒虫、毒蛇の類いで、人から嫌悪されることをこれだけ自分有利に使いこなせるところは天賦の才と言うしかない。

3

宮野の話はあまりにも突拍子もないので、まだ三好たちには話さないでおくことにした。そんな話を真に受けているとみなされたら、鷺沼自身の頭の具合を疑われかねない。

本庁へ帰っても、帳場を立てるような話は聞こえてこない。そもそも管理官さえ家から出てくる様子もなく、三好が電話で報告しても、ただ案配よくやるようにとのお達しで、やる気のかけらもなさそうだった。

近隣の聞き込みでもとくにめぼしい証言は得られておらず、現在、鑑識が現場から持ち帰った死体と遺留物と思《おぼ》しき試料を分析しており、その結果が出るまではこちらも動きようがない。

北沢署も管内で起きた連続強盗事件の捜査で手いっぱいだという。三十年前に埋められた死体の捜査に乗り出す余裕はないようで、けっきょく鷺沼たち特命捜査第二係が預かるかたちに落ち着きそうだ。

鑑識からの報告はあす以降になるとのことで、鷺沼はこの日はとりあえず帰宅することにした。宮野からリクエストのあった井上は、当直のため今夜は庁内に泊まり込みで、明けるのはあすの朝になる。三好はきょうが妻の誕生日だそうで、機嫌を損ねると向こう一年、ねちねち嫌味を言われるからと、そそくさと自宅へ帰っていった。

柿の木坂のマンションへ戻ると、宮野は合い鍵を使って鷺沼の部屋に侵入していた。勝手にキッチンを使い、なにやら美味そうな匂いを部屋中に漂わせている。

「なにをつくってるんだ」

訊くと宮野は嬉々として答える。

「夜は冷えるようになったから、鍋物がいいと思ってね。マルセイユ風寄せ鍋にしたよ」

「つまりブイヤベースか」

「いや、ところがさ、フランスにはブイヤベース憲章というのがあって、使える魚や使っちゃいけない材料が決められてるのよ。日本人のおれには関係ないんだけどさ、でも一応フランス人に敬意を表してそう呼ぶことにしてるのよ」

「講釈はいいから、どこで食材を仕入れたんだ」

鷺沼は心配なことを問いかけた。けろりとした顔で宮野は言う。

「さっき電話で話したあと、築地の場外市場に飛んでってね。さすがは築地、カサゴやらホウボウやらオコゼやら、スーパーじゃ買えない食材がいろいろあって、サフランとかフェンネルとか本格的なハーブや香辛料も手に入ったんだよ。もちろん領収書はちゃんともらっておいたから、あとで精算よろしくね」

「あんたの奢《おご》りじゃないのか」

「またまたそういうけち臭いことを。これから三つ星レストラン級の美味しい料理を振る舞って、そのうえ美味しい儲け話まで聞かせてあげようっていうのに、鷺沼さんには感謝の気持ちってものはないの？」

「そんなのは話を聞いてからだ。それにあんたと違って、そこに犯罪性が認められたとしても、それをネタにゆすりやたかりで一儲けしようなんて気はさらさらない」

「そんなの当然の話でしょう。正義の追求こそおれの人生のテーマじゃない。でもね、法で罰するだけじゃ足りない悪党も世間にはいて、そいつらには経済的側面からも天誅を加える。そこまでやってこそ真の正義は達成されるわけで、法が行き届かないところにもきっちり始末を付けるのが、おれたちタスクフォースの真骨頂なんだから」

宮野は力説するが、こういう話題になるとどうしても頬が緩む。締まりのない顔でスープを味見する宮野に鷺沼は言った。

「図に乗ると、あんたの手が後ろに回ることだってあるからな。法に抵触するような行為が目につけば、遠慮なく摘発させてもらうからな」

「順法精神が服着て歩いているようなこのおれが、そういうドジなことするわけないでしょ。それより井上君はどうしたの。連れてくればよかったのに」

「あいにく、きょうは当直なんだよ」

「だったら三好さんは？」

あらかじめ味方を増やしておこうという算段か、宮野はしつこく訊いてくる。三好も井上も宮野には甘くて、舌先三寸で丸め込まれる傾向が多分にある。

「家へ帰ったよ。きょうは奥さんの誕生日なのに、白骨死体のせいで休日出勤させられて、奥さん、だいぶおかんむりらしい」

「じゃあ、しようがないね。せっかく腕によりをかけたのに、鷺沼さんと二人だけじゃ、なんとも寂しい晩餐だね」

「だったら彩香を呼んだらどうだ。碑文谷署の官舎は近いから、いますぐにでも飛んでくるぞ」

滅相もないという顔つきで、宮野は首を横に振る。

「だめだよ。口が悪くて大食いで、性格も最悪なんだから、あの女」

彩香は宮野の天敵だ。口でも負けないばかりか、柔道は三段の腕前で、学生時代は全国大会で活躍したという。初対面のときに宮野は、不審者と間違われて払い腰でコンクリートの床に叩きつけられている。

「そうか。おれから見ると気立てはいいし、気配りもできる、なかなかいい刑事だと思うがな」

「だめだめ。鷺沼さんのファンだなんて、うまいこと言って取り入っておきながら、井上君とはいい仲になっちゃって、そのうちタスクフォースを乗っ取る気でいるよ」

「だったら福富に声をかけたらどうだ。誘えば秘蔵のワインを抱えて飛んでくるんじゃないのか」

「あいつもだめだよ。まだとくに頼みたい仕事があるわけじゃなし、首だけ突っ込んで分け前を要求されたんじゃたまらない」

どういう皮算用をしているのか、宮野の頭のなかでは、すでによからぬ企みが渦巻いているのは間違いなさそうだ。

まずは鷺沼がよく知らないハーブやスパイスの芳香が馥郁《ふくいく》と漂うスープが出てくる。スープから楽しむのがブイヤベースの正式な食し方だという講釈を聞き流しながら一口味わい、思わず「これは絶品だ」とつぶやいて、すでに宮野に籠絡されてしまっていることに気づく。

「この程度の料理、これから毎晩でもつくってあげるよ。またしばらくお付き合いすることになりそうだね」

嬉々とした表情で宮野は言って、あとは面倒だと煮込んだブイヤベースを鍋ごとダイニングに持ってきた。すでに抵抗する意志を失っている自分に忸怩《じくじ》たるものを覚えながら、テーブルに運んであった缶ビールを開けてグラスに注ぐ。嫌々乾杯してから、鷺沼は問いかけた。

「それで、どういうことなんだよ、その爺さんの話？」

「ああ、そのまえに豪徳寺で出てきた白骨死体のことを聞かないと。そっちと関係がないはずがないからね」

宮野は鍋の小魚やら野菜やらの具を手際よく皿に盛りつけながら訊いてくる。飲み終えてしまったスープのお代わりを手振りで頼んで鷺沼は言った。

「取り壊された空き家の床下から三十年ほど前の白骨死体が出たという話以上でも以下でもない。その家の当時の持ち主を知る人間が近隣にいなくて、所有していた不動産屋もそこまでは知らない。そのあたりはあすにでも法務局に出かけて調べてみるよ。あと鑑識が遺体と現場の土壌やらなにやらあれこれ採取していったから、そこからどんな手掛かりが出てくるかだな」

「つまり、鷺沼さんたち、きょうはほとんど仕事をしなかったんじゃない？」

それを宮野に言われたくはないが、事実はそうだから立場は弱い。

「もし、あんたが睨んでいるような話だったら、むしろそのほうが都合がいいんじゃないのか」

うっかり言ってしまって、それが宮野を喜ばせることにしかならないことに気づいたが遅かった。

「なるほど、いい判断だったよ、鷺沼さん。下手したら捜査一課に丸ごと仕事をぶんどられて、おれたちの取り分なんてなくなっちゃうところだった」

「べつにそれが狙いじゃない。槙村尚孝みたいな大物がターゲットとなると、いろいろ厄介な捜査になりそうだから、場合によってはタスクフォースとして動かざるを得ないかもしれないと思って――」

慌てて火消しに走ったが、宮野はすでに意欲満々だ。

「いやいや、鷺沼さんも気が利くようになったじゃない。どのみち捜査一課としては、いまのところ事件として扱う気がなさそうだから、今後も興味を持たれないように、おれたちが潜行して捜査を進めるのが正しいやり方だよ」

「あんたは、べつに警視庁の刑事じゃないんだがな」

「そういう縄張りにこだわっているから、この国の警察は非効率の塊なんだよ。おれたち、それに風穴を開けるような捜査を何度もやってきたじゃない」

「わかった、わかった。だったら葛西とかいう爺さんの話を聞かせてくれよ」

気乗りのしない思いで問いかけると、宮野はビールをぐびりと一呷《あお》りし、やおら身を乗り出す。

「きのうはうちの班は朝から出払ってて、居残っていたのがおれ一人だったもんだから、しようがないんで電話に出たわけよ」

「事件で出払っていたのか」

「事件ていうほどのもんじゃないんだけどね。カッターナイフを持って押し入った間抜けなコンビニ強盗を従業員がとっ捕まえて一一〇番通報してきたのよ。うちみたいな暇な部署にとっては点数稼ぎに絶好の事件だから、みんな張り切っちゃってさ」

「あんた一人が居残りか」

「いつものパターンよ。おれみたいな名刑事が臨場すると、そいつら影が薄くなるもんだから」

宮野は小鼻を膨らませる。

「それで、きょうは日曜なのにわざわさ老人ホームに出向いたのか。ずいぶん仕事熱心だな」

「いやいや、普通だったらそんな面倒なことは願い下げよ。ただね、おれの鋭敏な刑事の勘がしきりに囁いたもんだから」

「なんて?」

「これは宝の山だって」

「それは刑事の勘とは別のものだろう。まあいい。それでどういう話だったんだ」

「その葛西って爺さん、瀬谷の老人ホームに入る以前は府中《ふちゆう》の刑務所にいたそうなのよ。最後の罪状は傷害致傷で、十年の懲役を食らって仮釈で今年出てきたらしい。若いころから犯罪常習者で、娑婆と刑務所を行ったり来たりの人生を送ってきて、いまじゃ高齢だし、入所中に糖尿病で片足を切断したもんだから、そういう出所者をサポートするNPOがその老人ホームを紹介したそうでね」

「そんな奇特な老人ホームがあるのか」

「ところがあるらしいんだよ。そこは八割がその手の連中でね。ほっときゃ再犯して刑務所に舞い戻っちゃう。なんとかしないと刑務所がそのまま老人ホームになっちゃうから、矯正局も最近はそういうところと連携して、出所後の面倒を見るようになっているらしくてね」

「その爺さんが、いったいあんたになにを喋ったんだ」

「マキオスの会長の槙村尚孝の正体は、昔、一緒に空き巣を働いていた原口敏夫だと言うんだよ。本当の槙村は、三十年前の七月、原口に殺されてね」

「どうしていまごろになって、そんなことを言い出したんだ」

「マキオスが東証二部に上場されたのが二十年ほど前で、それから急成長して、一部上場されたのはその五年後でね。おれが調べたところ、槙村は極度のマスコミ嫌いで、メディアにはこれまで滅多に顔を出さなかったらしい。それに爺さんも人生の半分近くを刑務所で暮らしていた人間だから、テレビを観たり新聞や雑誌を読むにも制限がある。たまに何かの記事に出ていたとしても目にする機会はほとんどなかったんだろうね」

「だったら、どうしてそれが原口だとわかったんだ」

「去年の暮れに、刑務所側の手違いで、テレビが観られる時間にビジネス系のニュース番組が流れたそうなんだよ。普通は毒にも薬にもならないバラエティ番組しか観られない。そこで槙村がたまたまテレビのインタビューを受けていたそうなんだ」

「それが原口だったわけか。しかし他人の空似ってこともあるだろう」

「その原口ってのはけっこう癖のある顔立ちでね。絶対に間違いないと言うんだよ」

「本物の槙村尚孝は、どういう人物だったんだ」

「殺された当時、槙村は一人暮らしで、付き合いのある肉親も友人もいなかった。両親はその五年前に交通事故で亡くなって、槙村は一人っ子だから、その遺産をすべて相続して、億単位の資産を持っていたらしい。二人はそれを調べ上げ、槙村の家に侵入して犯行に及んだそうなんだ。ところがそれからいつまで経っても事件がニュースにならない。警察が捜査している様子もない。不思議に思って原口に聞いてみても、理由はわからないと言っていたそうなのよ」

「葛西は、その後も原口と付き合いがあったのか」

「そのすぐあとにべつのところで押し込み強盗で捕まって、八年の実刑を食らっている。そのあいだ原口からはなんの音沙汰もなく、出所したら行方がわからなくなっていたそうなんだ」

「その番組を観て、葛西はどうしたんだ」

訊くと、宮野はここぞとばかりに身を乗り出した。

「槙村殺害事件の前は二人で一緒に悪さをしてきて、原口ももちろん前科持ちだった。ところがどういう手品を使ったのか、向こうは一部上場企業の会長に成り上がり、自分はいまもムショ暮らし。腹に据えかねて事件のことを供述する上申書を提出した。ところが検察は相手にもしてくれない。立件されていないどころか死体も出ていない。槙村尚孝はぴんぴんしている。さらに最近は、高齢の受刑者で、刑務所を出たくないばっかりに、ありもしない余罪を自供するようなケースも増えているらしくてね」

検察が上申書を門前払いした背景には、そういう疑念もあったのだろうと宮野は言い、さらに続けた。

「出所してなんとかうまく老人ホームに入居できて、日がな一日テレビを観ていられるようになった。するとまたきのう、槙村がテレビのニュース番組に出たらしいんだよ。それで矢も盾も堪らずうちに電話してきた。殺人の共犯では、自分も刑務所に逆戻りすることになるかもしれないけど、そんなの慣れた暮らしだから、死ぬまでムショ暮らしも悪くない。それより、なんとしてでも槙村こと原口を、刑務所送りにしなきゃ気が済まないと言うんだよ」

「しかしそれだけで立件というのは無理だろう。検察が相手にしなかった理由もわかる気がするな」

「でも、状況は変わったじゃない。豪徳寺で死体が出ちゃったんだから、それが本物の槙村だって証明できれば、一発で解決なんじゃないの」

「しかし、そこが難しそうだな。槙村のＤＮＡ型の試料がどこかにあれば白骨死体でも比較鑑定が可能だが、そういうものがあるとも思えない。葛西の手元には、原口の写真はないのか」

「それはおれも訊いてみたよ。似ているという話だけじゃ、いまいち信憑性が薄かったもんだから。ところが一枚もないそうなんだ。そもそも葛西も原口も商売が商売だから、なるべく写真は撮らせないようにしていたらしい。ただ、原口にも前科があったんだから、犯歴データベースに写真は載ってるんじゃないの」

「ただ似ているというだけじゃ、犯罪の立証にはならないだろう」

「それと現在の槙村の写真をスーパーインポーズ法で比較すれば、高い確率で同一人物とわかると聞いてるよ。特命捜査対策室は継続捜査が本業なんだから、そのあたりは得意じゃないの」

スーパーインポーズ法とは、本来は白骨化した頭蓋骨と生前の写真を重ね合わせて身元を特定するための技法だが、もちろん生前の写真同士を比較することもできる。加齢や整形手術で外見に変化があっても同定は可能だ。最近はその技術も進歩しており、角度の違う写真でも比較可能だという。

ただしその証拠能力は、まだＤＮＡ型鑑定のように絶対といえるほどのレベルで認められているわけではない。つまり現在の槙村と原口が似ているというだけでは、立件する理由としてやや薄弱だ。

しかし殺されたとされる本物の槙村の顔写真ないしＤＮＡ型の試料が入手できれば、いま槙村を名乗っている人物が高い確度で別人だと立証できる。ＤＮＡ型鑑定でもスーパーインポーズ法でも、同一人物だと立証するより別人だと立証することのほうがはるかに容易で、その際の精度は一〇〇パーセントと言っていい。

しかしその場合も、本人に成りすまして戸籍謄本や住民票を取得すれば戸籍法違反や住民基本台帳法違反に問われるが、公訴時効はわずか数年で、罪に問えないどころか捜査の対象にも出来ない。

それらを使って銀行取引や不動産の売買を行った場合も詐欺罪や窃盗罪に問える可能性はあるが、そもそも被害届を出す人間がおらず、その取引によって実害を被る者も存在しないとなれば、やはり罪には問えないことになる――。

そんな考えを聞かせると、しかつめらしい顔で宮野は唸《うな》る。

「けっきょく、そういうところで証拠を揃えても、時効や法の壁で手も足も出ないわけだ。そんな事例ってのは実際にはけっこう多いんだろうね。ということは、いまのところ槙村を追及するには殺人容疑しかない。思っていた以上にハードルが高いね――」

妙に諦めがいいと思ったら、やはりそれで収まる男ではない。

「だとしたら、これは警察の手に負える事案じゃないよね。やはりタスクフォースの出番だよ。なんだか巨悪の匂いがぷんぷんしてくるじゃない?」

「葛西と原口が槙村の家を狙ったのは、億単位の資産を持っているという情報を得たからだという話だったな。その二人、どこでそんな情報を手に入れたんだ」

「原口ってのは、歳は葛西より二十歳ほど若いけど目端の利く男でね。登記所をまめに歩いて、これはと目を付けた資産家の不動産の登記情報をチェックしていたらしい。遺り手の銀行マンや不動産会社の営業マンが使う方法で、相続に伴う資産の移動がそれで把握できる。その方法で侵入先を物色していたんだそうだ。当時は手間がかかったけど、いまは法務局のデータもコンピュータ化されて、調べるのははるかに簡単になっているらしいね」

「ずいぶん手の込んだ空き巣だな」

「不動産は盗み出せないけど、そういうところは金回りがいいから、現金やら宝飾品の類いがあると考えたんだろうね。葛西の話だと、たしかに原口が見込みを付けた家に侵入すると、空振りが少なかったらしいよ」

「そういえば、遺産相続したり贈与を受けたりすると、どこで情報を仕入れるのか、不動産会社や銀行からDMや勧誘の電話が頻繁に入るようになるという話を聞いたことがある。三十年以上前からそんなことをやっていたとしたら、ある種の知能犯だな」

鷺沼は唸った。宮野も大きく頷く。

「うん。槙村に成りすましてからの経営者としての成功も納得がいくね」

「もし原口による成りすましだとしたら、槙村が相続した億単位の資産も、そっくり原口のものになったわけだ」

「そこよ、重要な点は。葛西も原口もそのときは逃げ出したけど、警察が動かないのに気づいて原口はまたその家に戻り、不動産の登記簿謄本や貯金通帳、有価証券、実印なんかをごっそり盗み出したんじゃないかと葛西の爺さんは見てるんだよ。そのあと槙村の死体はうまく始末して、その時点からきょうまでずっと槙村に成りすまして生きてきた。そして奪った財産を元手に会社を興して、現在の地位を築いた——」

そこはあくまで、宮野が描いたシナリオに過ぎないが、いかにも正解のような気がしてくるのは、すでにその毒気に当てられている証拠か。興味を隠せず鷺沼は訊いた。

「侵入した家の住所はわかるか」

「まさかすぐあとに豪徳寺で死体が出るとはおれも思わなかったから、詳しくは訊かなかったのよ。そこが死んだ槙村の自宅だとしたら大ヒットだけどね」

「その可能性に期待したいところだが、葛西が詳しい住所まで覚えているとは思えないな。現地を見せて記憶をたどってもらうしかないんじゃないのか。足が不自由だと言っていたけど、豪徳寺まで来られそうか」

「片足を失った上に足腰が弱っていて、車椅子がないと動けないって言ってるけど、最近流行の福祉タクシーを呼べば問題ないんじゃないの。鷺沼さんのGTRじゃ無理だけど——。どうしてああいう役にも立たない車が好きなんだろうね」

「人の趣味に嘴《くちばし》は挟まないでくれ」

つっけんどんに言い返すと、宮野は器用に話題を変える。

「ところで、この話、まだ三好さんや井上君には言ってないの」

「日中の話だけじゃ、まだ海のものとも山のものともつかなかったからな。おれがあんたと似たような頭のつくりだと思われても困るから」

「そう思ってもらえたら、むしろ名誉なことじゃない」

「あすになれば鑑識の結果も出るだろうし、死体が出た家の来歴も調べられる。その結果をみて話すことにするよ」

「こんな美味しい話、警視庁内ではとりあえず、三好さんと井上君限定にしておいてよ」

「もちろんだ。こんなとんでも話、言えばよってたかって虚仮《こけ》にされる」

そう言いながらも、そのとんでも話にけっきょく乗せられてしまっている自分に困惑を感じながら、きれいに取り分けられたマルセイユ風寄せ鍋の魚の白身を口に運んだ。

4

きのうの宮野との話を朝いちばんで耳打ちすると、三好は班のほかのメンバーにはそれぞれが関わっている事案を継続して捜査するように指示を出し、いかにも嫌な仕事を押しつけて申し訳ないという調子で、豪徳寺の白骨死体の件を鷺沼と井上に割り振った。

もちろん鷺沼もいかにも嫌々という顔でそれを受けた。井上はきょうは当直明けの非番で、官舎で朝寝をしているはずだから、葛西の話を含め、その成り行きはあとで電話することにした。

さっそく捜査方針の打ち合わせだということにして、三好と二人で空いている会議室に籠もり、宮野が葛西から聞いた話を詳しく披露した。三好は興味を露わにする。

「だとしたらあの白骨死体、とんでもない大魚かもしれないな」

「しかし現状では、その身元を解明する手段がありません。ただし葛西という老人の証言は信憑性が高いでしょう。殺人の共犯という罪状に問われるのを承知で、自分から言い出したわけですから」

「歳が歳だから、刑務所にいるのも老人ホームにいるのも変わりないという言いぐさが本音なら、その分は割り引いて考える必要があるが、そうだとしても、やはりそれなりの覚悟があってのことだろうからな」

「自分のほうはうだつの上がらない泥棒稼業で、人生のあらかたを刑務所暮らし。一方の原口は上手いこと抜け駆けして、大企業の会長の椅子に納まった――。葛西の気持ちはわからないでもないですよ」

「とりあえず、信じて動いてみるしかないだろうな」

「しかしそれが本当なら、いちばん気の毒なのは、成りすまされた本物の槙村ですよ。天涯孤独の資産家というのは、そういう悪党にとっては恰好の獲物ですから」

「ああ、この場合、法に従って摘発できるのが強盗致死罪だけというのがやはり気に入らん。こんな犯罪類型が増えたら、世の中、やり得の悪党が大手を振って闊歩するようになる。いやすでに認知されないままに、そんなのがまかり通っているのかもしれない。宮野君がよく言う経済的天誅というのもわかる気がするよ」

三好は早くも宮野の陣営に流れつつあるような気配だ。もちろん、どさくさ紛れに一儲けしようという魂胆があって言っているのではないと信じたい。現在の槙村こと原口の地位が殺人を踏み台に成り上がったものだとすれば、その踏み台を突き崩して奈落の底に突き落としてやるのが真の正義の実現というべきだろう。

そのとき鷺沼の携帯が鳴った。井上からだった。

「どうしたんだ。官舎で寝てたんじゃないのか」

「非番だからって、のんびり寝てる気にもなりませんよ。さっき宮野さんに電話で叩き起こされたんです」

きのうから宮野はあちこちで人間目覚まし時計をやっているらしい。

「じゃあ、もういろいろ話は聞いたんだな」

手回しの良さに舌打ちしながら問いかけると、井上は張り切って応じる。

「大変なヤマになりそうじゃないですか。これから出ていきますよ。やることがいろいろありそうですから」

「睡眠不足で、大丈夫か」

「あのあとはとくに事件もなかったので、夜はたっぷり眠れました。問題はないですよ。

それより、これはまさにタスクフォースの出番じゃないですか」

宮野になにを吹き込まれたのか知らないが、井上はのっけからタスクフォースによるイレギュラー捜査を想定している。たしかにこの事案は、通常の手法で捜査を進めればすべてを取り逃がしかねない。そこを井上もよくわかっているようだ。

「そこを想定して、おれとおまえがこの事案に専従で取り組めるように係長が上手いこと取り計らってくれたよ。だったらすまんが、すぐ出てきてくれないか。宮野に引っかき回される前に、こっちで固められるところは固めておかないと」

とりあえずここは牽制球を投げておく。局面によっては宮野の悪知恵も有用だが、だからといってそのスタイルですべてを牛耳られては、タスクフォースの大義も絵に描いた餅になる。

「わかりました。いますぐそちらへ向かいます。ああ、そうだ。宮野さんから晩飯のお誘いがかかりましたので、今夜はお邪魔することにします。また住み込みで手伝いに入ってくれるようですね。ゆうべはブイヤベースだったそうじゃないですか。今夜はなんになるのか楽しみだな」

その手伝いが料理当番だけなら大歓迎なのだが、井上はその誘いだけですでに籠絡されているらしい。

「だったら、彩香にも声をかけたらどうだ。彼女にもこれから手伝ってもらうことがあるかもしれない。せっかくの晩飯だ、みんなで賑やかなほうが楽しいから」

鷺沼はすかさず言った。やはりここは宮野の天敵にもご登場いただかないとバランスを欠く。

「わかりました。タスクフォースが顔を揃えるのも久しぶりですから、喜んで飛んでくると思いますよ」

楽しげに応じて、井上は通話を終えた。そんな話を伝えると、三好も身を乗り出す。

「だったら、おれも今夜はそっちへ出かけるよ。いろいろ込み入った打ち合わせもありそうだし」

「奥さん、きのうはおかんむりだったんじゃないんですか」

「なんとかゆうべは取り繕ったよ。なに、誕生日には娘と息子が遊びに来るんで、そのときにおれがいないと恰好がつかないだけだ。普段は、どっちかと言えばいないほうが喜ばれるくらいでね」

三好も家庭では、所轄内の宮野と似たような境遇らしいが、その顔もどこか緩んでいるから油断はならない。

5

それから三十分も経たないうちに井上がやってきた。事情はすでに宮野からレクチャーされていたようで、鷺沼が新たに説明すべき点はほとんどなかった。

むしろあらぬことを吹き込まれてはいないかと心配ではあったが、さりげなくチェックを入れてみても、鷺沼が耳にしていない奇天烈な話が出たわけではなさそうだった。

「まずは法務局に出かけて、あの家の過去の所有者を調べる必要がありますね。僕が行ってきますよ」

井上はやる気満々だ。鷺沼は頷いて応じた。

「そうしてもらえると助かるな。おれはこれから鑑識に出向いてみるよ。きのうの鑑識結果はまだ報告が来てないんだが、宮野の話がある以上、先に確認しておかないといけないことがあるから」

デスクのPCの画面には、先ほどダウンロードした写真が二点表示されている。一点は警察庁の犯歴データベースにあった原口敏夫の写真で、真正面からのものだ。逮捕時の年齢は三十歳。留置管理者がわざとそんなふうに撮影するのかどうか知らないが、いかにも犯罪者然とした面構えだ。

もう一点は比較的最近のものと思われる槙村の写真。かなりぼけていて、角度は斜め横向き。インターネットの画像検索でかろうじてヒットしたものだ。

マキオスのホームページも閲覧したが、そこには会長を含め、全役員の顔写真が掲載されていない。その徹底ぶりをみれば、槙村がメディアに出たがらないのは単なるマスコミ嫌いではなく、そこから成りすましが発覚するのを惧れてだと十分想像できる。たまたまテレビに出て葛西の目にとまったのは、いま仕掛けている企業買収がよほど世間から注目されていて、断り切れない事情でもあったのか、あるいは加齢で人相も変わってきているため、もうばれる心配はないと高を括ったのか、そのあたりの事情はよくわからない。

「この写真だと、スーパーインポーズ法でも、鑑定はちょっと難しいかもしれませんね。なんだか遠くから隠し撮りしたような変な写真だし」

井上は首を傾げる。鷺沼は問いかけた。

「だとしたら、その出所がどこか興味があるな。調べることはできるか」

「ちょっと待ってください。わかるかもしれません」

井上は鷺沼のPCの前に座り、五分もかからずにその写真が掲載されていたオリジナルのウェブサイトを探り当てた。

それはインターネット上でのニュース配信を主な業務としている会社のサイトで、コンテンツの大半は芸能人や政治家、企業関係のゴシップネタのようだった。

該当する記事のタイトルは『企業の闇シリーズ――マキオス会長の謎の経歴』。井上が記事のリンクをクリックしてみると、「この記事は削除されました」という素っ気ない文言が表示され、開くことが出来ない。

「怪しいですね。削除されているのはこれだけみたいです」

井上が言う。たしかにそこに並んでいる記事の日付は半年前から比較的直近までで、どれも普通に開くことが出来る。その記事が掲載されたのは三ヵ月ほど前で、古くなったから削除されたということではなさそうだ。

「そこに大きなヒントが隠されていそうだな。削除された理由というのも興味がある」

期待を露わに鷺沼は言った。井上も大きく頷く。

「とりあえず、この会社に問い合わせてみる必要がありそうですね。ただし、本当のところを答えてくれるかどうかはわかりませんが」

第二章

1

削除されていたインターネット上の記事『企業の闇シリーズ——マキオス会長の謎の経歴』を執筆したのは、川井克典《かわいかつのり》という人物だった。

といっても、削除された記事のリンクにたまたまその名が付記されていただけで、連絡先はわからないし、実在の人物かどうかもわからない。

『企業の闇シリーズ』と銘打った同じ人物による記事はほかにも数件あり、いずれも大手企業の内幕を暴こうとするものだったが、斜め読みしたところでは、思わせぶりなところが多く、とくに切れ味のいい内容ではなかった。

サイトを運営する会社に問い合わせようとしても、専用の入力フォームが用意されているだけで、電話番号はもちろんメールアドレスも表記されていない。一〇四でも調べてみたが、電話番号案内を許可していないらしく、該当する会社はないという答えが返ってきた。

井上によれば、『ウルトラプレス』というそのニュースサイトの運営会社は、ツイッターやフェイスブック、ネット掲示板、匿名のブログなどから拾ったネタ情報を、まことしやかな記事に捏造してページビューを稼ぐ、いわゆる炎上商法で名高いらしい。

「どうやって連絡をとったらいいんだ」

鷺沼が訊くと、井上も覚束《おぼつか》ない調子で応じる。

「サイトにある入力フォームから問い合わせるしかないかもしれませんが。果たして返事を寄越すかどうか――」

「川井克典というジャーナリストは、ほかの場所でも仕事をしてるんじゃないのか」

「そうですね。あまり聞かない名前ですけど、この手のサイトの仕事だけで飯が食えるとは思えませんから」

言いながら井上はサーチエンジンで検索をかける。ネット上の百科事典サイトには関連する記事がないようだが、何冊か本を出していて、検索リストには川井克典名義の書籍がいくつか出てきた。

「これならなんとかなるかもしれませんよ。ちゃんとした出版社なら、会社の所在地も電話番号もわかると思いますので」

さっそく川井の著作を書籍の通販サイトでリストアップしてみる。著者略歴をみると、地方新聞の記者を皮切りに、その後は週刊誌を中心としたフリージャーナリストとして活動しているようだ。

これまでの著作は大半が政治関係の内幕もので、『ウルトラプレス』のサイトにあったような企業ものはない。『企業の闇――』と銘打ったシリーズは、川井というライターにとっては新境地だったのかもしれない。

「いちばん新しいのがこの本ですよ。『政界の裏金脈』――。これも政治ものみたいですが、今年の五月に出ています。発行元は桑栄《そうえい》出版。いまその出版社のサイトを覗いてみます」

井上はリンクをクリックしてその会社のホームページを開いた。さらにリンクをいくつかクリックすると、会社概要のページが開き、そこに本社所在地や電話番号が記載されている。

「まずは電話を入れてみよう。素直に話を聞かせてくれるかどうかはわからないが」

その際は三好に捜査関係事項照会書を書いてもらうしかないが、槙村尚孝についての話となれば、逆に向こうのほうから食いついてくることもあるだろう。

代表番号に電話を入れると、愛想のいい女性の声が応答する。警視庁の者だと告げ、『政界の裏金脈』の編集担当者に繫いで欲しいと申し入れると、女性は用件はなにかと戸惑ったような調子で問い返す。

御社が犯罪捜査の対象になっているわけではなく、ある事件に関連して、その本の著者の連絡先を教えて欲しいのだと説明すると、「しばらくお待ちください」と言って通話を保留にした。

上司に相談でもしていたのだろう。ほどなく女性は電話口に戻り、「それでは担当にお繋ぎします。少々お待ちください」と言ってまた保留のメロディーが流れ、どこか警戒した様子の男の声が応答した。

「書籍編集の田島《たじま》です。どういうご用件でしょうか」

「警視庁捜査一課の鷺沼と申します。じつは我々が担当しているある事件に関連して、川井克典さんからお話を聞きたいので、連絡先を教えていただけないかと。いや、川井さんに犯罪の容疑がかかっているわけではなく、こちらの捜査の参考になる情報をお持ちじゃないかと思いまして」

「そういう場合、普通なら本人の承諾をとったうえでということになるんですが――」

微妙な口振りで田島は応じる。鷺沼は問いかけた。

「それができない事情があるんですか」

「ええ。じつは川井さんは一ヵ月ほど前から行方不明でして。警察には親族が捜索願を出しているんですが、なかなか動いてもらえないようなんです」

言いたいことはわかる。かつて捜索願と呼ばれた届け出は、行方不明者届に名称が変わったが、それが提出されたからといって、警察がすぐに捜索に乗り出すわけではない。

一般に成人の場合、大半は自分の意思による失踪で、事件性がないケースがほとんどだ。このため受理した警察署はとりあえずファイルしておくだけで、その後、事件性が認められたときに捜査に乗り出すというのが通常の手順となる。

事件性が認められたときにはすでに死体になっていた、というのでは近親者は堪らないが、全国で年間八万人を超える行方不明者全員を捜索するとなれば、現在の警察力では到底賄いきれない。

しかし今回の事案と絡めて考えると、川井の失踪にはやはり不審なものが拭えない。彼が執筆し、そのあと削除された記事が槙村尚孝についてのものである以上、なんらかのかたちで接触を試みている可能性はある。

「そちらが捜査しているのは、どういう事件なんですか」

田島が訊いてくる。事件と言われても、いまはあの白骨死体の件だけで、それと槙村との関係については、まだ捜査上の機密とすら言えない段階だ。しかし、川井が失踪しているとなると、話は別だ。宮野が聞き込んだ件と無関係だとは考えにくい。

「じつは、きのう豪徳寺の空き家で発見された、他殺体とみられる白骨死体に関係することなんですが――」

ある人物から聞いた話で、真偽のほどは定かではないがと断ったうえで、宮野の話の概略だけを聞かせると、田島はいかにも興味深げに訊いてくる。

「彼が槙村会長を取材していたのをお知りになって、本人から事情を聞きたいと考えたんですね」

「そうなんです。川井さんはだいぶ以前から槙村氏のことを調べていたんですか」

「かれこれ半年ほど、取材は続けていたようです。それを三ヵ月ほど前にインターネット上のニュースサイトに寄稿したらしいんですが——」

「『ウルトラプレス』ですね。その記事はいまは削除されているようですが」

「よくご存じで。川井さんは非常に不満のようでした。外部から圧力がかかったというようなことを漏らしていました」

「圧力というと、サイトの運営会社に対してですか」

「ああいうところは広告で食っているものですから、スポンサー筋からの圧力があったんだろうと思います。それも直接じゃなく、広告代理店を介して——」

「マキオスが直接というわけではないということですね」

「ええ。ですから真相ははっきりしない。ただその新シリーズで取り上げたもののなかで、削除されたのは槙村会長を扱った記事だけでしたから、そちらの意向が働いたのは間違いないでしょうね」

「川井氏が失踪したのは、それから二ヵ月後なんですね」

「ええ。彼としては、記事が削除されたことで、むしろ脈のあるネタだと判断したようです。力を入れて追加取材を続けていたんじゃないでしょうか」

「現在の槇村氏が、じつは別人による成りすましだというような内容なんですね」

鷺沼は突っ込んで問いかけた。田島は否定しない。

「本物の槇村氏と中学時代に付き合いがあったという友人の証言のようです」

「その人の記憶している槇村氏とは別人だというんですね」

「彼がどういうルートでそういう証言を得たのかはわかりません。情報源については極端に秘密主義の人でしてね。もっとも生き馬の目を抜くような業界ですから、うっかり言ってしまえば誰かに抜け駆けされることもありますので」

「ちなみに、削除された記事の内容はご存じですか」

「ざっと斜め読みしただけですが、第一回目ということで、まだ具体的な事実には触れず、真相に突き進む前といった内容でした。ただ彼なりの根拠があってなのか、あるいは読者の興味を引きつけるための前振りなのか、殺人による成りすましをほのめかしていたように記憶しています。いずれにしても編集者としては興味をそそられる題材だったので、本にするときはぜひ弊社でとお願いしていたんです」

「その記事を入手することはできませんか」

「そのときは僕も単に読み流していただけなんです。こういう事態になるとわかっていれば、ページをそっくりダウンロードしておくこともできたんですが」

田島は無念さを滲ませる。力づけるように鷺沼は言った。

「こうなると、川井さんの失踪を事件性なしとみなすわけにはいかなくなりますね、我々にとっても重要な証人になりそうです。失踪時の住所はどちらですか」

「文京区《ぶんきょう》の千石《せんごく》です。捜査に乗り出してくれるんですか」

田島は疑わしげに問い返す。鷺沼は言った。

「だとすれば行方不明者届を出したのは富坂《とみさか》警察署ですね。我々のほうで話を聞いてみます。失踪時の情報はそちらに伝わっているはずですので」

「それより、彼の奥さんからじっくり事情を聞いてもらえませんか。富坂署の生活安全課の対応がどうもおざなりだったようで、かなり不満をお持ちのようなんです」

「会わせてもらえるんですか」

「ええ。そのほうがいいと思います。鷺沼さんの捜査とも方向が重なるはずですから。私も川井さんとは長い付き合いで、とても心配してるんです。それに、もし彼の失踪にマキオスが関与しているとなれば、ジャーナリズムの一角で飯を食っている私にとっても看過しがたいことですから」

田島は真剣な口振りだ。川井の失踪はこちらにとっても痛いが、田島は思わぬ味方になってくれるかもしれない。

「それは有難い。川井さんが無事ならいいんですが、我々が把握している情報といま伺った話を考え合わせると、予断を許さない状況と言えます。田島さんのほうでセッティングしていただけますか」

「じゃあ、これから奥さんと連絡をとって、のちほど結果をお知らせします。捜査一課が乗り出してくれるとなれば、彼女も喜ぶと思います」

「よろしくお願いします。日時はそちらのご都合に合わせますので」

鷺沼は愛想よく応じて通話を終えた。こちらが捜査一課と言っても、ごく地味な部署だという話はいまはしないでおいた。

2

「いや、驚きましたね。葛西という老人の話だけだといまいちでしたが、川井氏の話と考え合わせると、信憑性が一気に高まるじゃないですか」

話の内容を伝えると、井上は興奮を隠さない。たしかに思いもかけない収穫だ。さっそく報告すると、三好も色めき立った。

「宮野君の話もガセじゃなかったようだな。こりゃとんでもない大仕事になるぞ」

「ええ。葛西という老人の話が本当なら、罪状は強盗殺人ですから時効はありません。それ以上に――」

鷺沼はそこで言葉を呑んだ。三好は遠慮なしにその先を続ける。

「川井というジャーナリストにしても、生きているかどうか保証の限りじゃないからな。人を二人殺せばまず間違いなく死刑だ」

「そういう人間がこの国の実業界を大手を振って歩いているとなると、葛西老人ならずとも腹が立ちますよ」

「ああ。とことん罰してやらないとな。まさにタスクフォースの出番だよ」

三好は意欲を漲《みなぎ》らせる。そこに宮野と同様の下心がないか気になるが、この場合、事件そのものはごく単純な強盗殺人だ。さらに川井がもし不幸な目に遭っていたとしても、そこに殺人もしくは殺人教唆が加わるだけのことで、槙村から金を毟り取るチャンスが訪れるとは思えない。

三好は犯行の事実を金で見逃すようなことをする人間ではないし、あの宮野でさえ、かつてそこまで自分を落としたことはない。それでも鷺沼は、あえて金に関係しない方に話を向けた。

「いまさらでかいネタだと気がついて、殺人班にしゃしゃり出てこられたら我々だって立つ瀬がない。連中の鼻を明かしてやるという点でも、これはタスクフォース向きの事案じゃないですか」

「ああ。そのとおりだ。ただ刑務所にぶち込めばいいってもんじゃない。宮野君が言う経済的天誅だって下さなきゃいかん」

三好は微妙な反応を返してくる。あまりそこを突っ込むと、宮野の思惑どおりに捜査が迷走しそうだから、急いで話題を切り替えた。

「私は鑑識に出向いて、原口と槙村の顔写真がスーパーインポーズ法で同定可能か、確認してきますよ。いまのところ槙村のほうはあの写りの悪い写真しかないんで、うまくいくかどうかはわかりませんが」

「だったら、僕はこれから法務局へ行って、死体が発見された家の来歴を調べてきます。もしかつての持ち主が槙村尚孝だったら、ほぼ当たりとみていいんじゃないですか」

井上も張り切って言う。三好が訊いてくる。

「この情報、宮野君の耳にも入れておいたほうがいいんじゃないか」

とんでもないと、鷺沼は首を大きく横に振った。

「まだ早いですよ。いまあいつに勝手に動かれて、事件の入り口で一騒動起こされては困りますから」

「ああ、たしかに突っ走る傾向がなきにしもあらずだからな。もちろん刑事としての熱意ゆえだが」

「この件に関しては、刑事としてじゃなく、頼まれもしないのに首を突っ込んできた居候に過ぎません」

鷺沼は力なく言った。井上にしても三好にしても、いつまで経っても宮野の本性に気づかない。もっとも鷺沼のように直接取りつかれ、自宅に居座られる被害は受けていないから、そこは気楽なものらしい。三好は鷹揚に手を左右に振った。

「いやいや、そのお陰で美味い料理に毎日ありつけるおまえが羨ましい限りだよ」

「そうですよ。今夜はそのお相伴《しょうばん》に与れますから、僕もいまから気もそぞろです」

調子に乗る井上に、鷺沼は釘を刺した。

「宮野が電話でおまえに探りを入れてくるかもしれない。そのときは川井氏のことはまだ喋るなよ。勝手に田島氏や奥さんに接触されても困るから」

「もちろんですよ。これは警視庁の事案ですから、まずは僕らが主導権を握らないと」

委細承知という調子で井上は応じるが、宮野の口八丁は侮りがたい。迂闊にはやはり当てにできない。

3

「これは、ちょっと無理だね、鷺沼さん」

木下《きのした》という鑑識課員は鷺沼が持ち込んだ二人の顔写真をパソコンのディスプレイに映し出して首を傾げた。

一方は犯歴データベースにあった原口敏夫の写真、もう一方は『ウルトラプレス』の削除された記事のリンクにあった槙村の画像のサムネイルを拡大したものだ。そのせいで画像が粗い上にピントが甘く、顔の角度も斜め横を向いている。直感的に似ていると言えなくもないが、一方は三十数年前の逮捕時の写真で、同一人物だと断定できるレベルにはほど遠い。

「最近はスーパーインポーズ法も進歩して、顔の角度が多少違っても鑑定できるようになったと聞いてるんだが」

「それは手元に頭蓋骨がある場合だよ。比較対照の写真に合わせて頭蓋骨の角度を変えて撮影し、それを重ね合わせるだけの話でね。写真をソフトウェア的に3D化して比較する方法もあるけど、まだ開発途上で、公判の証拠にするにはほど遠いんだよ」

「そうなのか。テレビやなんかで、警察の科学捜査の手法がえらく進歩してるような話をよく耳にするもんだから」

「警察も商売の一種だからね。その手の誇大広告なら多少は犯罪抑止に役立つというわけで、その点に関しては広報の連中も抜け目がないから」

「頭蓋骨となら比較は可能なんだな」

「もちろんだ、と言いたいところだけど、こっちの写真の画質がいくらなんでもね」

槙村の写真を指さして木下は力なく首を横に振る。原口の写真を示して鷺沼は言った。

「じゃあ、豪徳寺で見つかった死体の頭蓋骨と、こっちの写真の比較鑑定をやってもらえないか」

あの死体が原口である可能性はまずあり得ないが、とりあえず材料が揃っている以上、確認だけはしておきたい。

「いいよ。どうしても身元がわからないようなら復顔法をやってみようかと科捜研と相談してたんだけど、比較可能な写真があるんならスーパーインポーズ法でもいけるからね。ところで、あの白骨死体とこの二人の男と、どういう関係があるんだ」

木下はいかにも興味深げに訊いてくる。鷺沼はさらりと応じた。

「そこは捜査上の機密でね」

「しかし、殺人の疑いがあるのに帳場も立たない。そもそもあんたたちの部署で扱うというのが、捜査一課としてのやる気のなさを表しているとしか思えないんだが」

歯に衣着せぬというより、あまりに空気を読まないという点で、木下は十分宮野の対抗馬と言えそうだ。

「向こうは出来たての事件が好きだからな。死後三十年じゃ、賞味期限切れというところだろう——」

渋い調子で鷺沼は応じた。ここでほくほくしたら宮野と同類だ。

「それで、どうなんだ。現場の遺留物からは、身元解明に結びつきそうなものは出たのか」

「衣類の一部も出たけど、ほとんど原形をとどめていない。もちろん運転免許証や身分証明書の類いもないし、腕時計とか指輪といったものも出ていない。歯形はしっかりとれたけど、三十年以上前じゃ、どこかの歯医者にカルテやレントゲン写真が残っている可能性はないしね」

「DNA型鑑定という手があるだろう」

「該当しそうな人物のへその緒でも残っていればなんとかなるけど、過去の犯罪者のDNA型データにそんな古い時代のものはないし、すべての犯罪者がDNA型鑑定を受けるわけでもないからね」

木下はお手上げという口振りだ。該当しそうな人物となると、やはり本物の槙村尚孝ということになるが、葛西老人の話では、当時の槙村は天涯孤独で、その後さらに三十年もの歳月が経過しているとなれば、縁者はほとんどいないだろう。そもそもそういう関係者がいれば、葛西や、あるいは川井が証言を得たという中学時代の友人以外にも、現在の槙村に不審の目を向ける人間がいたはずなのだ。

「ところで、この写りの悪い写真の人物、どこかで見たような気がするんだけど、有名人なのか」

木下が首を傾げる。葛西が観たようなニュース番組を彼も観ている可能性がある。鷺沼は慌てて否定した。

「そういう人間じゃないよ。なんにせよ、捜査上の機密だから――」

「おれは写真の鑑定が専門なんだけど。これ、週刊誌のスクープ写真のような感じだよね。かなりノイズが乗っているから、手ぶれしないようにデジカメの感度を上げて望遠撮影したんだと思うんだけど、普通のスナップなら、こういう撮影方法はまずしないからね」

木下の指摘は鋭い。川井が撮影したものだと思われるが、そういう方法をとらざるを得なかったのだとすれば、槙村にはそう簡単に接触できなかったのだろうと想像がつく。

「まあ、いろいろ事情があって、そういう写真しか入手できなかったんだよ。そのうち面白い答えが出るかもしれないから、楽しみにしていてくれよ」

「しかし、おれのほうはあまり期待しないほうがいいぞ。なにせ素材が悪すぎる」

木下は早々に予防線を張る。川井が中学時代の友人から本物の槙村の写真でも入手していれば見通しが立つが、初回の記事では具体的なことには触れなかったようで、そのあたりの事情が判然としない。

期待できるのは妻からの事情聴取で、もし川井の取材資料を開示してもらえれば、かなりの事実が明らかになるはずだが、本人の生死はまだ不明で、妻が川井本人の承諾なしに見せてくれるかどうかは微妙なところだ。

「いやいや、大いに当てにしているよ。他殺なのは明らかなんだから、その犯人を取り逃がすようじゃ、殺しの時効を撤廃した意味がない。ここは鑑識の腕の見せどころじゃないのか」

期待は半ばながら、目いっぱい発破《はっぱ》をかけて、特命捜査対策室の刑事部屋に戻ったところへ、井上から電話が入った。

「いま法務局で履歴事項全部証明書をとったところなんですが――」

その口調がどこか重い。あまりいい材料は見つからなかったようだ。

「事件があった当時、だれがあの家を所有していたんだ」

「槙村尚孝とはまったく別人でした。七年前にその人物が都内の不動産会社に売却し、さらに五年前に、現在所有する不動産会社に転売されていました」

「要するにあそこは、槙村氏の自宅ではなかったんだな」

「そうだと思います。もちろん槙村氏が当時の所有者から賃借していたとも考えられますが、原口たちが目をつけたように、槙村氏がかなりの資産を両親から相続していたとすれば、それは考えにくいような気がします」

「だったらその持ち主は、ずっと見ず知らずの死体と同居していたわけだ」

「ええ。気になるのは、その土地に建っていた家屋が三十年前の夏に滅失登記されて、その年に新たな家屋が登記されていた点なんです」

「家を建て替えたんだな」

「ええ。今回は家屋を取り壊している最中に死体が出てきたんですが、三十年前もいったんは更地になっていたはずです」

「死体を埋める場所としては、最適だったとも言えるな」

「当時の持ち主の所在がわかれば話を聞くこともできるんですが、住民票の除票の保存期間は五年ですから、区役所に問い合わせても無駄ですね」

「けっきょく、葛西老人にお出まし願って、記憶をたどって事件があった家を特定してもらうしかないな」

「それにしたって、当時の槙村の家がいまも存在するかどうかですよ。老人の話が本当なら、槙村氏に成りすました原口が、とうの昔に売却していると思われますから」

「槙村の現住所を調べる方法はないものかな。それがわかれば、住民登録から戸籍所在地が判明するんだが」

「そこから本物の槙村氏の親類の消息が摑めますね。天涯孤独と言っても、なんらかの繋がりがある人物が一人もいないとは考えにくいですから」

「それに、親類関係じゃなくても、出生地がわかれば、幼少時の槙村氏を知ってる人が出てくるかもしれない」

「川井氏が情報を得たという中学時代の友達だけじゃ、決定的な材料になるかどうか微妙ですからね。しかし現住所というのは個人情報の最たるものですから、あれだけ世間に顔を出さない槙村がどこかに公表しているとは思えません」

「会社に問い合わせたって、そんなことを教えてくれるはずもないし、わざわざこちらが動いていることを知らせることになる。警察がアクセスできるものとなると運転免許の情報くらいだな」

免許証の交付は各都道府県の公安委員会の所管で、その実務はそれぞれの警察本部に委ねられている。もし槙村が免許証を所持していれば、データベースを検索することで、現住所から本籍地まで把握できる。

やってみる価値はあるが、槙村ほどの人物ならお抱え運転手を雇う金に不自由はしないだろう。つまり、足のつきやすい運転免許証は所持していない可能性が高い。本物の槙村が死んでいるのなら、彼がもともと持っていた免許証はすでに失効しているはずだ。

「僕も帰ったら、インターネットでじっくり検索してみます。どこかにヒントになるような話が出ているかもしれませんので」

「それでだめなら、マキオスの本社を張り込んで、槙村が出てきたときに尾行するしかない。自宅さえ突き止めれば、あとは区役所で調べてもらえるだろう」

「忙しくなりそうじゃないですか。でも、川井さんの奥さんの協力が得られれば、そこに宝の山があるかもしれませんよ」

「そう期待したいな。ただ心配なのは川井氏の行方だよ」

「そうですね。もしいまの槙村氏が原口の成りすましなら、川井氏はいちばん消えて欲しい人間のはずですから」

「おれたちも心してかかったほうがいいかもしれないぞ。世間には金で殺人を請け負う連中はいくらでもいる。年間八万人の行方不明者のなかに、発見もされずに眠っている他殺死体がどれほどあるかだよ」

「今回の死体だって、たまたま家を取り壊したから出てきただけで、そうじゃなかったら、まだこの先当分、見つかることもなかったでしょう」

「日本の財界人のなかに、槙村のようなのがうようよいるとしたら、なんとも恐ろしい話だな」

「あり得なくもないですよ。意外に簡単な手口ですから。しかしそうだとしたら、気になるのは、原口の戸籍がいまどうなっているかですね」

「ああ。それも調べてみる必要があるな。たしか警察庁の犯歴データベースでは、川崎《かわさき》市中原区《なかはら》となっていたが、その後変わっている可能性がある」

「たぶん住民登録は職権消除されて、戸籍は残っていても住所不定になっているか、あるいは失踪宣告を受けて死亡と同様の扱いになっているかだと思いますけど」

「両方の戸籍を使い回している可能性だってある」

「原口という男も生きてこの世でなにかやっているとしたら、なんだか薄気味悪い話ですよ。でもあり得なくはないですから、免許証の検索は原口の名前でもやったほうがいいでしょうね。もしその名義が使われているようなら、そこで逮捕に踏み切れるかもしれませんから」

「しかし槇村こと原口は、それで足がつくほど間抜けじゃないだろう。スタートは本物の槇村氏から奪いとった財産だとしても、それを元手にしていまの地位にまでのし上がった才覚は並じゃない」

「なんだか気合いが入ってきましたよ。僕らにはお誂《あつら》え向きの事案じゃないですか」

「ただし手強いぞ。金はある。頭も切れる。そのうえ根っからの悪党だ」

「もちろんそこは承知の上ですよ。これまで相手にした悪党のなかでも、最強かもしれません」

臆する様子もなく井上は言った。

4

「そこまでいい材料が出ているのに、どうしておれに連絡してくれなかったのよ」

三好と井上を伴って柿の木坂のマンションに帰り、これまでにわかったことを報告すると、キッチンで晩飯の仕度をしながら、宮野はいかにも不満げな声を上げた。鷺沼は素っ気なく応じる。

「これはあくまで警視庁の事案であって、部外者にいちいち報告する義務はないんだよ」

「部外者って、どういう意味よ。ヒントをあげたのはおれじゃない」

「だからって、いちいちあんたにお伺いを立ててたんじゃ捜査効率が悪くなる。今夜は主だったメンバーが集まるわけだから、これからみっちり作戦を練ればいいだろう」

「偉そうなことを言ってるけど、おれたちはやることがいっぱいあるじゃない。これから川井というジャーナリストの奥さんと会うんだろうし、葛西の爺さんを豪徳寺に連れてって三十年前の事件現場を特定する必要もあるし、原口の生まれ故郷がどこなのか、爺さんが話くらい聞いているかもしれないし、事件の状況についても、一応、供述調書をとらなきゃまずいでしょう。そのうえ槙村の現住所がわからないというんじゃ、尾行して突き止める必要もあるわけで、おれという有能な刑事の手助けなしに、それだけの大仕事は無理だと思うけど」

宮野はここぞとばかりにまくし立てる。差し水をするように鷺沼は言った。

「ああ、せいぜい当てにさせてもらうよ。ところで、きょうの献立はなんなんだ」

「そうそう。きょうも築地の場外に出かけてね。タラバガニが旬なもんだから」

「高かったんだろう」

「大したことないよ。おれの眼力でいちばんコスパの高そうなのを見繕ったから。冷凍のでキロ七千円。それでもなかなかの上物なんだよ」

「何キロ買ったんだ」

「五キロ。四人で食べてもたっぷりお釣りが来ると思うよ」

「あんたの奢りなんだな」

「またまたそういうけち臭いことを。これからお互い力を合わせて大きなヤマに挑んでいこうってんだから、鷺沼さんもここは太っ腹なところを見せてくれないと」

「太っ腹になるべきはあんただろう。このヤマで一山当てようと目論んでいる張本人なんだから」

「でもいまは素寒貧《すかんぴん》で、皆さんの愛だけが頼りなのよ」

宮野はキッチンカウンターから顔を覗かせ、哀切な表情で訴える。三好が鷹揚に頷く。

「だったら、今夜の分はおれがもつよ。これから宮野君にも大いに働いてもらわなくちゃならんからな」

「さすが三好さん。鷺沼さんとは人間の器が違うね。だったらもう少し多めに仕込んでおけばよかったよ」

宮野が相好を崩したところへ、井上のスマホが鳴った。それを耳に当てて、楽しげになにやらやりとりし、通話を終えて井上は顔を上げた。

「彩香がもうすぐ来るそうです。きょうのディナーはタラバガニだと言ったら大喜びでしたよ」

「ちょっと待ってよ。おれがいつ、あんな大食いの性悪女を招待したというのよ。あんなのが入ってきたら、おれたちの食べる分がなくなっちゃうじゃない。まさか福富まで呼んだんじゃないだろうね」

宮野は血相を変える。鷺沼はさらりと応じた。

「声をかけたんだけどね。今夜はどうしても外せない商談があるそうで、残念だが遠慮するという話だったよ」

ここでタスクフォースを立ち上げるとなれば、宮野がかさにかかって主導権を握ろうとするのは目に見えている。三好も井上も宮野には甘いが、天敵の彩香とともに、宮野の本性をよく知る福富は、暴走のブレーキ役として貴重な存在だ。

「また余計なことを。あんな欲の深いやつが首を突っ込んできたら、おれたちの正義の戦いが欲得ずくのダーティービジネスに変わっちゃうじゃない」

福富としては、その言葉をそっくり宮野に返したいところだろう。鷺沼は言った。

「肝心な局面では、あんたよりずっと役に立ってきた」

「あ、そういうことを言うわけ。やっぱり鷺沼さんの人を見る目は節穴以外のなにものでもないね。そうでしょ、三好さん」

宮野は三好にすがるような目を向ける。自分に甘い相手を見つける才能に関しては犬猫並みだ。

「宮野君も大いに活躍してくれたが、福富君だって負けないくらいの仕事はしたと思うがな。まあ、いちばん重要なのはチームワークだよ。それがあってこそのタスクフォースだからね」

さすがに年の功で、三好は上手いところに話を落ち着ける。そのとき玄関のチャイムが鳴った。井上が素早く立ち上がってドアを開けると、片手にどこかのケーキ屋の紙袋を下げた彩香が颯爽と入ってきた。

「久しぶりですね、宮野さんのディナーに招待されるの。きょうはカニさんだそうで。楽しみだな。あ、これ、食後のデザートに――」

言いながら彩香は鷺沼に紙袋を差し出す。横目でそれを見ながら、宮野はさっそく嫌味を口にする。

「おれは招待した覚えなんかないよ。それにおまえの分までカニさんは用意していないから、どこかそのへんで見学しててもらうしかないね」

井上がすかさず口を挟む。

「さっきは四人で食べてもたっぷりお釣りが来るって言ってたじゃないですか。それに材料費は係長もちなんだし」

「なんだ、そうなんですか。じゃあまたいつものパターンで、鷺沼さんのマンションに居座る気なんですね」

彩香はいかにも納得したという口振りだ。宮野は口を尖らせる。

「居座るってどういう意味だよ。おれは持って生まれた善意と正義感で、微力ながら警視庁の捜査のお手伝いをしようと――」

「どうせまたお金を全部すっちゃって、家賃が払えなくなって転がり込んだんでしょ」

「馬鹿にするんじゃないよ。今月いっぱいくらいは保《も》つよ」

「やっぱりね。でも今度の事件、面白そうじゃないですか」

彩香は興味津々という様子で鷺沼に問いかける。宮野は血相を変える。

「ちょっと、誰なのよ。そういう重要な機密を部外者に教えたのは？」

当然だという調子で井上が応じる。

「僕ですよ。彩香は警視庁の所属で部外者じゃないし、これからいろいろ手伝ってもらうことがあるかもしれませんから、事前に基本的なところは頭に入れておいてもらったほうが話が早いと思って」

「ああ、そうなの。おれには連絡をくれないで、この女とは上手いことやって、そのうえ二人しておれの料理にありつこうという魂胆なんだね。井上君との友情は、これでご破算ということになりそうだね」

「そこまでは教えていませんよ。新しい情報がいろいろ入ったのは、彼女に連絡をしたあとですから」

「どうだか。どうせまた鷺沼さんの口八丁にたぶらかされて、おれを除け者にしようと画策してるんじゃないの」

「そんなことないですよ。僕らも忙しかったし、今夜みんなが集まることはわかっていたから、そのときに話せば手間が省けるだろうと思ったんです」

「要するに、おれの存在についてはその程度の認識なんだ。だったら、もうやってられないね」

宮野はわざとらしくふて腐れる。鷺沼は喜んで応じた。

「そりゃけっこうな話だな。だったら、もう金輪際、おれたちに付き合ってくれなくていいからな」

「ちょっと待ってよ。どうして話をそこまで飛躍させるの。きょうまで培ってきたおれたちの強い絆が、そんなことで断ち切られるなんて悲しすぎるじゃない」

「言い出したのはあんたじゃないか。おれは単に賛意を示しただけだ」

「悪かったよ。性悪女の挑発に乗って、つい言い過ぎちゃった。これからも仲良くやっていきたいに決まってるじゃない。カニさんはもう少し待っててね。ボイルじゃありきたりだから、いま焼いているところだよ。残り半分はカニ鍋にするから、彩香ちゃんの分も十分間に合うよ」

宮野はとたんに手のひらを返す。焼きガニの濃厚で甘い香りがキッチンから漂ってくる。その匂いに鼻を蠢《うごめ》かせながら、彩香が意外なことを言う。

「私もいろいろお手伝いすることがありそうですよ。その槙村尚孝っていう人、うちの管轄に住んでますから」

「本当なのか。いったいどこに？」

「大岡山《おおおかやま》二丁目ですけど。知らなかったんですか」

彩香は意外そうに問い返す。驚きを隠さず鷺沼は言った。

「それがわからなくて困っていたんだよ。だったらうちから歩いて二十分くらいだ。どうして知ってるんだ」

「以前、地域課にいたとき、大岡山一帯が警邏《けいら》の担当地域だったんです。すごく立派な家なので記憶に残っていたんですけど、あの家の主がマキオスの会長だとは知りませんでした」

「ちょっと、ちょっと。あんまり早合点しないほうがいいよ。同姓同名ということもあるんだから。そもそもおまえの話じゃ当てにならない」

宮野はさっそく腐しにかかるが、彩香は意に介さない。

「鉄筋コンクリート三階建ての豪邸なんですよ。車も二台あって、どちらも高そうな大型の外車で、普通の人の家じゃないとは思っていたんです」

「槙村はプライベートなことはほとんど公表しておらず、現住所もわからなかった。会社から尾行して調べるしかないと思っていたんだが」

鷺沼も思わず声が弾む。井上が張り切って言う。

「住所さえわかれば、あすすぐ目黒《めぐろ》区役所で住民票をとりますよ」

「おう。それをたどれば、どこかで本物の槙村を知っている人間が出てくるかもしれないな」

三好も勢い込むが、宮野はまだ皮肉な口振りだ。

「肩透かしを食わなきゃいいけどね。なにしろ情報の出どこが出どこだから」

鷺沼は、彩香に代わって嫌味を返してやった。

「あんたのほうこそ、葛西老人の話の信憑性は確かなんだろうな。それが嘘だと、この事案そのものが空中分解する上に、警視庁が名誉毀損で訴えられかねない」

「もちろん、そこは抜かりないよ。あす車椅子で乗車できる福祉タクシーってやつで、現場付近を一回りして話を聞くから。そのときついでに、原口の生まれ故郷がどこなのか、聞き出せばいいんでしょ」

「ああ。そこに原口の戸籍ないし除籍があるはずだ。原口が戸籍上生きているのか死んでいるのかも、今後の捜査で重要な意味を持ってくる」

「槙村こと原口が、二つの戸籍を使い回しているかもしれないしね」

「おれたちもそんな気がしてたんだ。そうなると、理屈のうえでは足がつく可能性も倍になる。さらに事件の現場になった家が特定できれば、事件前後の不動産の所有権移動状況も把握できる」

「原口が槙村を殺した日以降に、槙村名義の不動産になんらかの移動があれば、それができたのは原口だけだからね」

訳知り顔で宮野は応じる。彩香が興奮気味に口を挟む。

「だったら、もう解決も間近ですね。三十年前の殺人事件がこんなにあっさり決着して、鷺沼さんたちも鼻高々じゃないですか。私も多少は貢献できたみたいだし」

「たまたまおまえが警邏していた地域に槙村の自宅があっただけじゃないの。そんなの手柄でもなんでもないよ」

香ばしい香りが漂う焼きガニの大皿をテーブルに運びながら、宮野はなおも嫌味を忘れない。むろん彩香も負けてはいない。

「だったら宮野さんだって、たまたま班の嫌われ者だったおかげで老人ホームからの電話を受けられただけで、べつに手柄というほどのことでもないじゃないですか」

「嫌われ者ってどういう意味だよ。うちの班のぼんくらたちからみれば、おれは優秀すぎて近寄りがたい存在なんだよ」

宮野の抗議を聞き流して、彩香ははしゃいだ声を上げる。

「これ凄い美味しそう。シェフとしてなら、宮野さんが優秀すぎるのは間違いないわね」

「遠慮して食うんだぞ。おまえはあくまで予定外なんだから」

「でも宮野さんの料理の魅力に勝てる自信はありませんから、その点については最初からギブアップして、遠慮なくいただくことにします」

言いながら彩香は、いちばん大きな足に手を伸ばす。鷺沼も大ぶりの足を手にとって、ぷりぷりとした身をとり出して頬張った。殻の焼けた香ばしさと身の甘さが相まって、口のなかに至福の世界が広がる。

「どうよ。ボイルと違って水気が飛ぶから、身が引き締まって味も濃厚でしょ。普通は炭火で焼くんだけど、鷺沼さんとこの貧弱なキッチンじゃそうもいかないから、ガスで焼くのには苦労したよ。もちろんそこが腕の見せどころなんだけど――」

宮野の講釈には誰も耳を傾けず、熱心に焼きガニの処理に集中する。カニは、食べながらの会議にはもっとも不向きな食材の一つだろう。

5

三好が書いた身上調査照会書を携えて、翌日の朝いちばんで井上は目黒区役所に向かった。

そこで取得した槙村の住民票によれば、本籍は現住所と同じ目黒区大岡山二丁目にあった。

井上はその戸籍謄本も取得した。それによると、槙村の出生地は世田谷区豪徳寺三丁目となっていたが、そこが当時の住所ないし本籍地だとは限らない。従前戸籍は横浜《よこはま》市港北《こうほく》区菊名《きくな》三丁目。大岡山に転籍したのは七年前だった。この事案の性格から考えると、それ以前にも何度か転籍を繰り返していた可能性が高い。

本物の槙村が三十年前にどこに住んでいたかを知るには、その当時の戸籍まで遡るしかないが、それにはかなりの手間がかかるだろう。手っ取り早い方法は、やはり葛西老人を豪徳寺に連れ出して場所を特定してもらうことだ。

宮野は福祉タクシーをチャーターして、昼前に老人ホームに出かけ、どこかで昼飯をご馳走し、そのあと豪徳寺に向かう予定だという。

あとでまたぐずぐず文句を言われるのも鬱陶しいから、槙村の戸籍の件を電話で報告すると、だったらここは自分が真打ちで、葛西から必ず核心を突く情報を引き出してみせると宮野は力強く請け合った。

それがうまくいけば一気に疑惑が解明できると煽《おだ》ててやると、どこか慌てた様子で宮野は応じた。

「槙村の居どころは判明してるんだし、案外手強そうな相手だから、焦らずにじっくり攻めていったほうがいいと思うよ」

「簡単に解決すると、これから一山当てようというあんたの目算が狂うからな」

腹の底を見透かすように言ってやると、臆面もなく宮野は応じる。

「よくわかってるじゃない、鷺沼さん。それじゃただの強盗殺人で、生きてるうちにムショから出てきちゃうかもしれないでしょ。そのあと築き上げた財産で左団扇《ひだりうちわ》の余生を送られたら、法の番人のおれたちとしては面目丸潰れだからね」

「そこまでは、法の番人の仕事じゃないと思うが」

「そういう建前の話じゃなくて、おれが言ってるのは精神のことだよ。そんなの許したら、どんな犯罪もやり得ってことになっちゃうじゃないの」

またいつもの屁理屈だ。鷺沼は言った。

「だからといって、あっさり解決できる事案を、あんたの都合に合わせて長引かせるのが、法の精神にかなうとは思えない」

「またまたそう固いことを言う。臨機応変というじゃない。それができるのがタスクフォースの強みでしょ」

「べつにそのためにあるんじゃない。そもそもタスクフォースなんてものは実体として存在しない。あんたがうちに居候して、料理に釣られて勝手に人が集まって、なりゆきで事件解決に関わった。それ以上でも以下でもない」

「でも、法では裁ききれない犯罪者を、これまでもしっかり成敗してきたんだから、それなりの効用はあったじゃない。そもそも今回の事案を鷺沼さんと井上君に割り振った三好さんにも、なにかしらの深慮があったわけでしょう」

「さあ、どうだかな。どこかの訳あり刑事が首を突っ込んできそうな勘が働いたのかもな」

「それを同僚のみなさんに知られると、恥ずかしいとでも言いたげだね」

「わかってるじゃないか」

「こういう場合、普通の人は、そんなことないよってフォローするもんだけど」

宮野は切なげに訴える。鷺沼は釘を刺した。

「老人から引き出したネタを懐に仕舞い込んで、好き勝手な動きをするんじゃないぞ」

「どうしてそう疑り深いんだろうね、鷺沼さんは。ただのさ、思ったほど簡単にはいかないと思うよ、このヤマ。例のスーパーインポーズ法も期待していたほどは役に立たないんでしょ」

「そのようだな。そもそも豪徳寺の白骨死体が誰なのか、いまはまだわからないわけだから、鑑定の結果、生きている槙村が別人だという結論が出ても、向こうにとっては痛くも痒くもない」

「でも、あの死体が本物の槙村なのはまず間違いないんだから、それをどう証明するかだよ。ポイントは川井というジャーナリストがどういう証拠を摑んでいたかだね。奥さんといつ会うか、まだ決まってないの？」

「連絡を待っているところだよ」

「槙村の戸籍の追跡もやるんでしょ」

「これから井上に動いてもらうが、そこはよそ者のあんたに手伝ってもらうわけにはいかないからな」

「またそうやって排除の論理をちらつかせる。まあ、たしかに神奈川県警の刑事の肩書きじゃ話がややこしくなるけどね。鷺沼さんたちこそ、そっちで得た情報を仕舞い込んで勝手に捜査を進めたら仁義にもとるよ」

「そこはお互い様ということだよ。とりあえず動けるところでいろいろやってみるしかなさそうだな」

「そうだよ。こんなでかいヤマ、この先、そうは出てこないからね。一部上場企業の総資産となると、おれや鷺沼さんの懐具合と比べたら天文学的な数字だよ。それをごっそり毟り取るのは無理にしても、いま鎮座している頂点から引きずり下ろしてやることがおれの最終目的で、その弾みにぽろりとこぼれた小銭をポケットに入れたって罰は当たらないはずだからね」

ほくほくした声で宮野は応じた。

それからしばらくして、井上がいったん本庁へ戻ってきた。三好に港北区役所宛の身上調査照会書を書いてもらうためで、そちらで除籍謄本を取得するにはそれが必要だ。そこにきのう話を聞いた田島から電話が入った。きょうの午後なら、川井の妻が会ってもいいという。もちろんそのチャンスを逃すわけにはいかない。

午後二時に田島の会社に近い市谷《いちがや》のティールームで落ち合うことにした。港北区役所に出向くのはあと回しにして、井上を同行させることにする。それを報告すると、三好は勢い込んだ。

「おれも一緒に行きたいところだが、そこまでやると目立ちすぎる。ほかの班の連中からなにかあると感づかれてはまずい。まずは潜行して調べられるだけのことは調べて、タイミングを見て一気に浮上する作戦で行くべきだろうな」

「目立つと、殺人班が介入してくる惧れがあると？」

「それだけじゃないよ。そういう事案となると、二課だって興味を持つはずだよ。原口が死んだ人間に成りすまして現在もビジネスをやっているとしたら、詐欺の容疑も出てくる。特命捜査対策室なんて捜査一課の盲腸だなんて言うやつもいるくらいで、おれとしてもそういう連中の鼻を明かしてやりたいからな」

宮野と同じ思惑で言っているわけではないらしい。その点は鷺沼も同感だった。

「わかりますよ。そもそも殺人班がこの事案を我々に投げてきたこと自体に、そういう意味があるのは見え見えですから」

6

田島と川井の妻亜希子《あきこ》とは、市ケ谷駅にほど近い、靖国《やすくに》通り沿いにあるティールームで落ち合った。

亜希子は鷺沼と井上の名刺を受けとり、そこに捜査一課の文字を見つけて、心強い思いと不安を同時に抱いたようだった。

「あの、捜査一課というと、殺人事件を扱う部署ですよね。富坂警察署の生活安全課の人は、事件性はなさそうだと決めつけて、しばらく様子を見るように言われたんです。でも鷺沼さんたちが動くということは、夫が殺されているかもしれないとお考えだからなんですか」

亜希子は不安げな表情を浮かべて問いかける。田島は先入観を持たせることを避けたのか、あるいはいたずらに不安を煽りたくなかったからか、きのうの鷺沼とのやりとりを、あまり詳しく伝えていないようだった。慎重な口振りで鷺沼は応じた。

「まだそこまでは断定できません。ただ、ここ最近ご主人が取材していた対象が、おそらくある殺人事件に関与していて、失踪当時、その人物との接触を試みていた可能性があるんです」

「それで、主人も命を狙われたとおっしゃるんですか」

「その可能性も否定しきれないんです。今回のように長期にわたって川井さんの所在が不明になるようなことは、これまでもあったんですか」

「取材で何日も家を空けることはよくありましたが、毎日最低一度、必ず連絡はくれます。こちらからの電話に応答しないようなこともありませんでした」

そう言う妻の顔には憔悴の色が濃い。彼女のように、警察が事件として扱わない行方不明者の親族は世間に大勢いるはずだ。鷺沼はそうした事案を扱う部署に配属された経験がないが、そうせざるを得ない警察の内輪の事情はよくわかる。

その一方で、もし自分が緊急の事件性なしとみて捜査に乗り出せないと告げる立場だったら、とつい考えてしまう。行方不明者が無事に発見されればけっこうだが、生きて帰れなかったとき、その苦衷《くちゅう》は堪えがたいものだろう。そんな思いを寄せるように鷺沼は訊いた。

「ご主人は、仕事の内容について、奥さんにお話はされるんですか」

「ほとんど話しませんでした。私を信用しないのではなく、場合によっては大きなリスクを背負って情報提供してくれる人に対して、ジャーナリストがその秘密を守るのは当然のモラルで、それは家族に対しても例外ではないと、いつも言っていました」

川井が取材対象について口が堅いという話は田島からも聞いていたが、それはあくまで商売上の理由からだと思っていた。妻に対してもそんなルールを貫いていたとしたら、ジャーナリストの態度としては立派でも、彼の行方を知ることを含めて、今回の捜査に関しては大きな障害になりかねない。鷺沼はさらに訊いた。

「おそらくご主人が手がけていた取材内容と、失踪とのあいだには関連があるだろうと我々は見ているんです。行方がわからなくなる前、ご主人の態度になにか変わった点はありませんでしたか」

「仕事の話はしませんでしたが、機嫌がよく、会話も弾んでいたのを覚えています。それは仕事が上手く進んでいるときの主人のパターンなんです」

「失踪した日は、どこかへ出かけられたんですよね」

「その日は仕事場に籠もって溜まった原稿を書き上げる予定だと言っていたんですが、昼過ぎになって急にそそくさと出かけていったんです。夕方には帰ると言っていました。

でも夜になっても戻ってこないので、心配になって携帯に電話を入れたんですが、応答がありませんでした」

「電話に出られなかった？」

「いいえ、電源が切れているか、電波の通じない場所にいるというメッセージが流れてきました。やむなく留守電サービスに何度もメッセージを入れたんですが、向こうから折り返しの連絡はありませんでした」

「誰かに呼び出されて、出かけたんでしょうか？」

「そうかもしれません」

「直前にだれかの電話を受けていたような様子は？」

「仕事の連絡はほとんど携帯電話か電子メールで、主人が仕事場にいるときは着信音はほとんど聞こえません。固定電話なら私でもわかるんですが、そちらにかかってくることはまずないんです」

「仕事で外出なさるときも、ノートパソコンを持ち歩いていましたか」

「ええ。自宅ではデスクトップを使っていましたが、外出するときはノートパソコンを持ち歩きます」

「取材ノートやメモのようなものは残っていませんか」

「紙に書かれた資料は、その日のうちにスキャナーでパソコンに取り込んで、あとはシュレッダーにかけてしまうんです。取材のときに録音したデータもすべてパソコンに転送して、メモリーカードのデータは消去すると言っていました。そのあたりは病的と言っていいくらい徹底しているんです」

その習慣がいまは夫と自分を厳しい局面に置いている。そのことを理解しているように亜希子は嘆息する。井上が問いかける。

「パソコンのなかを覗かせてもらうわけにはいきませんか」

「そこに、なにか手掛かりがあるかもしれないんですね。でもパスワードがわからないと、見ることができないのでは?」

「ハードディスクそのものにパスワードがかけられていなければ、中身を見ることは十分可能です。そこまでする人はあまりいないんです」

自信のある口調で井上は言った。真剣な表情で亜希子が身を乗り出す。

「本当ですか。だったらご覧になってください。あとで主人に叱られるかもしれませんが、私はそれでもかまいません。そのときは主人が生きていたことになるわけですから」

第三章

1

川井の妻の亜希子に案内されて、鷺沼たちは川井の自宅兼仕事場に向かった。市ケ谷駅からタクシーで十分ほどの文京区千石二丁目にある、やや古びたマンションの五階。わざわざ最寄り駅でもない市谷を面談場所に指定したのは田島だった。

彼の会社に近いということもあったが、きのう鷺沼と話をして、川井の失踪に強い事件性を感じ、妻のほうも監視の対象になっている惧れがあるとみて、警察関係者と接触しているところを察知されないための配慮だとのことだった。

やや考えすぎな気もしたが、事件全体に漂う極めて特異な印象を考慮すれば、たしかに用心するに越したことはない。

そこは3ＬＤＫの賃貸マンションで、築年数がだいぶ古いから、都心部にしては家賃も比較的安いらしい。川井の仕事を考えれば最適なロケーションで、二人には子供がいないから、そう部屋数も要らないとのことで、そこで暮らすようになってから、すでに十年以上経つという。

周囲には似たようなマンションが並び、近くには小石川《こいしかわ》植物園もあって、都心の喧噪《けんそう》を忘れさせる閑静な一角だ。

田島も当然だという顔をしてついてきた。令状をとっての家宅捜索ではないし、彼の口利きによって妻との面談が実現したのだから遠慮してもらうわけにもいかない。

彼にしても紹介した手前、不本意な事態を招いてはまずいという心配もあるだろう。しかしそれ以上に、彼の職業を考えれば、この事案に強い興味を抱いているのは明白だ。

しかしそれが今後の捜査の障害になるかもしれず、あるいは川井がもし槙村の意によって拉致され、あるいは殺害されているとしたら、その危険は田島にも及ぶ惧れがある。

井上は途中のコンビニでプラスとマイナスのドライバーを購入した。川井のデスクトップPCには、起動の際に必要なパスワードが設定されているはずだ。妻はそれを知らないというから解除するのは無理だが、PCの蓋を開けて内蔵されているハードディスクを取り外し、それを別のPCにUSBで接続すれば、たいがいの場合は問題なく中身を読めるという。

しかし内蔵ハードディスクそのものにパスワードがセットされていたらお手上げで、その場合はメーカーに持ち込んでも解除はできないらしい。

そうではないことを祈りながらマンションに到着し、エレベーターで五階に上がり、外廊下を通って部屋に向かう。日中で人が出払っているせいか、エントランスからここまで誰にも出会わなかった。

部屋の前に立ち、バッグから鍵をとり出して錠に差し込んで、妻の亜希子が怪訝《けげん》な顔をする。

「おかしいわ。鍵はちゃんとかけておいたはずなのに」

言いながらノブを引くと、ドアが開いた。鷺沼は不穏なものを感じた。単なる鍵のかけ忘れならいいが、川井の消息が不明ないま、同じ脅威がこちらにも迫っていないとは言い切れない。

妻は慌てて室内に入った。鷺沼は錠の状態を確認した。強引にこじ開けられたような形跡はない。

妻のあとについて室内に足を踏み入れる。廊下の突き当たりがリビングダイニングで、荒らされたような気配はない。妻は安堵した様子で、さらにキッチンや寝室、バスルームと覗いていく。そこにも不審者が侵入した形跡はなかった。

最後に川井の仕事部屋と思しきドアを開けたとき、妻の顔に緊張の色が浮かんだ。鷺沼は問いかけた。

「なにか異常があるんですか」

「机の上が、少し乱れているような気がするんです」

「無くなったものはありますか」

「それはなさそうですが、デスクトップPCの位置が斜めにずれています」

妻は不審げに首をかしげる。

「PCを立ち上げていいですか」

切迫した調子で井上が問いかける。妻は頷いた。

電源を入れると、モニターにメーカーのロゴが現れ、ファンが唸りはじめるが、それに続くはずのハードディスクの駆動音が聞こえない。ほどなく画面になにやらエラーメッセージが表示された。

「まずいですよ。OSが立ち上がりません。中のハードディスクに異常があるのか、それとも――」

言いたいことはわかる。鷺沼は頷いて妻の亜希子に問いかけた。

「PCの内部を確認していいですか」

「ええ。でも、なにが起きてるんですか」

亜希子が不安げに問いかける。井上はそれには答えず、PCをシャットダウンし、電源コードやモニターその他のケーブルをすべて抜きとり、PCを机の上に横たえた。

コンビニで購入したドライバーを取り出し、慣れた手つきで外蓋を取り外す。その内部を一瞥して、井上は力なく首を横に振った。

「中のハードディスクが外されています。誰かが持ち去ったのかもしれません」

妻の表情に鋭い緊張が走った。

「だとしたら、私が留守のあいだに、誰かが忍び込んだんですね」

「その可能性があります。この仕事部屋の状況を、最後に確認したのはいつですか」

不穏な思いで鷺沼は問いかけた。確信があるように妻は頷く。

「きょう鷺沼さんとお会いすることになったので、なにか見落としていることがないかと気になって、出かける前に仕事部屋の様子はチェックしました。そのときはＰＣの位置も、机の上の物の配置も、とくに変わっていなかったんです」

「だとしたら、やはり外出しているあいだに、何者かが忍び込んだことになりますね」

「ええ。でも、鍵をかけ忘れたことはこれまでもほとんどないんです。心配性なものですから、いったん外出しても、鍵をかけたかどうか不安になって、つい戻って確認するようなことがよくあるくらいですから。じつはきょうも心配になって一度戻っているんです」

「それなら、かけ忘れということは、まずありませんね」

「絶対にないと断言できます」

妻は頷いた。ふたたび玄関に戻って、錠の状態を確認した。

「道具を使ってこじ開けたような痕跡はありませんね」

田島が言う。鍵穴やその周囲を子細に眺めて、鷺沼は頷いた。

「私はそちらのほうは専門じゃないんですが、たしかにピッキングで強引に解錠した形跡はないですね」

「もし合い鍵を使ったとしたら、その入手先は川井さん以外に考えられないんじゃないですか」

田島が指摘する。鷺沼は妻の亜希子に確認した。

「ほかにどなたか、合い鍵を預けている人はいますか」

「いません」

妻はきっぱり首を横に振る。錠はありふれたシリンダー錠で、腕のいいプロなら開けられないことはないだろう。ハードディスクが盗まれたのは間違いないが、一般的な意味での空き巣ではなさそうだ。

妻はもう一度室内を点検した。テレビその他の家電製品はもちろん、現金や預金通帳、宝飾品の類もなくなっていないという。目的が川井の取材データが入ったハードディスクだけだったのは明らかだ。

「最近、身辺に不審な人物が付きまとっているような気配は感じませんでしたか」

鷺沼が訊くと、妻は覚束《おぼつか》ない表情で首を横に振る。

「とくに意識して注意を払っていたわけではないんですが、そんなことはなかったような気がします。ただ――」

「なにか気になることが?」

「最近、無言電話が何度もかかってくるんです。一日に二、三度かかってくることもあります」

「留守かどうか、確認するためだったんじゃないんですか」

深刻な調子で井上が言う。それは十分あり得る。しかし、とりあえずは空き巣事件として扱うしかないから、鷺沼たちは担当外で、捜査は所轄に任せるしかない。

一一〇番通報では説明が面倒なので、富坂警察署の刑事組織犯罪対策課に直接電話を入れた。

空き巣や窃盗犯の捜査の力の入れ方は、おおむね被害額の多寡《たか》で決まる。そこにどういう貴重なデータが書き込まれていても、ハードディスク単体の値段は大したものではないはずだ。ほかに被害がないとしたら、普通なら単に話を聞くだけで、捜査に乗り出すことはまずあり得ない。

警視庁捜査一課の鷺沼だと名乗り、ただの空き巣ではなく、現在、鷺沼たちが捜査中の事案と密接に関係する事件で、そちらの生活安全課にすでに行方不明者届が出されている人物の失踪とも繋がりそうなので、迅速な対応をお願いしたいと強い口調で言うと、電話に出た刑事はすぐに事態の重大性を理解したようで、鑑識係を伴って急遽こちらに駆けつけるとのことだった。

「これから鑑識が来るので、それまでできるだけ、ものに触れないでください」

そう指示をして、鷺沼は三好に連絡を入れた。状況をかいつまんで説明すると、三好は唸った。

「何者かが奥さんの行動を監視していて、留守なのを確認して侵入したということだな。それがたまたまおまえたちと会った時間帯だったのが、なんとも皮肉な話だが」

もしそうだとしてもこちらのミスということにはならないが、宮野が口撃の材料にしてくるのは間違いないから鬱陶しい。

2

ほどなく内田《うちだ》という刑事をはじめとする三名ほどの富坂署の捜査員と、同署の鑑識係が到着した。室内で鑑識作業が行われているあいだ、鷺沼たちは外に出て、内田に状況を説明した。

できればすべての捜査をタスクフォースだけで仕上げたいところだったが、川井の失踪だけではなく、空き巣の事案まで加わってきたとなると、到底そこまでは手が回らない。

とりあえず、被害に遭ったのが現在失踪中のジャーナリストの自宅兼仕事場で、こちらは別の事件を追うなかで、その人物が重要な情報をもっていることを知り、その妻から事情を聞いているさなかの出来事だった点までを説明した。

内田はこちらがいま捜査している事案についても興味を示したが、やむなく豪徳寺で見つかった三十年前の白骨死体に関する捜査だと言うと、とたんに興味を失った様子だったのは幸いと言えた。

しかし失踪した川井の自宅への侵入盗、さらにそれが普通の空き巣ではなく、狙いがPCのハードディスクだけだった点を考え併せれば、川井の失踪に事件性があるのは間違いないと内田は認め、失踪と侵入盗の件を一体の事案として捜査を進めることになるだろうと言う。

同時に、川井の妻の亜希子に関しても、今後危険な人物が接触してくる惧れがあるので、地域課に頼んで、このマンションを警邏の対象に加えてもらうとのことだった。

畑違いの鷺沼たちは、ここにいても足手まといになるだけなので、あとのことは内田らに任せ、いったん戻って報告を待つことにした。

こちらで具合の悪いことがあると、テレパシーのようなもので察知するらしく、本庁に帰って三好に事情を説明し終えたところへ、さっそく宮野から電話が入った。

「まだ川井という人の奥さんと会う日は決まってないの」

「いや、あのあと急遽会うことになってな。会ったことは会ったんだが――」

「声の調子が優れないけど、なにかまずいことでもあったわけ？」

いかにも心配げに宮野は訊くが、その声に色めきが滲んでいる。こちらのミスにつけ込んで自分有利にことを運ぼうとするのが宮野の常套手段だ。ここまでの手順に過失がないことを極力丁寧に説明したが、勝ち誇ったように宮野はあげつらう。

「要するに最大のドジを踏んだわけだね。刑事ならそういうことは十分予測して、所轄に事前に警邏させておくとか、やれることはいくらでもあったじゃない。この調子じゃこの事案、鷺沼さんにはとても任せられないよ。これまでも何度も事件を壊されかけたしね」

「取材データがPCに保存してある話は、きょう奥さんに聞いて初めて知ったんだ。霊能者じゃあるまいし、そんな手回しよく対応できるはずがないだろう」

「どっちにしても、大変なお宝を入手し損ねたわけだから、きっちり責任は取ってもらわないと」

「責任なんて取りようがないだろう」

「いやいや、今後はタスクフォースの全権をおれに委譲して、鷺沼さんにはせっせと下働きをしてもらうのよ」

「おれはべつに指揮官じゃない。あんたに委譲するような権限はもっていない」

「だったらせめて、ことあるごとにおれを排除しようとする意地の悪い性格を直してもらいたいね。おれの協力がなきゃ、鷺沼さんにはその程度のこともできないってことが明らかになったわけだから」

「悪いが、あんたの強欲な性格と一緒で、おれのこの性格も直しようがない。いやならいつでも抜けてくれていいから」

「どうしてそう依怙地《いこじ》なんだろうね。これまでだって力を合わせて難事件を解決してきた仲じゃないの」

さっきまで言っていた理屈がころりと逆転している。このあたりの臆面のなさがじつに扱いにくい。

「ところで、あんたのほうはどうだったんだ。葛西の爺さんを豪徳寺へ連れていって、三十年前の事件現場の家を見つけてくるって言ってただろう」

「あ、ああ、その件ね。じつは爺さん、急に持病の痛風《つうふう》が出たんで、二、三日待ってくれって言うんだよ」

「ひどいのか？」

「おれは経験がないからわからないけど、風が当たっただけでも痛いから痛風って言うらしいじゃない。きっと並みの痛さじゃないんだろうね」

「あんたにしちゃ、やけにものわかりがいいな。爺さん、本当に痛風なのか。まさか騙されてるんじゃないだろうな」

「そんなことはないよ。絶対に嘘は言ってないよ。おれの眼力に外れはないんだから」

「それが外れだったら、今後百年、うちの敷居は跨がせないからな」

「またそんなつれないことを。でも槙村の疑惑を追っていた川井が行方不明になり、今度はそのハードディスクが盗まれたってことはさ、爺さんの証言が嘘じゃないことを間接的に証明しているわけじゃない」

こういう議論を続けること自体が宮野の術中にはまることだとわかっているので、素っ気なく鷺沼は言った。

「爺さんの件はあんたに任すから、こっちのやることにいちいち口を出さないでくれ。結果は今夜報告するから、もう電話は寄越さなくていいぞ。じゃあ達者でな」

3

初動捜査と鑑識の結果については、夕刻六時すぎに内田から連絡があった。

現場で採取された指紋は妻のものと、つい不用意に触ってしまった鷺沼と井上と田島のもの。あと一つは、失踪前についた川井のものだと考えられた。犯人は手袋をしていたものと思われ、指紋からの犯人特定はできないという。

玄関の内外には誰のものとも特定できない靴跡があった。室内にはやはり侵入者のものとみられる足跡もあったが、靴下を履いていたため足紋は採取できず、それも犯人特定には結びつかない。

錠の状態も確認したが、やはり強引な方法で解錠した形跡はみられず、合い鍵を使ったか、あるいはその道の専門家の手で解錠されたらしいとのことだった。

防犯カメラは、エントランスとエレベーターホールにあるだけで、各階の外廊下には設置されていない。妻が自宅を留守にした二時間ほどのあいだに、カメラに写っていたのは宅配便の配達員が二名と、五名の男女で、そのうち四名はマンションの住人だということを管理人が確認している。

管理人が特定できなかった男が一人おり、黒いブルゾンを着て、ジーンズにスニーカー、大きめのキャップを目深《まぶか》に被ったいかにも泥棒でございというスタイルだったが、玄関にあった靴跡はスニーカーではなくウレタン底のビジネスシューズのもので、その点が一致しない。

築年数の古いマンションで、オートロック式ではなく、裏手の駐車場から直接外階段に至る通路があり、そこを通ればカメラには写らないとのことだから、そのあたりの事情を事前に調べていたか、もともと知っていたと考えられる。

在宅していた同じ階の住民何人かから話も聞いたが、とくに不審な人物は見かけていないとのことだった。

「気になるのは、どうやって解錠したかなんですがね――」

内田は言った。

「あそこの鍵はディンプルキーといって、ピッキングに非常に時間がかかるんです。普通の鍵はピンシリンダーキーといって構造がシンプルですから、慣れた人間なら一分もかからずに解錠できるんですが、ディンプルキーだと三十分はかかる。空き巣がいちばん嫌うタイプなんです」

「不審な人間が、玄関前で長時間、錠をいじっていれば、それだけで警察に通報されるかもしれませんからね」

「ええ。ピッキングによる被害が広がった時期に、用心のために交換した人は多いはずです。マンションは古くても、そのあたりの備えはしっかりやっていたんでしょう」

「だとしたら、犯人は合い鍵を持っていた可能性が高い。しかし奥さんは、なくしたり他人に預けたりしたことはないと言っています。となると――」

「失踪した川井さんから奪った鍵で解錠して侵入したことになりますね」

内田はいかにも深刻な口振りだ。鷺沼は確認した。

「だったら、川井さんの捜査も進めてもらえるんですね」

「もちろん。こうなると、事件性なしとは考えにくくなりますんで。川井さんは、誰に会うと言って家を出たんですかね」

「奥さんは聞いていないそうです。情報提供者の身の安全にも関わる場合があるので、取材の内容や対象者については、奥さんにも話すことはなかったそうです」

「消えたハードディスクのなかに、そのあたりの情報が残っていた可能性があるということですね」

「そう思います。おそらく携帯電話で連絡を受けて出かけたと考えられます。彼の所持していたスマホが見つかれば、そこにも答えはあるんでしょうが、もし誘拐されたとしたら履歴やメールもすでに消去されている、あるいはスマホ自体が破壊されているかもしれません」

「だとしたら、ハードディスクのほうも同じことになっているかもしれませんね」

「慎重な人だったようですから、重要なデータなら、なんらかの方法でバックアップしていたとは思うんですが――」

辛うじて残っている希望がそれだった。いまはクラウドと呼ばれるインターネット上のストレージサービスというのがあって、そこにパソコン内のデータを転送しておける。データ管理に神経質な川井ならそのくらいはやっているはずだと井上は言っているが、それにしてもＩＤやパスワードがわからなければ接続はできない。

「だったらうちのほうで、川井さんに電話が入ったと思われる時刻の通話記録を取り寄せますよ。それで彼を呼び出した人物を絞り込めるんじゃないですか」

「そうですね。それはぜひお願いしたい。川井さんの電話番号はわかりますか」

「奥さんから聞いています。さっそく動いてみます」

思いがけない味方が登場したが、今後の成り行きによっては、槙村への疑惑を秘匿しておくのが難しくなるだろう。もっとも、そこから、川井の失踪への関与が明らかになれば、そちらの容疑を手掛かりに槙村の事情聴取に乗り出せる。下心のある宮野にとっては都合の悪い話かもしれないが、鷺沼としてはそこはどうでもいい。

「ところで、川井さんが取材をしていた相手というのは、だれなんですか。そこを伺っておかないと、思わぬ手掛かりが出てきたときに見逃してしまう惧れがありますから」

予想どおり内田は訊いてきた。通話口を手で塞ぎ、三好に確認すると、やむを得ないという顔で頷いたので、マキオス会長の槙村尚孝だと教えると、怪訝な口振りで内田は問い返す。

「豪徳寺の白骨死体と槙村会長のあいだに、なにか繋がりがあるんですか」

やむなく鷺沼は口を濁した。

「あるといえばあるんですが、まだ立証にはほど遠い段階なもので、慎重に動いているところです。なにしろ相手が、社会的地位の高い人物なものですから――」

「捜査上の機密ということですね。わかりました。そのことは口外しないようにします。いずれにしても事件性があるのは明らかで、川井さんの安否が気遣われます。この先、死体でも出てきたら、うちの署も立場がなくなりますので」

内田はそれ以上詮索しなかった。

4

「まあ、しようがないとは思うけどね。それに、川井のハードディスクのデータから一気に答えが出たんじゃ、タスクフォースの出る幕もなくなっちゃうわけだから、不幸中の幸いだったかもしれないね」

柿の木坂の自宅に戻って、晩飯の用意をしている宮野に経過を説明すると、あれからだいぶ頭を冷やしたのか、打って変わって機嫌がいい。

「その『幸い』の意味が、おれとあんたじゃずいぶん違う気がするがな」

「そんなことはないよ。事件がややこしくなるほど、タスクフォースにとっては付け目、いや違った、実力の見せどころになるじゃない」

「一気に核心に迫るまでは行かなかったが、逆に言えば、川井氏が調べ上げた事実が、槙村にとってよほど厳しいところを突いていたのは確かだな」

「川井氏を電話で呼び出した人物が特定できれば、そこから槙村のところまで一気に糸を手繰れるかもしれないね。ひょっとして、実行犯は本人なんじゃないの。昔とった杵《きね》柄《づか》という言葉もあるから」

「それはないと思うけどな。槙村はその手の人間を雇う金に不自由していない」

「たしかにね。そういう金を惜しむようなけちだったら、こっちだってただ働きになりかねないから、その点では太っ腹であって欲しいもんだよ」

「あんたは正義感に燃えたボランティアとしてタスクフォースに参加していると、かねがね聞いているんだが」

「もちろんだよ。ただそういう角度から揺さぶりをかけて、太い尻尾を摑んで引きずり出すという作戦もあるでしょう」

この問答をいくら続けても、ドジョウを素手で捕まえようとするように、ヌルヌル、ニョロニョロ言い逃れられるのはわかっているので、唯一、宮野と話の合う話題に切り替える。

「きょうの晩飯はなんだ」

「いつもいつも豪華版じゃ、鷺沼さんの財布が空っぽになりかねないから、きょうは普通の中華料理にしたよ。酢豚に青椒肉絲《チンジャオロース》に小籠包に、あとは定番の海老入りチャーハン。小籠包もスーパーで売ってる冷凍食品じゃないよ。旨味たっぷりの肉汁あふれる手作り本格派だからね」

「そうか。そりゃ楽しみだな」

思わず本音が出てしまう。下手に煽《おだ》てると、それを滞在期間延長の口実にされるから極力注意してはいるが、舌と胃袋は正直で、聞いたとたんに唾液があふれて、腹の虫が鳴き出すから手に負えない。

「鷺沼さんのような庶民の口に合う料理をつくるのも、おれのような名人の社会的責務だからね」

「できれば刑事を辞めて、そっちの責務に専念してもらいたいもんだな。それで葛西の爺さんの痛風の具合はどうなんだ」

「いや、心配になって、さっきも電話を入れてみたんだけど、少しずつ快方に向かっているらしいよ」

胸をなで下ろすように宮野は応じる。金が絡む相手だとやけに親身だ。

「刑務所暮らしが長いから、そういう病気とは縁がないはずなんだけど、娑婆へ出てから栄養の良すぎるもの食って、体が慣れていないから一気に出たんだろうって医者は言ってるらしいよ」

「出所したらしたで、悩みというのはあるもんだな」

「昼飯をご馳走するって言ったら、近所に老舗《しにせ》の鰻屋があるからってえらく張り切ってさ、もともと食い意地が張ってたんだろうね。薬が効いてだいぶ落ち着いてきたから、あすは大丈夫だと言ってたよ。鰻は痛風の原因になるプリン体が比較的少ないほうだから、まあ問題はないと思うけど」

「槙村を法廷に引きずり出すまでは、なんとか元気でいてもらわないとな」

「きょうあすに死ぬような病気じゃないから、そこは心配ないと思うよ。それより、川井氏には生きていて欲しいけど、どうも難しそうだね」

「彼が持っていた鍵を使って忍び込んだ可能性がいちばん高いようだな。それを取り上げられていたとしたら、楽観できる状況じゃないよ」

妻の亜希子の話だと、夫婦のあいだにとくに諍《いさか》いはなかったし、借金取りに追い回されたりしていたわけでもないという。仕事も順調で、いまが売り出すチャンスだと張り切っていたらしい。編集者の田島も同じようなことを言っていた。

「だったら、そういう話を聞いて、事件性なしと判断した富坂署の連中が間抜けすぎると思うけど。死体にならないと事件性が認められないというんじゃ、殺されたほうは堪らないよ」

「きょう会った内田という刑事も、そこはずいぶん気にしていたよ。糸口は川井氏が外出する前に電話をかけてきた相手だな。あすには通話記録が入手できるはずだから、そこから特定できるかもしれない」

「でも、電話じゃなくて電子メールだったら、電話会社の記録には残らないよ」

宮野は鋭いところを突いてくる。ただ川井はなんらかのかたちで連絡をもらったあと、慌ただしく外出したと言っていた。おそらく緊急性のある用事だったはずで、そんな場合、すぐに開いてくれるかどうかわからない電子メールより、直接相手と話の出来る電話を使うのが常識だという気がする。そんな考えを説明すると、宮野は鼻で笑う。

「要はそれくらいしか手掛かりがないということね。富坂署が一ヵ月前にちゃんと動いていれば、目撃者もいたかもしれないし、駅の防犯カメラの画像も残ってただろうから、家を出てからの足どりが掴めたかもしれない。能なしの巣窟は神奈川県警だけじゃないんだね」

そう簡単にいかないのが家出人捜査だということは百も承知のはずなのに、宮野はここぞとばかりに腐しにかかる。

「ああ、それから例の白骨死体と犯歴データベースにあった原口の顔写真をスーパーインポーズ法で比較した結果なんだが――」

鷺沼は話を本筋に戻した。本庁を出る直前に鑑識の木下から報告があった。あの死体が原口ではないことは一〇〇パーセントの確率で間違いないという。

ついでにやってもらった槙村の写真と原口の写真の比較は、予想どおり顔の角度も画像の質も悪いため、確定的な結果は出なかったらしい。ただし、まったく別人だとは断定できないという程度までは言えるということだった。

「だったら、希望は繋がったことになるじゃない」

宮野は声を弾ませる。鷺沼は言った。

「ほぼ正面から槙村の顔写真が撮影できればいいんだが。あすの朝と晩、あんた、槙村の自宅を張り込んでくれないか。カメラは三十倍ズームのやつを貸すから、かなり遠くからでも撮影できる」

「何時に出社して、何時に帰ってくるかわからないでしょう。この寒空の下で立ちんぼしろっての？　槙村は運転免許を持ってないの？　あればそのデータから顔写真が入手できるじゃない」

宮野は渋い顔で言う。鷺沼は容赦なく首を横に振った。

「運転免許センターで確認してみたが、本人は運転免許は持っていないようだ。お抱え運転手がいるから、そんなものは必要ないんだろう」

「わかったよ。とりあえずあすの朝、張り込んでみるよ。その代わり、鷺沼さんのGTRを貸してくれる？　車のなかで張り込みするから」

「だめだ。このまえは家宝のスカGをぶっ壊されて、泣く泣くGTRに買い換えたんだ。二度とあんたに車は貸さない」

「おれが凍死してもいいんだね」

「まだ十一月だよ。凍死するような季節じゃない」

「しようがない。その代わり、おれが撮った写真が決め手になったら、分け前は半分いただくよ」

「なんの分け前だ？」

「わかってるくせに。要らないんだったらおれが総どりさせてもらうから、あとで文句は言わないでね」

「文句は言わないが、法に抵触するような行為が認められたら、遠慮なく摘発するから覚悟しておけよ」

「このおれがそんなドジ踏むわけないじゃない。やましいことがあるやつが進んで出してきた金を受けとったって、それ自体は犯罪じゃない。見逃してやれば受託収賄罪になるけどね」

「金だけふんだくっておいて、あとは刑務所送りにするというわけか。性格の悪さは並みの悪党どころじゃないな」

「気にすることないよ。そのくらい当然のことを、向こうはやってるんだから」

これ以上はいくら言ってもきりがない。それに宮野の思惑どおり行く保証はまずないから、取り越し苦労はやめにした。

キッチンから漂う香ばしい匂いに急かされるように、冷蔵庫からビールを取り出して、とりあえず手酌でいっぱい呷ったところへ、ポケットの携帯が鳴り出した。福富からだった。

「ゆうべは用事があって失礼したね。なんだか面白い話を見つけたようじゃないの」

「そうなんだ。どうもタスクフォース向きの案件で、これから手伝ってもらうことがありそうな気がしてね」

相手が誰か感づいたらしく、出来上がった料理をテーブルに運びながら、宮野が止めとけというように目配せしてきた。しかし自宅へ誰を呼ぼうとこちらの勝手だ。

「どうせまた宮野が居候してるんじゃないの。じつは所用があって、いま渋谷《しぶや》にいるんだよ。きょうは時間が空いてるから、そっちへ行っていいかい。これからタクシーでひとっ走りするよ」

「だったら十分もあれば着くな。待ってるよ。晩飯の用意がいま出来たところだから」

そう応じて通話を切ると、宮野はとたんに拗《す》ね始めた。

「いいよ。どうせあいつの分はつくってないんだから、空きっ腹を抱えて見学してでもらうしかないからね」

「そう言うなよ。三人寄れば文殊の知恵と言うだろう。いままでだって、福富の情報が思いがけない突破口になったことが何度もあった。蛇の道は蛇と言うくらいだから、槙村みたいなろくでなしの来歴について、国元ろくでなしの福富ならなにか耳寄りな話を知っているかもしれない」

「そういつも都合良くことは運ばないよ。どうせ横から首だけ突っ込んで、上手いこと食い逃げする算段に決まってるじゃない。どうして鷺沼さんは、あいつにいつも甘い顔を見せるんだろうね」

「勝手に居候はしないし、借りた車を壊したりしないし、不快な口害をまき散らしたりもしない」

「だれのことを言ってるのか知らないけど、おれのお陰でGTRに買い換えられたの忘れたの？」

「それについては、どちらかと言えば福富のお陰なんだけどな」

「まあ、いないよりましだと言えなくもないけどね」

宮野も、その点は認めざるを得ないようだった。

5

福富はほどなくやってきて、さっそく、テーブルに出ていた小籠包を口に抛《ほう》り込む。

「お、さすが宮野さん。なかなかのもんだよ。もう刑事なんか辞めて、こっちの道で食ってくことを考えたほうがいいよ」

「冗談じゃないよ。それじゃスパゲッティ屋の親爺と似たもの同士になっちゃうよ。刑事としての恵まれすぎた天分を世のため人のために活かす。それが神に定められたおれの宿命なんでね」

「どこの神棚にいる神様か知らないが、大した眼力はなさそうだね。ところで、いま扱っているのはどういう事件なの」

福富はいかにも興味津々という顔だ。とりあえずビールで乾杯してから、ここまでの捜査の状況を説明すると、うんざりした調子で福富は言う。

「マキオスか。いまは一流企業づらしているが、昔はただのあこぎな街金でね。ヤミ金融対策法なんてない時代だったからやりたい放題で、いくらなんでもあそこはえげつないと、そのころおれの得意先だった高利貸しの連中でさえ眉をひそめていたもんだった」

「そのころって、いつごろの話だよ」

宮野が問いかける。記憶をまさぐるように首を傾げて福富は言った。

「二十五年くらい前だな、台頭してきたのは。そのころはまだ社名がマキオスじゃなくて、なんとかクレジットって言ってたな」

「なんとかじゃわからない。そこははっきりしないの?」

「ああ、思い出した。たしかハッピー・クレジットだった。人を食った名前なんだが、事前審査なんてほとんどなしで、自己破産した人間にも平気で貸していた」

「それで商売になったの？」

「取り立てがむごいんだよ。自宅や会社に押しかけて騒ぎ立てるくらいは当たり前で、債務者を監禁して暴行したり、生命保険に入っているとわかれば死んで払えと脅したり。なかにはそれで自殺に追い込まれた者もいたようだし、殺されたのもいるって噂まであった」

「あんただって昔は、そういうところの取り立て屋で稼いでいたじゃないの」

「たしかにやっちゃいたが、やくざってのは日頃から警察に目を付けられているから、案外手荒なことは出来ないんだよ。せいぜい凄みを利かせて説得するくらいが関の山で、自宅に押しかけて騒ごうものなら即ムショ送りになっちまう。ところが、街金の取り締まりが甘かった当時は、連中はほとんどフリーパスでやりたい放題やれたんだ」

「それでぐんぐん伸してきたのか」

「ああ。知らないあいだに二部上場、一部上場と出世してね。上場前に社名をマキオスに変えて、商売のスタイルもだいぶ大人しくなったようだ。逆に今度は豊富な資金力で、サラ金はおろか飲食チェーンや小売りチェーンまで、手当たり次第に買収して規模を拡大しやがった」

「もし創業者の槙村が原口だとしたら、たかが元コソ泥と侮《あなど》れないね」

「人間としてはクズでも、実業家としての才覚はあったんだろうな」

「やくざから足を洗っても、スパゲティ屋の親爺にしかなれなかったおたくとはえらい違いだね」

「ただのスパゲティ屋の親爺じゃないよ。いまやミシュラン一つ星最有力との呼び声さえ出ている高級イタリア料理店チェーンのオーナーだ。会社の規模じゃ勝てなくても、経営者としての志とモラルは雲泥の差だよ」

福富は胸を反らすが、口の端がわずかに引きつっているところを見ると、内心穏やかではないらしい。その思いに期待して鷺沼は言った。

「そういう人間が日本を代表する大物経営者の一人として、大手を振って世間を歩いている。それじゃ裸一貫から事業を立ち上げて、いまや都内の一等地にも店を出すまでになったあんたのような真面目な実業家は堪らないだろう」

裸一貫からというのはリップサービスで、横浜を根城とする暴力団の幹部として蓄財した悪銭が元手だというのはわかっているが、人を殺したわけではないし、店を立ち上げて以降は、市内でもハイレベルで良心的な店として評判を積み上げてきた。

「ああ、堪らないね。実業家の風上にも置けないカス野郎だよ。いまの会社を築き上げた裏には、よほど汚い過去があるに決まってるよ」

福富は鼻息を荒くする。これまで宮野が入れ込んでいる話には適度な距離を保って付き合ってきたが、今回はいささか乗りが違う。宮野はそのあたりが不安なようだ。

「あのさあ、福富ちゃん。あまり入れ込まないほうがいいと思うよ。なにしろ三十年前の事件で、人の記憶も風化しているからね。天才刑事のおれでも少し腰が引けているくらいだから」

「そんなはずはないな。早くもここへ転がり込んでるってことは、好物の札束の匂いがぷんぷんしているからだろう。そこに一枚嚙ませろとは言わないよ。ただね、そういうたちの悪い悪党はきちっと刑務所へ送り込んでやらなきゃ、真面目に働く堅気の庶民に申し訳が立たないだろう」

「べつにおたくが責任を感じることでもないと思うけど」

宮野はさりげなく水を差すが、福富はいよいよ興味を募らせる。

「要は槙村の素性を調べ上げればいいんだろう。昔付き合いのあったその業界の人間に当たってみれば、案外面白い話が出てくるかもしれないぞ」

「そんな連中から聞いた噂話程度じゃ、証拠にはならないと思うけど」

「どんなネタからでも推理力を働かせて真相に迫っていく、まさに天才刑事の本領発揮ってところじゃないのか」

福富にくすぐられて宮野はわずかに相好を崩す。人から褒められることが皆無と言っていい人間だから、そういう手管には抵抗する術《すべ》がないようだ。

「そこまで言われちゃうとなんだか照れ臭いけどね。まあ、そういう情報も無駄じゃないから、どうしてもと言うんなら手伝わせてやってもいいよ。ただし足手まといにならないようにね」

偉そうに言いながら、宮野は福富のグラスにビールを注ぎ足す。鷺沼は訊いた。

「誰か当てはあるんだな」

「二十五年くらい前までけっこう羽振りの良かった、元街金業者の知り合いがいてね。いまはやくざな稼業から足を洗って、上野毛《かみのげ》でけちな居酒屋をやってるんだけど、そいつが槇村には恨み骨髄なはずなんだよ」

福富は自信ありげに頷いた。

「というと？」

「槇村に身ぐるみ剝がされたのさ」

「その男も、身ぐるみ剝ぐのが商売だったんじゃないのか」

「世の中には上手《うわて》がいるもんでね。あいつらの世界も弱肉強食なんだよ。当時破竹の勢いだったハッピー・クレジットから業務提携の話を持ちかけられてね。金貸しってのは資金力がものを言う商売だから、そっちから資金を融通してもらえれば仕事が広がる。ああいう業界は、暴利を貪ってはいるけど、その分貸し倒れのリスクも大きいから、資金面ではいつもぎりぎりの綱渡りでね。渡りに船と乗っちまった」

「ところが、そうは甘くなかったというわけか」

「いわゆる貸し剝がしってやつだね。ハッピー・クレジットから融通してもらった資金をすべて融資に回して、事業がいいほうに転がり出したとたんに、なんやかんやと因縁を付けて強硬に返済を迫られた。返せる金なんてないから、けっきょく債権をごっそり譲渡するはめになってね。高利貸しが善良ってのもおかしな話だけど、そこは取り立てもそれほど悪辣じゃなかったんだよ。そのせいで、あの業界としては優良な債権をいっぱい抱えていてね」

「槙村のほうは、最初からそれが狙いだったわけか」

「どうもいろいろ話を聞くと、槙村の会社が急速に台頭してきたのは、そういうやり口で同業者を吸収した結果でもあったらしい。しかし気がついたときは遅かった。そうやって優良債権をかき集め、それを土台に商売のスタイルをより穏健な方向に変えて、世間から後ろ指をさされない業態に徐々に衣替えして、株式市場への上場を果たすまでになったようだね」

「高利貸しを食い物にしてあそこまで成長したとしたら、まさに化け物だな」

「いまじゃ主要なメガバンクがこぞって取り引きしてるし、近頃は企業買収でＩＴ分野にまで進出している。そのあたりにしても、裏では相当えげつないことをしているんじゃないのかね」

「その人物から、当時の話を聞いてみようと言うんだな」

「三十年前の事件となると、あまり期待は出来ないが、槙村という男のカス野郎ぶりについてなら、ある程度のことが聞けると思うんだよ」

福富が吐き捨てるように言う。宮野が身を乗り出す。

「美味いの、その親爺の店？」

「実家が旅館をやっていて、若いころ板前の修業をしてたそうでね。何年か前に行ったことがあるけど、そこそこ美味いものを食わせるんだよ」

「だったら善は急げだよ。これから行ってみない？」

宮野はとたんに張り切り出す。福富の話に惹かれたというより、食い物の話に飛びついたのは明らかだ。自分でつくるのも好きだが、人がつくった美味いものにも宮野はことのほか目がない。

「いま晩飯を食ったばかりだぞ」

鷺沼が言っても、宮野は聞く耳を持たない。

「河岸《かし》が変われば別腹というのがグルメの王道でね」

「それが用事じゃないだろう」

「ものはついでと言うじゃない」

どっちがついでなのかよくわからないが、福富の話を聞いて鷺沼も気が急いた。福富も異論はないようで、さっそく携帯を取り出して、その店に電話を入れた。

6

福富の知り合いがやっている上野毛の居酒屋は、カウンターとテーブルが四つほどの小さな店で、店主は坂崎豊《さかざきゆたか》といい、短く刈ったごま塩頭にバンダナを巻いた小粋な初老の男だった。

客の入りは六分程度で、空いているカウンター席に陣どって、飲み物と肴《さかな》を注文し、ほかの客に聞こえないように、福富が小声で事情を説明した。

「そんな話は初めて聞くけど、ろくでもない野郎なのは確かだね」

坂崎は積年の恨みを吐き出すように言う。宮野は鰺《あじ》のなめろうに舌鼓《したつづみ》を打っている。鰺は春から夏が旬だと一般的に言われるのは、その時期の水揚げが多いからで、じつは秋から冬が脂が乗っていちばん美味いという意見で宮野と坂崎は一致した。

福富の言うとおり、焼き物から煮物、刺身の類まで坂崎の腕は一級品で、料理のレベルは居酒屋というより小料理屋といった印象だが、それでは敷居が高くなり客層が狭くなるからと、居酒屋の暖簾を出しているらしい。坂崎は続ける。

「ただ、あいつの会社がのし上がってきたとき、得体の知れない人間だというのは、同業者のあいだで盛んに噂されていた話だよ」

「出自という点だな」

福富が確認する。坂崎は頷いた。

「業界そのものが法の一線を越えないぎりぎりのところで成り立っているわけだから、おれも含めてなんらかのかたちで闇社会と繋がる過去を持ってるもんなんだよ。だからどこそこの組のチンピラだったとか、一緒に臭い飯を食ったとか、お互いそういうことはある程度知っているものなんだ」

「そういう話が聞こえてこなかったのか」

「まったく聞こえてこなかった。突然たちの悪いできものが出来たみたいに参入してきて、あれよあれよという間に商売を拡大した。審査が甘くて取り立ては苛烈。客の自殺者が多い点では業界一との評判だった」

「それで、ほかの連中が次々食われちゃったわけだ」

「当時としては破格の低金利を打ち出したんだよ。それで同業者の客が借り換えてね。貸す相手がいなきゃやっていけないから、潰れるところが相次いだ」

「槙村のところはそれでも儲かったのか」

「そもそも街金てのは、銀行で金を借りられない連中を相手にする商売で、取りっぱぐれが多いから金利は低くできない。世間で思われているほど美味しいわけじゃない、ハイリスク・ハイリターンの商売なんだよ。そんな営業戦略がとれるのはよほど資金力が潤沢だからだとみんな見ていたけど、いろいろ情報を集めても、大手の銀行がバックについている気配もない。どうも自己資金らしいとみんな気味悪がってたね」

「それがどこから出たか、だれもわからなかったんだな」

強い感触を覚えたように福富が身を乗り出す。坂崎は大きく頷く。

「そういうのは、大概どこかの組のフロント企業のはずなんだけど、その筋の人間に探りを入れてもわからない」

「そのハッピー・クレジットが業務提携の話を持ちかけてきたわけだ」

「そうなんだよ。借り手はいても、貸す金がなきゃ商売は広げられない。そこに低利で資金を融通するといううまい話を持ちかけてきた」

「最初から貸し剝がすつもりの融資だったわけだ」

「それで調子に乗って融資先を大きく広げたころに、些細なことで因縁を付けられ、借金の完済を要求された。なに、資金繰りの関係で金利の支払いが一ヵ月滞っただけなんだよ。業務提携を謳っている関係なら、目くじらを立てるような話じゃないんだが、けっきょく債権を根こそぎ持ってかれて、社長のおれはお払い箱だよ」

坂崎はいかにも苦々しげに言う。福富が問いかける。

「だったら、そいつの顔を見たことはあるんだろう」

坂崎は曖昧に頷く。
「あることはあるけど、二十年以上前の話だから、記憶はちょっと曖昧だね。それにこ
こも怪しい点だけど、あの野郎は室内でも色の濃いサングラスをかけてたね」
「そこが不自然だったんだな」
「いや、筋者のなかには朝から晩までサングラスをかけてるようなのが珍しくないから
ね。最初はそっちの関係かと思ったんだけど、話してみるとそういう感じがしないんだ
よ。あんただってあるだろう。その世界の人間ならぴんとくるような特有の匂いという
か」
「ああ、たしかにあるな。うまく言葉には言い表せないが」
福富は頷く。鷺沼は原口の写真を取り出して坂崎に示した。
「槙村は、こんな顔をしてませんでしたか」
坂崎は写真を手にして首を傾げた。
「髪はもっと長かったな。顔立ちは似ているような気がするけど。サングラスを外した
顔は見たことがないから、断言は出来ないね。誰なの、こいつは？」
ここまで聞いておいて、そこを言わないと話が先へ進まない。くれぐれも内密にと釘
を刺した上で、それが原口敏夫で、現在の槙村に成りすましているのが、おそらくその
男だと説明すると、坂崎は興味津々という様子で問い返した。

「そもそも、どういうやつなの、原口ってのは?」

宮野に情報を提供してきた葛西という人物と組んで、かつて空き巣稼業をしていた男だと説明すると、坂崎は身を乗り出した。

「それじゃ商売の世界が違うから、おれたちが見当つかないのも当然だね。しかしその爺さんが現在の槙村の顔をテレビで見たと言うんなら、その映像を借りてくればおれだって見分けがつきますよ」

「ところが放送局が撮影した映像というのが厄介で、押収令状をとっても、局は報道の自由を盾に簡単には応じない。裁判になって揉めた例もあるくらいでね。それにいまのところ、令状を取れるまでの容疑が固まっているわけじゃないんですよ」

そこは無念なところだった。その番組をこちらが録画していればいいのだが、放送があったときは、もちろんそんな事情を知る由もなかった。

しかし坂崎と付き合いがあった当時、槙村がつねにサングラスをかけていたという話は興味深い。二十年以上前といえばまだ事件があってから十年も経っていない。自分を知っている人間に偶然出会って、声をかけられでもしたら具合が悪いという判断もあっただろう。それも間接的な証拠とみなせなくもない。

「そうなんですか。槙村の化けの皮を剝ぐ、いい方法はないもんですかね」

坂崎は首を捻《ひね》るが、それこそがいま最大の難問なのだ。

7

翌朝七時に、鷺沼と宮野は槙村の私邸の近くに車を停め、カメラを携えて、槙村が家から出るのを待っていた。

けっきょく宮野は駄々をこね、車を貸さないなら張り込みはしないと言い出した。仕方がないから、朝に関しては付き合うが、夜のほうは一人でやってくれということで折り合いを付けた。

ゆうべの坂崎の店での話からは決定的な材料は出なかったが、怪しい匂いは十分漂ってきた。

いまも普段はサングラスを着用しているとしたら、川井が撮影したと思われるニュースサイトのサムネイルの写真は、サングラスをかけていないごく稀なタイミングで撮られたものだったのかもしれない。

それでも一部上場企業の会長である以上、つねに顔を隠していられるはずもなく、葛西が観たニュース番組は、企業経営者の立場上、断り切れない事情でもあったのだろう。となると、これから先もそういう機会はあるかもしれないが、こちらも朝から晩までテレビにかじりついているわけにもいかない。

井上の話では、すべての番組を二、三週間分丸ごと録画可能なレコーダーがあるそうで、三好の決済で班の予算で購入することにしているが、それも運良く槙村がテレビに出てくれなければ意味がない。

午前八時を過ぎたころ、槙村邸の自動式の門扉が開いて、黒いリムジンが滑り出す。助手席でカメラを構えていた宮野が落胆の声を上げる。

「ああ、駄目だよ、これじゃ槙村を写せないよ」

ドライバーの顔は見えるが、それは三十前後の若い男で、たぶん雇われ運転手だろう。後部のサイドウィンドウとリヤウィンドウはスモークが貼られていて、人がいるのはわかるが、顔までは識別できない。

鷺沼は五つ数えて車をスタートさせた。宮野が問いかける。

「どうするの？」

「会社まで尾行する。そこまでいけばご尊顔を拝せるかもしれないだろう」

「面白くなってきたじゃない。でもそういう用途には、この車、目立ちすぎない？」

「相手が尾行を警戒していない限り、そうは簡単に感づかれない。それにいまの時間は道がけっこう混んでいるから、そこに紛れればまず見破られる心配はないだろう」

こういうケースもあるかと考えて、ボディカラーはありふれたメタリックシルバーにしてある。

「本社はたしか六本木《ろっぽんぎ》だったね」

「環七通りを経由して首都高に入るんだろう。二十分もあれば着くな」

とくに不安もなく鷺沼は言った。リムジンは住宅街の道路を悠然と進んでいく。鷺沼にとってこの一帯は地元だから、失尾する心配はない。何度か右折左折を繰り返し、環七通りに出たところで予想どおり右折した。

そのまましばらく南に向かい、南千束《みなみせんぞく》の交差点で左折して中原《なかはら》街道に出る。予想どおりのコースのようだ。道路は尾行にちょうどいい程度に混んでいる。

そのとき鷺沼の携帯が鳴った。ポケットから取り出してディスプレイを見ると、福富からの着信だった。運転中の通話で違反切符を切られても困るので、そのまま宮野に手渡した。いつもの軽い調子で宮野は応じる。

「やあやあ、福富ちゃん。二日酔いで寝込んでいるかと思ったら、朝から元気じゃない。夢のなかで、なんかいい作戦でも思いついたの？」

飲みすぎたというほどではないが、ゆうべは十二時過ぎまで話し込み、福富は坂崎の店からタクシーで横浜に帰っていった。

ときおりふんふん言いながら、宮野は茶々も入れずに福富の話に耳を傾ける。そのうちたるんだ顔が引き締まってくる。なにか耳寄りな情報らしい。

話を終えて携帯を戻しながら、高揚した様子で宮野は言った。

「ついさっき坂崎のおっさんから電話があってね。あれから当時の記憶を辿ってみたそうなんだよ。それで思い出したらしい」

「思い出したって、なにを？」

「槙村は右足が不自由らしくてね。といっても杖《つえ》を突いたりするほどじゃない。普通に歩けるんだけど、ちょっと引きずる感じだったらしい」

「それが重要な話なのか」

「葛西の爺さんが言ってたのを思い出したのよ。原口は十代のころ交通事故で足を折って、やはり足を引きずっていたらしい。二人で空き巣をやってたころ、そのせいでパクられかけたことが何度かあったとぼやいてたから」

「サングラスで人相は隠していても、歩きっぷりなら確認できるな」

「決定的な証拠とはいかないまでも、おれたちの読みが決して外れていないことは、それで証明できるんじゃないの。これで急所はきっちり押さえられるよ」

それが自分の手柄だとでも言うように宮野ははしゃいだ。

第四章

1

槙村の乗るリムジンは渋谷で高速を降りて、六本木通りを進み、六本木交差点で左折した。会社はそのすぐ先の超高層オフィスビルに入居していることはすでに調べてあった。

車はビルの裏手に回り、あまり目立たない地下駐車場の入り口に向かう。鷺沼は間隔を詰めてそれに続いた。リムジンは自動で開いたゲートを通ってなかに滑り込む。駐車券を受けとったわけでも通行許可証のようなものを見せた様子もないから、いま流行のナンバー読み取り装置を使い、あらかじめ登録されているナンバーの車はフリーパスで入れるようになっているらしい。

鷺沼の車が着いたときはすでにゲートは閉まっていた。駐車券の発券機があるわけでもなく係員もいない。ゲートの真ん前で止まっても遮断器のバーはぴくりとも動かない。

ふと入り口の壁を見ると、「契約車専用駐車場入口　一般の方はご利用できません」

とあり、一般客向け駐車場の位置を示す地図が示されている。

「なによ、鷺沼さん。これじゃ槙村のご尊顔も歩きっぷりも拝めないじゃない。こういう仕組みになってることくらい、事前に調べておくのが普通でしょう」

宮野はここぞとばかりに言い立てる。車をUターンさせながら鷺沼は応じた。

「警視庁は不動産屋じゃないから、都内のオフィスビルの駐車場事情までは確認していない」

「でもこれじゃ槙村の写真は永久に撮れないよ。こっちは暇じゃないんだから、朝から晩まであいつの身辺に付きまとうわけにはいかないしね。たとえば別件で逮捕する手はないの。もともとの素性はこそ泥だったんだから、いまだってなにか悪さをしているに決まってるよ」

「そういう都合のいいことがあればいいんだが、槙村だって神経を使っているんだろう。失踪した川井氏もしつこく張りついていたはずだが、それでもあの不鮮明な写真しか撮れなかったわけだから」

「単に、写真が下手くそだっただけじゃないの」

「そうでもない。インタビューや取材の際、彼は自分で写真を撮っているようで、ネットに掲載されたほかの記事の写真を見ても、プロ並みの腕前だった。ちゃんと自分のクレジットを入れていたから間違いない」

そんな話をしながらもと来た道を戻り、外苑東《がいえんひがし》通りに出て、桜田《さくらだ》通りの方向に向かう。宮野が訊いてくる。

「これからどこへ行くの」

「おれはこのまま会社に出るよ。近場の駅で降ろしてやるから、あとは自分で帰ってくれ」

「勝手にこんなところまで連れてきて、自分で帰れはないでしょう。せっかく来たんだから、三好さんにも挨拶しないと」

「おとといの晩、おれのマンションで会ったばかりだろう。警視庁の人間に、あんたみたいな風体の男と一緒にいるところを見られるだけで出世に響くよ」

そもそもブリーチした髪に安物のピアス、よれた革ジャンにジーンズという出で立ちの人間を、なにも知らない同僚たちに刑事だと認めさせるのは難しい。自分が庁内警備を担当していたら、不審な侵入者として、その場で拘束しかねない。

「特命捜査対策室なんていう追い出し部屋みたいな部署に配属されて、まだ出世があると思ってるの？　往生際の悪い人だね」

「あんたに言われる筋合いはない。それよりきょうは、葛西の爺さんを連れて豪徳寺に行くんだろう。いろいろ準備があるんじゃないのか。福祉タクシーを呼ぶとか、車椅子を手配するとか」

「車椅子は老人ホームのを借りられるから大丈夫。リクエストされた鰻屋もきのう予約してあるから。ただ問題は予算のほうでね。このくらいは仮払いしてもらわないと」

宮野は指を五本立てる。鷺沼は訊いた。

「五千円で済むのか」

「冗談言わないでよ。ゼロがもう一つ付くに決まってるじゃない。タクシーは時間料金で三万円ちょっとかかるし、爺さんの好みの鰻屋がけっこう値の張る店で、二人で一万円はかかるし」

「あんたも同じものを食うのか」

「爺さんが食ってるあいだ、外で待ってろと言うの？　そういう場での何気ない会話からこそ、掘り出し物の情報が出てくるんじゃないの」

「爺さんは上でも、あんたは並にすれば安く済むだろう」

「その店には、並なんてけちなメニューはないんだよ。ほかにもいろいろ雑費がかかるしね。鷺沼さんはたぶん持ち合わせがないだろうから、三好さんに頼もうと思ったんじゃないの」

「馬鹿にするなよ。そのくらいおれにだって立て替えられる。ただしきっちり領収書をもらっておくんだぞ」

「そりゃもちろん。出費に見合うだけの成果は上げるからさ」

宮野は小鼻を膨らませる。しようがないから途中で銀行に立ち寄って五万円を引き出し、借用書を書かせて手渡した。

「じゃあ、あとは勝手に帰ってくれ」

「こんなところで降ろされても困るよ。せめて鷺沼さんのマンションまで送ってもらわないと」

「虎《とら》ノ門《もん》の駅がすぐ近くだ。電車賃くらいは自腹を切れよ」

「わかりましたよ。そんなはした金、けちらなくてもいいじゃない」

恨みがましく言う宮野の方こそ、金をけちっているという自己矛盾には気づいていない。なかなか便利な頭をしている。

虎ノ門の駅の近くで宮野を降ろし、鷺沼はその足で日比谷駐車場に向かった。警視庁の駐車場にうっかりGTRを駐めたりしたら、監察に仕事のネタをくれてやることになりかねない。

時刻はまだ午前八時半だが、三好も井上もすでに出庁していた。槙村を尾行した顚末を聞かせると、三好はさもありなんというように頷いた。

「自社のホームページや会社案内にも顔を出さないくらいだからな。それに川井というジャーナリストが身辺を嗅ぎ回っているのに気づいて、いっそう神経質になってるんじゃないのか」

「そのわりには、テレビのインタビューに顔を出したり、脇の甘いところはありますけどね」

井上が怪訝そうに言う。三好は悔しげに応じる。

「なにやらでかいＩＴ企業の買収にも乗り出して、いまや経済界の風雲児になってるんだろう。その関係で断れない事情でもあったんだろうが、今後も出てくれるかどうかはわからない。その番組を誰かが録画していれば良かったんだがな」

「ドラマや映画なら録画する人はいても、経済関係のニュースのなかの短いインタビューだったようですから、そんなのをわざわざ録画する人はいないでしょう」

井上は無念そうに言う。三好はきのう、ものは試しと、テレビ局に録画データの提出を求める捜査関係事項照会書を送付したが、けんもほろろに拒否されたらしい。

「全録可能なレコーダーはきょうのうちに買っておくよ。またテレビに出るかどうかはわからんが、こういうケースはこれからほかにも起きるだろうからな」

三好は請け合うが、今後それが役に立つかはわからない。

「しかし槙村が足を引きずっていたという話は思わぬ拾いものでしたね。それなら葛西老人の話と一致しますから」

井上が言う。三好も勢い込む。

「逮捕状を請求するにはまだまだだが、おれたちの感触としては大当たりだな。最初は半信半疑だったが、宮野君の大ヒットということになりそうだよ」

宮野がそんな話を聞いたら、つけあがって手が付けられなくなるところだった。胸を撫で下ろして鷺沼は言った。

「これから葛西老人を豪徳寺に連れてって、三十年前の現場を特定させるそうですよ」

ついでに値の張る鰻まで食う話をしても、三好は鷹揚《おうよう》に応じる。

「そのくらいかかるのはしようがない。あとで裏予算から精算するよ」

「だったら、僕らものんびりしていられませんね。戸籍を遡れば、本物の槙村尚孝の親類縁者が見つかるかもしれない」

井上も張り切る。鷺沼は頷いた。

「本物の写真を誰かが持っているかもしれないしな。それが手に入れば、スーパーインポーズ法であの白骨死体の頭蓋骨と照合できる。一致すれば成りすましの動かぬ証拠だ。おれも一緒に行くよ。きょうは車があるから、これからひとっ走りだ」

「だったら、いますぐ身上調査照会書を用意する。大岡山に転籍するまえは横浜だったな」

三好はデスクの引き出しから書式を取り出す。手帳を広げて井上が答える。

「従前戸籍は横浜市港北区菊名三丁目です。転籍したのは七年前ですね」

「港北区役所に寄って、その足で豪徳寺に行けば、そっちで宮野たちと落ち合えるかもしれないな」

鷺沼が頷くと、井上が喜色を浮かべる。

「鰻のお相伴に与《あずか》れるかもしれない」

食い意地の張り方が宮野に似てきたのが心配だ。鷺沼はあっさり首を横に振った。

「残念ながら、その店は瀬谷の老人ホームの近くなんだよ。そこで食ってから豪徳寺に向かうそうだ」

2

港北区役所で取得した槙村の除籍は、その五年前に東京都豊島《としま》区から転籍してきたものだった。

除附票（除籍になった場合の附票）の保存期間は五年なので、すでに廃棄されていた。つまり当時の戸籍所在地は豊島区目白《めじろ》三丁目だが、そこに居住していたかどうかはわからない。

そこから都内にとんぼ返りして豊島区役所に向かった。身上調査照会書は何枚も用意して、宛先だけを書き加えれば済むようにしてある。

豊島区役所で取得した除籍によると、従前戸籍は北区滝野川《たきのがわ》二丁目となっており、豊島区へ転籍したのはさらに四年前だった。もちろんこちらも除附票は残っていない。現在の槙村の住所が戸籍所在地と同一だとすると、かつての住所もそうだった可能性は高いが、絶対にそうだとは言い切れない点が厄介だ。

いずれにせよ、すでにここまでの転籍の繰り返し自体が常識では考えにくい。住所は変わっても戸籍は普通はそのままで、変えるとすれば、出自や婚姻の履歴を把握しにくくするのが目的のことが多い。

「これから北区役所へ行くしかありませんね。なんだかきょう一日、あちこち引っ張り回されそうな雲行きですね」

井上が愚痴り出す。戸籍の遡及というのは犯罪捜査の基本の一つだが、意外に厄介な仕事でもある。

「首都圏だけならいいんだが、北海道や九州に転籍されていたら、それ以上に手間を食うことになるな」

「事件当時の本物の槙村の本籍がどこだったかすらわからないわけですからね」

それについては、すでに世田谷区役所に問い合わせているが、三十年前となると戸籍事務がコンピュータ化されるより遥か以前で、そのころ除籍になっている場合、改製原戸籍という、紙の記録をイメージデータ化したものが残っているだけで、そこから名前だけで検索することは無理とのことだった。

「北区の区役所まで行っても埒があくとは思えないな。きょう葛西の爺さんが事件のあった場所を特定してくれれば、そこまで追いかける必要もないかもしれない。その住所に当時、槙村の戸籍があったとしたら、改製原戸籍を検索することはできるわけだから」

鷺沼が言うと、井上は嬉しそうに提案する。

「それならそろそろ昼飯どきですから、池袋で腹ごしらえをしてから豪徳寺に向かえば、ちょうどいい時間に宮野さんたちと落ち合えるんじゃないですか」

「それがよさそうだな。場所が特定されれば、近辺で聞き込みをすることになるだろう。役所回りで時間を潰すより、むしろ効率はいいかもしれない」

そう応じて区役所の駐車場から車を出して、近場のサンシャインシティまで走り、三階のレストラン街のとんかつ屋に入る。昼少し前なので席は空いていた。

「簡単に目処がつきそうでしたが、意外に厄介ですね、このヤマ」

それぞれ好みの定食を注文してから井上が言う。鷺沼は頷いた。

「原口のほうは逮捕時の指紋と写真が残っているから、槙村の指紋を採取するか、正面からの顔写真が撮れれば一件落着なんだがな。うまい具合に別件逮捕のネタでも出てくればいいんだが」

宮野もそんなことを言っていたが、人の顔写真や指紋を入手するのは意外に難しいものなのだ。写真に関しては、公表されているものがあれば証拠として使えるが、井上がインターネット上をくまなく探したが、見つかったのは川井が撮影したと思われる写りの悪いサムネイルくらいで、鑑識の木下もあれではお手上げだと言っていた。

指紋となるとそれどころではなく、なんらかの方法で採取できても、それが本人の同意を得ずに採取したものであれば、法的な証拠能力は認められない。

いちばんの早道は、なにかの容疑で槙村を逮捕することなのだが、いまの状況で、そうお誂え向きに槙村が悪さをしてくれるとは思えない。

「でも、なにかありそうな気がしますよ。過去を見ればあれだけ悪評紛々《ふんぷん》な男なんですから。例えば捜査二課なら、なにか面白い材料を握っているかも」

「詐欺やら脅迫やら粉飾決算やら、叩けば埃《ほこり》がいくらでも出そうではあるが、摘発できるくらいの材料があれば、もうとっくにやっているだろう」

「強引な取り立てで、脅迫罪に問われたことはないんですか」

「それがないから不思議なんだよ。もっとも経営者が自ら取り立てに乗り出すわけじゃないだろうから、捕まったのがいるとしても、下っ端の社員や下請けのごろつきだったんだろう」

「もしやってたとしても、もうとっくに時効でしょうしね」

井上は無念そうに言う。そのとき鷺沼の携帯が鳴った。取り出してディスプレイを覗くと、富坂署の内田からだった。

「ついさきほど、川井さんの携帯電話の通話記録と相手の氏名が判明しましてね」

「気になる通話がありましたか」

「失踪した日には、彼のほうから三件の発信、外から五件の着信が記録されています。川井さんが外出したという昼過ぎより前の通話は三件あって、直近のものは午後十二時十五分に外からかかってきています。ほかの二件は、午前中の比較的早い時間でした」

「かけてきた相手は？」

「田島文雄《ふみお》という人物なんですが。たしかきのう、川井さんのお宅でご一緒だった出版社の人ですよね」

不穏なものを感じながら鷺沼は応じた。

「そうです。川井さんとは仕事上の付き合いがあったようですから、連絡を取り合うこと自体はとくに不自然でもないんですが」

「その日の、しかも外出直前というのが気になりますね。彼は鷺沼さんにそのことは言っていましたか」

「いや、聞いていません」

まさか田島が川井の失踪に関わっているなどとは考えもしなかった。しかし言われてみると、不審なところがなくはない。

そもそもきのう川井の妻の亜希子と落ち合うのに、時間と場所を指定したのは田島だった。わざわざ自宅から離れた市谷を指定した点が不審といえば不審だった。そのうえ川井の自宅まで彼もついてきた。

妻がその時刻、鷺沼たちと会うことを知っていたのは言わずもがなだし、自宅まで同行した点も、怪しいとまでは言えないにせよ、なにか理由があってのことだと考えられなくもない。

「その前後には、彼との通話はありませんでしたか」

「取得したのは失踪当日から遡って一ヵ月分でして。そのあいだ、ほかには彼との通話はありませんでした」

「それ以外で、不審な人物との通話はありませんでしたか」

「これからすべての通話相手の身元を特定しようと思うんですが、とりあえず田島さんの名前が気になったものですから」

「どういう用件だったのか、私が訊いてみましょうか」

とりあえず言ってはみたが、訊いたところで、彼がなんらかのかたちで事件に関わっているとしたら正直に答えるはずがない。会話の内容までは把握できないから、けっきょく田島の言うことの真偽は確認しようがないだろう。

もう一つ気になるのは、少なくともこれまでの田島の態度がじつに協力的で、川井の身の上を本気で心配しているように見受けられた点だった。彼が川井の失踪になんらかの関わりを持っているとするなら、むしろ知らぬ存ぜぬで押し通せばよかったはずなのだ。

「お願いできれば有難い。私のほうからだと、彼は警戒すると思いますので。ただしさりげなく訊く程度にしていただけますか」

慎重な口振りで内田は応じる。まだ真相は皆目わからないが、もし田島への疑念が的外れでないとしたら、いま突っ込めば、逆にこちらの動きを教えることになる。彼が槙村と繋がっていて、川井の失踪からハードディスクの盗難まで手引きした張本人だとしたら、田島との接触には神経を使う必要がある。

「そうですね。彼の背後関係については、拙速な捜査は避けたほうがよさそうです」

「そうなると、マキオスの槙村会長との関連も気になるところですね。そのあたりについて、少し詳しい事情をお聞かせ願えるとこちらも動きやすいんですが」

内田の言うことはもっともだが、現状ではどこまでオープンにしていいか悩むところだ。いずれにしても、失踪当時の川井の取材対象が槙村だったことはすでに言ってある。

「彼が取材していたのが、槙村氏の過去についてのある疑惑なんです」

現在の槙村が別人による成りすましだというのが彼が書こうとしていた記事のポイントだったようで、同じ疑惑を持っていた鷺沼たちが捜査に乗り出したところで行き当たったのが、川井があるニュースサイトに連載しようとしていたその記事だった——。

そこまで説明すると、内田は察しよく反応する。

「豪徳寺で見つかった白骨死体が本物の槙村氏で、現在の槙村氏は、成りすましの可能性があるということですね。しかしその死体と槙村氏の顔写真を照合すれば、別人かどうかははっきりするんじゃないですか」

「そこにいろいろ障害がありましてね。まずその白骨死体が、殺されたとされる本物の槙村氏なのかどうか証明できていない。もう一つは、槙村会長がめったに表に顔を出さない。まともに写った顔写真が入手できないんです。ただし、その白骨死体が高い確率で槙村氏本人なのは間違いないと思います。そしておそらく成りすましているのは、三十年前に彼を殺害した男です」

そこまで言っていいのかというように、井上が顔を覗き込む。しかし事態は妙な方向に向かい始めた。川井の捜索に関しては富坂署の手を借りる以外にない。そうなると、これ以上情報を秘匿すれば、それが祟って重要な事実を見逃しかねない。怪しげな胸算用をしている宮野には申し訳ないが、タスクフォースの眼目は、悪党から金をせびりとることではなく、その犯罪を暴き、然るべく罪を贖《あがな》わせることなのだ。

「そもそもその情報は、どこから出てきたんですか」

「実名は明かせませんが、かつてその犯人と組んで空き巣を働いていた人物です。最近まで刑務所にいましたが、いまは出所して老人ホームで暮らしています」

葛西が宮野に語った話をかいつまんで聞かせると、内田は唸った。

「本当だとしたら許しがたい犯罪ですね。その事実を隠蔽するために川井さんまで殺害したとすれば、極刑だってあり得ますよ」

「ただし川井さんの失踪に間違いなく槙村氏が関与しているとしたら、こちらも相当慎重に動く必要がある。これから戸籍を遡って、本物の槙村氏の親類縁者を突き止めて証言をとりたいと思っているんですが」

「三十年前となると、簡単にはいかないんじゃないですか。そもそも殺害された時点で、槙村氏はほとんど天涯孤独だったんじゃないんですか」

「そうなんです。生きている槙村氏のほうは頻繁に転籍を繰り返していまして、その足どりを追うだけで大仕事になりそうですよ」

「いちばん手っ取り早いのは、槙村氏を逮捕することなんでしょうけどね」

内田が口にしたのは、さきほど井上と話したばかりのアイデアだ。

「都合のいい別件があればと、こちらも願ってはいるんです。それで訴追は出来なくても、逮捕した際に顔写真と指紋は採取できますからね」

あらぬ期待をつい口にしてしまうが、インターネット上を検索しても、槙村個人に関わる情報がほとんど出てこない。普通あのくらいの大企業の経営者で、しかも消費者金融という顧客から恨みを買う機会の多い仕事をメインにしていれば、あることないこと悪い噂が芋づるのように出てくるものだが、良い評判にせよ悪い評判にせよ、情報そのものが極端に少ない。

検索エンジンが拾った情報を金の力で削除している企業があるという噂はときおり耳にする。都市伝説の類だとは思うが、これだけ情報がないと、裏に回ればそういう手もあるのではないかとつい勘ぐりたくなる。

そんな事情を説明すると、内田は力なく応じる。

「そういう後ろ暗い来歴があれば、逆に世間への露出には慎重になるでしょうね。たしかに会社名はテレビのコマーシャルなどでよく見かけますが、会長本人がメディアに登場したのは、私も記憶がないですよ。その老人が見たというテレビのインタビューは、一瞬の気の緩みといったところでしょうかね」

「目立つことは極力避けているように見えますね」

「しかし、株主総会には出ないわけにいかないでしょう」

「会長の出席が義務というわけではないので、代表権のある社長の出席で済ますこともあるんじゃないですか。それに日本の上場企業のほとんどは三月決算で、株主総会はその三ヵ月後が普通ですから、次の総会は来年の六月ということになるでしょう」

「それまで待つというのも気の長い話ですね。いずれにせよ、私のほうは、電話会社からもらったリストをさらに精査してみます。田島氏以外にも、怪しい人物はいるかもしれませんので」

「だったら、私は彼に事情を聞いてみます。刺激しないように、あくまでさりげなく。結果は後ほどお伝えします」

そう応じて通話を終え、話の内容を伝えると、井上も思い悩むように首を捻る。

「たしかにきのう、そのことを言わなかったのは不審ですね。それに彼なら奥さんが家を空ける時間を知っていたわけですから。でも、もしそうなら、川井さんの取材内容の件にせよ、奥さんから話を聞かせてくれた件にせよ、やっていることが逆だと思いませんか。その気になれば、なにも知らないと言って済ませられたんですから」

「案外単純じゃない事情があるのかもしれないな。怪しいには違いないが、必ずしも敵というわけでもないかもしれない。飯を食い終えたら、とりあえず電話をしてみるよ」

テーブルに届いたいい揚げ色のロースカツに食欲をそそられながら、鷺沼は言った。

3

食事を終えたところで田島に電話を入れて、川井の携帯にかけた電話の件を問い質すと、やや慌てた様子で田島は応じた。

「うっかりしておりました。たしかに電話はしたんですが、じつは経理事務上のことでちょっとした問題がありまして。疑問はその場で解消して、こちらもそのまま忘れていたんです」

「そうなんですか。たまたま時刻が川井さんが外出する直前だったものですから、そのときのやりとりで、なにかお気づきのことがあったのではと思いまして」

慎重な言葉で探りを入れると、記憶をまさぐるような調子で田島は応じた。

「その用件のほかに、仕事のことや体調はどうかというような話はしました。編集者と書き手のやりとりとしてはお天気の話くらいありきたりな会話で、そのときはとくに急いでいるような気配はなかったと記憶しています」

「奥さんから、行方がわからないという連絡があったのはいつでしたか」

「そのあと三日ほど経ってからだったと思います。警察に届けを出したのもそのころじゃないでしょうか。富坂署の対応がおざなりで困っているというようなことを言っていましたから」

「奥さんのお話では、急な連絡を受けて慌てて家を出ていったような様子だったということでしたが」

「誰かに呼び出されたとしても、連絡手段としてはメールとかLINEのような無料電話もありますから。その場合、携帯電話会社では把握できないんじゃないですか」

田島の口調に不愉快そうな気配が滲む。鷺沼はさりげなく応じた。

「たしかにそうですね。いや、別に田島さんを疑っているわけじゃないんです。ただ、奥さん以外で失踪直前の川井さんの様子を知っておられる唯一の方なわけで、それで問い合わせさせていただいたんです」

「その後、川井さんの件で、なにかわかったことはあるんですか」

「富坂署のほうで、失踪した日から一ヵ月遡って通話記録を取得し、これからそれを精査するそうです。通話相手の名前も把握していますので、お心当たりがあるかどうか、富坂署から問い合わせがいくかもしれませんが、その際はご協力いただけますか」

「もちろんです。狭い業界ですから、ライターや編集者なら知っている名前はたくさんあると思います」

「不審とはみなせない人物をそこで除外できれば、捜査の効率は高まりますから」

「そうですね。そこからなにか手掛かりが出てくればいいんですが」

田島は親身な調子で言う。妻との面談場所の件についてはやはり疑問が残るが、それについては田島の口から、妻の身辺も監視されている惧れがあり、警察との接触を犯人側に知られてはまずいとの配慮によるものだとすでに説明を受けている。

それを蒸し返せば、こちらがそこに疑念を抱いているのを教えることになるし、またそうしたところで同じ言い訳を繰り返すのは間違いない。いまは要注意人物として頭のなかにメモしておくだけで、慌ててアクションを起こすべき対象ではなさそうだ。

そのことを報告すると、内田もいまはそれ以上刺激しないほうがいいと応じた。怪しいといえば怪しいが、彼のお陰で妻からの証言もとれたし、ハードディスク盗難の事実も把握できた。鷺沼たちからの最初の問い合わせに彼がしらばっくれていたら、富坂署はいまも動いてはいなかっただろう。

その意味では捜査への貢献度のほうがむしろ大きく、あらぬ憶測で関係性をふいにするのはもったいない。ただし田島の身辺にはしばらく捜査員を張り付けて行動確認を行いたいとの考えだった。

落ち合う場所を決める必要があったので、やむなく宮野に電話を入れた。こちらの状況については、とりあえず区役所回りの話だけで済ませようとしたが、宮野の嗅覚は電話越しでも働くようで、ほかにもなにかあっただろうと勘ぐられた。やむなく田島の件を伝えると、電話の向こうでさっそく宮野は騒ぎ立てた。

「それって、やばいじゃない。鷺沼さんは相変わらず脇が甘いね。田島にいいように転がされていたってことだよ。おまけに大事なハードディスクまで盗まれて」

「そこまで断言できないから難しいわけだろう。いまのところ、捜査の進展にいちばん貢献してくれたのは彼だからな」

「上手いこと騙くらかされて、とんでもない方向へミスリードされているかもしれないじゃない」

「そこは十分注意して付き合うしかないな。ところでどうなんだ、そっちは昼飯は済んだのか」

「いま終わったところだよ。元こそ泥のくせに、爺さんなかなかの美食家でね。そこは天然物しか出さないんだけど、これがいまの季節が旬なわけよ」

「鰻の旬は土用の丑の日じゃなかったのか」

「鷺沼さんのような素人《しろうと》はそう思うだろうけど、あれは平賀源内のアイデアで、鰻屋に頼まれて、身が細って味が落ちる時期になんとか鰻を売ろうと算段した結果でね。本当に美味いのは冬に向かって脂の乗ったこの時期なんだよ」

「美味かったのか」

うっかり訊いてしまって後悔したが、もう遅い。宮野はここぞとばかりにまくし立てる。

「天然物は泥臭くて身も固い、養殖物のほうがじつは美味いとよく言われるけど、そんなの信じちゃいけない。身がふわふわで脂がこってりで味が淡泊ってのがいまどきの舌の貧しい連中には受けるんだろうけど、そういう人工の味に慣らされて、鰻本来の野趣を楽しめないとなると、日本の食文化の衰退としか言えないね」

「わかった、わかった。こんどはぜひあんたの奢りでその野趣とやらを堪能させてもらいたいもんだよ。それでおれたちもこれから豪徳寺に向かおうと思うんだが、どこで落ち合うことにする？」

「来なくていいよ。またおれの手柄を横取りする気なんでしょう」

「横取りしたって、べつに得することはない。事件の現場が特定されれば、その周辺で聞き込みする必要もあるだろう。葛西の爺さんの車椅子を押しながら聞き込みして回るわけにはいかないと思うが」

「たしかにそうだね。福祉タクシーも待たせておけばそれだけ金がかかるし。鷺沼さんと井上君じゃ心許《こころもと》ないところはあるけど、そのあいだに、おれは爺さんを老人ホームに連れて帰れるから」

「どこで落ち合う？」

「そう訊かれても、あのあたりはあまり土地鑑がないんだよ」

「あのへんは住宅が密集してる地域で、広い駐車場があるショッピングセンターのような施設は駅の近場にはなかったな」

「なんか目印になるところはある？」

「豪徳寺という寺があって、招き猫発祥の地だというんだよ。たしかそこに参拝者用の駐車場があったよ。二十台くらいしか駐められないが」

「ああ、それ有名だね。だったらそこを利用させてもらおうよ。招き猫を一匹買ってあげればいいじゃない。仮払金には余裕があるから。タスクフォースに福を招いてくれるかもしれないよ」

「そんなのはあんたの懐から出せ。じゃあ一時間後に豪徳寺の駐車場でということにしよう。葛西の爺さんの調子はどうだ」

「鰻を食ったら元気になってね、痛みもずいぶん軽くなったから、現地に着いてまた痛み出したら鰻を食わせろってふざけたことを抜かすんだよ。いくら太っ腹のおれでも、そこまでは付き合いきれないからね」

宮野が言うと、かえって付き合いたい気持ち満々の気配が伝わってくる。鷺沼は釘を刺した。

「わかってるな。タクシー代と昼飯代以外は、すべてあんたの自腹だぞ」

「またそんなみみっちいことを。相手は一部上場企業のワンマン会長だよ。そういう大きな目標と比べたら、招き猫や鰻重なんか小さな話なのに」

「だったらそんな金、こっちに頼るな」

そう言い捨てて通話を終えた。そこからの運転は井上に任せ、鷺沼は三好に状況を報告した。

「田島という編集者のことは、やはり慎重に扱う必要があるな。富坂署が行動確認するのはいいが、発覚すると、一転して協力を拒否されかねないからな」

「そうなんです。富坂署はこれから失踪前に川井氏と通話した相手をすべてチェックするそうで、それが出版業界に関わる人物なら、名前からおおむね身元がわかると田島氏は言っています。その意味でも、いまは貴重な情報源ですから」

「その一方で、悪意を持ってミスリードしようとしている疑惑も一概に払拭できないしな」

「宮野も、そこを心配しているようなんですが」

「おまえの感触はどうなんだ」

「微妙なところですが、いまのところ極めてシロに近いグレーといったところで、このまましばらく付き合うほうが得策だという気がします。なにか裏があるとしたら、この先どこかでぼろを出すと思いますので」

「ミスリードされる心配はないんだな」

「そう考えると、彼の行動は理屈に合わないことばかりです」

「たしかにな。杞憂《きゆう》に過ぎんような気もするよ。とりあえず、葛西老人のほうに期待したいところだな」

「ええ。場所さえ特定できれば、いまそこがマンションになっていようとスーパーになっていようと、事件当時の所有者の氏名はわかります。その住所と氏名で検索すれば、そこにかつて戸籍があったとしたら除籍謄本が手に入り、そこから親類縁者を探っていけます」

「もしなくても、そこに住んでいたのは間違いないわけで、近隣に当時のことを知っている人がいるかもしれない。そこで犯罪が起きたことは警察に認知されていなくても、なにか異変があったことくらいは気づいている者もいるだろう」

三好は期待を覗かせる。楽観的な気分で鷺沼も応じた。

「そうですね。いくら付き合いがなくても、突然そこから人がいなくなれば、近隣の住民は不審に思うでしょうから」

4

豪徳寺には四十分ほどで着いた。それから十分ほどで宮野たちもやってきた。

タクシーは車椅子のまま乗り降りできる電動リフトを備えたワンボックスタイプだ。葛西は、失った左足に義足をつけてはいるが、そもそも足腰全体が弱っていて、長い距離を歩くのは難しいという。やや小太りのせいか肌の色つやは良く、髪は真っ白だが、年齢のわりに皺は少ない。

「警視庁の捜査一課が乗り出してくれたんだったら鬼に金棒だよ。この人は神奈川県警で、縄張り違いだからどうするんだろうかと心配してたんだけど、警視庁と県警は近ごろは仲がいいんだね」

鷺沼と井上が名刺を渡すと、葛西は屈託なく応じる。警視庁と神奈川県警の折り合いが悪いことは知っているらしい。宮野がさっそく口を挟む。

「べつに県警が警視庁管内の事件を捜査しちゃいけないという決まりがあるわけでもないんだけど、そこはお互い面子の張り合いでね。あとで難癖つけられるのもあれだから、一応、共同捜査というかたちにしてやったわけよ。足手まといにならないように、桜田門にもせいぜい頑張ってもらうしかないね」

まるでやくざの縄張り争いのような言い草だが、当たっていないわけでもない。しかし、最後の一言は気に入らない。鷺沼は葛西に言った。

「警視庁と県警じゃ、規模も予算も違うからね。あんたが一一〇番に電話したら、不要不急の相談事と解釈されて、電話を瀬谷署に回されたわけでしょう。その電話を受けたのがこの男だった。県警の通信指令本部が無能じゃなければ凶悪な犯罪に関する情報だとわかったはずで、その場合は直接警視庁に連絡があったはずなんだがね」

「そうなのか。しかしまあ、美味い鰻まで食わせてもらって贅沢は言えないよ。神奈川県警は気前がいいね」

県警が出した金ではないのだが、それを説明すれば話が面倒になる。けっきょく宮野の出任せ話に合わせるしかない。

とりあえず、宮野がチャーターした福祉タクシーに鷺沼たちも同乗し、一帯を走り回って、ここだというあたりで葛西に車を降りてもらい、事件のあった場所を特定させることにした。タクシーが走り出すと、葛西は戸惑ったように言う。

「いやいや、三十年も経つとずいぶん変わっちゃうもんだね。あちこちマンションも建って、コンビニなんかも出来てて、なんだか自信がなくなってきたよ」

「冗談じゃないよ、爺ちゃん。それじゃ鰻重代の元がとれないよ」

宮野は悲痛な声で言う。二匹目の鰻に期待してか、葛西は目を皿のようにして窓の外の家並みを見渡す。十分ほど走り回ったところで、葛西が声をあげた。

「あ、そこだよ。あの蕎麦屋がある角を左折してくれるか」

言いながら葛西が指さす先に、昭和のジオラマから飛び出したような古びた店構えの蕎麦屋がある。運転手はその指示に従ってハンドルを切る。当時を懐かしむような調子で葛西が言う。

「忍び込む前の下見で、腹ごしらえにあそこで掛け蕎麦を食ったのを覚えてるよ。当時はもう少し見栄えが良かったし、蕎麦も腰があってなかなかのものだった」

宮野の耳がぴくりと動くが、さすがにいまは食いもののことにかまけてはいられないようだ。

「やったじゃない。この近くなんだね」

声を弾ませて宮野は問いかける。葛西は頷いた。

「あとしばらく行ったところで右に入って、すぐのところに小さな公園があったんだよ。ブランコとジャングルジムがあって、周りに椿の木が植えてあったな。たしかその隣の二階建ての家だった」

タクシーは住宅街の狭い道を三〇メートルほど進んで右折する。葛西が言ったとおり、『つばき公園』という看板のある小さな公園があった。運転手は察しよく、そこを通り過ぎたところで車を停めた。公園に並んでこぢんまりしたマンションが建っている。葛西が言う。

「ちょっと降ろしてくれないか」

運転手がドアを開け、車椅子用のリフトを操作する。路上に降りた車椅子を宮野が押して、マンションのある一角を一回りする。

「間違いないよ。あそことあそこの家は見覚えがある。おれたちの仕事は下見が決め手だから、現場のイメージはちゃんと覚えているもんなんだ」

葛西が指さしたのは、いずれも築何十年も経っていそうな木造家屋だ。

「やっぱり元の家はもうなかったね。でも嘘じゃないんだよ。ここにたしかにあったんだから。事件のあとで、たぶん原口が売っぱらって、その跡地にこのマンションが建ったんだよ」

葛西が言い訳する。もちろんその点はこちらも疑ってはいない。

場所は豪徳寺一丁目の三番地。白骨死体が出たのは五番地で、井上がスマホの地図アプリで確認すると、そこまで距離にして一〇〇メートルもない。

「たまたま家の建て替えで上物《うわもの》が取り壊されていたんで、これ幸いと死体をそこに埋めたわけだ。まさかあんた、それを手伝ったりしてないよね」

軽い調子で宮野が訊くと、葛西はぶるぶると首を横に振る。

「してないよ。そのうちおれにも警察の手が回るんじゃないかと戦々恐々としてたんだよ。そしたら新聞もテレビも事件を報道しない。原口に訊いたら、なにがなんだかわからないとしらばっくれやがった。そのあとまもなく、おれは一人でやったノビ（空き巣）で捕まってムショ暮らし。原口とはそれ以来縁が切れていた」

「その原口が槙村に成りすまして、日本を代表する大実業家に化けていた。あんたじゃなくても腹が立つよね」

「あいつが逮捕されたらおれも共犯ということになるのかもしれないけど、近ごろは刑務所も飯が良くなったし、おれくらいの高齢者になると、エアコン付きのところに入れてもらえるんだよ。住めば都と言うからね。それよりあの野郎を地獄へ叩き落としてやらないと、おれの人生は一体なんだったんだということになる」

葛西は憤懣やるかたない口振りだ。宮野が問いかける。

「このマンション、どっちかと言えば小ぶりだけど、一戸建ての敷地としてはかなり広いよね。これぜんぶ槙村という人の地所だったのか」

「そうじゃないね。狭くはなかったけど、ここまでは広くない。この近辺のほかの家と、そんなに変わりなかったな」

「だとしたら、売ったにしてもこのマンションが建つだいぶ前だね。そのあとどこかの業者が一帯を地上げして、そこにマンションを建てたわけだ」

「そうなんだろうな。原口が事前に調べたところでは、槙村名義の土地はほかにも何ヵ所もあったと聞いてるけどね」

苦い口調で葛西が言う。鷺沼もつい同情する口振りになる。

「いまとなっては、そこまでは調べようがないな。しかし原口はうまいことやったよ」

「そういうやつを許したら、額に汗して働いているおれたちは堪ったもんじゃないね。善良な庶民を代表して天罰を下してやるのが、正義の警察官たるおれたちの責務だよ」

宮野は鼻息を荒くする。またいつもの演説が始まりそうで鬱陶しい。

「あとはおれと井上でこの一帯を聞き込んで回るから、あんたたちは帰っていいよ。タクシーの料金は時間制なんだろう」

「それはいいけど、仕事はしっかりやってよね。三十年前の事件を認知も出来ないで、原口をあそこまでのさばらせたのは警視庁なんだから」

「わかった、わかった。そのころおれはまだ警視庁にいなかったから、責任をとれと言われても困るがな」

冷めた調子で鷺沼は言った。よほど上客とみているのだろう。宮野はやけに甲斐甲斐しく葛西の車椅子を押し、リフトを使ってタクシーに乗せてやる。

「連絡はまめにお願いね。いい情報があったら、仕舞い込んじゃ駄目だよ」

窓越しに嫌味を言って、宮野はようやく立ち去った。

5

まずマンションのエントランスを覗いてみた。入り口のドアはオートロック式で、管理人のいるカウンターのようなものはない。各戸に繋がるインターフォンもない。用のある人間は携帯電話で住人を呼び出すしかない。聞き込みをする刑事にとっていちばん難しいのがこの手の建物だ。

それにマンション自体は新しく、三十年も昔のことを知っている住民はまずいないだろう。道路を挟んだ斜向《はすむ》かいに、築年数の古そうな一戸建ての家がある。まずはそこで話を聞くことにした。

玄関のインターフォンを押すと、年配の女性の声が「セールスならお断りです」と応じる。穏やかな調子で鷺沼は答えた。

「警視庁捜査一課の者です。斜向かいのマンションのことで、少し伺いたいことがございまして」


「そう言われても、私はあのマンションの人たちとはほとんど付き合いがないのよ」

口振りは素っ気ないが、あながち拒絶しているふうにも思えない。なかには訪問セールス以上に警察を毛嫌いする者もいるが、テレビドラマの影響か、逆に興味津々な者もいる。

「お住まいの人たちのことじゃなく、じつはあのマンションが建つまえのことについてお聞きしたいんです。例えば三十年ほどまえのことをご記憶でしょうか」

「ずいぶん昔の話ね。最近起きた事件じゃないのね」

どこか落胆した様子で女性は応じる。

「古い話ですが、人が殺害された可能性がありまして」

興味を繋ぎ止めるように言うと、女性は「お待ちください」と言ってインターフォンを切った。そのあと廊下を走るばたばたという音がして、開いた引き戸から高齢の白髪の女性が顔を覗かせた。

「どうぞお入りください」

「それではお邪魔します」

慇懃《いんぎん》に応じて足を踏み入れ、名刺を差し出すと、婦人は老眼鏡を鼻の頭に下ろし、しげしげと見入ってから言った。

「特命捜査対策室って、テレビドラマで観たことがあるわよ。迷宮入りになった古い事件を扱うところでしょ？　警察もののドラマは欠かさず観てるのよ」

「おっしゃるとおりです。捜査一課と言っても特殊な部署でして」

説明を省けたのは有難いが、刑事ドラマのファンなら出来たての事件のほうが好みだろう。勧められるままに上がり框《かまち》に腰をかけ、さっそく本題を切り出した。

「じつはあのマンションが建つまえに、あそこで暮らしていた槙村さんという方についてなんですが」

「殺されたんですか？」

婦人はいかにも心当たりがあるように身を乗り出す。ただならぬ手応えを覚えて鷺沼は続けた。

「じつはその疑いがありまして。たぶん三十年前に行方がわからなくなっていると思うんですが」

「ええ。たしかその頃でしたよ。突然引っ越して行ったのを覚えています。ただ不思議だったのは、ご本人がその引っ越しの最中に、一度も姿を見せなかったことなんです」

「というと？」

「作業はすべて運送屋さんがやったんです」

「隣近所にご挨拶もなく？」

「もともと槙村さんは近所とはほとんど付き合いがなかったんですよ。みんななにか変だと噂していたんですが、それ以上は詮索する人もいませんでした」

「それはいつ頃ですか」

「あなたがおっしゃるとおり、三十年前ですよ。娘が結婚した年ですから、よく覚えています。たしか九月でした」

葛西の話では、事件が起きたのはその年の七月で、あの白骨死体のあった家が建て替えられたのも、井上が法務局で調べたところではそのころだと思われた。死体の始末をしたあと、原口が槙村に成りすましてすべての財産を我がものにするために、そのくらいの期間を要したと考えれば十分辻褄が合う。婦人が続ける。

「そのあとしばらくしてそこは更地になって、そのあとすぐにアパートが建ったのよ。そのときの大家さんは槙村さんじゃなくて、管理をしていたのは地元の不動産屋さんだったから、きっと土地は売却したんだろうって噂してたんだけど」

「いまのマンションが建ったのは？」

「五年前よ。その土地も含めて大手のマンション会社が買い取ってね。日照権の問題とかで地元と一時は揉めたんだけど、階数を減らすということで話がついたんです」

「槙村さんとは、お付き合いがなかったんですか」

訊くと婦人は声を潜めた。

「引っ越す五年前に、ご両親が交通事故で亡くなったんですよ。どちらも気さくな方で、近所との付き合いも普通だったんです。ただ息子さんはちょっと――」

「なにかあったんですか」

「変わった性格というか、ご両親も困っていたようです。人と付き合うのが苦手だったようで。不登校が続いてけっきょく高校は中退してしまい、仕事にも就かず、三十半ば近くになってもほとんど家に引きこもっているような状態でした。親御さんが裕福だったからよかったようなものなんですが」

「かなりな資産家だったとか」

「先代が株や不動産の投資で成功した方で、それを継いだ資産が相当あったようですよ。自宅は豪邸というほどでもなかったんですが、都内のあちこちに不動産を持ってらっしゃると聞いていました」

「そのすべてを、息子さんが相続したわけですね」

「そうだと思いますよ。ほかにご兄弟もいなかったし、お母さんも一緒に亡くなったわけですから」

「その後、息子さんは、ご近所とはほとんど付き合いがなかったんですね」

「ときおり外出はしていましたが、それほどの資産を相続したような身なりには見えませんでした。家を建て替えるでもなく、高い車を買うわけでもなく、世捨て人のような暮らしぶりで、近所の皆さんも、積極的に付き合おうとは思わなかったんです」

「だとしたら、なにか異変があっても、誰も気づかなかったかもしれませんね」

鷺沼は問いかけた。婦人は頷いた。

「そうですね。もし殺されていたのだとしたら、いつ頃ですか」

「七月のようです。引っ越しをされる二ヵ月前ですね」

「だったらあの家に二ヵ月も死体があったんですね」

怖気を震うように婦人は問い返す。鷺沼は慎重に答えた。

「おそらくなんらかのかたちで、発覚しないように始末されていたのだと思います。例えば別の場所に移したとか」

「もしかして、先日この近所で見つかった白骨死体。あれが――」

「その可能性が高いと思われます。警察で調べたところ、死後三十年ほど経っているのは間違いないようですから」

鷺沼は頷いた。婦人はどこか切なげに言う。

「そうなんですか。それから三十年ものあいだ、誰からも気づかれることなく、このすぐ近くで眠っていたんですね。小さいころは可愛い坊やだったんです。道で会えばちゃんと挨拶をしてくれたんですよ。でもいったいだれが」

「二人組の空き巣が入りましてね。そこへ槙村さんが帰宅してきた。そのうちの一人が、慌てて持っていた金槌で頭を殴って殺害したようです」

「その男は逮捕されたんですか」

「いま行方を追っているところでして。ちなみに、この人物はご存じですか。あまり写りのいい写真じゃないんですが」

例のサムネイルを拡大プリントしたものを手渡すと、婦人はきっぱりと言った。

「見たことはないです。ぼんやりした写真ですけど、それははっきり言えます。ひょっとして、この男が犯人なんですか」

「その可能性があります。いま捜査を進めているところなんです」

それが誰なのかは伏せておいた。婦人は、殺害された槙村と同姓同名の人物がマキオスという大企業の会長に納まっていることは知らない様子だ。

いま生きている槙村が、本物の槙村とは別人だという点はここでも明らかになった。そうでなければ、いくら写りの悪い写真でも、幼い頃から彼を知っている婦人が、ああまできっぱり否定するとは思えない。ものは試しと訊いてみた。

「生前の槙村さんの写真はお持ちじゃないですか」

「ありません。この近所のみなさんもお持ちじゃないと思いますよ。盆踊りとか旅行といった町内会の活動にも顔を出したことはありませんから。でも、三十年も経ってから殺人事件が発覚するなんて驚きますね」

婦人の目に非難めいた色を感じる。鷺沼は慌てて応じた。

「殺人事件というのは、死体が出ないとなかなか発覚しないものでして。この場合、被害者の置かれた環境自体が、事件の認知を遅らせたいちばんの原因なんだろうと思います。親類の方も、異変には気づかなかったようですね」

「ご両親が亡くなってから、そちらとも縁が薄くなっていたんでしょうね。でもなんだか可哀想ね」

「我々も全力を尽くして犯人を挙げます。いまは殺人に時効はありませんので。ご協力、有り難うございました」

そう丁重に応じて、二人は婦人の家を辞した。

6

それからさらに近隣の家を回った。警察だと言っただけで門前払いを食らった家もあったが、とりあえず話を聞けたところは何軒かあった。しかし婦人の家で聞いた以上の手掛かりは出てこない。

いずれにしても本物の槙村のかつての居住地は把握できた。三好に書いてもらった身上調査照会書はまだ何枚か残っていたので、世田谷区役所に出向いてみることにした。その住所と本籍地が一致していれば、そこに除籍が残っているはずだ。

豪徳寺の駐車場まで歩いて戻り、駐めてあったGTRで区役所に向かう。身上調査照会書を示すと職員はすぐに応じてくれた。幸いにして、その当時の槙村の本籍は自宅の所在地と一緒だった。

入手した除籍謄本に記載された転籍先は杉並《すぎなみ》区高井戸西《たかいどにし》二丁目。転籍したのは三十年前の八月で、事件のあった翌月だった。

槙村は独身だったため、それまでは父親を筆頭者とする籍に入っており、改めて父親の除籍を請求する必要がない点は手間が省けた。さらに祖父の除籍も同じ場所にあったので、そちらも謄本を取得した。

父親には兄と妹がいた。槙村にとっては伯父と叔母に当たる。伯父のほうも戸籍所在地は槙村と同じだったが、そちらも夫婦ともに死亡して除籍になっていた。もちろん除附票は保存期限を過ぎており、生前の住所はわからない。

叔母は六十年前に婚姻により埼玉県越谷《こしがや》の新戸籍に転籍していた。存命かどうかは、そちらの戸籍ないし除籍謄本を取得しないとわからない。母親の従前戸籍は茨城県高萩《たかはぎ》市にあった。そちらを遡れば存命の親類縁者が見つかるかもしれないが、それも古い話のため、調べるには一手間かかるだろう。

そんな状況を報告しようと電話を入れると、やや高ぶった声で三好が応じる。

「その報告はあとで聞くよ。いまこちらから連絡しようと思っていたところだ。どうやら死体が出たようだ」

「死体というと？」

不穏なものを感じて問いかける。三好は声を落とした。

「失踪した川井氏の可能性がある。発見場所は青梅《おうめ》市の山林なんだが」

「身元が確認できるものが、なにかあったんですか」

「カード類や名刺の類はなかったんだが、上着の内ポケットから文房具店の領収書が一枚出てきてね。宛名が川井となっていたらしい。年恰好も一致した」

第五章

1

　鷺沼と井上は、急遽、青梅に向かった。

　都心部が渋滞していたため、現場まで二時間かかった。本庁の刑事がGTRで乗り付けるとは思いも寄らなかったようで、進入規制をしていた青梅署の警官に追い払われるところだったが、警察手帳を見せ、発見された死体が捜査中の事件関係者の可能性があると説明すると、半信半疑の面持ちながら、なんとか進入を許可してくれた。

　パトカーが並ぶ林道の路肩に車を停め、徒歩で藪道をしばらく進むと、木立が開けた一角がブルーシートで覆われ、本庁の鑑識課員や所轄の制服警官と刑事がその周りを囲んでいた。

　その一人に警察手帳を見せて状況を訊くと、鑑識作業はほぼ終わり、死体は青梅署に運ばれて、いま検視を行っているところだという。殺人かどうかの判断はまだついていないとのことだった。

富坂署の内田もすでに臨場していて、鷺沼が来たのに気づくと、さっそく歩み寄る。

「我々もつい三十分ほど前に着いたところなんです。同じ都内と言っても、青梅は遠いですよ」

「死体が川井さんである可能性は、やはり高いんですか」

問いかけると、内田はどこか暗い表情で頷いた。

「服装は失踪時のものとほぼ一致し、身長も川井さんと同じくらいでした。あと上着のポケットから出てきた領収書の宛名が『川井』でした」

「領収書の件は聞きました。それで飛んできたんです。遺体の状況は？」

できればしたくない質問だが、避けるわけにはいかない。内田は顔を歪めた。

「私は見ていませんが、人相での判別が難しい程度に腐乱していたようです」

「奥さんに連絡は？」

「まだ川井さんと確定したわけではないので、私のほうからはお知らせはしていません。最終的には遺族による身元確認が必要なんですが――」

「奥さんに連絡すれば、指紋や歯形による特定も可能でしょう」

「青梅署は、とりあえずそっちのほうで確認を進めるそうです。いずれにしてもいまは青梅署の管轄なので、そのへんのことは任せるしかありません」

「死因は？」

「最終的な結論は検視の結果を待つしかないんですが、鑑識課員の話では、とくに目立つ外傷はないようです。絞殺された痕跡もありません」

「つまり他殺ではないと？」

「まだなんとも。しかし薬物による場合もありますし、致死性の高いガスによる中毒死もあり得ます。その場合、必ずしも自殺だとは言い切れませんので」

その言い回しからは、内田が頭から他殺を想定している気配が読み取れる。

「検視の結果によっては、本庁から殺人班が乗り込んでくるかもしれませんね」

穏やかではない気分で鷺沼は言った。そうなると、なにかとややこしいことになる。捜査一課の殺人班が乗り込んでくるとなると、すなわち特捜本部が設置され、川井の事件はそちらの仕切りになることを意味する。死体がもし川井なら、鷺沼たちが扱っている槙村の事案とは不可分だが、特捜本部がそっちに興味を持ってくれるとは限らない。

逆に変に興味を持たれた場合、せっかくここまで進めてきた捜査から、鷺沼たちが排除される可能性がある。宮野はもちろん不服だろうが、それで事件が解決するならかまわない。しかし、殺人班は豪徳寺の死体にそもそも関心を示さなかった。

もし川井が殺されたのなら、実行犯を特定したとしても、こちらにとっては本質的な解決にはならない。槙村が川井の殺害に自ら手を下した可能性はまずないだろう。金で雇われての殺害なら、そこから槙村に繋がるような情報が出てくるとは思えない。

捜査一課殺人班はその看板通り殺人捜査のエキスパートだが、鷺沼から見れば単細胞の集団で、基本的には出来たての事件にしか興味を示さず、実行犯を挙げれば一丁上がり。首尾よく解決できなければ迷宮入り事件として、鷺沼たちが所属する特命捜査対策室に丸投げしてくる。

彼らが無能というわけではなく、ツボにはまれば向かうところ敵なしだが、事件には特捜本部態勢で臨むことから、常に短期決戦が要求される。

大きな事件なら帳場（特捜本部）の総勢は二百名を超すが、本庁殺人班から出張る十数名を除けばすべて所轄や機捜からかき集めた人員だ。それだけの態勢を維持する経費はほとんど帳場を設置された所轄持ち。乏しい予算でやりくりしている所轄にとって、それは大きな負担なのだ。内田も所轄の人間だから、そんな事情はわかっているようだ。

「青梅署も戦々恐々じゃないですか。結果が出なきゃ所轄の責任にされ、首尾良く行けば手柄は殺人班が独り占め。そのうえ権柄《けんぺい》ずくで人使いが荒い。彼らは殺人事件以外の仕事はやらないけど、所轄は痴漢から空き巣から強盗から、百円ショップの品揃え並みに仕事を抱えているわけですから」

鷺沼もかつては殺人班にいたから、そういう事情は百も承知だ。というより、むしろ彼らに迷惑をかけた口なのだ。返す言葉が思いつかない鷺沼に内田は続ける。

「こうなると、うちはお役御免ということでしょうね。鷺沼さんから連絡をもらうまで我々も事件として認知していなかったわけで、むしろたっぷりお叱りを受けることになりそうですよ」

「我々としても、ことが大袈裟になりすぎて、事件を壊されないか心配ですよ。こちらの本命はマキオス会長の槙村尚孝氏ですから、これまで極力慎重に捜査を進めてきたんです。しかし三十年前の殺人事件となると彼らの仕事の範疇じゃないし、その後の成りすまし疑惑に至っては、それ自体が犯罪として成立するかどうかもわからない」

過去において私文書偽造やその行使はあったとしても、どれもとうの昔に時効になっているだろうし、そもそも使った文書自体は本物の槙村の戸籍や住民票をもとに取得されたものだから、法的にみれば真正のものだとも解釈できる。

摘発できるのは時効が撤廃された殺人の容疑だけで、そこが証明されない限り、槙村を逮捕も訴追もできない。成りすまし自体は犯罪ではないからで、処罰されるのは、その身分を利用して詐欺を働いたり、弁護士や医師を装って資格外の業務を行ったような場合に限られる。

「たしかに相手が相手ですから、難しいし微妙な捜査だということはよくわかります。殺人班向きの事案じゃないのはまず間違いないですね」

「こちらが槙村の疑惑を追っているのは、成りすましが証明できないと三十年前の殺人事件の立証も不可能だからです。しかし殺人班が、それ自体は犯罪を構成しない事案に興味を持つとは思えない」

「そうでしょうね。三十年前の殺人事件の捜査こそ鷺沼さんたちの本業で、それがどれほど困難なものかは、私にも十分想像がつきますよ」

内田はいかにも同情的だ。殺人班は警視庁捜査一課の大看板で、同じ一課でも特命捜査対策室は末席に近い。同情というより哀れみに近いものさえ感じるが、なんであれ、いまは味方が必要だ。

「まだ帳場が立つかどうかわかりませんが、こっちはこっちで捜査を進めるつもりです。せめて殺人班が川井さんを殺害した犯人を検挙してくれれば、多少は近道できるかもしれませんから」

「私も、じつは槇村氏の事案に興味が湧いてきてるんですよ。もし帳場が立ったら助っ人に入れるよう手を挙げます。そうすればいろいろ情報をお伝えできますから」

特捜本部の人員は殺人班と帳場の立った所轄の捜査員が主力だが、ほとんどの場合それでは足りず、他の所轄から応援が入る。刑事部長の指令だから拒否はできない。

駆り出されれば何ヵ月も家に帰れず、所轄の講堂で寝泊まりすることになる。そんな特捜本部に自分から名乗りを上げる物好きはまずいない。内田なら、いま川井の失踪事件に関わっている経緯もあるから、外される心配はないだろう。

「そうしてもらえたら有難いです。我々が蚊帳の外に置かれるのは、まず間違いありませんから」

期待を込めて鷺沼は言った。捜査一課の各班は、それぞれ強いライバル意識を持ち、同じ殺人班同士でも他班の人間とは口も利かない。況《いわ》んや一課の末席とみなされている特命捜査対策室を、出来たての殺しの帳場に呼んでくれるはずがない。

「いや、私も責任を感じているんですよ。失踪当初にうちが事件性を認知していれば、川井さんは死なずに済んだかもしれないんですから」

生真面目な顔で内田は言う。鷺沼を含め、捜査一課の刑事は、そういう思いとはまず縁がない。捜査に着手するのはいつも事件が起きたあとで、被害者の死に責任はない。しかし所轄の刑事の仕事の領域はつねに事件が発生する現場なわけで、起きてしまった事件に対して、なぜ防止できなかったのかという自責の念が絶えずあると、所轄のベテラン刑事から聞いたことがある。宥《なだ》めるように鷺沼は言った。

「富坂署の初動が間違っていたわけではありませんよ。行方不明者届のほとんどは事件性のない家出ですから、いちいち捜索していたら本物の犯罪に手が回らない」

「そうは言っても、こういうケースは堪りませんから。警察は死体にならないと仕事をしてくれないのかと、遺族から責め立てられるんです。その気持ちがわかるだけに辛いんですよ」

切ない口調で内田は言った。

2

そのあと青梅署の関係者に事情を訊いてみたが、いまのところ庶務担当管理官の臨場はないという。ということは、まだ捜査一課としては特捜事案とはみなしていないのではないかと、青梅署の強行犯捜査係長は願望混じりに言っていた。

もちろん不審な死体が出るたびに、いちいち帳場を立てていたら捜査一課も商売にならない。いまは他殺かどうか検視の結果待ちという状況で、身元確認もこれからという段階だ。

しかし係長には気の毒だが、本当に内田が特捜本部に志願するというのなら、鷺沼の考えも変わってくる。それならなんとか帳場が立って欲しい。

川井の死体と豪徳寺の死体はいまのところ別件で、それを結びつける発想が殺人班から出てくるとは思えない。当然そこから槙村まで捜査の手が伸びるとは信じがたい。槙村にしても、それほど間抜けなら、三十年ものあいだ別人に成りすまし、周囲を騙しおおせて、ついには一部上場企業の会長にまで成り上がることができたはずがない。

聞くだけのことは聞いたので、そんな状況を三好に報告し、とりあえず本庁に帰って相談しようと車に戻る。

「上手くいけば、捜査一課のマンパワーをそっくり利用させてもらえるんじゃないですか。川井さんのことは残念ですけど、彼が追及しようとしていた槙村の正体を暴く上でも近道になるのは間違いないですよ」

走りだしたところで井上が言う。複雑な気分で鷺沼は言った。

「スパイを雇うようで、ちょっと気が引けるがな」

「でも殺人班が僕らを帳場に呼んでくれるとは思えませんからね。勝手にやられて事件を壊されたら堪りませんよ」

「ああ。向こうの動きをしっかりチェックする必要がある。帳場が立てば、川井氏の件にこちらは直接タッチできなくなる。その点では不利な立場に立たされるところだったが、内田さんの申し出で、ある程度の保険はかけられた」

「問題は宮野さんですね。またなんやかやと、文句を言ってくると思いますよ」

井上も、近ごろは宮野の行動パターンが読めているようだ。

「だからといって、あいつの脳みそから特別いい知恵が絞り出せるとも思えない。鬱陶しいから、報告は帳場が立ってからにすればいいだろう」

「でも、あの人の地獄耳は相当なものですよ。そろそろ電話がかかってきそうな気がしますけど」

井上の不吉な予感はずばり的中したようで、さっそく鷺沼の携帯が鳴り出した。車を路肩に停めて、嫌々携帯を耳に当てると、鋸《のこぎり》の目立てをしているような耳障りな高音が耳に突き刺さる。

「鷺沼さんちに帰ったとこなんだけど、テレビを点けたら、青梅の山のなかで死体が出たっていうニュースをやってたよ。身元はまだわからないらしいけど、ひょっとして例の川井氏なんじゃないの？ ちゃんと情報は仕入れてる？」

「いま現場へ出向いて、帰るところだ。身元の確認はまだなんだが、上着のポケットから領収書が出てきて――」

衣服や背格好が一致していたことに加え、その宛名が「川井」だったことを伝えると、宮野は慌てて訊いてくる。

「それでどうするのよ。もしそれが川井本人だったら、このヤマ、殺人班に召し上げられて、おれたちの出番がなくなっちゃうじゃない」

「槙村の事案と繋がってはいても、一応は別件だからそこまでは心配していない。むしろこっちにとって都合のいい話があるんだよ――」

内田からの申し出の件を伝えると、案の定、宮野は嚙みついた。

「おれに相談もしないで、どうしてそんなことを決めるのよ。そいつが逆スパイになって、おれたちがやっていることを喋ったらどうするの。殺人班の薄ら馬鹿に事件を壊されるどころか、美味しい部分をそっくりかすめ取られて、おれたちの夢がはかなく消えちゃうかもしれないじゃない」

「殺人班があんたみたいに、槙村から金を毟り取る算段をするというのか」

「人間、誰しも欲があるからね。目の前に金のなる木が立ってたら、その実に手を出さない馬鹿はいないでしょ」

「全警察官があんたと同類というわけじゃない。それに豪徳寺の白骨死体の件には、殺人班は興味も示さなかった。槙村を落とす決め手はむしろそっちのほうで、川井の件は、たぶん単なる殺しのヤマで終わりだよ」

さきほど内田と話したような考えを説明すると、宮野の反応がやや変わる。

「たしかにね。いまの槙村が原口の成りすましだとしても、それだけじゃ犯罪とはみなせない。そんな商売にもならないことに殺人班が興味を示すはずもないからね。でも、その内田という刑事、あまり信用しちゃいけないよ。こっちに協力するふりをして、ちゃっかり分け前をふんだくろうという魂胆に違いないから」

「そうじゃないよ。彼にすれば、川井の死は、自分たちの初動のまずさに起因しているという思いがあってのことだ」

「相変わらず甘いんだね、鷺沼さんは。田島の件にしたってそうじゃないの。あいつだって槙村の飼い犬かもしれないのに、不用意にこっちの手の内をさらけ出しちゃって」

「あんたにかかると、世の中の人間はすべて怪しいことになるな」

「有能な刑事なら、そのくらい用心するのが当たりまえでしょ。こうなると、このさき槙村がどういう手を打ってくるかわからないよ。例のハードディスクに川井氏の情報ソースの名前や住所が書かれていたら、こんどはそっちが殺されるかもしれない。まさか葛西の爺さんのことまでは喋ってないよね」

「そこまでは言ってないよ」

「だったら、とりあえずは安心だけど、爺さんが自分の秘密を知っている一人だということは槙村も十分わかっているはずだから、早手回しに動かないとも限らない。爺さんまで殺されちゃったら、もうおれたちはお手上げだよ」

宮野は警戒心を隠さない。まさかそこまではという気はするが、言っていることはもっともだ。鷺沼も多少心配になってきた。

「だったらあんたが警護に張りついたらどうだ。瀬谷署とは近いんだろうし、このままうちに居候していても、あんたはとくにやることがないんだし」

「またそうやっておれを蚊帳の外に追い出そうとするんだね。だったらうちの署の地域課に言って、老人ホームを警邏のルートに入れてもらうよ」

「あんたにそんな力があるのか」

瀬谷署のみならず、神奈川県警にその名を轟かす不良刑事の言うことを地域課が聞いてくれるとは思えないが、宮野はいかにも自信ありげだ。

「主任が競馬仲間なんだよ。おれの天才的なアドバイスで何度か大穴を当てさせたもんだから、なにかとおれには懐いていてね。その程度の融通はいつでも利かせてくれるよ。こういうのを芸は身を助くって言ってね」

「ギャンブルで大損する天才なのは知ってるが、とりあえず期待はしておくよ。いずれにせよ、検視の結果が出るまでは、まだ先の見通しは立たないから」

「わかったらすぐ教えてよね。それに、このヤマの司令塔がおれだってことも、しっかり胸に刻んでおいてね」

「あんたが司令塔だなんていつ認めた？」

「誰が否定しようと、自ずと立ち昇る人としての徳というかなんというか――」

訳のわからないご託を聞いている暇はないので黙って通話を切った。

3

警視庁へ戻って、三好に青梅の現場の状況を報告しているところへ、内田から電話が入った。

検視の結果、遺体は死後一ヵ月ほど経過しているというが、やはり目立った外傷はない。まだ死因は特定できないが、検視官は毒物による殺害の可能性が高いと考えており、これから都内の大学病院に運んで司法解剖を行うとのことだった。

鷺沼たちが帰ってから一時間ほどして、庶務担当管理官が現場資料班を伴って臨場したらしい。検視官からの報告を受けて急遽飛んできたようで、現場にいた鑑識課員や所轄の刑事から説明を受け、そのあと急いで青梅署に向かったという。

たぶん帳場設置の準備を進めるためで、検視の結果、殺人と断定されれば、すぐに刑事部長に特捜本部開設を具申する段取りだろうと内田は見ている。

青梅署はこれから川井の妻に連絡し、かかりつけの歯科医院を紹介してもらい、まず歯形照合による身元特定を行うという。死体は腐乱がひどく、一般人にとっては相当ショッキングな状態らしい。

「私も庶務担当管理官に事情を聞かれたんですよ。死体が一ヵ月前に失踪した川井克典氏の可能性が高いこと、死体の発見がその捜査に乗り出した矢先だったことを説明しておきましたから、帳場が開設されれば、こちらから手を挙げるまでもなくお呼びがかかるかもしれません」

気合いの入った口調で内田は言った。その話の内容を伝えると、三好は唸った。

「実行犯くらいは、なんとかとっ捕まえて欲しいもんだな。その先はそれほど期待しない。というより、本音を言えば手を付けて欲しくないところではあるが」

「たぶん、今夜のうちに結論は出るでしょう。我々はこれまでの捜査を継続するしかないと思います。殺人班の捜査とこちらの捜査で、ジグソーパズルが完成するように事件の構図が浮かび上がるかもしれません」

鷺沼は期待を寄せた。川井の失踪が殺人事件に発展する可能性が高い以上、殺人班に引っ込んでいろとは言えない。こうなれば腹を決めて、その捜査をこちらに有利に利用すべきだし、それに関しては、内田がもたらす情報が活きてくる。

特捜本部が捜査員を所轄で寝泊まりさせて家にも帰さないのは、捜査上の効率という以上に、捜査情報が外に漏れないようにという配慮のためだ。

同じ警視庁に所属していても、ほかの班が担当している事件の情報はほとんど耳に入らない。況《いわ》んや特捜本部ともなれば箝口令《かんこうれい》は徹底していて、他部署の人間はテレビや新聞の報道でしか知ることができず、その点では一般市民と似たようなものなのだ。

内田が情報を流せば服務規程違反に問われる可能性があるが、その点に関しては、こちらは正規の捜査ではない、いわばスカンクワークで、その動きが特捜本部に伝わる心配はない。

そんな話をしているところへ、鑑識の木下から電話が入った。

「例の三十年前の白骨死体、科捜研に頼んで復顔をしてもらってたんだけど、いまその結果が届いてね。見に来るかい」

「ああ。いますぐ行くよ。意外に早かったじゃないか」

「昔は手作業で粘土を張り付けてたけど、いまはコンピュータ処理だからね。なかなかいい仕上がりだよ。もっとも、見た目がきれいに出来ているのと、生前の本人に似ているかどうかは話が別だけど」

「いや、それで聞き込みをすれば、死体が誰なのか、心当たりのある人が出てくるかもしれない」

この日、聞き込みをして回った人々なら、それが本物の槙村かどうかの答えはすぐに出るだろう。死体の発見現場とは若干異なるが、そのあたりの事情をいま木下に説明する必要はない。

「じゃあ、いまからそっちへ行くよ。コピーはもらえるんだな」

「プリントしたものと、SDカードにコピーしたデータを用意しとくよ。役に立つといいんだがね」

木下は機嫌良く応じた。さっそく井上とともに飛んでいくと、木下は大型のディスプレイに、科捜研が作成した復顔の画像を表示してみせた。なかなかリアルなものだった。最近は3D復顔技術の進歩が著しく、それによる白骨死体の身元特定がかなりの成果を上げていると木下は自信ありげだ。

スーパーインポーズ法では、対比するために一定の条件を満たした写真が必要だが、復顔は似顔絵による指名手配のようなもので、見覚えのある人がいればすぐに答えが出る。当初はさほど期待していなかったが、本物の槙村の生前の住所が特定できたいまは、重要な決め手になるだろう。

意を強くしたのは、その顔が川井が写したとみられるサムネイルの写真とは違って見えることだった。もちろんそちらの画像品質はスーパーインポーズ法による比較鑑定にも適さないレベルだ。コンピュータの「眼」でも無理なのに、人間の肉眼で判別できるとは思えないが、直感的な印象では、やはり別人に見える。

そこは井上も同様のようだ。さっそく持ち帰って三好にも見せると、やはり違うという感想だ。現在の槙村は、別人による成りすましとみて間違いないだろう。

コンピュータで処理されたといっても、生前そのままに復元できるわけではないと木下は言っていた。

とくに難しいのは瞼《まぶた》や耳、唇など、内部に骨格を持たない部分らしいが、過去に蓄積された膨大なデータをＡＩ技術で処理して補完するから、極めて近いところまでは復元できているはずだと言う。

いまはその言葉に期待するしかない。ここまでの捜査で、あの白骨死体が間違いなく本物の槙村だという確証はまだ得られていなかった。そこがはっきりすれば、捜査の足場はいまよりずっと堅固になる。

そのことを宮野に伝えると、さっそく張り切った。

「だったらその写真、いますぐおれの携帯に送ってよ。これから老人ホームに飛んで、葛西の爺さんにも確認してもらうから。ノビ（空き巣）のついでに殺しちゃったという話だから、顔まで記憶しているかどうかわからないけど、近くの蕎麦屋のことまで覚えてたくらいだから、思い当たるところはあるかもしれないよ」

4

鷺沼と井上は、ふたたび豪徳寺に向かった。日中、話を聞いた婦人からは、またなにか用事ができるかもしれないからと電話番号を教えてもらっていた。これから伺って確認してもらいたいことがあると言うと、日中の聞き込みにいたく興味を覚えていたようで、一も二もなく応じた。

「じつはこれなんですが――」

復顔写真をプリントしたものを差し出すと、婦人は怪訝な表情で問い返す。

「どなたの写真かしら。なんだか生きている人じゃないみたい」

「生前の槙村さんが、そういう顔じゃなかったかと思いまして」

落ち着きの悪さを覚えて鷺沼は言った。先入観なく確認して欲しいから、電話では用件を伝えていなかった。婦人は首を傾げた。

「三十年前のことだから、絶対にとは言えないけど――」

「違うんですか」

「ええ。まったく別人のような気がします。これはどなたの写真なの？」

「じつは特殊な技術を用いて、白骨化した頭蓋骨に肉付けし、生前の顔を再現したものなんです」

「じゃあ、先日見つかった白骨死体から？」

「ええ。発見場所は槙村さんの自宅ではありませんが、我々はその可能性が高いと思っていまして」

「たしかに、あんな近くで白骨死体が見つかったんだから、誰だってそう考えたくなるわね」

婦人はふたたび写真に目を落とす。か細い糸にすがるような思いで鷺沼は訊いた。

「もし別人だとして、その顔に見覚えはありませんか」

婦人は力なく首を横に振る。

「ないわね。少なくともこの近所に住んでいた人じゃないと思うのよ。だとしたら、どうしてそんなところに埋められていたのかしらね」

そう訊かれても答えようがない。未練を捨てきれず、さらに問いかける。

「眼とか唇とか耳とか、細かい部分の違いは無視して、全体の大まかな印象としてはいかがですか」

「私の記憶だと、槙村さんは顔立ちがほっそりしていて、どこかひ弱な感じだったんです。でもこの人はどちらかといえば角張った顔立ちで、頬骨も張っていて、ずいぶん無骨な印象にみえますね」

「やはり別人だと思われるんですね」

「ええ。間違いなく」

婦人はきっぱり頷いた。となるとこちらの頭も混乱してくる。葛西の話が本当で、槙村が三十年前に殺されたのなら、その死体はいまどこにあるのか。そしてあの白骨死体は誰なのか――。

「夜分、ご迷惑をおかけしました。ご協力有り難うございます」

丁寧に礼を言うと、婦人は手を左右に振った。

「いいえ、みなさんも遅くまで大変ね。でもひょっとしたら、槙村さんはどこかで生きているのかもしれないわね」

婦人は期待を覗かせる。引きこもりがちで近所とは付き合いがなかったといっても、かつては同じ町内で暮らし、槙村の両親とは親しく交際していたわけで、それはごく自然な感情のはずだ。

しかし葛西の言うことが本当なら、その槙村が殺害されているのは間違いない。だからといって、ここで婦人にそれを言うわけにはいかない。

そのあたりを適当に誤魔化してその場を辞して、さらに日中に話を聞いたほかの住民のところも回ってみたが、やはり答えは婦人と似たようなものだった。困惑を露わに井上が言う。

「要するに、死体が二つに増えたわけですね。しかも、その一つはまだ見つかっていないということですよ」

「というか、きょうの青梅のを入れれば三つだな。しかしこうなると、あの白骨死体は、どうも槙村絡みの事案とは別物だ。なんだかややこしい話になってきたよ」

悩ましい思いで車を停めたコインパーキングに向かっているところへ、鷺沼の携帯が鳴り出した。宮野からだった。

復顔画像のデータは宮野の携帯に送っておいた。そのあとすぐに老人ホームに行って、葛西に写真を見せて確認をとっているはずだが、その結果についてはすでに予想がついている。

「どうだった。葛西の爺さんは見覚えがあったか?」

訊くと、宮野は困惑を隠さない。

「読みが狂ったよ。あの死体、槙村じゃないんだよ」

「やはりな。こっちも近隣の人に訊いてみたが、見たことのない別人らしい」

「ところが爺さんの方は、見たことがあると言うんだよ」

「どういうことなんだ」

事態はさらにややこしい方向に向かっているらしい。複雑な口振りで宮野は続ける。

「中西《なかにし》って野郎でね。どうも原口のダチで、そっちも前科持ちらしい。葛西は一度だけ仕事で付き合ったことがあるんだけど、のろまでドジな上に欲が深くて、危なっかしいからもう仲間に入れるなって、原口に言ったらしいんだよ。爺さんのほうはそれから付き合ったことがないから、消息はわからなかったと言うのよ」

「死んだという話も聞いていないんだな」

「原口も、そのあとはほとんど話題にしなかったそうだ」

「二人はどういう関係だったんだ」

「ムショで知り合ったって言ってたらしい。ひょっとして原口は、そっちの戸籍も乗っ取っている可能性があるね」

「ああ。一応、調べてみないとな」

「原口の現在の戸籍についても、まだ調べていないんでしょ。自分のも含めて三人の戸籍を使い回しているとしたら、けっこう厄介な話になってくるよ」

「だったら検察庁に照会してみよう。犯歴票に直近の戸籍情報が残っているだろう。その中西ってやつのと併せてな」

犯歴票は検察庁が管理する犯罪者の記録で、一方、該当者の戸籍のある市区町村には犯罪人名簿が置かれている。後者は選挙権や叙勲の欠格理由の調査に用いられるもので、そちらは刑が消滅（刑期を終えたり執行猶予期間が終了して一定期間を過ぎたとき）すると名簿から抹消される。しかし犯歴票の記録は永久に保持される。

犯歴票と犯罪人名簿はリンクしていて、戸籍や住民票の移動があれば検察庁に通知される。つまり検察庁の情報は刑が消滅するまでは絶えず更新されており、その戸籍や住民票の記録は、その時点までの最新のものと考えてよく、その点が、一度記録されれば更新されない警察庁の犯歴データベースとは違っている。

それが義務でもあるかのように、宮野は突っ込みを入れてくる。

「なんだ、その手があったのに、サボってたの？」

「槙村のほうだけで手いっぱいだったんだよ。そのあともいろいろやることがあったからな。そいつのフルネームはわかるか」

「中西輝男《てるお》っていうんだけど」

「原口の戸籍はいくらなんでも使いづらいだろうが、そっちのほうなら、なにかと便利に使えそうだな」

不穏なものを覚えながら鷺沼は言った。同感だというように宮野も応じる。

「もし川井の殺害に槙村が関わっていたとしても、中西の名前を使って実行犯を雇うとかしていたら、そこで槙村に繋がる糸が途切れちゃうわけだ。いくら一課の殺人班でも、死んだ人間は逮捕できないからね」

「しかし、どういう事情があったにしても、原口がその中西という男を殺したとしたら、川井を含め三人殺害したことになる。だったら極刑は免れないだろうね」

「そういう脅しを利かせてやれば、億単位の金でも惜しいとは思わないな」

「それじゃ、強請《ゆすり》以外のなにものでもないだろう」

「槙村こと原口がやらかした悪事と比べれば、子供の遊びくらいなもんじゃない。それと引き替えに無罪放免にしてやるほど、おれはお人好しじゃないからね」

「本当だな。もしそんなことをしたら、犯人隠避と収賄の罪で、あんたも刑務所にぶち込むからな」

「これまでタスクフォースの一員として一緒に修羅場を潜ってきた仲なのに、そこまでおれを疑うの？」

「その修羅場で殺されかけるのはいつもおれじゃないか。あんたは一度もそういう目には遭っていないだろう」

「そんなことないよ。鷺沼さんのスカGをお釈迦にされたとき、乗っていたのはおれだからね」

「あんたは無傷で、損をしたのはおれのほうだ。一度くらい、正義のために体を張ってみたらどうだ」

「もちろんおれだって、いつでもその覚悟はあるよ」

「だったら頼りにしているぞ。今回のヤマ、けっこうヤバい。舐めてかかるととんでもないことになりそうだ」

「うん。鷺沼さんが四人目の死体になるかもしれないしね」

そういう口振りになぜか喜色が滲むのが宮野らしい。鷺沼も受けて立った。

「それはなるべくあんたにして欲しいな。でも心配するな。そうなったらタスクフォースが総力を挙げて、弔い合戦をしてやるから」

「冗談じゃないよ。あとでおれの取り分も山分けしようって魂胆でしょ。それじゃ原口と五十歩百歩じゃない」

宮野はいきり立つ。これ以上やり合っても時間の無駄でしかない。鷺沼はやむなく言った。

「だったらおれもこれから帰るから、そこでいろいろ相談しよう」

「わかった。たま吉と一緒に待ってるから、なるべく早く帰ってきてね」

「たま吉って誰だ」

「帰ってからのお楽しみ。大丈夫。嚙みついたり引っ掻いたりしないから」

訳のわからないことを言って、宮野は通話を切った。

5

「それが本当なら困った話だな。そうだとしたら、本物の槙村氏の遺体が出てこないと、偽の槙村を殺人の容疑で逮捕できないことになる。原口が三十年前に槙村氏を殺害したという論拠は、いまや葛西の証言以外にないわけだからな」

井上に運転を任せ、車中から連絡すると、三好も困惑を隠さない。

「白骨死体が中西だったとしても、犯人が原口だという証拠がない。金槌で殴って殺害したという葛西の証言があり、それがあの白骨死体の外傷とも一致していたから、槙村氏でまず間違いないと決めつけてしまったが、どうも早とちりだったようだな」

「あの時点で、まさかそこまでは想像もつきませんよ。しかしあの死体が中西なら、その殺害に原口が関与したのは確かでしょう。となると、原口はそっちの戸籍も使い回しているかもしれない」

「槙村の名前ではやりにくいような悪事も、そっちを使えばやり放題だ。川井氏の殺害にしたって無関係とは言えない。中西の戸籍がいまどうなっているか、急いで調べないとまずいな」

「戸籍上では生きているなら、そっちから太い尻尾を摑めるかもしれませんね」

「いや、なんとかして摑まないと。もし原口がその名前で川井の殺害に関わっていたとしたら、特捜本部がそれを突き止めたとしても迷宮入りだ。幽霊を指名手配したって、捕まえられるはずはないからな」

「かといってあの死体が中西だという決定的な証拠はまだ出ていない。復顔の画像が似ているというだけじゃ苦しいです」

「ああ。槙村氏の死体がこちらの視野から消えてしまった以上、そこをしっかり押さえないことには、このヤマそのものが雲散霧消しかねない」

三好は危機感を滲ませる。鷺沼は言った。

「これからうちへ帰って、宮野から葛西の話を詳しく聞いてみます。きょうは遅いですから、あす検察のほうで中西の戸籍を調べて、そこから消息をたどってみますよ」

「そうしてくれ。おれはこれから殺人班の動向を探ってみる」

「そういう情報が出てくるんですか」

「口が堅いといっても相手も人間だからな。現場資料班には昔の同僚もいる。おれも伊達に捜査一課に長居しているわけじゃないから。匂いくらいは嗅がせてくれるだろう」

三好は自信を覗かせる。その嗅覚に多少の期待を込めて鷺沼は言った。

「じゃあ、よろしくお願いします。こちらの状況はまたあとで連絡します」

6

井上とともにマンションに戻ると、宮野は先に帰っていて、キッチンでなにやらつくっていた。漂ってくるのはやけに香ばしいカレーの匂いだ。

「あ、お帰りなさい。いや、きょうは忙しかったもんだから、大した晩飯は用意してないんだけど」

それでもインスタント食品や店屋物で済ませないところが宮野の奇特な性格だ。

「いったい、なんなんだ」

「あり合わせの材料でつくったカレーうどんなんだけど、出来合いのルーを使った手抜きじゃなくておれのオリジナルレシピで、そんじょそこらのとはわけが違うんだから」

「どう違うんだ」

「鰹節と昆布でしっかり出汁をとった和風カレーだよ。つまり蕎麦屋のカレーだね。あれだって日本料理の粋というべきものでね。そこにおれの独創性を加えたスペシャルメニューだから、たかがカレーうどんと馬鹿にしちゃいけないよ」

それを聞いただけで腹が鳴るから情けない。ふと見ると、リビングのテーブルに妙なものがある。

「これはなんだ」

「ああ、それたま吉。豪徳寺のオリジナル招き猫で、ご利益があるらしいのよ。今回のヤマはおれたちにとっても大商いになりそうだから、福を招いてもらおうと、ご一緒願ったわけなのよ」

「いくらした？」

「五千円。経費になるよね」

「ならない」

「だったら出世払いにしてくれる？ 寺の売店を覗いたら目と目があっちゃってさ、ぜひお手伝いをしたいっておれに言うのよ。きょうからタスクフォースの一員になるからよろしくね」

宮野は言いながら湯気の立つカレーうどんを運んできて、慈しむようにたま吉の頭を撫で回す。たま吉は任せておけと言わんばかりの表情で、右手を上げて鎮座している。普通に見かける招き猫のように「千万両」の小判は抱えていない。

「豪徳寺の招き猫は正式には『招福猫児《まねぎねこ》』って言うらしいのよ。願が叶ったら招福堂というお堂に奉納することになっててね。そこに何百匹もたま吉の兄弟が並んでいるもんだから、いやいや壮観そのものだったよ」

宮野にそういう妙な趣味があるとは知らなかったが、眺めているうちに鷺沼もなんだかご利益がありそうな気がしてくるから困ったものだ。

「インテリアとしても楽しめるじゃないですか。殺風景な鷺沼さんの部屋が、なんだか明るくなりましたよ」

井上も余計なことを言う。いつまでもたま吉にかまけてもいられないから、うどんを啜《すす》りながら本題に入る。

「それでどうだったんだ、葛西の爺さんの見立ては？」

「嘘をついたわけじゃないって必死になってたよ。原口が槙村を殴り殺したのは、この眼で見たから間違いないって。かといって証明のしようもないからね」

「死んだのは確認したのか」

「呼吸も脈拍も止まっていたから、慌ててその場から逃げたそうなのよ。いわゆる心肺停止の状態だね。すぐに病院へ運べば生き返ったのかもしれないけど、そのあといくらニュースをチェックしても、豪徳寺の一軒家に強盗が入って、その家の家主が病院に運ばれたというような話は出てこなかったから、死んだのは間違いないって言うんだよ」

「それが本物の槙村氏だったのは、確かなんだな」

「空き巣に入る前に何度か下見をしていて、その人物が家に出入りするのをちゃんと確認しているから、絶対に間違いないと言っている。強盗殺人が重罪なのは、葛西もその道のベテランである以上知っていたから、居直り強盗だけはやめておけって、原口にはいつも言っていたそうだけどね」

猜疑心が服を着て歩いているような宮野が、葛西にだけは信頼を寄せている口振りだ。たしかに宮野にすれば、その信頼が崩れたら一攫千金の夢も崩壊するわけで、神頼みにも近い心境だろう。

「原口は、その忠告を無視したんだな」

「うん。以来、葛西は原口との付き合いはなくなっちまった。ただ変だと言うんだよ。あの業界ってのは意外と狭くて、故買屋とかのルートから同業者の動静は割合耳に入るらしいんだけど、その後、原口の噂をほとんど聞かなくなったそうなんだよ。それからしばらくして葛西はまたムショに入ったんだけど、そこでも原口の噂は聞こえてこない。だから、そのテレビ番組を観るまでは、てっきり死んじまったんじゃないかと思ってたそうでね」

「槙村氏に成りすましていたとしたら、たしかに噂は聞かないだろうな。中西のほうは？」

「やっぱり噂はまったく聞かないらしい。と言っても葛西の爺さんは、そっちとはもともと大した付き合いじゃなかったから、そこはなんとも言えないそうだけど」

「しかし井上が法務局で調べたら、死体が出た家は三十年前に建て替えられていたようだから、床下に埋めたのはおそらくそのときだろう。どういう理由でか知らないが、ほとんど同じ時期に、原口は二人の人間を殺していたわけだ。そういう荒事を得意とするタイプなのか」

そこに危険な匂いを感じて、鷺沼は問いかけた。宮野は首を横に振る。

「いや、どっちかというと気が小さい方だったらしいね。そもそもそういうことが得意なやつだったら、コソ泥なんてけちな稼業にはつかない。ヤクザになるとか強盗をやるとか——。べつにそっちがましな商売だというわけじゃないけど」

「しかし知能犯の要素はあったわけだ。法務局で資産状況を調べるなんて、普通のコソ泥がやることじゃない」

「詐欺師になったらどうだって、葛西は勧めたこともあったそうだよ。まんざらでもない顔をしてたらしい」

「だったらそのアドバイスが、原口の人生の転機になったのかもしれないな」

「転機も転機。別人に成りすまして大企業の経営者に成り上がっちゃったんだからね。羨ましい、いや許せない話だよ」

宮野はテーブルをドンと叩く。座布団代わりのタオルの上でたま吉がぴょんと飛び上がる。そのとき鷺沼の携帯が鳴った。三好からだった。

「なにか情報が入りましたか」

慌てて問いかけると、勢い込んで三好が応じる。

「さっそく帳場開設が決まったようだな。あすの朝いちばんで特捜開設電報が打たれるそうだ」

特捜開設電報とは、刑事部長名ですべての所轄と警視庁の各部署に一斉に送られるファックスで、事件の概要や捜査方針とともに、各所轄には捜査員の派遣も求められる。それは要請ではなくあくまで命令であり、特捜本部の開設はそれだけ強い強制力を持つものなのだ。

「そうですか。解剖の結果、他殺だという結論が出たんですね」

「そうらしいな。体内から高濃度のヒ素化合物が検出されたらしい」

「毒殺ですか」

「ああ。和歌山毒物カレー事件でも使われたが、殺虫剤や農薬として入手が容易だ。もちろん自殺の可能性も考えられたんだが、両手と両足にロープで拘束された痕跡があった。それで他殺という結論に達したようだ」

「身元の特定は？」

「歯形が一致したらしい。やはり川井氏で間違いない」

「現場資料班が、よくそれだけの情報を出してきましたね」

「なに、あすの朝には記者会見で公表される予定の内容だから、特段の機密情報でもないわけだよ」

「犯人のものと思われる遺留物は？」

「あったのかもしれんが、さすがにそれ以上は表に出していない。富坂署の内田刑事が帳場に参加してくれれば、そのへんの情報は入るだろう」

「それに期待したいですね。それから葛西のほうなんですが――」

宮野との話の内容を伝えると、三好も困惑を隠さない。

「そっちはそっちで、厄介なことになりそうだな」

「そうなんです。あの死体が槙村氏だと立証できれば、原口による成りすましをそのまま殺人容疑に結びつけることができたんですが、そうもいかなくなってしまいました」

「本物の槙村氏の死体を探すといっても、それを知っているのは原口だけだ。現在の槙村が原口による成りすましである可能性は高いが、もしそれが立証されたところで、死体がなければ殺人の罪には問えないからな」

「いまのところ、それを示唆するのは葛西の証言以外にないわけで、その信憑性を担保する材料もない」

「それが立証されれば、葛西も共犯の罪に問われる可能性がある。それを承知で証言した点においては一定の信憑性があると考えていいが、やはり死体がないのは痛い」

「こうなると我々としては、中西を殺害した犯人を追うしかなくなりますね」

「しかし、中西の戸籍を洗ってみる手は使えそうだな。原口がそっちにも成りすましている可能性は大いにある」

「案外、尻尾を出すのはそっちのほうかもしれませんよ。現在の槙村に関してはガードがきつそうですが、中西はそういう大物じゃありませんから」

「とりあえず死体はあるんだから、いまはそっちに期待するしかないな。川井氏の捜査からも、なにか別の手掛かりが出てくるかもしれんし」

割り切ったように三好は言う。意を強くして鷺沼は応じた。

「一見、迷宮に突っ込んだようで、むしろ手掛かりは増えたとも言えますよ」

「増えたのは、手掛かりというより、死体の数だがな」

苦い口調で三好は言った。

7

翌日の午前中、内田から電話が入った。

朝いちばんで特捜開設電報が入ったので、さっそく自分から手を挙げて、これから青梅署に出張るという。鷺沼たちが捜査している事案についても特捜本部にも伝えた方がいいかどうか訊かれたので、いまはやめて欲しいと答えておいた。

特捜に期待するのは川井を殺害した犯人の検挙という一点のみで、それ自体は鷺沼たちにとって最重要事案ではない。ただしそこから得られるかもしれない副次的な情報はおそらく貴重だ。

内田がそちらに乗り込めば、先日の自宅からのハードディスクの盗難は、捜査上の大きな糸口として注目される。特捜本部はそこにマンパワーを割くはずで、ハードディスクはおそらく破壊されているが、盗んだ犯人がわかれば、それが槙村と結びつく可能性は高い。そのあたりは特捜本部の唯一の取り柄の人海戦術が十分活かせるだろう。

白骨死体の身元の件は内田にも言わないでおいた。彼を警戒しているわけではないが、それが中西だという話にしても、いまのところ葛西の証言があるだけだ。そこを立証するまではことが面倒になるだけだから、まだこちらだけの話にしておくしかない。

状況が見えたら、また連絡すると言って、内田は通話を終えた。

こちらはこちらでやることがいろいろある。犯歴票の情報を取得するために、三好が前科照会書を書いて、井上が東京地検に持参した。

井上は三十分ほどで帰ってきた。原口のほうは二十二年前に刑が消滅しており、記録に残っている戸籍は川崎市中原区。警察庁の犯歴データベースに残っていた記録と変動はない。住民票は足立《あだち》区西新井《にしあらい》にあった。中西は二十四年前に刑が消滅し、記録に残っている戸籍は千葉県市川《いちかわ》市。住所は大田《おおた》区蒲田《かまた》だった。

刑の消滅後は、戸籍と住民票に移動があった場合でもここには反映されない。いずれにしても戸籍のほうは住所と比べて変更されることは少ないので、まずそちらから当たってみることにした。

九州や北海道だと大仕事になるが、幸いどちらも首都圏で、その点については助かった。さっそく三好に身上調査照会書をしたためてもらい、まず原口の戸籍があった中原区役所に出向くことにした。

「二人とも戸籍上死亡していたら、完全に手掛かりを失いますね」

川崎に向かう東急東横線の電車のなかで、井上が心配そうに言う。ＧＴＲは通勤用にはさすがに目立ちすぎるので、きょうはマンションの駐車場で休暇をとらせている。

「しかし、どっちもこれまで死体がなかったわけだから、死亡届も出せない。残っていると考えたほうがいいんじゃないのか」

「でも、失踪宣告というのがありますよ。七年間生死が不明なら、配偶者や相続人が裁判所に申し立てれば、法律上、死亡したことになりますから」

井上は意外なところに着目する。鷺沼は頷いた。

「その惧《おそ》れはたしかにあるな。関係者を装って請求ができないわけじゃない。原口の場合は、自分の戸籍謄本や親兄弟の戸籍謄本を用意すれば簡単な話だ。裁判所だって、自分の失踪宣告を請求する人間がいるとはまさか思わないだろうから、案外簡単に騙せるかもしれないな」

「生かしておいて使い回すという手もあるかもしれませんけど、いまの槙村に成りすましているのが原口なら、そっちは死亡しているほうが都合がいいんじゃないですか。それなら成りすましの痕跡は消えますから」

「たしかにそうだ。しかし中西のほうがどうかだな。そっちは使い回しても足がつきにくい。むしろ便利に利用しているような気がするが」

「ええ。でも槙村氏の場合と違って、彼には遺族がいると思うんです。三十年ものあいだ行方不明なら、そちらはそちらで身内の事情があるから、失踪宣告を受けている可能性は高いんじゃないですか」

「たしかに、普通に考えればそれが妥当な結論だ。どちらも除籍になっているとすると、現在の槙村に繋がる糸口がそこで断たれる。しかしこの事件には、想像以上に面倒な仕掛けがありそうな気がするんだよ」

「どういうことですか」

「上手く言えないんだが、三十年ものあいだ槙村氏に成りすましているのに、川井氏に情報を提供した槙村氏の中学時代の友達と葛西くらいしか気づいた人間がいない。それだけきれいに痕跡を消すには、なにか思いもよらない工作がなされてきたように思えてならないんだよ」

「ひょっとして、川井さん以外にも殺された人がいると？」

井上はまさかという表情で問い返す。鷺沼は頷いた。

「日本の殺人事件の最近の認知件数は、年間三百件弱で、検挙率は九〇パーセントを優に超えているが、それはあくまで認知された事件についての数字だからな。日本では毎年八万人の行方不明者がいて、十万人前後の変死体が出る。そのなかに認知されていない殺人事件がどれだけあるかだよ」

「現にあの白骨死体は、三十年間、発見されずにいたわけですからね」

「たまたま家を解体したから見つかった。そうじゃなかったら、いまも事件にはなっていなかった」

「川井さんのケースも、自分の正体がばれるのを惧れての殺害だとしたら、ほかにも同じような犠牲者がいると考えても不思議じゃないですね」

「そう考えると、自分の分身がいるのはなにかと便利じゃないのか」

「本来の原口に戻って、誰かに殺人を教唆するとか？」

「中西の名前を使う手もある」

「その場合、警察が足どりを追っても、存在しない人間だから捕まえようがない。なんだか薄気味悪い話ですね」

井上は腕を組んで考え込む。

そんな話をしながら武蔵小杉《むさしこすぎ》へ着いた。中原区役所は駅から十分ほどのところで、一戸籍係のカウンターで警察手帳を提示し、身上調査照会書を手渡して事情を説明すると、担当者はすぐに応じてくれた。

原口敏夫の戸籍はいまも生きていた。筆頭者は原口本人で、婚姻歴はあるが、四十年ほど前に離婚している。

さらに戸籍の附票も請求した。附票には現住所が記載されており、日本全国どこであれ、住民票を異動すればその市町村から連絡が来て、そこに記録される仕組みになっている。

職権消除といって、本人の所在が確認できず、それまでの居住地の役所が住民台帳から抹消した場合、附票にもその旨が記され、いわゆる住所不定となる。

原口の附票には現在の住民登録の所在地が記入されていた。目黒区大岡山一丁目。現在の槙村の自宅のある大岡山二丁目とは目と鼻の先だ。

「鷺沼さんの見立てが的中ですね」

怖気を震うように井上が言う。戸籍の使い回しは、可能性の話としてはこれまで何度も話題にしてきた。しかし川井が殺害され、あの白骨死体が本物の槙村ではなく、原口のかつての商売仲間の中西らしいとわかったいま、その事実は、この事件が抱える闇の深さをより強く窺わせるものだった。

第六章

1

「本当？　原口の現住所は大岡山一丁目なの？　じゃあ、槙村の家のすぐ近くじゃない。鷺沼さんちからも歩いて二十分くらいだよ。捜査網が突然ご近所レベルに狭まったね。ひょっとしたら中西もそのあたりに住んでることになってるんじゃないの」

中原区役所から電話を入れると、興奮を隠さず宮野が応じる。鷺沼は言った。

「どうせ暇なんだろう。その住所がどんな様子か、ちょっと見てきてくれないか。おれたちはこれから市川市役所に行って、中西の戸籍を確認するから」

「いいよ。鷺沼さんのＧＴＲで行ってくるから。キーはどこに置いてあるの」

「おれが持ってる。歩いて行くか、嫌なら電車で行ってくれ」

「わかったよ。じゃあタクシーで行くから、あとで精算してね」

「出せる上限は電車の運賃までだ。それを超える分は自腹を切ってもらう」

「いやはや、とことんけちなんだね。詳しい住所を教えてよ」

「一丁目四十一番三号山川ハイツ二〇一となってるな」

附票に記載された住所を読み上げると、宮野は張り切った。

「建物名が入ってるところをみると、そんなに大きなマンションじゃなさそうだね。どうせそこで暮らすわけじゃないから、とりあえず、人が住んでるふりができればいいわけだ」

「だろうな。国保や年金を支払っていれば職権消除される心配はない。たまに立ち寄って溜まった郵便物やらチラシを回収していれば、近所から怪しまれることもない」

「そうなると、じっくり張り込まなくちゃいけないね。鷺沼さんたちもこれから忙しくなるね」

「それに最適な人材が、うちに一人居候しているんだがな」

「おれのことを言ってるんだとしたらお門違いだよ。おれの役割は、そういう単純労働じゃなく、もっと高度で知的な頭脳労働なんだから」

宮野はしれっとしたものだ。

「たま吉に願《がん》をかけるのが頭脳労働なのか」

皮肉な調子で言ってやると、宮野はいつもの調子で応戦する。

「それだけじゃないでしょ。タスクフォースの知恵袋として正確に情勢を把握し、適切な指示を出す。いわばチームの司令塔なんだから」

「考えるだけなら、張り込みしながらでもできるだろう」

「おれは神奈川県警の所属だから、警視庁管内では活動できないし」

「いまはずる休み中だろう。今回は誰を死なせたんだっけ」

「母方の伯父さん。もう二度ほど死んでるけど、課長はそんなことちっとも気にしないよ。おれがいないのがよほど嬉しいみたいでね」

「だったら私人の立場だろう。管轄もなにもない」

「GTRを貸してくれるんなら考えてもいいけど」

鷺沼はきっぱり断った。

「だめだ。このまえ愛車を壊された恨みは忘れない。それに、ああいう目立つ車は張り込みには向いていない」

「だったら彩香にやらせたらいいんじゃないの？　大岡山は碑文谷署の管轄だし、どうせ大した事件もなくて暇を持て余してるんだろうから」

「それは無理だよ。あんたと違って、上司が見て見ぬふりをするわけがないだろう。それに所轄の刑事はなんでも屋だから、おれたち本庁の刑事よりずっと忙しい」

「おれ一人こき使って、稼ぎは山分けしようという魂胆なんだね」

「なんのことだかわからないが、とりあえず、原口の家の様子を見てきてくれよ。おれたちは中西の戸籍を調べてくるから。それぞれの結果を突き合わせて、今後の捜査の段取りを決めればいい」

これ以上やりあっても時間の無駄なので、早々に話を切り上げることにした。宮野もけっきょく踏ん切りをつけたようだ。

「じゃあ、これから行ってくるよ。休暇中で警察手帳は持ってないから、変なやつがいても職質はできないけど」

「余計なことはしなくていいよ。とりあえずは偵察だから、せいぜい敵に感づかれないように頼む」

「任せておいてよ。風景に融け込む技術に関しては天才肌だから」

「ああ。くれぐれもびっくり絵本みたいに風景から飛び出さないように頼む」

そう応じて、今度は三好に一報を入れる。状況を説明すると三好は唸った。

「驚いたな。しかし二人の人間の身元を使い回すには、ある意味で合理的かもしれん。ひょっとしたら中西の住所も、そのあたりにあるんじゃないのか」

宮野と同じことを考えたようだが、それも決してあり得なくはない。

「とりあえず、原口の住まいに関しては宮野に確認してもらいます。我々は中西の戸籍をチェックしに、これから市川市役所に向かいます」

「ああ、そうしてくれ。こうなると、おまえの家がタスクフォースの前線基地になりそうだな。おれも毎晩入り浸ることになるかもしれん」

三好はなにやら楽しげだ。宮野をますます図に乗らせるような気がして、先行きが心配になってきた。

2

ＪＲ武蔵小杉駅から総武線直通の横須賀《よこすか》線で市川まで四十分ほど。市川市役所はその一駅先の本八幡《もとやわた》にある。都心部を横断する長旅だが、車で移動するよりずっと早い。

市民課の受付で用向きを告げ、身上調査照会書を提示すると、職員はすぐに要請に応じてくれた。

中西の戸籍は生きていた。しかし附票では、現住所の記載が六年前に抹消されている。つまりそのとき住民基本台帳から職権消除されていたことになり、現在は住所不定という扱いだ。

戸籍筆頭者は父親で、八年前に死亡している。その戸籍にいまもいるということは、中西には婚姻歴がなかったことになる。母親はさらにその六年前に死亡していて、中西に兄弟はいなかった。

「まだ死んだことにはなっていませんね。死亡届も出ていないし、失踪宣告も受けていない。葛西老人の証言が間違いなければ、実際には死んでいるのに、法的には生きていることになる。こっちはこっちで厄介な話になりそうですね」

井上は困惑を露わにする。ものはついでだと中西の祖父の戸籍謄本を請求すると、職員はあっさりそれに応じてくれた。

そちらは除籍になっていたが、父には妹がいた。つまり中西にとっては叔母に当たる。婚姻によって転籍しており、転籍先は名古屋市中区《なか》になっているが、存命かどうかはわからない。

「ちょっと遠いが、そっちも調べる必要があるな。当人は存命じゃなくても、縁者からなにか情報が得られるかもしれない」

「だったらこれから行ってみましょうよ。課長に身上調査照会書をファックスしてもらえば、新幹線でひとっ飛びですから」

井上は積極的だ。鷺沼はさっそく電話を入れた。事情を話すと、三好はすぐに先方にファックスを入れ、電話で事情を説明しておくという。よろしく頼みますと応じ、本八幡の駅に向かったところで、宮野から電話が入った。

「槙村の豪邸とは似ても似つかないショボいアパートでね。家賃はせいぜい四、五万とみたね」

「人はいたのか」

「留守のようだった。ただ電気のメーターがかすかに動いているし、郵便受けには何通かＤＭみたいなのが入ってるね。隣戸の住人に訊いてみたら、住んでいる人間は見かけたことがないけど、たまに夜、室内に明かりが点っていることがあるらしい」

「空き家と認定されないように、たまに立ち寄って住んでいるふりをしてるんだろう。そのためには近所同士というのは都合がいいな。表札は出ていたのか」

「なにもない。郵便受けにも部屋番号しか書いてない。でも賃貸のアパートやマンションだと、そんなの珍しくもないからね」

「日常的に人がいないとなると、やはり張り込みが必要だな」

「でも張り込んだとして、当人が現れるかだよ。部屋に入って電気を点けて、風通しをして郵便物を回収するくらいなら、アルバイトだってできるからね」

「たしかにそうだな。その物件を扱っている不動産屋はわかるか」

「建物の外壁に看板があるからわかるけど、いまは警察手帳を持っていないから」

「そんなものなくても、舌先三寸で話を聞き出すのがあんたの特技じゃなかったか。現に隣の住人から話を聞いたわけだろう」

「ああ、新聞の勧誘員のふりをしてね。でも不動産屋じゃそうは行かないから」

「以前は、私立探偵のふりをしたな」

「あのときの偽名刺はもう切らしちゃってね。また井上君につくってもらわないと」

「しようがないな。じゃあ、その件については今夜相談しよう」

「それで、中西のほうはどうだったのよ」

宮野は興味津々の様子で訊いてくる。市役所で確認した戸籍関係の状況を説明すると、期待も半ばという調子で宮野は応じる。

「そいつもどうせろくでなしだったんだろうから、親も親類も、いなくなってせいせいしたというところじゃないの。三十年ものあいだ行方不明で、失踪宣告も受けていないというのは、普通なら考えにくいでしょ。戸籍を遡っても行き止まりという気がするね」

「そうだとしても調べないわけにはいかない。重要な情報を見逃して、致命的な取りこぼしに繋がることもある」

「そりゃそうだ。じゃあこれから名古屋に飛ぶわけだね。だったらお土産《みやげ》は、名古屋コーチンのもも肉とむね肉一キロずつお願いね。あと玉子もワンパック。デパ地下で売ってるはずだから」

「そんなところに寄ってる暇はない」

「でも、今夜はタスクフォースが集まって、作戦会議を開くことになるんじゃないの。おれが腕によりをかけてご馳走つくるから、鷺沼さんもそのくらいの出費はしてくれてもいいじゃない」

そう聞いたとたんに唾液が滲み出る。宮野の料理に関しては、どうも反射神経がパブロフの犬化してしまっているらしい。

「いくらくらいするんだよ」

「大したことないよ。一万円ちょっとといったところじゃないの」

「約束はできないが、考えてみよう」

食欲と懐の痛みが葛藤するのを覚えながら通話を終え、本八幡の駅に向かいながら話の内容を聞かせると、井上はさっそく声を弾ませた。

「名古屋コーチンって、ブランド地鶏の代表みたいな鶏じゃないですか。宮野さん、どういう料理を考えているのか楽しみですね」

「肝心なのはそういう話じゃないだろう。これからそのアパートを張り込んで、そこにもし原口が現れたとして、いまなにができるかだな」

「アパートに現れた原口が槙村邸へ帰っていくのを確認すれば、成りすましに関しては立証できるじゃないですか」

「かといって、成りすまし自体は犯罪でも何でもない」

「しかしそんな話が世間に公表されれば、経営者としての槙村の信用は失墜しますよ」

「そうだとしても、せいぜいマキオスの会長職を辞任して、場合によっては会社を手放すくらいの話だよ。すでに日本の長者番付の上位にランクされるほど資産をため込んでいるんだから、あとは悠々自適だな」

「だとしたら、やはり本物の槙村氏の死体を見つけるしかない」

「ああ。葛西の証言は嘘じゃない。そうじゃなければ、川井氏の口を封じる理由が思い当たらない」

「だとしたら川井氏は、本物の槙村氏殺害の証拠を握っていたことになりませんか」

「証拠といっても物的なものじゃないと思うがな。例えば死体の始末を手伝った人間からの証言とか――」

「そうですね。死体の始末というのはそう簡単にできるものじゃないですから。中西の場合にしても、かなりな深さに埋められていましたからね」

「その中西にしても、原口に殺された可能性が高い。そっちについてもなにか摑んでいたとしたら、川井氏を殺す動機は十分あるな」

「だとしたら、青梅の事件を解明して、そこから原口の犯行を立証するしかない。でもそっちのほうはいまは特捜本部任せです。僕らはどうしたらいいんでしょうね」

「うちのほうから本部にそのあたりのネタを持ち込んで、捜査の方向をリードできればいいんだが、言うことを聞くような連中じゃないからな。現在の槙村が原口や中西の身分を使い回して暗躍しているとしたら、殺人班はただ幽霊を追い回すだけで、けっきょく事件はお宮入りになるんじゃないのか」

「そうなると、そっくりうちに仕事が回ってくるわけですか」

「だとしても、殺人班だって意地があるから、一度帳場を立てた以上、半年や一年は捜査を続ける。それが終わるのを待っていたら、槙村こと原口は、とことん証拠を隠滅して、おれたちの手の届かないところに行ってしまう。いまの原口には財力がある。わざわざ自分の手を汚さなくても、金の力で人の口はいくらでも封じられるからな」

「川井氏の殺害にしたって、本人は手を下していないでしょうからね。教唆犯を特定するのは、刑事捜査のなかでも至難の部類です」

「至難というより、捜査関係者が、実行犯の逮捕で一丁上がりという気になってしまうのがいちばんの理由だよ。ヤクザの鉄砲玉なんてその最たるもんで、組のトップが殺しの容疑で逮捕されることは滅多にない。だれが教唆したかは素人の目にも明らかなのに、そいつらはみんなのうのうと生きている」

「そもそも原口が中西に成りすまして誰かに殺人を依頼したとしたら、実行犯がそれを自供しても、戸籍上生きているだけの人間では検挙はできませんからね」

「かといって、いまのところ原口本人を逮捕する罪状はなにもない。やはりこのままじゃお宮入りになりそうな雲行きだな」

暗い気分で鷺沼は言った。

3

東京駅に戻ったところで三好から電話が入った。先方に身上調査照会書をファックスで送り、そのあと電話で事情を説明すると、問題なく応じてくれるという話だった。

宮野からの報告を伝えると、三好もいまひとつという反応だ。

「原口本人が、のこのこそのアパートに顔を出すとは考えにくいな。誰かが頼まれてやっているにしても、それ自体は犯罪じゃないから逮捕はできない。当然、頼んだ人間も特定できないことになるわけだ」

「というか、原口が姿を現したとしても、現状では事情聴取もできないんじゃないですか。死体がない以上、殺人の容疑は成立しないわけですから」

力なく応じると、三好は大胆なことを言う。

「そこは強引にやっちまったらどうだ。死体は中西の可能性が高いにせよ、殺人現場の近くでそれが出たのは間違いないんだし、葛西の証言があるんだから、被疑者として扱ってもあながち見当違いじゃない。ぎちぎち締め上げたあと、とりあえず嫌疑不十分で釈放すればいいだけだ」

「もしこちらの見立てが正しいなら、そのあいだ槙村は会社にも出られないし、自宅にもいないことになる。そのあたりで太い尻尾が摑めそうですね」

「もっとも、これだけ長いあいだ隠し通したんだから、簡単にそういうドジを踏んでくれるとも思えないがな」

言いだした三好がそんな弱気な見通しでは世話はない。鷺沼は言った。

「姿を現すのが別人だったとしても、そいつを追いかければ、どこかで槙村との接点が見つかるんじゃないですか」

「そうは言っても面倒なのは、その槙村が原口による成りすましだという証拠がまだないことだよ」

「葛西が観たというテレビ番組のインタビューの映像を、なんとか入手できればいいんですがね」

「捜査関係事項照会書程度じゃ相手にしてくれない。裁判所から押収令状が取れればなんとかなるかもしれないが――」

「しかし、それを請求する根拠がいまはない」

「いや、もし取れたところで、報道への司法の介入だと難癖をつけて裁判沙汰にしてきかねないからな」

「じゃあ、そっちは打つ手がないじゃないですか」

「案外、中西のほうから面白い材料が出てくるかもしれないぞ。名古屋に本籍のある叔母さんが生きていれば、原口に繋がる話が聞けるかもしれない」

三好はけっきょくこちらに下駄を預ける。鷺沼は言葉を濁した。

「どうでしょうね。そっちは、そもそも中西が死んでいることも知らないわけですから」

「あまり悲観的になるなよ。どっちかといえば、いまは手に余るほど糸口が出ているんだから」

「そうは言っても、どれも突破口にはなりそうにないですよ。その先は行き止まりという気がしますがね」

「なに、捜査なんてもともとそういうもんだよ。あれこれ糸口を追い回しているうちに、とつぜん当たり籤《くじ》を引くみたいにホシが浮かび上がってくるんだから」

三好は気楽な調子だが、そのぶん空振りも多くなるわけで、現場を駆け回るこちらとしては、焦点が絞れないのがどうにも辛い。期待はせずに鷺沼は応じた。

「じゃあ、これから名古屋に飛びます。夕方には戻れると思います。今夜は宮野が名古屋コーチンの料理に腕を振るうそうですから、係長もいかがですか」

「そりゃいいな。せっかく名古屋に行くんだから、手ぶらで帰っちゃもったいない。いっぺんに相談ごとが増えたから、作戦会議ということなら、おれもぜひ参加するよ」

三好は一も二もなく乗ってきた。

4

名古屋に向かう新幹線のなかで昼飯の弁当を開いたところへ電話が入った。内田からだった。やむなく食事を中断し、デッキに出て応答すると、押し殺したような声が流れてきた。

「いま青梅署の帳場で捜査会議が終わったところなんですが――」

「捜査の方針は決まりましたか」

期待と不安が相半ばする気分で問いかけた。内田はさらに声を落とす。

「例のハードディスク盗難の件を報告し、こちらで取得した川井氏の失踪前後の通話記録を提供したんですがね。どうも食い付きが悪いんです」

「と言うと？」

「通話記録についてはこれからすべてチェックして、聞き込みをすることになったんですが、ハードディスク盗難の件については、どうも食指が動かないようで、殺しのほうとは別件として扱うことになりました」

「というと、特捜本部としては、そちらはノータッチですか」

「あくまで窃盗事案であって、しかも川井氏が死亡してから一ヵ月ほど経っている。無理に結びつけてマンパワーを分散するより、殺しの件に集中するのが捜査の王道だという考えのようでして」

「じゃあ、そっちのほうには手を着けないわけだ」

「とりあえず窃盗事件として扱うのが筋だと——。要は所轄に丸投げということです。天下の捜査一課殺人班が空き巣事件ごときの捜査に走り回るのは沽券《こけん》に関わるとでも言いたげでしてね」

内田は腹に据えかねる口振りだ。苦い思いで鷺沼は言った。

「いい意味でも悪い意味でも、それが彼らのプロ意識なんでしょう。はたから見れば思い上がりでしかないんですが、本人たちにはそれがわからない」

「しようがないんで、うちの署の窃盗班に捜査を継続するように頼んでおきました。とりあえず自宅周辺での聞き込みが中心になりますが、気になるのは例の田島氏ですよ。電話の記録から、特捜本部が事情聴取することになると思います。そうなると、これからなにか動きがあるかもしれません」

「そのあたりはチェックできますか」

「人員を張り付けて行動確認をしています。現場周辺の聞き込みはすでにある程度やっていて、とくに成果はないもんですから。近隣のコンビニやらファミレスやらの防犯カメラもチェックしたんですが、こいつだと特定できるような怪しい人間も見つかりませんでした」

「たしかに、彼がいまいちばん怪しいとも言えますね。いまのところ変わった動きはないんですか」

「青梅で死体が出たというニュースは耳に入っているはずなんで、なにか反応があるかと思っていたんですが、まだこれといって不審な行動はないようです。じつは死体が川井氏だということを、本部はまだ公表していないんです」

「またどうして？」

「それは犯人だけが知る事実で、目星がつくまえに公表してしまえば警戒されるという考えです。もうしばらく伏せておくつもりのようです」

「よくある話ですね。不審死体の身元が公表されるまでに多少の時間がかかるのは、実際には警察が伏せているようなケースが大半ですから」

「かといっていつまでも仕舞い込んではおけない。それが表に出たとき、なにかあるかもしれません。ただ、なんらかのかたちで彼が犯行に関わったとしても、それほど深いかたちではないと思います。実行犯だとしたら、青梅で死体が出たというだけで慌てるはずですから」

「とりあえず通話記録をもとに聞き込みを進めるというなら、そこから不審な人間をあぶり出すくらいのことは殺人班にもできるでしょう。現場からは、犯人の特定に繋がるような物証は出ていないんですか」

「死体のものとは違う髪の毛が何本か着衣に付着していましたが、毛根がついていないうえに長いあいだ泥に浸かっていたため、DNA型鑑定の試料としては使えないそうです。本部が着目しているのはヒ素化合物の入手ルートです」

「わかりそうですか」

「得意の人海戦術で行くつもりでしょう。科捜研で分析したところ、殺虫剤として使われるタイプのようです。購入に際しては身元確認が義務づけられていて、店舗にはその記録が一定期間保存されるので、それを虱潰《しらみつぶ》しに当たれば不審な購入者が洗い出せると見ているようなんですが」

「しかし和歌山毒物カレー事件のように、シロアリ駆除のような仕事をしている業者なら、買っても怪しまれないし、そういう人間に横流ししてもらえば、手に入れるのはわけないんじゃないですか」

「だと思いますが。それが彼らの流儀なんでしょうね。お手並み拝見といければいいんですが、そちらのナシ割(遺留品の出所を捜す捜査)に駆り出されたら堪りません。通話記録のほうを担当できるように、なんとか画策しますよ。そもそも提供元はこっちなんですから」

苛立ちを滲ませて内田は応じた。

5

名古屋駅に着いたのは午後二時過ぎで、駅からタクシーで中区役所に向かった。市民課の窓口に出向くと、三好からの連絡で担当者は事情をわかっていて、中西の叔母の戸籍謄本と附票をすぐに用意してくれた。

叔母は存命だった。名前は緒方千賀子《おがたちかこ》で、附票に記載された住所は岐阜市内になっている。戸籍筆頭者の夫は死亡しており、息子と娘は婚姻して別戸籍になっている。

井上がスマホで調べると、名古屋から岐阜までは東海道本線の快速で二十分もかからない。さっそく出向いてみることにした。

JR岐阜駅からタクシーで向かった先は、青柳《あおやぎ》町二丁目にある市営住宅だった。附票の記載どおり、三階建ての住宅の二階の一室に緒方の表札がかかっていた。

インターフォンを押してしばらく待つと、年配の女性が明るい調子で応じた。

「どちらさまですか」

「突然お邪魔して畏れ入ります。警視庁の者で、甥の中西輝男さんについて伺いたいことがありまして」

「いったいどんなことを?」

そう問い返す声に警戒の色が滲む。

「現在の輝男さんの消息について、ご存じのことがありましたら、お聞かせ願いたいんですが」

あの白骨死体が中西だということは、葛西の証言があるだけでまだ確定はしていないから、すぐには言わないことにする。怯えたような調子で女性が訊いてくる。

「輝男が、なにか悪いことでもしたんでしょうか」

「ご本人が犯罪に関わったというわけではなく、もしかすると巻き込まれた可能性があるものですから」

「そうなんですか。でも輝男とはもう何十年ものあいだ音信不通で、どこにいるのかわからないんです」

「輝男さんのお父さんが八年前に亡くなっていますね。そのとき、遺産相続のことでなんらかの連絡を取り合ったのでは？」

「私はそれには関わっていませんので、なにも聞いていません。それに遺産というほどの資産もなかったようですから」

「しかし多少の預貯金や不動産はあったのでは？」

そう問いかけると、戸口で話すのは世間体が悪いと思ったのか、「お待ちください」と言ってインターフォンを切り、室内を歩く音がしてドアが開いた。顔を覗かせたのは七十歳は過ぎていると思われる高齢の婦人だった。

「お入りになって」

誘《いざな》われたのは居間として使っているらしい六畳くらいの部屋だった。家財と言えば簡素なソファーセットとテレビと茶箪笥が置いてあるくらいで、さして暮らし向きがよさそうには思えない。

鷺沼と井上が名刺を差し出すと、老眼鏡を下げて一瞥しただけで、とくに興味もなさそうにテーブルに置き、鷺沼に向き直って婦人は口を開いた。

「輝男は一人息子で、そのときはすでに母親も他界していて、祖父母もいなかったんです。輝男の行方が判明しなければ、相続権は父親の妹の私に回ってきてしまう。それで私は相続を放棄したんです」

「なにか事情でも？」

「兄は博打が好きで、死んだとき多額の借金を抱えていたんです。つまり負の遺産で、相続すれば私がそれを背負うことになりますので——。そのあと輝男が負債を引き継いだとも思えませんから、けっきょくどう処理されたのか私もわからないんです。もっとも、相続を放棄しても、名古屋で暮らしていた私のところへ何度もやくざまがいの借金取りが押しかけてきたんです。それで仕方なく、私たち家族は岐阜に引っ越したんです」

そんな事情を聞けば、中西と何十年も音信不通で、行方知れずであることを知らなかったとしても仕方がないように思われる。鷺沼は訊いた。

「輝男さんはどんな甥御さんでしたか」

「何度も少年院や刑務所を出入りしていました。両親とも折り合いが悪くて、グレてしまったんです」

「顔は覚えておいでですか」

「若い頃には頻繁に会っていましたが、いまはずいぶん変わっていると思いますので、面影が残っているかどうか」

婦人は言葉を濁す。鷺沼は白骨死体の復顔画像のプリントを取り出した。

「この顔に見覚えは？」

プリントを手に取り、婦人は怪訝な表情で問い返す。

「これが輝男なんですか」

「似ていませんか」

「そう言われれば似ているような気もしますが、これがいまの輝男なんですか」

「最近、東京都内で見つかった白骨死体にコンピュータを使って肉付けして、生前の顔を復元したものなんです」

「その死体が輝男だと？」

「その可能性が高いものですから」

鷺沼は頷いた。すでに犯歴データベースにある中西の顔写真は確認していた。鷺沼も井上も三好も似ているという印象は持ったが、絶対に同一だとまでは言い切れない。復顔されたものはあくまで人工物で、一方犯歴データベースの写真は、そう撮影するのが留置管理者の腕の見せどころだとでも言うように、いかにも犯罪者然とした悪相で、これも自然な人の顔とは別物だ。

葛西は確信があるようだが、念のために鑑識の木下にその写真を送り、豪徳寺の死体の頭蓋骨とスーパーインポーズ法で比較するように頼んである。その結果はあすの夕方に出るとのことだった。

「私が知っているのはもっと若い頃で、もう少し痩せていたような気がします、でもこの頬骨が張った感じが似ています」

「いま科学的な方法を使って調べているところで、その結果が出れば、かなり確実に輝男さんだと判断できるでしょう。ただ問題は、たとえそうだとしても、輝男さんは戸籍上は生きている。つまり死亡届も出ていないし失踪宣告も受けていないわけで、我々もどう扱ったらいいのか、頭を悩ませているところでして」

「でもどうしてそれが輝男かもしれないと思ったんですか」

「昔、彼と付き合いがあったという人物の証言からです、葛西浩二という人を知っていますか」

「知りません」

「それでは原口敏夫という人物は？」

「知りません。そもそも、どういう理由で輝男は死んでしまったんですか」

「殺されたようです」

「なんてこと？」

婦人は驚きの声を上げた。鷺沼は頷いて続けた。

「約三十年前です。鈍器で頭部を殴られて殺害されたとみています」

「いったい誰が？」

「いまそれを捜査しているところなんです――」

豪徳寺の住宅建設現場の地下から死体が発見された経緯を説明すると、婦人は切なげな声で言った。

「そんなところに三十年も――」

「難しい捜査ですが、我々はなんとしてでも犯人を突き止めたいんです」

「そうですか。そこに輝男がいることを誰も知らずに。可哀想に――」

緒方婦人が涙ぐむ。

「もしその死体が間違いなく輝男だとわかったら、ぜひ教えてください。年寄りの一人暮らしで、なにができるというわけではありませんが、ささやかな供養はしてやりたいと思いますので」

6

「けっきょくなんの成果もなかったわけだね。でも、まあいいや。名古屋コーチン買ってきてくれたんだし。普段からおれの謦咳《けいがい》に接しているせいか、なかなか上物を選んできてくれたよ」

宮野はとりあえず機嫌がいい。

鷺沼と井上は東京駅からそのままマンションに戻り、三好も頃合いを見計らってやってきた。井上は彩香に電話を入れた。名古屋コーチンの話をすると、喜んで飛んでくるという。

いつもなら彩香の参加には難色を示す宮野も、原口のアパートの張り込みを手伝わせたい思惑もあってか、ことさら反対するふうでもない。だったらついでに福富もと、宮野が直々に電話を入れた。もちろん『パラッツォ』秘蔵のイタリアワインの差し入れも忘れず要求する。

「いまのところ、たま吉の御利益もとくにないようだな」

ソファーテーブルに鎮座するたま吉の頭を撫でながら鷺沼は言った。名古屋コーチンの保冷パックを大事そうにキッチンに運びながら宮野が応じる。

「そんなことないよ。特捜本部が見当違いの方向を攻めてくれれば、そのぶんおれたちの仕事の領分が広がるんだから。それに三好さんのアイデアはいけるんじゃないの。死体があったのは事実なんだし、殺された状況は葛西の証言と一致してるし、発見されたのもそのときの現場のすぐ近くなんだから、原口の逮捕状は十分請求できるはずだよ。それが中西かもしれないという話は、当面しらばっくれておけばいい」

「とりあえずのポイントはそこだな。あらかじめ逮捕状を取っておいて、そのアパートに原口が現れたら即逮捕する。期限は七日だが、再取得は何度でも可能だから」

「しかし、そのためには葛西の正式な供述が必要になる。うまくやらないと共犯の扱いになって、葛西も逮捕しなきゃいけなくなるでしょう」

井上が指摘するが、三好は意に介するふうでもない。

「なに、そこは葛西の話をそのまま信じてやればいいんだよ。原口に関しては強盗致死か強盗殺人で時効はない。しかし葛西のほうは単なる窃盗罪ということにすれば、もうとっくに時効だから、逮捕する理由はない」

「でもスーパーインポーズ法で、死体が中西だと確定したら、葛西の話と矛盾することになりますよ」

井上はさらに指摘するが、三好はあっさり首を横に振る。

「そんなの、べつに問題はない。スーパーインポーズ法の証拠能力は、まだＤＮＡ型鑑定ほど絶対的なものじゃないし、とりあえず結果が出たとしても、慌てて裁判所に知らせる必要はない」

「さすが、三好さん。思い切りの良さは天下一品だね。あとは原口本人をどうとっ捕まえるかだよ」

宮野は三好を持ち上げる。水を差すように鷺沼は言った。

「大岡山の屋敷や会社にいるのはわかっているが、そこじゃ完全に槙村に成りすましているわけだから、原口名義の逮捕状は執行できない。原口に戻っているところで捕まえるしかないが、本人がのこのこそのアパートに顔を出すとも考えにくい」

しかし宮野はさらに大胆なことを言う。

「だったら、だれでもいいからアパートに現れた人間を、原口だということにして逮捕しちゃえばいいんだよ。逮捕事由が殺しの容疑だと知ったら、死刑や無期になるのは嫌だから、誰に頼まれてアルバイトしたのか、ぺらぺら喋るに決まってる。そいつだってどうせろくでもない人間のはずだから、誤認逮捕されたくらいで騒ぎ立てたりはしないと思うけど」

「そう簡単にいくもんかな。いまはアルバイト募集の求人サイトがあるから、その程度の仕事ならいくらでも人は集まる。原口が直に接触する必要はない」

　鷺沼は首を傾げたが、宮野はいかにも自信満々だ。

「それなら、その求人サイトに募集を依頼したやつを特定すればいいんじゃないの。そうやって糸を手繰っていけば、最後に槙村か原口の名前が出て来るのは間違いないよ。そこからはおれが前面に出て、きっちり話を付けるから」

「どういう話を？」

「これまでに犯した悪事の数々を悔い改めるように、懇々《こんこん》と教え諭すのよ。罪の償い方にもいろいろあるからって」

「金次第では見逃してやると言うんだな」

「そんな怖い顔しなくたっていいじゃない。そっちはそっち、こっちはこっちで。おれは法で裁けない部分での落とし前をつけてやるわけよ。どうせ死刑か無期なんだから、あいつも、金なんかいくら持ってたってしようがないじゃない」

「たっぷり毟り取った上で、死刑か無期というわけか。鬼みたいな心の持ち主だな」

「そう言われると辛いのよ。でも心を鬼にしてでも貫かなきゃいけない正義というのがあって、そのために一身を擲《なげう》つ覚悟で、おれは頑張っているわけでね」

　宮野は苦衷《くちゅう》を察して欲しいと言いたげだ。三好も井上も真面目な顔でそれを聞いているからどうにも具合が悪い。そこへ彩香がやってきた。

「お待たせしちゃって済みません。自由が丘で美味しいアイスクリーム屋さんを見つけたから、デザートにと思って買いに寄ってたんです。名古屋コーチンに合うかどうかわからないんですけど」

「だれもおまえなんか待ってないよ。でも、そういう気遣いは褒めてあげよう。それもおれの日頃の厳しい指導の賜《たまもの》だと感謝してもらいたいね」

宮野はさっそくキッチンから出てきて、一くさり嫌味を言ってアイスクリームのパッケージを受けとった。もちろん彩香も負けていない。

「そうなんですか。でもなんだか原口のアパートの件で、私を頼りにしてるって噂を聞いたんですけど」

「また井上君が余計なことを言ったのね。そうやってつけ上がらせるから、こうやって先輩に減らず口を叩くようになるんだよ」

「そんなこと言っていいんですか。私、地域課に友達がいて、いろいろ頼みごとを聞いてもらえるんですよ」

「原口のアパートの近所をたまにパトカーで警邏するくらいのことじゃないの。そんなの役にも立たないよ」

「そうじゃなくて、髪をブリーチしてピアスを付けた挙動不審な男が柿の木坂にいるから、見つけたら職質して、訳のわからないことを言って暴れたら、公務執行妨害で現行犯逮捕するように言っとくんです」

「品行方正を絵に描いたようなこのおれが、なんでそんな目に遭わなきゃいけないのよ。それは特別公務員職権濫用罪という立派な犯罪だよ」

「宮野さんのパワハラに対抗するには、手段は選んでいられませんから」

「なに言ってんのよ。おまえのほうが鷺沼さんや井上君を味方につけて、おれにパワハラしまくってるじゃないの。おれが素行不良で、金の亡者で、口が悪くて、ギャンブル狂いだなんてレッテルを貼って、寄ってたかって苛《いじ》めにかかるんだから」

宮野はアイスクリームを冷凍庫に入れながら泣きべそをかいてみせるが、宮野が言うところのレッテルがじつに的を射ているから、本人はしっかりそこを自覚しているらしい。

そこへトスカーナだかピエモンテの高級ワインを携えて福富がやってきた。

「きょうは名古屋コーチンの大盤振る舞《おおばんぶるま》いだそうだね。どういう料理になるのか楽しみにしてきたんだよ」

「大盤振る舞いだなんておれは言っていないでしょ。鷺沼さんの懐具合を考えて注文はごく控えめにしておいたから、ほんの口汚し程度だよ。まあ、そのあたりはおれの腕前でカバーするから」

店では二キロなら十人分はあると言っていたから、とくに控えめというわけではなさそうだが、宮野としてはポイントを稼がれるのがよほど嫌なのだろう。

「じゃあ、楽しみにしているよ。献立はなんなんだ」

「もちろんメインは名古屋名物のひきずり鍋だよ。少し残して、そっちは炊き込みご飯にするから、なんとか腹いっぱいにはなるはずだけど」

「ひきずり鍋ってなんなんだ」

また知ったかぶりをされるのがおちだとわかっていても、つい訊いてしまう。宮野はさっそく講釈を始める。

「要はすき焼きなんだけどね。鍋の底を引きずり回すようにして食べるからそう言うらしいね。名古屋のすき焼きは関西風で、割り下を使わないタイプだから、今回はそっちで行ってみるよ。関東風のほうが、おれが腕を振るう余地があるんだけど、せっかくの名古屋コーチンだから、素材の良さで勝負するのも悪くはないからね。いま下拵《したごしら》えをしてるから、ビールでも飲みながら待っててよ」

そう言ってカウンターキッチンから枝豆を差し出すので、鷺沼がそれを受けとり、井上が冷蔵庫から缶ビールを取り出してきて、とりあえずの乾杯となった。

7

ここまでの経緯について鷺沼が説明すると、彩香はすでに井上から聞いていたようだが、初耳の福富は驚きを隠さない。

「最初の思惑とはずいぶん違ってきたな。そうなると、三好さんの言う強攻策で、そのアパートに住んでいるやつをとっ捕まえる必要があるわけだ。しかしそれが原口本人なら捜査は一気に核心に向かうけど、そこまで間抜けだとは考えにくいからね」

「なんだ。とくに知恵はなかったんだ。呼んで損したよ。名古屋コーチンは遠慮して食べてね」

キッチンから宮野の嫌味な声が聞こえる。福富は思案顔をしてビールを呷る。

「しかし、その中西も殺していたとしたら、原口ってやつは相当のワルだな。川井って人だって、原口に殺されたのはおそらく間違いない。ただのコソ泥だと思っていたけど、舐めてかかると、あんたも大変なことになるかもしれないぞ」

「大変なことって、つまりどういうことなんだよ」

カウンターキッチンから顔を覗かせる宮野に、福富は言った。

「たとえばあんたが、一儲けしようと槙村こと原口に接近した場合だよ。向こうは金が有り余っていて、邪魔な人間の一人や二人、いつでも始末できるはずだ。いま、世の中には食いっぱぐれの極道が掃いて捨てるほどいて、昔なら絶対に手を出さなかった危ない仕事も平気で請け負う。そういうのに頼めば、あんたみたいな小悪党の一人や二人、はした金で片付けられるからな」

「小悪党ってどういう意味だよ。天下の大悪党に果敢に立ち向かう正義の士に対して」

「そう思うのは勝手だけど、向こうにとってあんたは厄介な存在以外のなにものでもないわけだよ。あっさり強請に応じてくれるとは思えない」

「だったらあんたの出番だよ。強請たかりはかつての本業だったじゃない。分け前にちょっとくらい色を付けてあげるから」

宮野は今度はすり寄っていく。福富はあっさり退ける。

「そういう世界からは、もう足を洗ったんだよ。昔、悪事を働いたぶん、世間様に恩返しするのがいまの人生の目的でね。最高のイタリアンをリーズナブルな値段で楽しんでもらって、みんなを幸せにできればそれでいい。原口みたいな悪党から金を毟り取ったって嬉しくもなんともない。ただ気に入らない野郎だから、できれば死刑台に送ってやりたいと思って、及ばずながらお手伝いに馳せ参じているんだよ」

「死刑台に送るまえに、命を懸けてでも然るべき経済制裁を加えてやろうという、おれの正義の志を理解してはくれないのね」

「やるんなら四人目の死体にならないように気をつけたほうがいいぞ。ひょっとしたら四人目どころか、一ダースは下らない死体のなかの一つになるかもしれないからな」

福富は怖気を震ってみせる。鷺沼もここぞと一本釘を刺す。

「その場合は自業自得ってやつだから、おれたちも助けてはやれないな」

「いいよ。それならみんなには、分け前は一切あげないからね」

「べつに期待はしていないが、このヤマの場合、ちょっと無理なんじゃないのか。要は本物の槙村の死体が消えちまったわけで、見つかった死体は別人の中西となると、葛西の証言と一致しない。そこについてはとにかく原口を逮捕して締め上げてという段取りだとすると、警察にしかできない仕事になるからね」

福富の指摘に鷺沼は頷いた。

「民間人がそれをやれば逮捕・監禁罪に問われるな。そこに脅迫罪も併合されるから、下手をすれば七、八年はムショ暮らしになる上に、民事訴訟に出てこられて、逆に大枚を巻き上げられることにもなりかねない。あんたの出る幕はないということだよ」

「そんな希望を奪うようなことを言わないでよ。みんなで力を合わせれば必ずなんとかなるはずだよ。そもそも川井の件では、特捜本部がなんの役にも立たなそうじゃない。つまり警察の力だけじゃ限界があるわけで、そこは必要に応じてアウトソーシングも考えないと」

宮野は切ない調子で訴える。三好が取り持つように割って入る。

「いまはそこまで考える段階じゃないだろう。まずは原口の尻尾を摑むことだ。かといって、いつ現れるかわからないのに、朝から晩まで張り込んでいるのは労力の無駄だし、気取《けど》られて警戒される惧れもある。なにかいい手はないものかな」

言いながら、さりげなく協力を仰ぐように三好が視線を向けると、待っていましたとばかりに彩香が身を乗り出す。

「そのアパートのあるあたりに、たしかウィークリーマンションがありましたよ。いつも空室ありの看板が出ていますから、たぶんいまも借りられると思うんです。そこからアパートを監視していれば、誰かが部屋に出入りしたらすぐにわかります」

「そこで張り込んでくれるんだね。彩香ちゃん、ずいぶん協力的になったじゃない」

声を弾ませる宮野に、彩香はさらりと言い返す。

「無理ですよ、私は仕事がありますから。このなかに、暇を持て余している人が一人いるじゃないですか」

「おれのことを言ってるの？」

宮野はさっそく警戒する。彩香はきっぱり頷いた。

「そうです。仕事はずる休み中だし、いまはとくに出番もないわけだし」

「タスクフォースの司令塔として、十分仕事をしてるじゃない」

「理屈をこねるだけなら、どこにいたってできますよ」

「タスクフォースの専属シェフもやってるし」

「そうか。その点だけは困りますね」

彩香も宮野の料理の魔力には勝てないらしい。なにか閃いたように井上が言う。

「アパートの様子を誰でもどこでも監視できる、いい手がありますよ」

「どういう手だ？」

鷺沼が問い返すと、井上はあっさり答えを明かす。

「そのマンションにWEBカメラを設置すれば、アパートの状況を常時監視できます。撮影された映像はパソコンやスマホでも閲覧できますから、そこで張り込まなくても大丈夫です。動体検知機能のあるカメラを使えば、画面のなかでなにか動いたときにアラームを鳴らしたり、設定したアドレスにメールを送ることもできます」

「じゃあ、一日中パソコンを眺めていなくてもいいんだね」

カセットコンロとすき焼き鍋をダイニングテーブルにセットしながら、宮野が問いかける。井上が頷く。

「人が来たのを確認したら、すぐに飛んでいけばいいんですよ。ここからなら車で五分もかからないと思います」

「だったら、鷺沼さんからGTRのキーを預っておかないと。電車やタクシーじゃ取り逃がしちゃうかもしれないから」

宮野は声を弾ませる。鷺沼は渋々頷いた。

「しようがないな。くれぐれも大事に扱えよ。ちょっとでも傷をつけたら修理代を請求するからな」

「そういうけちなことは言わないで欲しいね。これから大きなビジネスが待っているわけなんだから」

宮野はまた息を吹き返したようだ。鷺沼は釘を刺した。

「金に目が眩んで、勝手な動きをするんじゃないぞ。結果はすべて報告するんだぞ」

「もちろんだよ。おれはとりあえず現れたやつの正体を確認するだけで、逮捕するのは鷺沼さんたちの仕事だから」

宮野はやけに素直に頷いた。

8

割り下を使わず、醤油と砂糖をたっぷり使ったひきずり鍋は、名古屋コーチンのジューシーな味わいを引き立てて、食が大いに進んだ。炊き込みご飯は宮野の腕の見せどころで、彩香を含め全員がお代わりした。福富の差し入れのワインも絶品だった。先行きの見通しが立ったわけではなかったが、とりあえず原口を追い詰める以外に打開策はないという結論に落ち着いた。

翌日の午前中に、鷺沼は宮野の案内で葛西のいる老人ホームに出かけ、三十年前の事件についての供述調書を取った。三好はそれを受け、あの死体が中西である可能性は伏せ、葛西の供述だけで原口の逮捕状を請求するための書面作成に取りかかった。しかし逮捕状自動発券機と揶揄《やゆ》される日本の裁判所も、それだけで逮捕状を発付するとは思えない。

死体の頭部の打撲痕が葛西の供述と一致すること、死体の発見現場が事件の発生現場とごく近いこと、死後約三十年という鑑定結果が、葛西の証言と一致し、ちょうどその頃から、被害者の姿を近隣の人が見かけなくなったこと、その年に死体が埋められていた家の建て替え工事が行われていたこと等々、いまの時点で出せる材料をすべて書き連ね、原口への嫌疑がより濃厚になるような印象操作に腐心した。

その甲斐あってか、簡易裁判所に持ち込むと、意外にあっさり逮捕状は発付された。これなら冤罪による逮捕はやり放題だと三好は苦笑いしたが、とりあえずそのアパートに姿を現す人物を逮捕することが先決で、誤認逮捕になったらなったで、自分が責任をとると三好は腹を括っている。

彩香が言っていたウィークリーマンションは、問い合わせると空き部屋は幾つもあって、きょうからでも入居できると言うので、さっそく一ヵ月の契約をした。いまの予約状況ならさらに延長も可能だとのことだった。部屋代は事件が解決した暁に捜査費として請求することにして、とりあえず三好が立て替えるというが、あまり長引くと三好の懐が保たなくなる。

井上は朝のうちに買い込んでおいたWEBカメラを、アパートが見下ろせるベランダにセットした。原口の部屋のドアにレンズを向け、それをインターネットに接続すると、井上のスマホでも鷺沼の自宅のパソコンでも、映像がチェックできた。

画面内でなにかが動けばパソコンならアラームが鳴り、携帯にもメールが届くから、鷺沼たちも飛んでいける。宮野もそれならウィークリーマンションで張り込むと言いだして、原口名義の部屋の監視態勢はこれでほぼ万全と言えそうだった。

「あとは獲物が網にかかるのを待つだけだな。とりあえず小魚一匹でも、それが本命の大魚に繋がっているのは間違いない」

三好は自信を覗かせる。腹を括って鷺沼は言った。

「強引ではありますが、ここで腰が引けたら、事件は迷宮入り間違いないですからね。特捜本部も、川井氏殺害の件にしか興味はないようですから、本ボシまで追いかけてくれるかどうか、あてにはならない」

「ああ。常識的な捜査手法じゃたぶん手に負えない。場合によっては、宮野君や福富君にも一働きしてもらうことになりそうだ。そこにこそ、タスクフォースの真骨頂があるわけだから」

三好は危ないことを口にする。だからといってこちらがあくまで法令遵守で、向こうが金の力で手段を選ばないとすれば、まず勝ち目がないのは明らかだ。金に目が眩んだ宮野の思惑は別としても、多少の法令違反は避けて通れないだろう。

そのとき鷺沼の携帯が鳴った。早くもWEBカメラが作動したのかと慌ててディスプレイを覗くと、きのう会ってきた緒方千賀子からの着信だった。

なにか気がついたことがあれば知らせて欲しいと、携帯の番号を教えてきた。こちらも彼女の自宅の番号を電話帳に登録しておいた。

「鷺沼です。きのうは大変有り難うございました」

丁寧にそう応じると、忙しない調子で婦人は切り出した。

「あの、あれからわかったことがあるんです。お役に立てるかどうかわかりませんが」

「お待ちください。すぐにこちらからかけ直しますので」

長電話になりそうな気がして、鷺沼はいったん通話を切って、すぐに婦人宅の番号にかけ直した。

「わかったこととおっしゃいますと？」

「ふと思い立って、市川に住んでいる親類に電話を入れてみたんです」

「なにか新しい事実が？」

「私は知らなかったんですが、じつは兄が亡くなったあとしばらくして、遺産の処理を依頼されていた司法書士が、輝男と連絡をとっていたらしいんです」

思いもかけない話に頭が混乱する。鷺沼は問い返した。

「つまり八年前には生きていたということですか」

「そうなんです。私が相続を放棄した遺産を、輝男が相続していたそうなんです」

「それは負債だったのでは」

「ええ。それを承知で引き受けたと言うんです」

「その司法書士は、輝男さんと会っているんですか」

「代理人とのやりとりだけで、輝男本人とは会ってはいないようです。ただ手続き上はなんの問題もなく、実印や印鑑証明も含めて、必要な書類はすべて揃っていたというんです」

婦人の声にも当惑の色が混じっていた。

第七章

1

「誰が中西の父親の遺産を、負の遺産と知ってわざわざ相続したかだな」

緒方千賀子からの話を報告すると、三好は首を捻った。思い悩むこともなく鷺沼は言った。

「中西が生きていることにしたほうが、都合がいい誰かでしょうね」

「そうだとすると、考えられるのは原口しかいないな」

「そうしないと、相続の件をきっかけに誰かが失踪宣告を申し立ててしまうかもしれない。もしそれを惧れてだとしたら、原口にとっては単に殺人を隠蔽するだけじゃなく、なんらかの思惑があって、中西の生きた戸籍が必要だったと考えたくなりますね」

そうなると、彼女の話は思いがけない糸口かもしれない。どういう理由で中西が殺害されたのかはわからない。しかし槙村に成りすました原口が現在の社会的地位にまで成り上がったからくりに、なんらかのかたちで中西が絡んでいるのは間違いなさそうだ。

三好が唸る。

「まずはあの死体が中西だということを確定させないとな。いまのところ、葛西と緒方婦人の記憶に基づく証言しかないわけだから。しかし、彼女は混乱しているだろう。三十年前に殺されたとおまえから聞いたすぐあとで、その中西が八年前に父親の遺産を相続していたというんじゃ」

「ええ。甥の死については、いまはまだ半信半疑なようです。そろそろスーパーインポーズ法による答えがわかると思うんですが――」

鷺沼は時計を見た。結果が出るのはきょうの夕方だと鑑識の木下は言っていた。まだ昼を過ぎたばかりだが、待っていてもしようがないので電話を入れてみる。木下はすぐに応じた。

「例の件だね。ついさっき科捜研から報告が届いて、いま連絡しようと思っていたところだよ」

「どうだった?」

「同一人物だね。確率としては九十九パーセントだそうだ」

「そうなのか。だとしたらあの復顔のイメージも、かなり精度の高いものだったわけだ」

「写真の人物は、あれを見た人の証言から当たりを付けたんだな」

「ああ。詳しい話はまだできないが、科学捜査ってのも馬鹿にしたもんじゃない」

「だったら、もう少し予算を付けて欲しいんだがな。あんたのことを言うわけじゃないが、現場の刑事が科学に弱いのばかりだから、上の偉いさんの考えも変わらない」

「いや、今回は我々も勉強になったよ。残念ながら、財布を握っている偉いさんとは口を利く機会もないが」

「まあ、これを派手な事件の解決に結びつけてくれれば、それが大きな宣伝になる。なんだかそういう事件のような気がするから、大いに期待しているよ。報告書はあとでメールで送っておくから」

木下は気をよくしたように応じて通話を終えた。電話口でのやりとりですでに事情を察した三好が身を乗り出して言う。

「これで決まりだな。あの死体が原口と直接結びつかないのは残念だが、おまえの見立てどおり、原口が中西の戸籍をなにか重要なことに利用していた可能性は高い。そこをうまいことほじくり出せば、槙村こと原口の実体に一気に近づけるかもしれない」

「例えば、中西輝男名義の隠し資産があるとか――」

井上が声を上げる。三好が頷く。

「そっちの名義で銀行口座とか不動産登記を調べ上げれば、なにか臭いものが出てくるかもしれないぞ」

「父親が死んだのは八年前でした。遺産を相続する際には、住民票や印鑑証明も必要になるでしょう。住所不定ではそれが入手できませんから、その時点では、どこかに住民登録されていたことになりますね」

井上の言葉に、鷺沼は膝を打った。

「遺産の総額を上回る借金があったにせよ、緒方婦人の話によると、中西の父親はそれなりの家屋敷は持っていたようなんです。その借金を引き受けたとすれば、当然その返済に充てるために売却する必要がある。そのために、原口はいったんは自分の名義に書き換えているでしょうね」

「だったら、これから法務局に行って調べてみます。中西の父親の戸籍は市川にあって、緒方婦人の話だと住んでいたのも市川のようでしたから、戸籍所在地の地番で検索すれば、登記の記録が見つかると思います。その不動産の買い手が判明すれば、売り手となんらかの交渉があったはずで、そのとき原口に接触している可能性がありますよ」

「不動産業者が仲介したかもしれないぞ」

鷺沼が指摘しても、井上は意に介さない。

「だったら買い手から、そのときの業者を教えてもらえばいいじゃないですか。八年前というとそれほど昔じゃないですから、顔を覚えているかもしれませんよ」

「そうか。なんだか忙しくなってきたが、さっそく向かってくれるか」

三好は井上に声をかける。打てば響くように井上は応じた。

「そうします。インターネットで検索や申請も出来ますが、謄本は郵送ないし手渡しなので、法務局へ直接出向いたほうが早いですから」

2

井上が取得してきた登記簿謄本は、まさしく怪しいとしか言いようのないものだった。

叔母の緒方婦人の証言どおり、その不動産は中西が父親から相続したもので、権利者は現在も中西になっていた。登記されているのは土地だけで、上屋は抹消されている。つまり現在は更地になっていて、それをいまも中西が所有しているかたちだ。

登記を行ったときの中西の住所は埼玉県春日部《かすかべ》市だった。もちろん現在の戸籍の附票では住所不定だが、当時そこに住民票があったのは間違いない。

井上はついでにその市川の土地まで出かけてみたが、想像どおり雑草の生い茂った更地で、周囲は頑丈な金網のフェンスで囲まれていた。売却する意思があれば売地の看板や仲介する不動産屋の看板があるはずだが、そういうものが一切見当たらなかったらしい。

そんな話を報告すると、電話の向こうで宮野は張り切った。

「だったら、もう答えは出たようなもんじゃない。中西を殺したのは原口に決まってるよ。二人殺したとなると無期懲役じゃ済まないね。死刑台に行く前に犯した悪事をしっかり悔いて、少しは世のため人のために金を使わせなくちゃ」

「ギャンブルでするのも世のため人のためなのか」

「それで経済が活性化して、デフレから脱却できれば、いいことずくめじゃないの。もっとも天才ギャンブラーのこのおれが、そもそもするなんてことがあり得ないわけだけど」

「いまどこにいるんだ」

「例のウィークリーマンションだよ。いくらアラームが鳴ると言っても、タッチの差で取り逃がしたんじゃしょうがないから、朝のうちにこっちへ移動して、井上君が置いてってくれたパソコンで監視してるのよ」

「なかなか働くじゃないか。誰か現れたら、すぐに彩香に連絡してくれよ」

ゆうべそういう段取りを決めておいた。宮野の一報を受けて彩香が碑文谷署の地域課に動いてもらい、現れた人物を緊急逮捕する。逮捕状はすでに発付されているから、その後、速やかに鷺沼たちに身柄を引き渡してもらえば、手続き上の瑕疵《かし》はない。

「あんなの、当てにしていいんだかどうだかわからないけど、鷺沼さんたちが桜田門から飛んでくるんじゃ間に合わないからね。せめてそいつが一泊くらいしてくれればいいんだけど」

「どっちにしても、まずあんたが得意の舌先三寸でその場に引き留めておくんだな」

「そいつが原口だとしたら、おれが殺されちゃうかもしれないよ」

宮野は怖気を震うような口振りだ。鷺沼は期待を覗かせた。

「そのときは殺人の現行犯で逮捕できるから、うちにとってはけっこうな話だよ。いまとってある逮捕状は槙村尚孝殺害に関するもので、死体はじつは中西なんだから、けっきょく釈放せざるを得ない。しかしあんたを殺したんなら立派な殺人罪だから、それを梃子《てこ》にしてとことん余罪を追及できる」

「単なる別件逮捕のために、おれに殺されろって言うの？」

「あんたがいつも言うように、すべては巨悪を挫くためで、そういう人柱《ひとばしら》も必要だ」

「おれはいま休暇中だから殉職にならないじゃない。二階級特進もないし、退職金の上乗せもない」

「妻子がいるわけでもないんだから、そんなこと関係ないだろう」

「いやだよ、そんなの。そのあと鷺沼さんたちだけで原口からたんまりせしめて、山分けするつもりなんでしょう。それで左団扇で暮らそうものなら、必ず化けて出て一生取りついてやるから」

「まあ、あんたがそこまで無理することはないし、原口が姿を現すとも思えない。新聞の勧誘のふりでもして時間稼ぎをしてくれれば、所轄の人間が駆けつけるよ」

宥めるように応じてやると、宮野もとりあえず言ってみただけの話のようで、あっさり話題を切り替える。

「でも、八年前に中西が親父の遺産を相続しているという話、なかなか興味深いじゃないの。あの死体が中西なのは絶対に間違いないんだね」

「九十九パーセント間違いないそうだ」

「だったら、怪しい金の匂いがぷんぷんしてくるじゃない。死んでいる中西の名義を使って巨額脱税をやっているとか」

一転して宮野はいかにも嬉しげだ。鷺沼は言った。

「その可能性もなくはない。川井氏が危険を冒してまで槙村こと原口に接触しようとしたのも、そういうバックグラウンドに気づいていたからかもしれない」

「きっとそうだよ。彼は葛西の話を聞いたわけじゃないから、誰かが槙村に成りすましているのには気づいていたにしても、本物を殺害したことまでは知らないでしょう。そのうえさらにもう一つ、中西の死体が絡んでいることまでは知る由もない。だとしたら追及できたのは成りすましの事実だけだけど、彼がスクープしたところで、それ自体は犯罪じゃないから警察も検察も動かない」

「そういうことになるな。槙村こと原口にしても、そんなのは痛くも痒くもない。マスコミが騒いだところで、フェイクニュースだとしらばっくれて、ほとぼりが冷めるのを待てばいいんだから」

「それだけなら、川井氏を殺すほどの話じゃないよね。だからこそ、おれの鋭敏な嗅覚には宝の山の匂いがぷんぷんするわけでね。とりあえずのとっかかりは中西の足跡を追うことかもしれないね」

電話の向こうから、宮野が舌舐めずりする音が聞こえてくるようだ。そのとき傍らで、井上が声を上げた。

「WEBカメラから通報メールが届きましたよ。誰かがアパートの部屋に入ろうとしているようです」

問題の部屋は二階の角部屋で、同じアパートの住人がその前を通り過ぎることはまずないだろう。カメラを設置してから、これが初めての反応だった。鷺沼は慌てて宮野に言った。

「パソコンを見ているのか。いまこっちにメールが届いたぞ」

「うん。ちゃんとアラームが鳴ったよ。男が一人、部屋の前に立ってるね。後ろ向きだから顔は見えない。おっと、こんどはドアに鍵を差し込んで、なかに入ろうとしているよ。これから急いで飛んでって、しれっと話を聞いてみるよ。彩香にはそっちから連絡を入れといて」

宮野はそう応じ、慌てた様子で通話を切った。傍らで井上が彩香に電話を入れている。鷺沼はデスクの上のパソコンで、すでに登録してあったWEBカメラのURLを開いた。男は薄手のコートを着て、靴も普通のビジネスシューズ。見たところサラリーマン風で、怪しげな気配はない。

その様子からは、普通の勤め人が会社を終えて自宅に帰ったところにしか見えないが、そもそもこの部屋にやってきたこと自体がこちらにすれば怪しさ丸出しで、さっそくかかった獲物ということになりそうだ。切迫した思いで三好に言った。

「我々も向かいます。碑文谷署のほうで緊急逮捕してくれたら、すぐに身柄を引き取る必要がありますから」

勢い込んで三好は応じた。

「おう。だったら覆面パトカーで行け。事情が事情だから、赤色灯を点けてサイレンを鳴らしてもかまわんだろう」

3

屋根にはマグネット式の赤色灯をセットして、サイレンアンプのスイッチを入れ、首都高都心環状線を目黒方向に向かって突っ走る。

運転は鷺沼が担当し、井上は助手席でタブレットを操作して、現場の状況をチェックする。井上が報告する。

「アパートを訪れた男はすでに室内に入っていて、いま宮野さんがドアの前にやってきたところです。インターフォン越しになにか話しているようですが、男が顔を出す様子はありません」

「碑文谷の警官はまだなのか」

「そろそろだと思うんですが。男がすぐに立ち去る気配はなさそうですから、取り逃がす心配はないと思います」

「それならいいけどな。さっきパソコンで見たところだと、大企業の会長然とした立派な身なりじゃなかったが、金で雇われたアルバイトやどこかのチンピラといった雰囲気でもなかった」

「どこにでもいるサラリーマンといった感じでしたね。怪しまれないように、わざとそういう恰好をしているのかも。不審者とみられて警察に通報されると困るでしょうから」

「それは言えそうだな。なんにしても、槙村こと原口本人ではなさそうだ」

はなから期待はしていなかったが、男の様子から察するに、その可能性はやはり低いようだ。

「あ、いま制服の警官と私服の刑事がやってきました。宮野さんを取り囲んで手錠をかけようとしています」

慌てた様子で井上が言う。まずい事態だ。こちらもそこは迂闊だった。そんな場所に宮野のような風体の男がいれば、誰だって被疑者と間違える。

「宮野を誤認逮捕してその場を立ち去ったら、本当のターゲットを取り逃がす。せっかくのチャンスなのに」

鷺沼は舌打ちしたが、続けて井上が声を上げる。

「大丈夫です。いま彩香が到着しました。先に来た刑事に、事情を説明してくれているようです」

ほどなく鷺沼の携帯に宮野から電話が入った。井上が代わってそれを受け、慌てて携帯を耳から離す。またあの癇《かん》に障る声で、なにやらまくし立てているらしい。自分だけが矢面に立つのは勘弁とでもいうように、井上はスピーカーフォンモードに切り替える。とたんにけたたましい金切り声が鼓膜に突き刺さる。

「どういうことよ。碑文谷の能なし警官は、おれみたいに人品骨柄《じんぴんこつがら》卑しからぬ人間を被疑者と間違えるなんて」

井上が携帯をダッシュボードに置く。そのスピーカーに向かって鷺沼は応答した。

「彩香が来なかったら、いまごろブタ箱入りだったな。よかった、よかった」

「そういう問題じゃないでしょう。下手したら、あいつを取り逃がしたかもしれないんだから」

井上が手にしているタブレットをこちらに向ける。アパートの外廊下で携帯にかじりつく宮野の姿が見える。二名の制服警官と彩香と私服の刑事がドアの前にいる。インターフォン越しになにか喋っているようだ。どういう手管を使ったのか、彩香は同僚の刑事も同行させることに成功したようだ。鷺沼は宮野に訊いた。

「部屋にいるのがどういうやつか、わかったのか」

「わからない。まだ逮捕状が出ているような話はしていない。とにかく顔を出せと言っている」

「自分が原口だと認めているのか」

「名前は言えないけど、原口じゃないと言ってるよ。逮捕状の宛名が原口になってるもんだから、いまは堂々巡りだね。じゃあ、なんで原口の家に勝手に入ってるんだと聞いても、人に頼まれたとかなんとか言ってはっきりしない」

「原口のふりくらいはするかと思ったがな」

「ドアを壊して強引に踏み込むしかないんじゃないの。こっちだって、最初から原口だなんて思っていないわけだから」

「アパートの裏手は固めているんだろうな」

「二、三人は配置しているようだね。碑文谷署の連中にもいくらか脳みそはあるらしいよ。ちょっと連中のやりとりを聞いてやってよ」

宮野がドアのほうに携帯を向けた。碑文谷署の刑事の声が聞こえる。

「あんたが原口さんじゃないんなら、そこに住んでいる原口さんはいまどこにいるんですか。連絡先を教えてくださいよ」

「知りませんよ。人に頼まれて部屋の片付けをしに来ただけで、ここが原口という人の住まいだなんて知らなかった」

インターフォン越しらしい、乾いた感じの男の声が返ってくる。

「だったら顔を出してくださいよ。そうじゃないと、我々はドアを破って逮捕せざるを得なくなる」

「逮捕？　どうして？」

男は当惑したふうだ。脅しつけるような調子で刑事が答える。

「原口に対して殺人容疑の逮捕状が出ている。ここへ出てきて、あんたが原口じゃないことを証明出来なければ、その逮捕状を執行することになる。もしそうじゃないんなら、あんたがそこにいるはっきりした理由を説明してもらわないと、住居侵入の現行犯で逮捕することになる」

「ちょっと待ってよ。そんな無茶な話はないじゃない。おれは高田《たかだ》というもんで、原口なんてやつ知らないし、頼まれてここに入っただけなんだから」

「だったら任意同行に応じて、詳しい事情を署で説明してもらおうか」

「逮捕はされないんだな」

「事情聴取の内容にもよるな。なんであれ、あんたが事件の関係者なのは間違いないわけだから」

「任意ってことは、拒否してもいいわけだ」

「それで得することがあるかどうか、自分の頭で考えるんだな。殺人容疑で逮捕状を執行するか、住居侵入で現行犯逮捕するか、おれたちはどっちでもいいんだよ」

刑事は周到に逃げ道を塞ぐ。なかなか遣り手のようだ。原口本人ではないのはほぼ明らかだから、こちらとしては、とりあえず身柄を押さえられればなんでもいい。

「じゃあ、これから出て行くから、手荒なことはしないでよ」

男は渋々という口調で応じたが、なかなか外に出てこない。彩香や刑事たちは、ドアの前で苛立つような表情だ。

そのとき刑事になにか連絡が入ったらしく、慌てて携帯を耳に当て、一言二言やりとりをして、「急げ、裏手だ」と声を上げる。彩香が真っ先に駆けだして、ほかの三人もあとを追い、全員がカメラの画角の外に出た。宮野の声が耳に突き刺さる。

「裏の窓から逃げたようだよ。いまからおれもそっちへ行くよ。碑文谷署がいくら間抜けでも、ここで取り逃がすようなことはないと思うけど」

そこでいったん通話が切れた。五分ほどして、こんどは彩香から電話が入った。こちらも井上が受けて、すぐにスピーカーフォンモードに切り替える。

「いま男を取り押さえました。窓から裏の駐車場に飛び降りたんです。これから碑文谷署に連行します」

鷺沼はすかさず応答した。

「そうか。ありがとう。宮野の邪魔は入らなかったんだな」

「とくに出る幕はありませんでした。脇でああだこうだと必要もない指図はしてましたけど、もちろん無視しました」

「男が原口の可能性はないんだな」

「顔立ちがまったく違うし、歳は四十前後ですから、やはり別人だと思います。でもそれは想定内ですよね」

「ああ、せっかくとった逮捕状だ。有効に使わないとな。住居侵入や公務執行妨害と比べれば、そっちのほうがずっと重い。けっきょく釈放することになっても、たっぷりプレッシャーをかけられる」

「だったら殺人の容疑で緊急逮捕したのち、鷺沼さんたちに引き渡すことにします」

「碑文谷署の上のほうは、それで了解してくれるのか」

「心配は要りません。こちらは本庁からの通報で緊急逮捕を行っただけで、容疑の詳細は捜査上の機密ということにしておけば問題ないと思います。上司にはそう説明しておきますから」

彩香はなかなか融通が利く。

「じゃあ、おれたちもこれから碑文谷署に向かうよ。ご苦労さん。そっちのみなさんにもよろしく伝えておいてくれ」

「わかりました。男は留置場へ入れておきます」

そう応じて彩香が通話を終えたところへ、こんどは宮野から電話が入る。

「いまどこなのよ、鷺沼さんは？」

「これから首都高の目黒線に入るところだ。このまま碑文谷署に直行する」

「ちょっと待ってよ。碑文谷署とここは大した距離じゃないから、いったん寄ってピックアップしてよ。あいつら、おれをパトカーに乗せてくれなかったのよ」

「そりゃ当然だろう。民間人にタクシー代わりに使われちゃかなわんからな」

「民間人ってどういうことよ。神奈川県警の敏腕刑事のこのおれを掴まえて」

「ずる休み中なら民間人だ。おれたちもいまパトカーで動いているわけだから、同様の理由で、あんたはタクシーか電車にしてくれ」

「またまたそういうけち臭いことを。ここは住宅街だから、タクシーなんて滅多に通らないし、おれからもいろいろ報告することがあるし」

「だいたいの状況は、もう彩香から聞いているよ」

「そんなの情報のうちに入らないよ。おれみたいな有能な刑事の経験に裏打ちされた緻密な分析力があってこそ――」

「ああ、わかった。じゃあ、アパートの前で待ってろ。不審人物がいると近所の住民に通報されないようにな」

やむなく鷺沼がそう応じると、井上は気を利かせて即座に通話を切った。

「彩香の手柄ですね。宮野さんはけっきょく役に立たなかったようですけど」

「あいつもついでに公務執行妨害で現行犯逮捕してくれてもよかったんだが。まあ、そこまでのサービスを期待するわけにもいかないからな」

「ウィークリーマンションは一ヵ月契約してますから、残りの日数分は無駄になっちゃいますね」

「しかし、きょう捕まえたやつの口から、重要な話が聞けるかどうかまだわからない。場合によっては、もうしばらく見張る必要があるかもしれない。必ずしも無駄ではないような気がするな」

これで百点満点の答えが出たとしたら、いくらなんでも話がうますぎる。まだまだ一筋縄ではいかないはずだと、鷺沼は気を引き締めた。

4

大岡山一丁目のアパートの外階段で、宮野は捨てられた猫のようにちんまりしゃがんで待っていた。

「遅いじゃないの。せっかくの覆面パトカーなんだから、サイレン鳴らしてかっ飛んで来るのかと思ったよ」

「被疑者は逮捕されたんだから、そういうわけにはいかないよ。早く乗れ。いったんうちのマンションに寄ってくから」

「碑文谷署に向かうんじゃないの？」

「ここから先は警視庁の管轄だ。神奈川県警所属で、しかもずる休み中のあんたが首を突っ込む場面はないよ」

「なんだか警視庁が格が上だと決めつけて、差別感情剝き出しだね」

「そんなのは立場が逆でも一緒だろう。それで現場にいた敏腕刑事の感覚ではどうなんだ」

「顔や年格好から言っても原口じゃないのは間違いないけど、高田だとか言っていたのもきっと嘘だろうね。なんだかとってつけたように、ぺろっとその名前を出したから」

「逮捕の現場は見ていたのか」

「彩香が一本背負いで仕留めたんだけどね、いくらなんでもあれはやり過ぎだよ。間違いなく特別公務員暴行陵虐罪に当たるね」

彩香に払い腰でコンクリートの床に叩きつけられたときの痛みを思い出したかのように、宮野は顔を歪める。

「彩香が出張ったとなると、ただじゃ済まなそうな気はしていたんだがな。まあ、お陰であんたもブタ箱にぶち込まれずに済んだんだから」

「それはまた別の話でしょう。あとでその男に訴えられても知らないよ」

「救急車を呼ぶほどじゃなかったんだから、彩香も手加減はしたんだろう。なんにせよ、そいつが槙村こと原口と繋がっているのは間違いない。とりあえずクリーンヒットじゃないのか」

運転を井上に任せ、パトカーを発進させたところへ、また鷺沼の携帯が鳴った。富坂署の内田からだった。

「困ったことになりました。例の田島氏なんですが――」

「なにかありましたか？」

「行方がわからないんです」

「いつからですか？」

「じつは、きょうの午前中、彼は青梅署の特捜本部で事情聴取を受けていまして——」

内田は深刻な調子で続ける。

「川井氏の通話記録をもとに、名前の出てきた人物を順次、事情聴取しようということで、まず白羽の矢が立ったのが彼でしてね」

「そうなるでしょうね。失踪当日、それも外出する直前に電話をかけたのが彼ですから。担当したのは内田さんですか」

「当然、私が手を挙げたんですが、そのまえに田島さんと私が接触している話を本部の上の人間にしてあったものですから、予断があり、適任じゃないと外されたんです」

「なんだかわかりにくい理屈ですね。予断というより予備知識があると考えるのが普通で、そのほうが、より深いところまで突っ込めると思うんですが」

「要するに、私が先にタッチしていた参考人には、手垢がついているという感覚なんでしょうね」

「なにか重要な事実について、彼は語ったんですか」

「我々がすでに聞いていた以上の話は引き出せなかったようです。ただ、担当したのが殺人班のなかでも、とくに鼻息の荒い若手刑事でしてね」

「たっぷり締め上げられたんですね」

「そのようです。午前七時から始まって、終わったのが午後三時だったんです。彼が取

調室から出てきたときに、私のほうから声をかけてみたんですが、非常に憔悴していま
して、私にも恨みがましい視線を向けて立ち去りました」

「その後、会社へも自宅へも帰らなかったんですか」

「ええ。私も迂闊でした。青梅署へは帳場が差し向けたパトカーで同行願ったんです。

帰りも会社か自宅まで送る手筈だったんですが、どうも彼が断ったようです」

「その後、行方がわからなくなってしまったと？」

「そうなんです。非常に心配です。こういうケースで自殺されるパターンはけっこう多
いものですから」

「しかし、まだ川井さん殺害の被疑者として捜査線上に乗ったというほどでもないんじ
ゃないですか。むしろ川井氏の交友関係を把握する上での参考人という性格が強かった
んじゃ？」

「私はそのつもりだったんですが、相手をしたのが殺人班の刑事となるとね」

「いまも自宅にはいないんですね」

「インターフォンを押しても反応がないんです」

「家族は？」

「独身で、都内のマンション暮らしです」

「電話は？」

「呼び出し音は鳴るんですが、応答はしません。警察に目を付けられていると考えて、知らない番号からの電話には出ないんじゃないでしょうか」

「まずい成り行きじゃないですか。事件に関与しているかどうかは別にして、こうなると、彼が重要な何かを知っている可能性は極めて高い」

「そう思います。引き続きうちの署の人間が、会社と自宅の張り込みを続けます。いまの段階では特異行方不明者の扱いにするのは無理ですから、本格的な捜索には入れない。あす会社に問い合わせて出社の有無を確認し、出てこないようなら、心当たりのある立ち寄り先を聞き出して、そちらにも捜査員を向かわせます」

「お手数をおかけしますが、よろしくお願いします」

不穏なものを感じながら鷺沼は応じた。その話を聞かせると、宮野はまたも警視庁の不手際だと口を極めて非難する。ちょうど柿の木坂のマンションに着いたので、鬱陶しいからそこで無理やり下車させ、鷺沼と井上はその足で碑文谷署に向かった。

受付で本庁の鷺沼だと名乗ると、話はすぐに通じて、彩香が慌ててやってきた。

「いま留置手続きを済ませたところで、取調室で待機させています。ただ、ちょっとおかしなことに――」

彩香はいかにも困惑げだ。鷺沼は問いかけた。

「逮捕手続き上の問題でも？」

「もちろん、当人は誤認逮捕だと主張しています。それは承知の上だったので、とくに問題があるわけじゃないんですが、身元を確認するために身分を証明する書類を提示させたら――」

「だれだったんだ？」

「運転免許証では、名前が田島文雄となっていました」

「まさか――」

鷺沼は絶句した。彩香は続ける。

「同じ名前の名刺も持っていて、肩書きは桑栄出版書籍編集部副編集長となっています。川井さんと知り合いだったという編集者じゃないですか」

「そのとおりだよ。じつはきょう、青梅署の帳場で事情聴取を受けて、その後、行方がわからなくなっていたらしい」

「じゃあ、やっぱり事件に深く関係していたわけですね」

「そう考えざるを得ないな。槙村こと原口と最初から繋がりがあったとしたら、こちらの動きが、すべて向こうへ伝わっていた可能性がある。そのうえ――」

「川井さんの殺害にも関与していたかもしれませんね」

「ああ。その惧れも十分ある」

背筋が凍る思いで鷺沼は言った。さっそくそのことを知らせると、内田は大いに驚いたようだった。生きていたことについては安堵したものの、特捜本部での今後の扱いが厄介になる。それについてはこれから取り調べを行うので、その結果を見て、あとで相談しようということになった。内田はこの件を、いまは聞かなかったことにしておくという。

5

「いったいどういうことなんだ。あの部屋に、なんの用事があったんだ」

警視庁の取調室で、鷺沼は田島に問いかけた。宮野のときと違い、彩香はよほど上手に手加減をしたようで、怪我をしている様子はとくにない。傍らでは書記役の井上が、ノートパソコンを開いて待機している。

碑文谷署で田島の身柄を引き取ったあと、彩香にも同行してもらい、とりあえず警視庁へ連行した。

さすがに本人が田島だということが明らかになれば、原口名義の逮捕状では誤認逮捕になる。しかしとりあえずの逮捕事由が公務執行妨害となると、常識的には碑文谷署の管轄だ。そこは碑文谷署も事情を察してくれて、警視庁からの通報で緊急逮捕に踏み切った際の公務執行妨害であれば、その逮捕状を取得した特命捜査第二係の扱いにすることに問題はないと、身柄の引き渡しに応じてくれた。

そこには誤認逮捕と解釈されかねない逮捕時の責任を、碑文谷署が負いたくないという思いもあっただろう。むろん鷺沼たちにすれば覚悟のうえでの作戦だったから、それを引き受けることに異存はない。

「それより、どうして僕が殺人犯にされなきゃいけないんですか」

田島は不快感剝き出しで突っかかる。冷静な調子で鷺沼は言った。

「我々が本物の槙村尚孝氏を殺害したとみている人物の現住所があそこになっていてね。それで本人が現れるのを待っていたんだよ。なぜあの部屋に侵入したのか、そのあたりの事情を説明してもらわないと我々も困る。まさか君が、川井氏の拉致や殺害に関与しているんじゃないだろうな」

滅相もないというように、田島は首を横に振る。

「そんなこと、あるわけないでしょう。彼が他殺体で発見されたと聞いたときは、僕だって動揺したんですよ」

「どうしてそれがわかったんだ」

きのうの夕刻のニュースでようやくそれが流れたが、死体が出てすぐの時点では、警察はまだそれが川井だとも、他殺によるものだとも公表していなかった。田島はさらりと応じる。

「奥さんから聞きました。きょうの事情聴取で訊かれたのも、すべて川井さんとの繋がりについてです。警察がなぜゆうべまでその事実を仕舞い込んでいたのかはよくわかりませんが」

「いろいろ捜査上の理由があったんだろうが、いまは青梅署の特捜本部扱いで、我々はタッチしていないから詳しいことはわからない。しかし今回の君の行動が、それと無関係だとは思えない。事情を説明してもらいたいんだがね」

「言えません」

「そうなると、我々は川井氏の殺人容疑で、君を逮捕せざるを得なくなる」

「どうしてそうなるんですか。きょうのこととそちらの事件と、どういう関係があるというんですか」

田島はうんざりだというように口を歪める。動じることなく鷺沼は言った。

「青梅署での事情聴取では、特捜本部も君を容疑者の一人と見ていたはずだが」

「たまたま彼が失踪した日に電話をかけただけじゃないですか。それで殺人犯にされるんじゃ、怖くてどこにも電話できない」

「その件はともかく、まず聞かせてもらいたいのは、君がどうして原口の住まいを知っていたかだよ」

「そもそも、原口という人物が何者なのか、僕は知りません」

「じゃあ、どうしてそこを訪れたんだね」

「言わないといけないんですか」

「相手の許可なしに人の家に侵入したら、住居侵入罪という立派な犯罪だ」

「だったら、そちらの容疑で逮捕してください。否認はしませんので」

その程度の罪状なら、略式手続きで罰金、場合によっては起訴猶予で済む。そのくらいはわかっているようだ。強い口調で鷺沼は言った。

「我々が知りたいのは、なぜそうしたかだよ。君がそんな行動に出たのは、川井氏の件で事情聴取を受けた直後だった。彼が取材を進めていた疑惑については、君も強い関心を持っていた。我々は、三十年前に本物の槙村氏を殺害し、その戸籍を乗っ取って彼に成りすましているのが、その部屋の名義上の住人である原口だと考えている」

「でも、その男が槙村氏に成りすましているとしたら、どうして原口の名前でアパートを借りているんですか。鷺沼さんたちはその事実をどうやって把握したんですか」

「豪徳寺で見つかった白骨死体のことは君に話したと思うが──」

「二人組の空き巣が三十年前に槙村氏の自宅に忍び込んだ。そのとき、帰ってきた槙村氏を殺害したのが原口だというんですね」

「ああ。そのときの片割れが最近テレビを観ていたら、その槙村氏と同姓同名の人物が生きていて、その顔は彼を殺害した原口そのものだった──。それ以上のことはいまは言えない。今後の捜査に、いろいろ微妙な影響が出てくるんでね」

発見された白骨死体が槙村ではなく中西輝男だったことは、ここでは話が面倒になるので伏せておくことにした。

「それだけじゃ、犯罪の事実は立証できないんじゃないですか」

田島は厳しいところを突いてくる。

「原口が本物の槙村氏を殺害する現場を、その人物は目撃している」

「誰なんですか、それは？」

「刑事訴追の問題が絡むので、いまは明かせない。それより問題なのは、君がなぜ原口に目を付けたかなんだよ。槙村氏と君がなんらかのかたちで接触があるとみるのが、こちらとしてはいちばん自然な解釈なんだが」

「しかし、その原口が、いまは槙村氏に成りすましているわけでしょう」

「二つの戸籍を使い回すこと自体にはなんの支障もないからね。それにどういうメリットがあるのか、想像がつかないわけでもないし」

「というと？」

「槙村尚孝の名前が出ると困るような汚れ仕事をやるには都合がいい。あのアパートは大岡山一丁目にあり、槙村の自宅は二丁目にある。本人があのアパートに出入りするとは思えないが、目と鼻の先にあれば管理するにも都合がいい。じつはそのために雇ったアルバイトのような人間が出入りするんじゃないかと思って網を張っていたんだよ」

「その網に引っかかったのが、僕というわけですか」

「君の行動には、ほかにも腑に落ちないことがある。たとえば川井氏の奥さんと面談したとき、どうして千石の自宅近くではなく、だいぶ離れた市谷に場所をセッティングしたのかだよ」

「そのあいだに、川井さんのパソコンのハードディスクが盗まれた。それも僕の手引きによるものだと疑っているんですね」

「これまではまさかと思っていたんだが、きょうの事態を考えると、やはりそう考えざるを得なくなる」

「言ったでしょう。あのときは奥さんも身辺を監視されている惧れがあって、警察が動いていることを犯人に知られてはまずいと考えたんですよ」

「そんな兆候が、実際にあったのかね」

「僕の推測です。あのころの川井さんに、自らの意思で失踪する理由はなかった。それは仕事で付き合いのある僕はもちろん、奥さんだってわかっていたことです。僕たちの考えでは犯罪に巻き込まれたのは明らかだったのに、警察は動こうとしなかった。結果はご承知の通りだったじゃないですか」

田島は憤懣をぶちまけるような口振りだ。意に介さずに鷺沼は続けた。

「盗まれたハードディスクは、君の手元にあるんじゃないのか」

「勝手に勘ぐったらいいでしょう。なんなら自宅を家宅捜索してもらってもかまいませんよ」

「それも考えてみたい。ハードディスクの件以外にも、不審なことがいくらでもあるわけだからね。まずこの鍵をどうやって入手したのか、教えて欲しいんだが」

証拠品保管用のビニール袋に入れた、先ほど彼が使っていた鍵を示して、鷺沼は問いかけた。

「黙秘します」

田島はきっぱり首を左右に振った。鷺沼は身を乗り出した。

「どうして？　それが明らかにならないと、君への疑惑が膨らむばかりだ。原口の件には、いまのところ青梅の特捜本部はタッチしていない。しかし事件当時の川井氏の取材対象が槙村尚孝で、それが三十年前に本物の槙村氏を殺害した原口による成りすましだという強い心証を我々は得ている。その原口の住んでいるアパートに君が現れて、しかもその鍵まで持っていたとなれば、川井氏の拉致と殺害に、君がなんらかのかたちで関与していたと疑う十分な根拠になる」

「僕が川井さんを殺したというんですか」

「殺したとまでは言っていない。しかし君があの部屋の鍵を持っていた理由が、こちらは一つしか思い当たらないんだよ。槙村氏こと原口から預ったんじゃないのかね」

「冗談じゃない。どうやったら僕が槙村氏と繋がりを持てるんですか。ベテランジャーナリストの川井さんでさえも、インタビュー一つとれなかった。それどころか――」

「殺されてしまった。その犯人は、川井さんの取材対象と密接に関係していると我々は見ている。できれば君を信じたいんだが、川井さんの件で我々が動き出して以来、君に関しては不審な動きが多すぎるんでね。あの部屋のことを知っていて、その鍵を持っていたということが、まさしくその証だとしか考えられない」

「その鍵は、川井さんから預っていたものです」

腹を括ったように田島は言った。思いがけない話に鷺沼は面食らった。

「川井氏から？　その鍵を預っていた？」

「鷺沼さんに最初にお会いしたとき、言おうかどうか迷っていたんです。ただあのときはまだそれがなにかもわからなかった。彼が失踪した翌日、私のところへ封書で届いたんです。その前日たまたま彼と電話で話をしたとき、それを送るという話を聞いていました。一時、預って欲しいとのことで、中身についても、私に預ける理由についても彼はなにも言わなかった」

「失踪した日に投函されたものと考えていいね」

「そうだと思います。特捜本部も鷺沼さんも、僕がその日の電話で彼を外に呼び出したと決めつけているんでしょう。信じてもらえるかどうかわかりませんが、雑談に近い話のなかでそんな依頼を受けただけのことなんです。彼のほうも、なにかに怯えているというふうでもなかった」

「そこに、彼の失踪に関係する情報が入っているとは思わなかったのかね」

「川井さんが情報源の機密保持に非常に神経を使っていたのをよく知っているんですよ。だから死体が出るまでは、僕もきっと帰ってくるものと信じて、開封するのは遠慮していたんです」

「彼が死亡していたことがわかって、君は中身を見たわけだ」

「ええ。でも、それがなにを意味するのかわからなかった」

「なにが入っていたんだ？」

「国民健康保険証と鍵です」

「保険証は現物なのか」

「そうです。目黒区が発行したもので、いまも有効です」

「保険証の名義は？」

「原口敏夫。住所があのアパートのあの部屋でした」

「それで出向いてみたのか」

「ええ」

「どうして、我々に連絡してくれなかったんだ」

「僕の身辺に警察が張り付いているのはわかっていました。僕は善意で鷺沼さんたちに協力したつもりだった。しかしその思いは裏切られたようでしたから」

田島は憤りを滲ませる。すでに事情聴取前から、富坂署が田島に張り付いていた。その捜査員の張り込みの腕はその程度だったらしいが、そう言う彼の話をどこまで信じていいものか、鷺沼も俄《にわか》には判断がつかない。二人のやりとりをパソコンに入力していた井上も、指を休めて鷺沼の顔を窺う。鎌をかけるように鷺沼は問いかけた。

「いくらなんでも、無謀だとは思わなかったのかね。そこに川井氏を殺害した犯人がいる可能性くらいは想像できただろう」

「鷺沼さんたちが原口のことを教えてくれていれば、あんなことはしませんでしたよ。特捜本部の刑事の事情聴取がじつに横暴で、なんの証拠もないくせに自白を強要するんです。僕もかつてはルポライターをやっていて、暴力団関係者に取材したことがありますが、あそこまで下卑た口を利くヤクザ者には会ったことがありませんよ。捜査一課の殺人班というのは、ああいうレベルの人たちばかりなんですか」

内田が言っていた鼻息の荒い若手刑事のことだろう。法廷で供述が覆され、公判維持に四苦八苦するケースは、そうやって恫喝に近いやり方で自白を強要した場合がほとんどらしい。

逮捕後の取り調べについては、近年可視化の動きが進んでいるが、任意の事情聴取は話が別で、そこで自白に誘導されたのち、即逮捕に至るケースは後を絶たない。そんなこともあって、すべてが冤罪ではないにせよ、事情聴取後の被疑者の自殺は珍しくなく、さきほど内田が心配していたのもそのことだった。

いずれにしても、田島がそこで解放されたのは、そうした強引な手法によっても、逮捕に繋げられる材料を引き出せなかったからだろう。鷺沼は宥めた。

「たまたまそういうのに当たったんだな。殺人班の刑事が全員そうだというわけじゃない。それで、川井氏が鍵と保険証を送ってきた封筒は、いま持っているのかね」

「ありますよ。逮捕時に取り上げられたショルダーバッグのなかに入っています」

鷺沼が促すと、井上はすぐに立ち上がり、証拠品保管庫のある刑事部屋へ向かった。田島への疑惑はやや薄まりつつあった。そんな思いを滲ませて鷺沼は言った。

「なにをしようと考えていたのかは知らないが、君一人でできることには限界がある。川井氏のことを考えれば、なにより危険が伴う行為だ。そこはわかっていると思うが」

「川井さんの弔い合戦をしてやりたかったんです。この事件は、たぶん警察の手では解明できませんよ」

挑むような調子で田島が言う。鷺沼は問い返した。

「どうしてそう思うんだ」

「成りすましそのものは犯罪じゃありません。本物の槙村氏が原口に殺害された事実を、川井さんが把握していたとも思えない。しかし彼のようなジャーナリストにとっては、槙村氏の成りすまし疑惑は喉から手が出るほどのネタなんです。そういうネタをスクープすることこそが、ジャーナリストの使命だという信念を持っていた。要するに入り口が違うんです」

「入り口が違う？」

「川井さんが狙ったのは槙村氏の成りすまし疑惑の解明で、その取材の結果、最後にどこへ行き着くかはわからなかった。しかし他人の身分を騙って日本を代表する大企業のオーナーにまでのし上がった槙村氏の正体を暴くことに、川井さんはジャーナリストとして強いモチベーションを感じていたはずなんです。その背後に他人の名を騙らなければならないような、黒い事実があったのは間違いないんですから」

「たしかに君の言うとおり、成りすまし疑惑に関しては、警察は摘発のしようがない。その身分を使って私文書偽造や詐欺などの悪事を働いた場合は摘発の対象になるが、槙村に関しては、過去にそういうことがあったとしてもすでに時効のはずだからね。彼を摘発できるとしたら、時効が廃止された強盗致死罪ないし強盗殺人罪以外にないんだよ」

「原口が槙村氏だという証拠は？」

「いまのところ、現場を目撃した人物の証言だけだ」

どちらが取り調べを受けているのか、いよいよわからなくなってきたが、田島が槙村こと原口に雇われた実行犯という線はほぼ消えつつある。住居侵入の容疑はむろん成り立つものの、そこは見て見ぬふりをして、彼が得た情報を利用させてもらうほうが、ここは賢明だろう。

「その白骨死体と現在の槙村氏の顔を照合すれば、同一人物かどうかわかるんじゃないですか」

田島はさらに突っ込んでくる。これ以上しらばっくれれば、今後、彼の協力は得られなくなる。思い悩んでいるところへ井上が戻ってきた。田島の所持品の入った段ボール箱を手にしている。

鷺沼はそこからショルダーバッグを取り出して、田島に手渡した。事態が急展開したため、まだその中身は検めていなかった。

「見せてくれないか、川井氏が送ってきた封書を」

田島はサイドポケットのジッパーを開け、さらにそのなかにある小さなポケットのジッパーを開けて、一通の封書を摘まみ出す。

「これです。健康保険証もなかに入っています。宛名書きは間違いなく川井さんの筆跡です。たぶんそこから指紋も採取できると思います」

「といっても、照合用の彼の指紋が入手できないとね。遺体はかなり腐敗が進んでいて、指紋による身元確認ができなかったくらいだから」

証拠品取り扱い用の白手袋を着けてそれを受けとり、困惑気味に応じると、田島はあっさりと言う。

「それは問題ないと思います。川井さんは、五年前に、住居侵入の容疑で警視庁に逮捕されているんです。ちょっとした勇み足で取材対象者宅の庭に侵入してしまったようで、そのときは起訴猶予になりました。ただし、逮捕時に採取された指紋は、そちらのデータベースに残っているんじゃないですか」

田島は訳知り顔で指摘する。

「ああ、あす指紋を採取して照合してみよう――」

それが当たりなら、その封書が川井から送られたのは間違いないことになる。鷺沼は頷いて続けた。

「さっきの話についてだが、じつは問題が二つあってね。一つは君も知っているように、槙村氏が滅多にメディアに顔を出さないことだ。メディアだけじゃなく、会社のパンフレットやホームページにも写真を載せない。証言をした人物がたまたま観たテレビに彼が出ていたのは、相当珍しいケースだったんだろうね。例のニュースサイトから削除された記事のリンクに残っていた画像は、不鮮明すぎて照合は無理だった」

「そのテレビの映像は、入手できないんですか」

「一度テレビ局に要請したが、すでに拒否されている。まだ令状を取って押収できるところまで容疑が固まっているわけではないんでね」

「そのあたりは想像できます。僕らだって、取材で入手した写真やデータは、おいそれとは警察に提出しませんから。もう一つの問題とは？」

「そちらのほうが、より大きな問題でね。じつはあの白骨死体は、槙村氏とは別人のものだった」

意を決して言うと、田島は呆れたような顔で応じた。

「だったら鷺沼さんたちの捜査は、最初から見込み違いだったんじゃないですか」

「ところが、そうも言えなくてね――」

その死体が、かつての原口の相棒で、事件の現場を目撃した人物とも知り合いだった中西輝男という男で、そのことはスーパーインポーズ法によって証明されていることを説明すると、深刻な表情で田島は応じた。

「だったら、本物の槙村氏の死体が存在しないわけですね」

「そうなんだ。三十年前に彼が殺害されたことはまず間違いないと我々は判断している。しかし槙村氏だと思っていた死体が中西だった。そして、その殺害に原口が関与している可能性は極めて高い」

「あのアパートの家宅捜索はやらないんですか」

「そっちの令状はまだ取っていない。あすにでも請求してガサ入れしようと思っているんだが」

「無駄だと思いますよ。電気、ガス、水道は通じていますが、家のなかには空の冷蔵庫があるくらいで、ほかに家財道具らしきものはなにもなかった。たぶん原口の住民登録を維持するためだけの事実上の空き家で、ときおり誰かが立ち寄って、ガスや水道を使い、チラシやDMを回収して、居住実態を装っているのかもしれません」

田島も鷺沼たちと同じことを考えたようだ。井上が慌てて口を挟む。

「だったら、ガサ入れは止めて、もうしばらくあの部屋を監視するほうがいいかもしれませんよ。令状による捜索の場合、本人、もしくは関係者の立ち会いが必要になります。でも原口本人が出てくるはずもないから、不動産業者や大家が代わりに立ち会うはずで、そのときなんらかの連絡が槙村こと原口のところに行くのは間違いない。それで警察が目を付けていることに気づけば、あそこを引き払って行方をくらましてしまいます」

せっかく自分のアイデアでセットしたWEBカメラの監視システムがお役御免になるのを嫌っているわけでもないだろうが、その理屈はたしかに当たっている。

「不動産業者に聞けば、原口の電話番号がわかるでしょう。室内に固定電話はありませんでしたが、携帯の契約くらいはしていると思います」

田島が言う。事態が急展開したため、そっちもまだ確認していなかった。鷺沼は慎重に応じた。

「あすさっそく調べてはみるが、もしわかったとしても、それは原口の名義で契約されたもので、住所もきっと現在のアパートが登録されているはずだ。たぶんそこから槙村に繋がる線は出てこない。そしてその携帯電話を持っているのが、槙村こと原口であるのも間違いない。その番号を調べて、こちらから電話をかける手もあるが、いまいたずらに警戒させることが得策だとは思えない」

「原口は、いまは半分幽霊みたいなもので、中西に至っては完全に幽霊ですから、そう簡単に足はつかないでしょうね」

井上はうまいことを言うが、感心している場合ではない。

そのとき鷺沼の携帯が鳴った。宮野だったら無視しようと思ってディスプレイを見ると、内田からだった。応答すると、他聞を憚るように声を落とす。

「面白いことがわかりました。取得した川井さんの通話記録をもとに事情聴取をしようと、きょうも何人かと接触していたんですが、ずっと不在で連絡がつかなかった人がいたんです。柳原誠《やなぎはらまこと》という人で、川井氏が彼と通話したのは失踪する三週間ほど前でしてね」

「それで連絡がついたんですね」

「ええ、いましがたです。記録にあった通話先が固定電話でしてね。彼は海外出張で、ここ一週間ほど留守にしていたそうなんです」

「川井氏とは、そのときどういう話をしたんですか」

鷺沼は勢い込んで問いかけた。内田は声を弾ませる。

「三ヵ月ほど前に、川井氏が彼に取材をしていたそうなんです。電話はその追加取材で、いくつか細かい点を確認するためだったようです」

「取材内容は？」

「槙村会長についての話だったそうです」

「槙村氏と中学時代に付き合いがあった人だったわけですね」

鷺沼は小躍りする思いで問いかけた。してやったりという調子で内田は応じた。

「そのようです。ただし、そのこと自体は川井氏の殺害と直接結びつくものではないので、私の判断で、彼は捜査対象リストから外しておきました。この先は、鷺沼さんたちにお任せしますが、私としても興味津々ですよ」

第八章

1

田島については、誤認逮捕だったことを認めて、その日のうちに釈放した。住居侵入と公務執行妨害については立件可能だが、そこにことさら悪質さはなく、それどころか、こちらにとって有益な情報を提供してくれたのは間違いない。今後の捜査への協力を約束させた上で、それについては不問に付した。田島もあの晩の行動が勇み足だったことを認めた。

田島が所持していた封書からは川井の指紋が検出され、彼の証言が嘘ではないことが確認された。さらにそれ以上の成果もあった。封書のなかの健康保険証からは、原口の指紋も検出された。

それは原口が槙村に成りすましているだけでなく、同時に原口本人のままでなんらかの活動をしている可能性を意味している。健康保険証は、公共料金の領収書などと合わせれば銀行口座開設の際の本人確認書類として使える。

三好はさっそく捜査関係事項照会書を用意して、原口名義の口座がどこかの銀行にないか確認し、さらについでだから、中西名義の口座も当たってみるという。

国内のすべての銀行を調べるのは簡単ではないが、とりあえず肝心なのはスピードだから、まずはメガバンクと首都圏の地銀に問い合わせ、それで出てこなければ、さらに全国の地銀や信用金庫にまで網を広げることになるだろう。

もし彼らの口座がどこかに存在し、そこに槙村個人、もしくはマキオスからの多額の入金があれば、それが槙村の隠し資産であり、原口と槙村が同一人物で、さらに中西の殺害に原口が関与した可能性をも示唆する重要な証拠になる。

田島を釈放した翌日の夕刻、鷺沼と井上は、川井が生前に接触していたという柳原誠から話を聞いた。場所は彼が経営する会社のオフィスだった。朝いちばんに電話でアポを入れると、柳原も川井のことが気になっていたらしく、一も二もなく要請に応じてくれた。

柳原は物静かな初老の紳士で、中学生のころは槙村と同じ校区の世田谷区梅丘《うめがおか》に住んでいた。その後、父の仕事の関係で福岡に引っ越して高校時代を過ごし、東京へ戻ったのは都内の大学に入学したときで、以後は東京で暮らしているが、槙村との接点はとくになかった。現在は渋谷で電子部品の販売会社を経営しており、住んでいるのは渋谷区松濤《しょうとう》だという。

「ずっと海外出張していまして、川井さんが殺害された事件のことは、昨日、内田さんから電話をもらって初めて知ったんです。三ヵ月前に私が取材を受けたことが、彼の死となにか関係あるんでしょうか」

柳原は深刻な表情で訊いてきた。鷺沼は慎重に応じた。

「我々はそう見ています。ただ、犯人に繋がる手掛かりはまだ見つかっておらず、特別捜査本部もそちらと結びつけた捜査はやっていないんです」

「あのときの取材が原因だったら、私にも責任の一端がありそうですね」

「あなたが気に病むことはないですよ。彼はあくまで自分の意思で取材をしていたんですから。柳原さんが話を聞かれたのは、マキオス会長の槙村尚孝氏の来歴に関してですね」

「そうなんです。川井さんはその件で、かなり以前から入念な取材を続けてこられたようでした」

その言葉は鷺沼にとって意外だった。慌てて問い返した。

「あなたが知っている中学時代の槙村氏と現在の槙村氏が別人だという話を、あなたとお会いする前にすでに川井氏は知っていたんですか」

「ええ。私に会ったのは、それを確認するためのようでした」

「槙村氏が別の人物による成りすましだということを、彼はあなたの証言で初めて知ったんだと思っていました」

「いいえ、すでに気づいていたようです。しかし確証が得られなかった。私と話したことで、それまでの取材の読みに自信を深めたということじゃないでしょうか」

確信のある口振りで柳原は言う。鷺沼は問いかけた。

「つまり、あなたが中学時代の槙村氏のことを知っているとわかって、川井氏は接触してきたんですね」

「当時の卒業生名簿を手に入れたようです。そこから、同じクラスに在籍した人物の所在を調べたらしいんですが、昔の話ですから現住所まではなかなかわからず、たまたま判明したのが私だったらしいんです」

「川井氏には、どんなことを訊かれたんですか」

「現在の槙村氏のものだという写真を見せられて、それが中学時代の槙村君と同一人物かどうか、確認して欲しいと言われたんです」

「彼は現在の槙村氏の写真を持っていたんですか」

驚きを隠さず鷺沼は問いかけた。柳原は頷いた。

「ええ。私も初めて見ました。マキオスという会社は知っていましたが、その会長が誰かまでは知らなかった。業種が違うので興味がなかったこともありますが、川井さんのお話では、とにかく素顔をさらすことを嫌う人のようですね」

「そうなんです。我々もなんとか彼の顔写真を入手しようと手を尽くしているんですが――」

たまたまテレビに登場したときの映像が手に入らず、他の媒体には顔を出さない。見つかったのは極めて不鮮明なサムネイルだけだったと言うと、怪訝な表情で柳原は応じた。

「川井さんは非常に鮮明な画像を見せてくれました。テレビの映像からとったもののようで、どこかの局のロゴが入っていて、下には『マキオス会長、槙村尚孝氏』というテロップも入っていましたから」

それは意外だった。葛西が刑務所にいたときに観たというニュースの可能性が高い。録画したものから画像を切り取ったのかもしれない。鷺沼は問いかけた。

「そのとき見せられた写真は、いまお持ちですか」

「いいえ。スマホの画面で見せられただけで、プリントしたものを渡されたわけじゃありませんので」

鷺沼は落胆した。だとしたら、例のニュースサイトでサムネイルに使っていた写真は、川井がわざと不鮮明なものを選んだとも考えられる。

いまはブルーレイやDVDのレコーダーが普及しているが、槙村が登場するようなニュース番組をわざわざ録画する者はそうはいないし、たまたま録画してもすぐに削除してしまうのが普通だろう。

そう考えれば彼にとっては秘蔵の証拠品で、たとえサムネイルでも、それが同業者に漏れるのを嫌ったのかもしれない。気を取り直して鷺沼は問いかけた。

「柳原さんの記憶からすると、その写真の人物は、中学時代の槇村氏とはまったく別人だったわけですね」

「ええ。もちろん中学生のころといまとでは顔立ちが変わっていて当然ですが、同じ人物かどうかの判断くらいはつきます。記憶はやや曖昧でしたが、私の手元には当時の卒業アルバムがあって、それとも見比べました。別人なのはやはり間違いありませんでした」

「その点は、川井さんも自分の目で確認したんですね」

「ええ。彼も同意見でした」

「ひょっとして、川井さんが見せたのは、この人物ではありませんでしたか」

鷺沼が大きくプリントした原口の写真を示すと、柳原はそれをしげしげと眺め、やや曖昧に頷いた。

「似ているような気がします。歳はこちらのほうがずっと若いし、髪型も違います。ただ目鼻立ちはこんな感じだったと記憶しています。絶対に同一人物だとまで断言はできませんが」

「いずれにしても、中学時代の槙村氏と現在の槙村氏が別人なのはほぼ間違いないということですね。だれかが彼に成りすましている可能性について、川井さんはなにか話しましたか」

「それについては、私のほうから訊いたんです。川井さんはすでに現在の槙村氏についていろいろ調べていて、その戸籍が、豪徳寺で生まれ育った槙村尚孝と全く同一だという事実を把握していたようです」

民間人であるジャーナリストが他人の戸籍を調べるのは容易ではないはずだが、世の中にはいろいろ抜け道があるらしく、頼めばそういうことを引き受ける業者はいくらでもいるようだ。

例えば弁護士や司法書士には、相続事務の際に必要な戸籍謄本を取得する職権が認められていて、たちの悪い探偵事務所が金を払って彼らに依頼すれば難なく手に入るものらしい。もちろん違法だが、川井はそんなルートで槙村の戸籍情報を取得したものと思われる。鷺沼は確認した。

「つまり現在の槙村氏は、戸籍上は柳原さんが知っている槙村氏と同一人物で、顔は別人だということになりますね」

「ええ。しかし、いま見せてもらった写真の男は、いったい誰なんですか」

「捜査上の秘密で、まだ名前は申し上げられませんが、我々は本物の槙村氏を殺害した犯人だとみています」

「その男が、槙村君に成りすまして、マキオスの会長の椅子に座っているとおっしゃるんですね」

柳原は驚きを露わに原口の写真を見つめ直す。鷺沼は言った。

「殺害されたのは三十年前です。マキオスの前身となる会社が設立されたのはそのあとですから、いまの槙村氏が会長の地位を取って代わったわけじゃないんです」

「成りすましてから、現在の地位にまで上り詰めたわけですか」

「我々が調べたところでは、本物の槙村氏は、殺害された当時、亡くなった親御さんの遺産を相続して、かなりの資産を有していたようです。奪い取ったその資産を元手に、その後の成功があったのはおそらく間違いないでしょうね」

「槙村君は三十年前に、たしかにその男に殺されたんですね」

鷺沼は頷いた。

「ただし有力な証言はあるんですが、死体がまだ出ていないんです」

苦衷を滲ませる鷺沼に、柳原は口惜しそうに言う。

「だったら、殺人の罪で逮捕はできないんですね」

痛いところを突かれたが、気を取り直して鷺沼は問いかけた。

「中学時代、柳原さんは、槙村氏とは親しかったんですか」

「どちらも理科クラブに所属していて、気心の知れた仲でした。彼は明るく社交的な性格で、クラスの内外を問わず人気者だったんです」

先日聞いた近所の婦人の話とはだいぶ違う。その後、なんらかの事情で引きこもり状態になったのかもしれないが、そのことは、いま扱っている事案とは直接関係がない。

「川井さんからは、ほかにどういうことを訊かれましたか」

「ご両親の資産状況については、かなり突っ込んで訊かれました。ただ当時は中学生ですから、とくにそういうことに興味もありませんでしたし、槙村君もそんな話は一切しなかった。彼の家には何度か遊びに行きましたが、豪邸といった感じではなく、家具や調度もそれほど贅沢なものではなかったんです。いま聞いたお話が本当なら、両親は資産家でも派手好みではなかったんだと思います」

そこはあの婦人の話とも一致している。いずれにしても、川井はそのあたりの事情についてかなり詳しい情報を得ていたものと想像できる。

「だとすれば、川井さんが現在の槙村会長を別人による成りすましだと見立てていたのは、間違いなさそうですね」

「そうだと思います」

「そんな情報をどこから得たのか、なにかヒントになるようなことを言っていませんでしたか」

「マキオスの関係筋からそんな噂を耳にしたという程度のことしか言いませんでした。その裏付けをとるために、昔の彼と付き合いがあった人々から、いま取材をしているという話でした」

「あなたもその一人だと？」

「初めて見つかったのが私だったという印象でした。私が写真を見て別人だと証言したとき、彼はしてやったりという表情をしていました」

「槙村さんが殺害された可能性については触れませんでしたか」

「もし成りすましなら、本物のほうの生死は不明だとぼやかした言い方をしていましたが、たぶん頭にはあったでしょうね。これは想像していた以上に大きな事件かもしれないと言っていましたから。ひょっとしてそのせいで川井さんは？」

柳原は深刻な表情で問いかける。鷺沼は頷いた。

「その可能性は高いと思います」

「もしそうだとしたら、いま槙村君に成りすましているのは、かなり危険な人物だと言えますね」

「そのとおりです。我々も鋭意捜査を進めるつもりですが、きょうの話に関しては、他言しないようにお願いします」

「もちろんです。そんなことが知れたら、私だって殺されかねない。今後の捜査の過程で、私の名前が表に出るようなことはないでしょうね」

怖気を震うように柳原は言う。鷺沼は力強く請け合った。

「ご心配なく。我々はとことん隠密捜査に徹するつもりです。川井さん殺害事件の特別捜査本部は、槙村氏の成りすまし疑惑についてはまったく関心を示していませんから、そちらから柳原さんの名前が表に出ることはありません」

「私に連絡をしてきた内田さんは、特捜本部に所属しているのでは？」

「ここは内密にしていただきたいんですが、ある事情で、彼は我々の捜査に協力してくれています。柳原さんに関しては、本部の捜査範囲からは、彼の機転で外してくれているんです」

「警察も一枚岩ではないんですね」

「残念ながら、そういうことです。川井さんの件に関しては、我々は特捜本部から締め出されて蚊帳の外にいます。しかしこちらの捜査目標はあくまで三十年前の槙村氏殺害容疑です。逆にその件については、特捜本部に情報を渡していません」

鷺沼は正直に言った。警察の恥をさらすようだが、内輪の人間にとっては常識の範囲に属する話だ。警視庁のような巨大組織にあっては、他部署との連係プレイよりも、じつは単独のチームによる独断専行がいい結果に結びつく。

下手に連係に拘れば、船頭が多くなって機動性を欠くようになるうえに、捜査情報が漏洩するリスクも幾何級数的に増えていく。同じ課に属していても、他班の人間とは口も利かない、酒も飲まないというのが、むしろ警察社会では当たり前のことなのだ。

「それでは鷺沼さんを信じることにします。私としても、幼なじみの槙村君を殺害した犯人が、彼に成りすまして栄華の絶頂にいるとしたら許しがたい。協力できることがあればなんなりと応じます」

柳原は真剣な表情で言う。本人の話では、三十代で裸一貫から会社を興し、苦労の末に、渋谷の一等地に小さいながらも自社ビルを構えるまでに育て上げた。独力でそこまでの地歩を築いた彼が、槙村こと原口のような男に嫌悪を抱くのは当然だろう。鷺沼は大きく頷いた。

「有り難うございます。それではとりあえず、柳原さんがお持ちの、中学時代の卒業アルバムを拝借できますか。槙村会長の正体を明らかにする上で、今後重要な証拠になると思われますので」

「じつはそのつもりで、もう用意してあるんです。ぜひお持ちになってください」

柳原は立ち上がってデスクに向かった。

2

「いやいや、そいつは大収穫だったな」

本庁に戻って報告すると、三好は声を弾ませた。井上も張り切って言う。

「槙村イコール原口というラインは、これでもう鉄板じゃないですか。あとは現在の槙村会長のご近影を入手するだけですよ」

「そのご近影を川井氏はどうも持っていたようだな。盗まれたハードディスクのなかにおそらく保存されていたはずだが、いまとなっては入手するのは不可能だ。もう一息のところに来ているんだが」

鷺沼が無念さを滲ませると、井上が指摘する。

「彼のスマホが見つかればいいんですけどね。遺体の遺留品にはなかった。もう犯人が廃棄しているかもしれませんけど、柳原さんは、そのスマホで槙村の顔を見せられたわけですから」

「まあ、期待はできないな。最終的には、どこかの段階で押収令状を請求して、例のニュースの録画を放送局に提出させるしかなさそうだ」

ため息混じりに三好は言うが、問題はそれを請求するための被疑事実で、葛西の証言があるとはいえ、本物の槙村の死体が見つかっていない現状では難しい。猜疑心を露わに井上が指摘する。

「インターネットが普及したこの時代に、一部上場企業の会長でこれほど顔写真が表に出ないのは普通じゃないですよ。その点だけを考えても、よほど顔を知られたくない事情があるのは明白です。画像や動画の検索をかけても同姓同名の人物が引っかかるだけで、年齢も肩書も全部違っていますから」

「テレビのニュースなんかは、インターネットでも配信されるようだが」

鷺沼の問いに、井上はあっさり首を横に振った。

「すべてじゃないし、数日で消えちゃいますよ。誰かが動画サイトにアップロードしていれば残ることもありますけど、著作権の問題があるから、やはり見つかり次第削除されます。あるいは槙村自身が、金の力で消して回っているのかもしれないし」

「近ごろは株主総会の様子を動画で配信したりマスコミに公開したりする会社も多いそうだが、たぶんマキオスはいまも非公開にしてるんだろうな。それに会長が出席する義務はとくにないから、社長に議長を任せればそれで済む。たまたまテレビに出てしまったのは、上手の手から水が漏れたというところかもしれないな」

三好が唸る。井上が言うように、それ以外で顔の露出を徹底的に避けているところを見れば、そのこと自体が成りすまし疑惑を強力に裏付ける状況証拠とみなせるが、それを法医学のレベルで立証しなければ、槙村こと原口の牙城は切り崩せない。

そのために必要なのが、スーパーインポーズ法による鑑定が可能な写りのいい顔写真で、川井がそれを所持していたとすれば、彼の死はもちろんのこと、ハードディスク盗難が口惜しい。

それによって成りすましの事実が明らかになったとしても、それだけで逮捕・訴追はできないが、三十年前の殺人の真相を追及するための決め手にはなるはずだった。

柳原から借りてきた中学時代の卒業アルバムも、今後大きな意味を持つだろう。もし彼のものと思われる死体が見つかった場合、そこにある写真が、身元を同定する切り札になるからだ。

「川井という人は、生きていればまさしく宝の山だったな。ジャーナリストというのは侮りがたいよ。おれたちのように公権力を振りかざして捜査できるわけじゃない。どこでどう手に入れたのか知らないが、田島が所持していた部屋の鍵と健康保険証。そしてきょうの柳原氏の証言――。これで本物の槙村氏の死体が出てくれば、事件はとっくに解決しているはずなんだが」

三好は深いため息を吐く。井上が身を乗り出す。

「中西のほうからだって、太い糸口が出てくるかもしれませんよ。八年前に父親から相続した市川の不動産、どう考えても怪しいじゃないですか。ひょっとして、そこに本物の槙村氏の死体が埋めてあるんじゃ？」

　井上が突飛なことを思いつく。三好は首を捻る。

「三十年前と八年前じゃ、いくらなんでも時期が違いすぎるだろう。それに事件が起きたのは豪徳寺だぞ」

「なにかの事情で死体を埋めていた場所から移動する必要があったんじゃないんですか。あそこなら形式上の所有者は死んだ中西で、実質的な所有者は槙村こと原口です。つまり誰かがそこを掘り返す心配はありませんから」

「なるほど。あり得ない話でもないな。そうだとすると、偽槙村が手放そうと思わない限り、いつまでも塩漬けにしておける。死体の隠し場所としては、たしかにうってつけの条件だ」

　鷺沼は頷いて応じたが、三好はまだ腑に落ちない様子だ。

「もしそうだとしたら、中西の死体だって、あんな見つかりやすい場所には埋めなかっただろう」

「そのときは、たぶんあそこしかなかったんですよ。そのあとすぐに家が建ってしまって、移動しようにもできなかった。それに原口は中西に成りすましているわけじゃありませんから、そっちの死体が出たとしても、自分に容疑がかかるとは思わなかったんじゃないですか」

井上はあっさり説明する。やや強引なきらいはあるが、理屈としてそれはあり得る。

三好は考え込む。

「しかし令状を取って掘り起こすとなると、その前に原口の犯行をある程度立証する必要があるだろう。卵が先か、鶏が先かという関係だな」

「でも名義上の所有者である中西はすでに死んでいるわけで、それについてはスーパーインポーズ法による鑑定で証明されています。中西には両親も兄弟も子供もいません。つまり法定相続人がいない。だからあの土地は、中西の死が法的に確定すれば、民法の規定で国庫に収納されます」

井上が言う。三好はどこか及び腰だ。

「国を相手の令状請求となると、ずいぶん敷居が高くなるな。それも地べたをそっくりほじくり返すんじゃ、頭の固い役人が抵抗するに決まってる」

しかし井上は積極的なところを見せる。

「いまのところ中西は戸籍上は生きているので、誰かが死亡届を出す必要があります。例えば岐阜の緒方婦人です。そのうえで特別縁故者の申し立てをすれば、相続することも可能かもしれませんよ。そうなれば、彼女の許可を得たうえで、令状なしでも発掘調査ができると思います」

その大胆な思いつきに、鷺沼は思わず膝を打った。

「なるほど。ずいぶん詳しいじゃないか」

「一応、法学部卒ですから」

「そうだったっけ」

「こう見えても、弁護士を目指した時期もあるんですよ。いろいろ事情があってやめましたけど」

「おれもウルトラマンを目指した時期があったけど、諸般の事情でやめにしたよ。そうだとしたら、中西名義の口座を隠し金庫に使って、原口がうしろ暗い金をため込んでいる可能性もあるな」

「もしそうなら、緒方婦人はそっちも相続できるかも。あの死体が間違いなく中西なら、遺体を受けとって葬儀をしてやりたいと彼女は言っていたじゃないですか。特別縁故者の認定は家庭裁判所がやるんですが、それ以前に交流があったと言ってましたし、結婚後は付き合いがなかったといっても、たった一人の甥です。それに葬儀を執り行うというのも考慮される条件の一つだと聞いています。案外認められるかもしれないじゃないですか」

「いかにも宮野が涎を垂らしそうな話だな。しかし緒方婦人は、あまり欲のなさそうな人だったけど」

「法定相続人がいない以上、誰かが特別縁故者の申し立てをしないと、遺された資産はすべて国庫に収納されてしまいます。それじゃあまりに馬鹿馬鹿しいですから、やってみる価値はあるんじゃないですか。緒方さんもいまの暮らし向きはあまりよさそうじゃなかったし」

思い入れたっぷりに井上は言う。こちらの捜査の都合はもちろんだが、もし原口の悪銭の一部でも彼女のものにできるなら、それもけっこうな話だと言うしかない。しかし三好は首を横に振る。

「いやいや、特別縁故者の認定はずいぶん厳しいと聞くぞ。そもそも法定相続人の範囲を勝手に決めておいて、それがいないとすべて国が没収する仕組みそのものが気に入らないが、特別縁故者という制度自体が、それじゃあんまりだという世論に押されていやいやつくったようなもんだからな。国は取りっぱぐれるのが嫌だから、裁判所もなかなか認めないらしい。そもそも三十年以上も音信不通だったわけだしな」

「それはたしかにそうですけど――」

とたんに井上は弱気な口ぶりだ。弁護士を目指したという話もこれでだいぶ怪しくなってきた。しかし鷺沼はそのアイデアに妙に惹かれた。

「法律なんていくらでも抜け道がありますよ。裁判所だって、誰がどう見ても有罪の人間をわけのわからない屁理屈で無罪にしたり、その逆のケースもいくらでもあるんですから、最初から諦める必要はないでしょう。とりあえずその不動産以外に、どこかの銀行に中西名義の口座がないか、洗ってみる必要がありますよ。そこに槙村から巨額の送金があれば、脱税の容疑で槙村を逮捕できるかもしれない」

「そうなりゃ最高の別件だな。脱税なら二課の領分だ。ターゲットがでかいから、投げてやれば飛びついてくるのは間違いない。ただしあくまで共同捜査というかたちをとらないと、こっちの殺しの件がかすんでしまいかねない」

三好はなおも慎重だ。さらに強気で鷺沼は応じた。

「そのときは本人の身柄を押さえられるわけですから、問答無用で顔写真が撮影できますよ。成りすましそのものが立証されるじゃないですか」

「しかし死体がないんじゃ、殺人罪は立件できない」

「それが中西名義の土地に埋まっているかもしれない。そうなったら一気に行けます。死体が出れば、卒業アルバムの写真で本物の槙村尚孝だということが立証できる。葛西の証言と合わせれば殺人の強力な証拠です。それに加えて、川井氏が槙村の取材を進めていた事実がきょう明らかになったわけで、そこから川井氏殺害の容疑も浮上する。特捜本部もその方向で動かざるを得なくなりますよ」

「そうなりゃ原口も四面楚歌だな。三件の殺人に加えて巨額の脱税なら、無期懲役どころか死刑が妥当だ。そのうえこちらの読みどおり、どこかの中西名義の口座に悪銭がため込まれているとしたら、中西の死亡届が受理され、それを銀行が把握すれば、口座は凍結される」

「そのあとは国庫に収納されるか、うまくいけばその一部が緒方婦人の手元に残る。宮野がいつもぶち上げている経済面からの制裁も、それで実現できることになりますよ」

「宮野君ががっかりしそうだがな」

応じる三好の声に力がないのが気になった。宮野が言うところの経済的制裁に、三好も多少は色気を感じていたのかもしれないが、そんな理由で手加減をすれば、最大の悪を取り逃がすことになりかねない。鷺沼はしらばっくれて応じた。

「いやいや、宮野だって大満足のはずですよ。口座の金は戻ってこないうえに、脱税が摘発されれば追徴課税や重加算税も徴収されます。刑事罰と経済制裁のダブルパンチで息の根を止められるんですから」

「まずは中西名義の隠し資産の洗い出しだな。メガバンクと首都圏の地銀には、すでに原口のと合わせて捜査関係事項照会書を送ってあるから、あさっての月曜には問い合わせができるだろう。加えて証券会社や信託銀行にもこれから送付するよ。緒方婦人には、答えが出てから話を持ち掛ければいい。上手くいくかどうかは、おまえたちのシナリオどおりにことが進んでの話だが」

三好はさりげなく留保をつけるが、鷺沼はそのシナリオに手応えを感じていた。自分が言い出しっぺだとばかりに、井上も張り切って応じる。

「僕も当たりだと思います。中西名義の土地は大した面積じゃないにしても、周りは新築住宅がずらりと並んでいます。売る気ならいつでも売れるし、東京に近い市川なら、地価だってけっこうなもののはずです。そういう事情でもない限り、金に貪欲な原口が、売らずに抱え込んでいる説明がつきませんから」

3

「ちょっと待ってよ。それじゃ、その叔母さん一人が得をして、事件解決に粉骨砕身しているおれたちはいいとこなしじゃない。死体を発見して、それが中西だと突き止めたおれたちにだって、特別縁故者の資格があるんじゃないの」

井上を伴って柿の木坂の自宅マンションに帰ると、よほど暇だったのか、下拵えを合わせて二時間以上かけたというローストビーフとチャーシューを用意して宮野は待ち構えていた。

さきほどの話を聞かせると、宮野は想像どおりの反応だった。うんざりしながら鷺沼は言った。

「おれたちは警察官の職務として事件を捜査しているだけで、個人的な縁故があってじゃないだろう」

「おれのほうはいま休暇中だから、警察官の職務とは関係ないよ」

「つまり、今回の件については、単なる傍観者でしかないわけだ」

「なに言ってるのよ。おれが葛西からの証言を引き出して、それが捜査の端緒になったんじゃないの。中西だって、きっとあの世でおれに感謝しているよ」

「それは無理ですよ。生前の中西と面識があったわけじゃないし、血の繋がりがあるわけでもない。そもそもあの死体が中西だと最初に気づいたのは葛西ですから、そういう理屈が成り立つんなら、むしろ葛西のほうに分がありますよ」

普段は宮野に甘い井上も、さすがにうんざりした表情だ。

「しょうがないね。まあ、そのシナリオは、いまのところ鷺沼さんと井上君の妄想に近い想像力の産物にすぎないし、おれもそれほどは期待していないから」

言葉とは裏腹に、宮野は未練たらたらだ。鷺沼は楽観的に言った。

「当たりか外れかはわからないが、いまは思いつく限りのことをやるしかない。週明けには、銀行や証券会社の口座に関する答えが出るよ。市川の土地がいまも中西名義になっているということは、おれたちの妄想が意外に外れでもないことを意味しているような気がするな」

「だったら急がないと、こっちの動きに感づかれて、そこにため込んでいる預貯金や証券類を原口が引き出してしまうかもしれないじゃない」

妄想と決めつけたはずの宮野が、こんどは一転して慌てだす。こちらの動きが原口に漏れる惧れはまずないが、いずれにしても、なにかの都合で口座から資金を引き出されたら具合が悪い。

「まだ死体が中西だということは公表していない。もしどこかの銀行に中西名義の口座があって多額の資産が眠っていたら、急いで緒方婦人に死亡届を出させ、銀行に連絡してもらう。それで口座は凍結されるから、原口はもう引き出しようがなくなるよ」

「それで叔母さんが特別縁故者に認定されなかったら、すべて国が持ってっちゃうわけだね。国家権力ってのはやることがとことんえげつないね。詐欺師や横領犯とどっこいどっこいじゃない」

忌々しげに宮野は言う。宥めるように鷺沼は応じた。

「法でそういうことに決まってるんだからしようがない。それでも原口にとっては大打撃になるかもしれない。市川の土地にしたって、もう中西の名義では所有権の移動ができない。そうなれば、原口はにっちもさっちもいかなくなる」

「そこでいよいよおれの出番が巡ってきそうだね。もちろん任せておいてよ。中西名義の口座以外にも、隠し資産はいくらでもあるはずだから」

「どうやって強請るんだ」

「刑事訴訟は証拠主義でなにかとうるさいけど、世間の噂なら、証拠なんて適当でいいからね。これまでに集まったまだ公表していないネタを、適当に見繕って送り付けてやるわけよ。交渉の成り行き次第ではマスコミに流すって言ってやれば、五億や十億の金はすぐに用意するんじゃないの。いやいや、君のご利益で、いよいよおれにも運が回ってきたようだね」

宮野は瞳を潤ませて、たま吉の頭をなで回す。水を差すように鷺沼は言った。

「そこまでの捜査機密を渡したら、こっちの手の内をさらすことになるだろう。最後の局面で原口に引導を渡せなくなったらどうするんだ」

「そのときは諦めるしかないんじゃないの。それだけの金が手に入れば、残りの人生、左団扇で暮らせるんだし、三十年前の殺人なんて、ついこのあいだまでなら時効だったんだから」

宮野はあっけらかんとしたもので、いまや本音を隠そうともしない。脅しつけるように鷺沼は言った。

「川井氏の殺害の件もあるし、三十年経ったからって罪が軽くなるわけじゃない。そういうふざけたことを考えてるんだったら、おれが恐喝罪で告発してやるぞ」

「あ、それいいアイデアじゃないですか。そのときは被害者からの事情聴取も必要ですから、槙村こと原口も出てこざるを得ない。そのときしらばっくれて写真を撮ってしまえば、成りすましに関しては言い逃れできなくなりますね」

井上が声を上げる。宮野はさっそくわめきだす。

「冗談じゃないよ。味方をうしろから撃とうってわけ？　タスクフォースの絆はどうなっちゃったの。鷺沼さんも井上君も、それじゃ人間の屑じゃない」

「自分の懐が潤えば、人を三人殺した大悪党を見逃してもいいというんじゃ、あんたこそ原口以下の屑だろう。そういうやつにはタスクフォースの一員でいて欲しくない」

「ちょ、ちょっと待ってよ。それは言葉の綾というもんじゃない。もちろん原口を死刑台に上らせることがおれの悲願だよ。でもあんまり深刻に考えすぎると、かえって凡ミスすることだってあるから」

「どっちにしても、この先、勝手な動きはするんじゃないぞ。ふざけたことばかり言ってると、今後、あんたには一切情報を渡さないからな」

「もちろんだよ。あまり図に乗らないように、たま吉にもよく言っとくから。なんだかこいつ気が大きくなっちゃって、おれに余計なアドバイスをするもんだから」

宮野はたま吉のせいにする。天を仰いで鷺沼は言った。

「ついに招き猫の子分に成り下がったか。情けない男だな」

「いやいや、この子は強い味方なんだよ。ここまで捜査が進んだのは、たま吉あってこそなんだから。五千円の投資なんか安いもんだよ」

「おれはたま吉のお告げで動いたわけじゃないけどな」

苦い口振りで言ってローズピンクのローストビーフを頬張ると、濃密な肉汁が口中に広がる。宮野が身を乗り出す。

「どうよ？　最高でしょ。予算の関係で神戸牛というわけにはいかなかったけど、そこはおれの腕でカバーしてるから、そのへんのへなちょこレストランには負けないはずだよ」

「このチャーシューも最高ですよ。しっとりジューシーで、煮汁も美味しいし」

井上も傍らで舌鼓を打つ。宮野がまた口を挟む。

「そっちも安い肩ロースなんだけどね。香味野菜をたっぷり使った秘伝のレシピで仕上げてるから、そんじょそこらの中華料理屋のとはレベルが違うよ」

「これだから、宮野さんはタスクフォースに欠かせないメンバーなんですよ」

余計なことを言って井上が煽《おだ》てるから、宮野はさっそく付け上がる。

「さすが井上君、よくわかってるじゃないの。おれが言わば扇の要で、鷺沼さんみたいな人望のない人間が仕切るようになったら、すぐに空中分解だよ」

「だったらいますぐ空中分解させて、あんた抜きで再結成するのも悪くはないな」

素っ気なく応じると、宮野は強気で言い返す。

「だったら、おれの料理ともきょうでお別れだね。あすから鷺沼さんは、カップラーメンとコンビニ弁当の暮らしに戻るわけだ。まあ、鷺沼さんのような味音痴にはそれが分相応なんだけど」

宮野は痛いところを突いてくる。鷺沼としては別にそれでもかまわないが、舌と胃袋が猛反対する。

そのときポケットの携帯が鳴り出した。取り出してディスプレイを覗くと、福富からの着信だった。横から宮野が覗き込み、余計なことは言うなと口元に指を立てる。それを無視して鷺沼は応じた。

「いま、宮野と井上と作戦を練っているところだよ。あれから事態が進展してね。いろいろ報告したいことがあるんだよ。きょうはもう遅いから、あすの夜にでもこっちに来られないか」

「いや、差し支えなきゃこれから飛んでくよ。そっちの話にも興味があるけど、じつはおれのほうも耳寄りな話を摑んだんだよ」

気忙しい調子で福富は言った。

4

「なんだよ、知らない間にずいぶんいろんなことが起きてたんじゃないの。どうして教えてくれなかったんだ」

いつものワイン持参でやってきて、宮野自慢のローストビーフとチャーシューを満足げに味見しながら鷺沼の話を聞き終えて、驚きを隠さず福富は言った。

「すべてが立て続けに出てきたから、あとでまとめて話すつもりだったんだよ。事実関係はだいぶはっきり見えてきたが、まだ一気に逮捕・訴追まではいけない。問題は本物の槙村氏の死体がないことと、偽槙村のご尊顔を拝せないことでね」

隔靴掻痒《かっかそうよう》の思いで鷺沼は言った。福富は宮野に目を向ける。

「その微妙なところで一発仕掛けようと、いまこの人が算段してるんじゃないの。逮捕するのは難しいけど、強請るにはちょうどいい塩加減のようだから」

「あんたもそう思う？　そのあたりの間合いがこの商売のポイントでね。逃げ場がないところまで追い詰めちゃうと、金を出す理由がなくなるからね」

さっきはずいぶん嫌っていたようなのに、同志が出現したとばかりに宮野はすり寄る。しかし福富は素っ気ない。

「そう虫のいい話が転がっているわけがないけどね。そんなことより、あいつのやったことと比べれば子供の遊び程度の罪で刑務所にぶち込まれたおれとしては、金じゃなく命で償わせないと気が済まないんだよ」

親身な調子で宮野は応じる。

「それはあいつのためでもあるんだよ。どうせ絞首台の露と消える身なら、金なんていくら持ってたってしようがない。タスクフォースに寄進させて、世のため人のために有効に使ってやれば、地獄の入り口で閻魔様に申し開きもできるじゃない」

「やりたきゃ勝手にやったらいい。おれは手伝う気はないからな。恐喝罪でうしろに手が回るかもしれないし、下手すりゃあ、四つ目の死体になりかねない」

「けっこうじゃないの。あとで泣きついても、びた一文分けてやらないからね」

宮野は不貞腐れてみせる。鷺沼は話題を切り替えた。

「それで、あんたのほうの耳寄りな話ってのはなんなんだ」

「ああ、それそれ。いまの槙村のご尊顔を拝せなくて困っているわけだろう」

「いい手があるのか」

鷺沼は身を乗り出して問いかけた。大きく頷いて福富は続ける。

「じつは来週、マキオスの臨時株主総会があるそうなんだ。例のＩＴ大手の買収に絡む議案で、会長の槙村が議長を務めるという話でね。いつもは代表権のある社長に任せて本人は顔を出さないんだが、今回は自分の肝煎《きもいり》の重要案件で、臨時総会の議決が必要なややこしい事情があって、御大自ら乗り出すということらしい」

「どこからそんな情報が入ったんだ」

「浮田《うきた》からだよ」

浮田とは福富と旧知の元総会屋で、大きなヤマを一度手伝ってもらったことがある、いまは政財界関係のゴシップ雑誌『月刊スクープ』を発行する出版社の社長だ。

「ああ、あのときはいろいろ世話になった。とばっちりで逮捕までされちまったな。マキオスに関して、なにか面白いネタでも握っていたのか」

「そう思って訊いてみたんだが、記事にできるようなネタはとくにないそうだ。ただ浮田は、雑誌の出版以外に副業で株もやっていて、マキオスの株も持っているらしい。それで先週、臨時株主総会の招集通知が届いたそうなんだ」

「出席するのか？」

「いまは総会屋稼業から足を洗っているから、どこの会社のでも出席することはないそうなんだが、こっちの事情を話したら、えらく興味を持ってくれてね」

「ちょっと待ってよ。浮田が先走って記事にしちゃったらまずいじゃない」

宮野が慌てて口を挟む。余裕を覗かせて福富は応じる。

「その点についてはしっかり釘を刺してある。それに、話したのは成りすまし疑惑のことだけで、殺しの件は言っていない。その程度の情報だと、浮田にとってはまだ商売になる手前なんだよ」

「しかし、そういうことを探って記事にするのが浮田の本業じゃないの。興味をもっていろいろ探り始めたら、捜査の妨害にもなりかねないじゃない」

「それならそれで、こっちにとって有益なネタを掘り出すかもしれないだろう。蛇の道は蛇と言うから、案外、警察が知らない裏道があるんじゃないのか」

「だったら、しっかり話をつけといてよね。もしそういう情報が出てきたら、勝手に記事にしないで、まずおれたちに報告するようにって」

宮野は警戒心を露わにする。腹を括って鷺沼は言った。

「あれだけ用心深い槙村が、そう簡単に尻尾を摑ませるはずがない。それよりむしろ、いいタイミングで情報を渡して記事にしてもらえば、槙村に揺さぶりをかけられる」

「おれもそう思ったんだよ。あそこが出している『月刊スクープ』は、雑誌としては三流だけど、政官財にかなり定期購読者を抱えているそうだから、けっこうなインパクトがあるんじゃないのか」

「だったら、おれの商売はどうなるのよ」

宮野の関心はそこにしかないらしい。鷺沼は言った。

「いまの話はまだまだ先のことだよ。それより、浮田社長は、その臨時株主総会に出席できるんだな」

「もちろん、議決権をもってるから大威張りで出席できる。問題は写真が撮れるかどうかだな。あそこは、いまの時代には珍しく総会を非公開でやるので有名で、マスコミの取材はもちろん、総会出席者のカメラの持ち込みも禁止しているらしい」

福富は不安を漏らす。宮野がさっそく鼻を鳴らす。

「だったら、出席しても意味ないんじゃないの？」

「大丈夫ですよ。いまは超小型の隠しカメラがネット通販で簡単に買えます。万年筆型とか眼鏡型とかいろいろあって、値段もせいぜい数千円程度ですから、あとで僕が見繕っておきますよ」

井上が張り切って言う。怪訝な思いで鷺沼は訊いた。

「そんなもの、いったい誰がどういう目的で使うんだ」

「よくわかりませんけど、動画が撮影できて録音もできますから、いろいろ使い道はあるんでしょう。怪しい人物と面談するときに、のちのちの証拠に使うとか――」

「他人のプライバシーを覗いたりにも使えそうだな」

「そういうよからぬ目的で買う人もいるんでしょうね。でも僕らの場合は、あくまで正義の実現のためですから」

井上は力を込める。撮影禁止の臨時株主総会の隠し撮りもよからぬ目的の部類に入りそうだが、事件解決の突破口になるなら、もちろんそれは正義にかなう。

「だったらおれのほうから頼んでみるよ。ばれたって、まさか警察に突き出したりはしないだろう。せいぜいカメラのデータを削除させられるくらいだろうから、とくに身の危険はないんじゃないか」

福富は請け合った。井上は勢い込む。

「いよいよですよ。現在の槙村が原口だと立証されれば、あとは本物の死体を見つけるだけですよ。きっと市川の土地に埋まっています」

「まあまあ、井上君、そう焦らずに。こういう重大事件は最後の詰めが肝心だから」

宮野としては、その詰めの段階でアルバイトをするための時間を稼ぎたいところだろう。鷺沼は無慈悲に言った。

「意味もなくぐずぐずするより、一気呵成《いっきかせい》に攻めるほうがいいに決まってる。どんな証拠も時間とともに風化するし、犯人は証拠の隠滅に走る。原口は並大抵のワルじゃない。成りすますまではただのコソ泥でも、奪った資産を元手に現在の地位にまでのし上がった手腕は並外れている」

「ああ。おれも経営者の端くれだが、その目からみても、悔しいが大したもんだよ。宮野さんみたいなチンピラ刑事に強請られたくらいで動じるタマじゃない。四つ目の死体にされないうちに、留置場にぶち込んだほうが身のためじゃないのか」

「チンピラ刑事って、どういうことなのよ。元チンピラやくざのあんたには言われたくないね」

宮野はむくれるが、福富の脅しが効いたようで、その声にやや力がない。

「いよいよ忙しくなってきたな。おれたちは週明けから銀行の聞き込みに取りかかる。福富にも臨時株主総会の件で動いてもらわなくちゃいけない。とりあえず暇なのはあんただけだが、これからなにをするんだ」

鷺沼は宮野に訊いた。小人閑居《しょうじんかんきょ》して不善を為すと言う。怠けさせておいてろくなことはない。蚊帳の外に置かれてはまずいというように、宮野は監視カメラの映像が表示されたノートパソコンを指さした。

「暇じゃないよ。きょうだって一日、例のアパートの監視に精を出してたんだから。そのうち原口本人が現れるかもしれないし、みんなが元気で仕事に励めるように、美味い飯をつくるという重要な仕事もあるわけだし――」

「それならけっこう。たま吉とせいぜい仲良く仕事に励んでくれ。いよいよ先が見えてきたところだ。つまらない取りこぼしをしないように、これからタスクフォースの総力を挙げないとな」

自らにも活を入れるように鷺沼は言った。

5

週明けの月曜日、鷺沼たちは、銀行への問い合わせに取りかかった。

午前中にすべてのメガバンクとゆうちょ銀行を含む主要な都市銀行の本店すべてに問い合わせたが、中西輝男もしくは原口敏夫名義の口座は存在しなかった。

午後には首都圏の主な地銀に問い合わせた。中西の口座は、埼玉県のとある地銀で見つかった。口座がつくられていたのは春日部市内の支店で、八年前に父親から相続した不動産の登記をしたときの現住所がやはり春日部だったから、そこの支店に口座があったことは納得できる。

原口の口座は、この日の問い合わせでは見つからなかった。信託銀行や証券会社に関しては、きょう捜査関係事項照会書を送付したばかりなので、問い合わせをするのはあす以降になる。

予想がほぼ当たったのは中西の口座の残高で、五億円をわずかに超える額だった。口座が開設されたのは六年前で、すでにそのとき中西は死んでいる。そこに五億円超の預金があるのはいかにも不審だ。

入金があったのは口座開設直後で、すべてATMによるものだった。中西本人のはずがないから、誰かが中西のキャッシュカードを使って入金したのは間違いないが、いまはほとんどの銀行がATMで提携しているから、どこの銀行からでも入金は可能だ。一回の金額はATMで入金する際の限度額の二百万円以内で、数百回に分けて行われている。ところがそこからの出金がない。入金があったのは口座が開設されてから一年のあいだだけで、その後は入金も出金も行われていない。

さらに口座はペイオフのない決済用預金で、脱税等による隠し資産なのはまず間違いない。ただし脱税の時効は七年で、摘発するにはいまはぎりぎりのところだ。

残念ながら、入金したのが誰かを特定することはできない。考えてみれば、そういう理由で使っている口座に槙村や原口の名義で送金をするはずがない。しかしそれだけの大金を移動させる理由のある人間がほかにいるわけもなく、それが現在の槙村なのはまず間違いない。

「五億円というのは、多いとも少ないとも言えないな。おれたち貧乏人にとっては目ん玉が飛び出る額だが、現在の槙村の資産額からすれば微々たるもので、それどころじゃない巨額の資金がどこかに眠っている可能性が極めて高い。まあ、そこを暴き出すのはおれたちの仕事じゃないが」

三好は残念そうに言う。そこに不正な蓄財があるなら、それをも併せて摘発したいのは山々だが、そちらは捜査二課や国税庁の領分だ。いずれにしても、こちらが現在の槙村の正体を暴き、本物の槙村殺害の事実を立証すれば、そちらでも余罪が発覚するのは間違いない。

「この口座を見つけただけでも、とりあえず大当たりですよ。たぶんこれだけじゃないでしょう。中西や原口の名義を使った天文学的といえるほどの闇資産が、どこかで唸っているはずですよ」

確信を持って鷺沼は言った。そう考えれば、原口が、すでに死んでいる中西や、槙村に成りすましている自分の戸籍をいまも生かして使っている理由がよくわかる。中西名義の市川の土地に、本当の槙村の死体が埋まっているという井上の推理も、いよいよ信憑性を帯びてくる。

「二人の戸籍を使っているのは自身の正体を隠すための汚れ仕事に使うためだとこれまでは見ていた。もちろんそれもあるだろうが、同時に、自由に使える彼らの名義は、不正蓄財の隠し金庫としてまさにうってつけだったようだな。こうなると、別の疑念も湧いてくる。ひょっとしたら、中西のケースと同じ手口で入手した戸籍を、ほかにもいくつか使い回しているんじゃないのか」

三好は恐ろしげなことを言う。想像を逞しくすれば、いやそれ以上にここまで判明した事実から考えれば、それはごく自然に導かれる答えですらありそうだ。

「きょう見つかったのはただの普通口座ですけど、株式や外貨や、投資ファンドを通じた巨額の資産運用やら、そういう手口を使えば、国税当局の目を逃れて、まさにやりたい放題じゃないですか」

井上も気炎を上げる。鷺沼は言った。

「いよいよ、隠し資産没収作戦に乗り出すべきときですよ。まずは中西の死亡届です。そのためには死体検案書が必要ですね」

「ああ。おれのほうであす手配するよ。検案書自体は作成済みだが、身元の欄がいまは不詳という扱いになっている。検視官と相談してみるが、スーパーインポーズ法での鑑定結果が出ている以上、中西の死体と確定して問題はないだろう」

三好は不安げな様子もなく請け合った。鷺沼は言った。

「だったら、私と井上でもう一度岐阜へ向かって、緒方婦人に詳しく事情を説明します。中西が死んだ話については彼女もまだ半信半疑だし、特別縁故者に認定されたら億単位の財産が舞い込むかもしれないなんて話を突然聞かせたら、振り込め詐欺と間違われかねないですから」

「たしかにな。認定されるかどうかもわからんし、そのための手続きでも、いろいろ負担をかけることになる。会ってじっくり説明すべきかもしれないな」

「そこまでする気がないにしても、死亡届は彼女に出してもらう必要があるでしょう。届出人に該当する親族となると彼女だけのはずですから」

「彼女自身も、もし死体が中西なら供養をしてやりたいと言っていたそうだな」

「それは本心だと思います。中西の父親とはあまりいい関係ではなかったようですが、中西に対しては、必ずしも悪い感情はもっていない印象でした」

「その中西の戸籍を、いまも悪事に利用しているやつがいると知ったら、許せない気持ちにはなるだろうな」

「そう期待したいところですね。いまや彼女は、事件解決のための重要なキーパーソンですから」

やるせない思いを込めて鷺沼は言った。

第九章

1

翌日、鷺沼と井上は岐阜へ向かった。

緒方婦人に状況を報告し、まず死亡届を出してくれるように依頼するためだった。スーパーインポーズ法で死体が中西輝男だったことが確認され、それに基づいて警察が死体検案書を発行すれば、それを添付することで死亡届が提出できる。

中西の生前の試料が存在しないため、ＤＮＡ型による鑑定はできないが、この手法で事故や災害現場の遺体の身元が判明したケースは珍しくない。死亡届は間違いなく受理されると、担当検視官は太鼓判を押した。中西名義の土地と口座の件はまだ伝えていない。

中西名義の口座に関しては微妙なところがある。税務署の立場からすれば、それは槙村こと原口が他人名義の口座を運用していたことになり、槙村の脱税が摘発されれば、税務署はそれを槙村の資産とみなすかもしれない。つまり税務署は、中西の資産とはみなさない可能性がある。

その点について、井上は税務署と銀行に確認した。もちろん実際の捜査とは関係のない一般論だと誤魔化しておいた。税務署もほとんど想定していないレアな事案だと言いつつ、もしそれが脱税による隠し資産だと立証されれば追徴課税や重加算税の対象になるが、税務署としてはそれが支払われさえすれば、原資がどこから出ようと問題にしないという。

もしそれを差し押さえるとすれば、当人に追徴課税や重加算税を支払う意思がない場合だけで、そのときは他人名義の口座であろうと、支払い義務者が実質的な所有者であればその対象になる。ただし脱税には最長七年の時効があるから、それを過ぎてしまった場合には、税務署は一切関与はしないとのことだった。

その口座が開設されて入金があったのが六年前で、時効は迫っている。これから国税が調査を開始しても、それに間に合う可能性はほとんどない。

もしその口座の名義人が死亡している場合は、という問いに対しては、当然、相続人に対して相続税がかかることになり、適法に税務申告がなされれば、相続手続き上なんの問題もないという返事だった。

たとえそれが脱税のための隠し口座であっても、税務署としては、税金さえ取れればあえてその口座そのものを取り締まりの対象にはしない。むしろそのとき相続税が発生するのなら、そこでも税が取り立てられるわけで、税務署としてはむしろ御の字だというのが本音のようだった。

銀行の答えはじつに簡単明瞭で、その口座の開設手続きに瑕疵《かし》がない限り、相続人からの請求があれば支払うのが原則だという。ただしその口座への振り込み人から誤送金だという指摘があれば、十年の消滅時効の前なら返金してもらうように努力はする。しかし銀行による過失ではないため、返金を拒否された場合は、警察に訴えてもらうしかないとのことだった。

しかしそもそも埼玉の口座への入金はすべてATMによる現金振り込みだった。その場合、振り込み人の名義は勝手につければいいから、それが誰かは特定できない。つまり、誤送金だと主張しても、送金をした事実は証明できない。

そのうえ怪しげな隠し口座への億単位の誤送金の返還請求といった事案がもし発生すれば、不審な資金の動きとして銀行には当局に通報する義務があるという。それを税務署が看過するはずがなく、そこから不都合な事実が発覚するかもしれない。狡知《こうち》に長《た》けた槙村ならそのくらいは見通せる。槙村こと原口が誤送金を主張する可能性はないと考えていいだろう。

いずれにせよ、緒方婦人が死亡届を出し、口座のある銀行に連絡した時点で、中西名義の口座は凍結される。埼玉の口座以外にもまだ中西名義の口座があちこちに存在する可能性はあり、それはこちらも早急に調べ上げる。発見してすぐに通告すれば銀行は即刻凍結の手続きをとるはずで、槙村にとっては少なからぬ痛手になるだろう。だからといって、宮野ならずとも、それがすべて国庫に収納されるというのは面白くない。

あれから井上がインターネットで調べてみたら、特別縁故者に認定されるには、かなり手続きが厄介なことが判明した。

相続人不在の場合、まず債権者など利害関係人の請求によって家庭裁判所が相続財産の管理人を選任し、相続財産管理人選任の公告を行う。それから二ヵ月間相続人が現れなかった場合、相続財産管理人は、二ヵ月以上の期間を定めて債権者や受遺者に債権の申し出をするように公告する。

その期間を過ぎてもなお相続人が現れないとき、相続財産管理人の請求によって六ヵ月以上の期間を定めて相続人の捜索の公告を行い、そこで誰も現れない場合に初めて相続人の不存在が法的に確定される。

特別縁故者の申し立てはそのあとで行うことになるが、それにも一、二ヵ月はかかり、認定されれば遺産のすべて、もしくは一部を相続でき、残りの分があれば、それは国庫に収納される——。

法学部卒で弁護士志望だったと自慢げに言っていた井上もそこまでは把握していなかったが、それはそれで、中西名義になっている槙村の隠し資産を、事実上すべて押収するのと同じことになる。

名古屋に向かう新幹線のなかで、昼食の弁当を広げながら、鷺沼は言った。

「その話をしたとき、緒方婦人がどう反応するかだな」

「驚くとは思いますが、乗ってくるんじゃないですか。特別縁故者として相続すれば、巨額な資産が自分のものになるかもしれないんですから。僕だって、そんな話が飛び込んできたら舞い上がっちゃいますよ」

「それじゃ、宮野と変わらないだろう」

「僕はただ羨ましいだけですから。宮野さんは、これからそのお零れに与《あずか》ろうと画策するでしょうけど」

「まあ、そっちのほうは時間がかかる。とりあえずいま重要なのは、死亡届を出して銀行に連絡してもらうことだ」

「もちろんそうです。それだけでも前進じゃないですか」

井上は大きく頷く。それで一気に槙村の正体に迫れるわけではない。しかし口座が凍結されたことに気づけば、槙村が動揺するのは間違いない。それによってこれまで隠蔽してきた中西の死が発覚したことを悟るだろう。五億円余りの預金がある埼玉の地方銀行の口座以外にも相当額の隠し口座があるはずで、それを失うことが、槙村にとって痛手でないはずがない。鷺沼も頷いて応じた。

「少なくとも、宮野が言うところの経済的制裁に関してはまずまずの成功となりそうだ。それが宮野の懐に転がり込む可能性はまったくなくなるわけだが」

さらに市川の土地に本物の槙村の死体が埋まっているというこちらの推測が当たっているとしたら、まさしく足下に火が点くとみていいだろう。

「でも、宮野さんが黙って指を咥えて見ているとは思えませんよ。なにかしそうな気がしませんか」

井上はどことなく期待しているような口ぶりだ。鷺沼は言った。

「いまさら、宮野にできることはなにもない。そもそもあれだけ世間に顔を出さない槙村に、宮野が接触できるはずもない。会って強請るのがあいつの得意技だが、いまのところその手は封じられているからな」

「でも、そのあたりの執念は並々ならぬものがありますからね。油断はできないと思います。たとえばこんどの株主総会――」

「あいつは株主じゃないから、出席できない。ずいぶんセキュリティが厳重なようだし」

「浮田氏から総会の招集通知を入手したりするかもしれませんよ」

「それは福富がやらせない。浮田氏にはしっかり釘を刺すはずだから」

「そうだといいんですけど、たま吉がなにかアドバイスをするかもしれないし」

井上まで招き猫の信者になってしまったようだ。三好にしてもときおりそんな気配を漂わせる。タスクフォースを商売のタネにしたい気分が蔓延しているとしたら由々しきことだ。苦々しい気分で鷺沼は言った。

「宮野の思惑は関係ない。おれたちがやろうとしているのは、殺人という凶悪な犯罪の摘発だ。殺したのが二人だけなのかどうかもまだわからない。川井氏の殺害に関与している疑いもある。現在の槙村の成功が、その犯罪の果実だとしたらなおさら許せない」

2

岐阜へは午後二時過ぎに到着し、緒方婦人の住む市営住宅までタクシーを走らせた。

「輝男は本当に殺されたんですか？」

緒方婦人は深刻な表情で問いかけた。鷺沼は頷いた。

「頭蓋骨と生前の写真を照合する、スーパーインポーズ法という非常に精度の高い方法で鑑定しました。裁判でも証拠として採用されるやり方です」

「やはり、間違いではなかったんですね」

「法的にも、それで死亡が確定するはずです。いまは戸籍の上で生きているだけです」

「三十年ものあいだ、誰もそれを知らずに――」

「生死は不明でも、行方がわからなくなって七年経過すれば、裁判所に申し立てて失踪宣告を受けられます。しかしだれもそれをしなかった」

「両親が存命のうちなら出来たんですね」

「音信は不通でも、生きていると思っていたんでしょう」

「でも、戸籍では生きているんだとしたら、供養もしてあげられませんね」

婦人は切ない声を上げる。鷺沼は言った。

「そのためには、どなたかが死亡届を出す必要があります。ただ誰でも出せるわけではないので、それできょう、お願いに上がった次第なんです」

「私に出せと？」

「ご両親は亡くなっていますし、輝男さんには奥さんもお子さんもいない。遠縁のご親族はほかにもいらっしゃると思いますが、いまいちばん近い関係なのは緒方さんだと思います」

「そうするのがいちばんいいんでしょうね。でも、いったいどこに出せば？」

「届け出する人の居住地の市役所でもできます。死亡したことを証明する死体検案書は我々が作成いたします」

「そうしないと、埋葬もできないんですね」

「ええ。法律上、そうなってしまいます。いろいろご面倒をおかけすることになるとは思いますが、じつは単にご供養する以上の意味もありまして」

「といいますと？」

「輝男さんは、かなりの資産を遺していまして、それを保全するためにも、まず死亡届を出す必要があるんです」

「どういうことなんでしょうか。私が知る限り、輝男は決して身持ちがいいわけじゃなかったし、まともに働いているような話も聞きませんでした」

「こちらで確認したところでは、彼のお父さんが亡くなったときに相続した市川の土地が、いまも彼の名義になっています――」

それだけではなく、中西名義の銀行口座に五億円あまりの預金があるという話をすると、婦人は目を丸くして、その口からはしばらく言葉が出ない。鷺沼は続けた。

「このままだと、こちらの捜査にもいろいろ支障が出てきまして――」

槙村の名前も原口の名前も、まだここでは出せないが、現在も中西の名義を使って土地を登記し、中西名義の銀行口座を利用している人物がいる。その人物が中西を殺害した犯人だとみて、いま捜査を進めているところだと説明すると、婦人は不安げな表情で訊いてきた。

「ひょっとして、八年前に私が相続放棄した兄の家屋敷を、輝男の名前を使って相続した人物でしょうか」

「そう考えれば、辻褄が合います。輝男さんが三十年前に殺害されたのは間違いない。まさか幽霊がお父さんの遺産を相続したとは考えられませんので」

「でも、当時兄が抱えていた負債は資産よりも遥かに大きかった。それで私は相続を放棄したんです。誰が輝男の名を騙ったにせよ、その負債を返済しないと家屋敷は手元に残らなかったはずだし、そもそも五億もの資産を兄が持っていたとしたら、亡くなったときに負債は存在しなかったはずなんです」

「おっしゃるとおりです。わざわざ負の遺産を相続した理由はわかりませんが、我々が犯人ではないかと疑っている人物は、じつは現在、日本を代表する資産家の一人でして、おそらくその程度の負債額は、気にするほどのものではなかったんだと思います」

「でも、どうしてわざわざ、それを相続したんでしょう」

「輝男さんが死んでいる事実が判明するのを嫌ったんだと思います。彼の生きた戸籍がその人物にとっては必要だった。遺産相続の手続きを依頼された司法書士が、輝男さんの消息を把握できなければ、親族のどなたかが失踪宣告を申し立てる惧れがあった。それを防ぐために、本人を装って遺産を相続したんじゃないでしょうか」

「兄にせよ輝男にせよ、五億円もの大金を持っていたはずがありません」

「そう思います。司法書士は職権で故人のすべての資産を調査しますから、その時点でそんなお金がなかったのは間違いないでしょう。それに入金されたのは六年前で、そのとき輝男さんはすでに亡くなってるんですから。我々は、ほかにもいくつも口座を持っていて、その五億円は氷山の一角ではないかと考えているんです」

「でも、まさかそんな大金が輝男の口座にあるなんて」

婦人はまだ信じられないという表情だ。たしかにそうだろう。たぶん振り込め詐欺でも、ここまでの法螺話《ほらばなし》は思いつかない。しかしそれが事実だと信じてもらわなければ、話が先に進まない。

「警察はそういうことを銀行に問い合わせることができるんです。もちろん犯罪性があると認められる場合に限ってですが」

「じゃあ、間違いないんですね。だとしたら、もし死亡届を出して受理されたら――」

「緒方さんからその銀行に連絡していただけたら口座は凍結されますから、その口座をつくったのがだれであれ、引き出すことはできなくなります。市川の不動産にしてもそうです。これから相続手続きを進めて、相続人が決まるまでは、誰も手を付けることができません」

「そうだとしても、相続できる人はいないと思いますが。輝男は結婚もしてませんし、兄弟もいません。私は叔母ですから、相続の対象ではありません。その場合はどうなるんですか」

「相続人不在の場合は、国の財産になってしまいます」

「そうなんですか。でも仕方がないですね。もともと輝男のものではなかったんだし。でも、それが輝男を殺した犯人のものだとしたら、少なくとも、その人はすべて失うことになるんですね。私はそれで満足です」

緒方婦人はなんの未練もない調子で言い切った。しかしそうあっさり諦められてはこちらが困る。鷺沼は身を乗り出した。

「ところが、特別縁故者という制度がありまして、法定相続人でない人でも、生前に故人の面倒を見たり、葬儀を執り行ったりというように、なんらかの貢献が認められれば、すべてではありませんが、一部は相続できる特例があります。そのためには裁判所に申し立てる必要があるんですが――」

そのあたりの事情を井上が説明すると、婦人はうんざりした様子で、話を遮った。

「もともと私のお金じゃないし、輝男のものでもないんですから、そんな面倒なことをしてまで相続しようとは思いません。国が没収するんなら、それでいいんじゃないでしょうか。輝男だってきっと満足すると思います」

そう言いたい気持ちもわからなくはない。井上が調べたところ、認められたとしてもほとんどの場合その一部に過ぎず、却下されるケースも多いらしい。だからといって、それが国庫に収納されるというのは、宮野とはまた別の意味で腹立たしい。警察が関与すべき話ではないにせよ、緒方婦人の質素な暮らしぶりを思えば、そのごく一部でも彼女が受けとって然るべきだろう。鷺沼は問いかけた。

「生前の中西輝男さんと緒方さんのあいだに、なにか交流は？」

「ないこともないんです。両親は輝男には冷たくて、いわば勘当同然の扱いを受けていました。父親もあまり素行のいい人じゃなかったから、輝男にすればふざけるなという思いもあったはずです。その輝男が、私にはなぜか懐いてくれて、少年院や刑務所を出所したときには、私が身元引受人になってあげたんです。入所中も差し入れをしてやったりしていました」

「だとしたら、生前の輝男さんに対して、一定の貢献はあったと言えますね」

「それが威張れるほどのものかどうか」

「そうは言っても、緒方さんには受けとる権利があるかもしれません。あくまで裁判所の判断にはなりますが」

「でも、そんな裁判所が絡むような面倒なことに、巻き込まれたくはないんです。いまはただ輝男が不憫で、三十年ものあいだ音信不通だったのに探そうともしなかった。それなのに、財産があったからといって裁判所に申し立てるなんて気持ちにはなれません。もちろん遺体を受けとって供養はしてやるつもりです。死亡届も私が出します」

婦人はきっぱりと言う。想像もしていなかった巨額の遺産が転がり込むかもしれないというのに、いかにも恬淡《てんたん》としたその態度には頭が下がる。できれば帰りに爪の垢を少し分けてもらって、宮野に煎じて飲ませたいところだが、こちらとしては市川の土地を掘り返したい思惑がある。もしそれが国庫に収納された場合、国を相手に捜索令状を請求するのは極めて面倒だ。

国が被疑者ではないわけで、いわば事件と関わりのない第三者の家を家宅捜索するようなものだ。おそらく裁判所も二の足を踏むだろうし、その壁を突き破るだけの証拠はまだ手にしていない。しかしその土地を緒方婦人が所有することになれば、彼女の承諾さえ得れば令状は要らなくなる。

「輝男さん名義の遺産を緒方さんが受けとられるのは決して悪いことじゃありません。たしかに手続きは厄介です。でも結果的に、それは輝男さんが緒方さんにしてもらったことへの感謝の印と考えてもいいんじゃないでしょうか」

「生前、たしかに輝男はそんなことを言っていました。もし自分が死んだら、財産はすべて私にくれると。両親にはびた一文遺したくないと言ったんです。もちろん、そのころの輝男には財産なんてなにもなかったし、冗談だと思っていたんです」

「そうなんですか。ただの口約束では、遺言の効力もありませんからね」

鷺沼は力なく応じた。さして気のない口ぶりで婦人は応じる。

「口約束だけじゃなかったんです。傷害や窃盗を繰り返して、少年院を出たり入ったりしていたころのことです。両親は完全に輝男を見捨てていて、面会に行くこともありませんでした。いくらなんでも不憫だから、私が代わりに出かけていって、本の差し入れをしていたんです。差し入れできるのは本だけなんですが、漫画とかはだめで、それも教官が認めた内容のものだけでした――」

婦人は、遠い思い出を振り返るように目を細めた。

当時、婦人はまだ独身で、折り合いの悪い兄を嫌い、実家を離れて都内にアパートを借りて暮らしていた。そのころ中西は十五歳で、少年院を退院したばかりだった。両親は彼を受け入れず、やむなく婦人は彼を引き取って、しばらく居候させてやったという。

そんなある日のことだった。輝男が一通の封書を手渡した。なんなの、これは、と問いかけると、遺言書だと言う。

「なにを言ってるの。あなたはまだ子供よ。財産なんてなにもないじゃない」

婦人は笑って応じた。しかし中西は言い張った。

「いまはそうだけど、そのうちおれは大金持ちになる。親父もお袋もなにもしてくれないけど、叔母さんはおれにいろいろしてくれた。だから、もしおれが先に死ぬようなことがあったら、財産はすべて叔母さんに受けとってもらいたいんだ」

「馬鹿なことを言わないでよ。私のほうが先に死ぬに決まっているじゃない」

「でも、なにが起きるかわからないから。交通事故で死ぬかもしれないし、病気になって死ぬかもしれない。だれかに殺されるかもしれない」

「ずいぶん心配性なのね。そんなの、私だって同じじゃない。死なない人間はいないんだから」

「そんなことだれもわからない。だから、万一のことがあったら叔母さんに全部あげるよ。いまは貯金も全然ないけど、いつか必ず金持ちになるから」

「そのときは、輝男だって奥さんもいるし、子供もいるわよ。財産はそっちに遺すべきじゃない？」

「結婚なんかしないし子供も要らない。おれみたいなろくでもない人間をつくりたくないもの」

中西は自虐的に言ったという。勉強ができたわけではないし、粗暴な性格でもあった。しかし婦人に対してだけは親愛の情を示した。子供っぽさと、妙に大人びたところが同居している、不思議な子供だったと婦人は言う。

「どうしてもって言い張るから、仕方なく受けとったんです。少年院の図書室の本で調べて書いた正式な遺言書だと本人は言っていました。しっかり封をしてあったし、開けたら無効になるからと言われたので中身は見ていません。でも、鷺沼さんのお話を聞いて、なんだか輝男が自分の未来を予期していたような気がして――」

婦人は切ない表情で言う。その話が本当なら、まさしく中西は当人が言ったとおりの道を歩んだことになる。

「その遺言書は、いまもお持ちですか」

鷺沼は訊いた。婦人は首を横に振る。

「結婚するまでは持っていたはずなんですが、その後、どこかでなくしてしまったんです。引っ越しをしたり家を新築したり、いろいろあったものですから。いま思えば貴重な形見になったかもしれません」

井上が真剣な顔で身を乗り出す。

「形見以上の意味があったかもしれませんよ。本を読んでちゃんと書いたと本人が言っていたのなら、法的に有効なものだと思いますので」

「大人になって書いたものならともかく、十五歳の子供が書いたものですよ。本人としては、両親に反発する気持ちを表すための真似事みたいな感覚だったんだと思います」

力なく笑う婦人に、井上が言う。

「遺言が有効な年齢は十五歳からなんです。つまり、封筒の中身が遺言の条件を満たしていれば有効です」

「本当に？　私、そんなこと知らなかった」

「開封は、もちろんされていませんね」

「自分が死ぬまで、絶対に開けないでくれと言われましたので」

「自筆の遺言書は、それが有効な内容かどうか裁判所に持ち込んで検認を受ける必要があります。その前に開封してしまうと、無効というわけじゃないんですが、科料《かりよう》といって一種の罰金をとられることがあります」

「そうなんですか。夫は遺言をつくらなかったので、そういうことについてはなにも知りませんでした。だったらその遺言は有効なんですね。私、輝男より、ずっと不勉強だったんですね」

緒方婦人は驚きを隠せない様子だ。期待を隠さず鷺沼は言った。

「それがもし見つかれば、特別縁故者などという面倒な手続きは踏まずに、輝男さんの遺産を相続できます。どこかに残っているということはありませんか」

「そう言われても、どこにあるのか――」

婦人は当惑を隠さない。特別縁故者の話には関心を示さなかったが、遺言の話が出てきて、気持ちが揺らいだようでもある。改めて金に目が眩んだというわけではないだろう。いみじくも婦人が言ったように、十五歳の中西がまるで自分の行く末を予見していたかのようなその遺言に込められたものに、心を動かされるものがあったと考えたい。

「じつは、これは捜査上の重要な機密でして、決して口外されないようにお願いしたいんですが――」

鷺沼は思い切って言った。現在、中西の名義で登記されている市川の土地に、中西を殺害した犯人によって、もう一つ死体が埋められている可能性があること、さらに鷺沼たちはそこを発掘したいが、真の所有者が不在では手のつけようがないこと。

できれば、いったん婦人にそれを相続してもらい、その承認を得た上で発掘調査を行いたい。国庫に収納されると、国を相手どって捜索令状を請求することになる。それは手続きが非常に面倒で、現状では令状を取得すること自体が困難な状況だ。しかし鷺沼たちの考えでは、その死体を発見することが、中西を殺害した犯人を検挙する決め手で、それこそが中西の無念を晴らす最短の道だ——。

そう説明すると、婦人はいかにも残念だというように、肩を落とした。

「そうなんですか。お金のことはともかく、もし遺言書があったら、犯人を捕まえることができる。それは輝男の供養にもなるんですね」

「ええ。どこかに残っていないか、思い当たることはありませんか」

切実な思いで鷺沼は問いかけた。婦人は手狭な室内を見渡して、切ない口調で応じる。

「ご覧のとおり、こんな狭い市営住宅で、家財と言えるようなものもほとんどありません。探してはみようと思いますが、答えはもうわかっているような気がします」

前回訪れたときに、婦人は問わず語りにいまの境遇のことを説明した。夫は名古屋で不動産業をやっていて、そこそこ羽振りもよかった。ところがバブル崩壊の影響をまともに受けて会社は倒産。家屋敷を含む資産の大半を失った。

それから数年後、失意のうちに夫は病死した。婦人は残されたわずかな遺産を取り崩し、パートをしながら息子と娘を育て上げた。いまは年金でなんとか食べているが、そんな人生に、ことさら恨み言を言うわけでもない。

「夫もバブル景気で気持ちが舞い上がり、分を弁《わきま》えない投資で大火傷を負った口なんです。苦労せずに手に入れたお金は人間を狂わせるということを、私はそのとき身に染みて感じました。だから、貧しくても平穏な気分で暮らせるいまの生活に満足してるんです」

婦人は穏やかに言った。その暖かみのある印象からも、その後の婦人の人生が、彼女なりに幸福なものだったことが想像される。それでも鷺沼は言った。

「でも、なんとか探していただけませんか。我々の捜査の都合だけでお願いしているんじゃないんです。犯人は輝男さんを殺害したのとほぼ同時期にもう一人殺害して、市川の土地に埋めた疑いがあります。そしてその人物に成りすまして巨額の財産を奪い、いまは日本有数の資産家の一人に成り上がっています。そんな人間を、単に犯罪者として摘発するだけで済ませたくはない。それは警察官としてというより、一人の人間としての思いなんです」

「でも、死亡届を出せば、すべて国のものになるんでしょ」

婦人は困惑を隠さない。鷺沼はさらに言った。

「ええ。しかしそれだって、気持ちが落ち着きません。輝男さんの遺言のお話を聞けばなおさらです。その男の不正な蓄財の道具として、輝男さんの名義が使われているのは間違いありません。輝男さんも草葉の陰で怒り心頭に発しているんじゃないですか。せめてその財産を緒方さんが受けとるのが、いちばんの供養じゃないでしょうか」

「そうおっしゃられると、たしかにそんな気もしてきます。でも、たぶん見つからないと思います。それを書いたときの輝男の気持ちを、私は軽く考えすぎたんですね。なんだか可哀想なことをしたような気がします」

婦人はしみじみとした口調で言った。

3

「たしかに、十五歳の少年が書いた遺言書を、本気で信じる大人はいないだろうな。しかし、それが見つかれば、いちばん話が早い。国が相続人不在で収納するにしても、手続きには一年くらいかかり、特別縁故者の申し立てをするとしたら、さらに何カ月か余計にかかる。しかし遺言による相続なら、なんの手間も要らない。法定相続人が一人もいないんだから、分割協議をする必要もないしな」

岐阜での話を報告すると、三好は唸った。東京駅には午後六時過ぎに到着し、三好とは八重洲口近くの中華料理店で落ち合った。あとで宮野に同じ話を聞かせるのも面倒なので、新幹線のなかから電話を入れると、一も二もなく飛んできて、ちゃっかり店に先に着いて待っていた。

「市川の土地を掘り返すには、それが最短ですよ。なんとか遺言書が見つかるといいんですが」

「そうなったら、特別縁故者の線はなくなるわけね。なくなるというより、その予定者だった叔母さんが正当な相続者になるわけだから」

宮野は落胆を隠さない。自分も特別縁故者だという思いはいまもわずかながらあるようで、千円でも二千円でももらえればもらい得だとその顔には書いてある。

「しかし、叔母さんのほうはあまり乗り気じゃないようだな」

複雑な口ぶりで三好が言う。婦人はとりあえず探してみるとは言ったが、ほとんど期待できない様子だった。

市川の土地のみならず、とりあえず見つかっているだけで五億円余りの預金。あのあと三好が全国の地銀や信用金庫にまで範囲を広げ、すでに捜査関係事項照会書を送付している。

あすから問い合わせをはじめることになるが、そこで新たな口座が見つかるかもしれないし、外貨預金や金預金、投資信託といったべつの蓄財テクニックもある。それをこれからとことん洗い出すと、三好は張り切っている。

かつて預金の洗い出しは警察にとっても大仕事で、捜査関係事項照会書の束を手にしてすべての銀行の支店に出向く、まさに人海戦術の捜査手法だった。いまは各銀行の本支店はオンラインで繋がっているから、本店に問い合わせればすべての支店のデータを照会できる。

協力してくれるかどうかは別問題だが、犯罪収益移転防止法が施行されたいまは、金融機関も犯罪にかかわる資金には神経を使っている。不正資金を扱っていることが表に出れば銀行としての信用を失うから、その点ではむしろ積極的と言っていい。

「でも、そんなのポーズに過ぎないよ。槙村のいまの資産総額からしたら、百億、いや、下手したら数千億はあってもおかしくない。その叔母さんだって生きているうちに使い切れやしないんだから、おれがボランティアでいくらでも使ってあげられるのに」

宮野は冷菜のオードブルに箸を伸ばしながら気炎を上げる。ビールを一呷りして鷺沼は言った。

「普通に暮らしている人間が突然そんなことを言われても、なかなかイメージが湧かないだろう。それに、その遺言書が出てくるかどうかもわからない。その金自体も、人を殺すような人間が不正に蓄財したものだということになれば、腰が引ける気持ちもわからなくはないよ」

「そういう問題じゃないでしょう。誰が振り込んだ金でも、それは単なる金であって、福沢諭吉先生に善悪の違いはないんだから。そういう金を自分のものにするのが罪だというんなら、国庫に収納してしまう国だって悪のお仲間ということになっちゃうじゃない。普段は偉そうな御託を並べておれをいじめるくせに、なんとか説得できなかったの、鷺沼さん？」

「もちろん説得したよ。気持ちは多少は動いたようだけど、なにしろその遺言書がどこにあるのか思い当たらない。中西に申し訳ないことをしたと、叔母さん、悔やんではいたよ。しかしおれだって、十五歳の少年からもらった遺言書を真に受けて後生大事にしまっておくなんて、まず考えられないからな」

「家探しするなら、おれが手伝うって言っといて。たま吉ともどもいつでも出張するから。あいつも猫の一種だから、人間より鼻が利くはずだよ」

「素焼きの招き猫の鼻を当てにするようじゃ、もう完全に病気だな」

「そんなこと言ったら、たま吉に失礼だよ。まだ手に入ったわけじゃないけど、そういう目の眩むような大金を招き寄せてくれたのは間違いないんだから」

宮野は瞳を潤ませる。三好が問いかける。

「それで、とりあえず死亡届は出してもらえるんだな」

「ええ。死体検案書ができたら速達で送ることにしてあります。届け出は地元の役所でできますので。そのあと折を見て上京し、遺体を受け取って荼毘《だび》に付し、遺骨を岐阜に持ち帰るそうです。あれだけ嫌っていた両親の墓には一緒に入りたくないだろうと考えているようです」

「そうか。じゃあ、検視官にはおれのほうから連絡しておくよ。ＤＮＡサンプルも死体の写真データもすべて保存してあるそうだから、今後の捜査の成り行きでそういうものが必要になっても困ることはないだろう」

「これで、いよいよ外堀を埋められますね。遺言書の件は残念ですけど」

井上が声を弾ませる。宮野はまだ未練たらたらだ。

「おれが岐阜へ飛んで遺言書を見つけてやれば、叔母さん、きっと感激して一億円くらいは分けてくれるよ」

「あとは例の臨時株主総会だな。たしか今週の土曜日だった。あと四日だ。準備は整っているのか」

宮野の妄想を無視して確認すると、井上は張り切って応じる。

「きのうネットショップに隠しカメラを注文しておきました。きょう福富さんのところに届いているはずです。浮田さんには福富さんから渡してもらえばいいでしょう」

「でも使い方が難しいんじゃないの。福富も浮田も、そういうのに強いとはとても思えないよ」

宮野は自分以外の者のやることは、とりあえずなんでもくさすことに決めている。井上はあっさり首を横に振る。

「万年筆型で胸ポケットに差しておくタイプなんです。操作はごく簡単で、電源を入れてレンズを被写体の方向に向けていれば、音声と動画を三時間記録できます。宮野さんでもできるくらいのものですよ」

「最後の一言が気に入らないけど、失敗は許されないからね」

「その日は、おれたちも会場の近辺で張り込めばいい。そこで浮田氏とも会って、しっかり使い方を説明したらいいだろう。ひょっとしたら、会場の外で槙村のご尊顔を拝す機会があるかもしれないから」

鷺沼は言った。三好が頷く。

「おれもそう思っていたんだよ。逮捕状はまだ無理だが、もし接触できるようなチャンスがあったら一声かけてみる手もある。任意の事情聴取だよ。応じるはずはないが、そのときの態度や表情で、敵の内心がある程度読める」

「ちょっと、大胆すぎませんか」

鷺沼は驚いて応じたが、三好は気にするふうもない。

「おれたちのほうからも、そろそろ仕掛けないとな。自宅に出向いてもいいんだが、それじゃインパクトがない。株主総会の会場なら周りにいろいろ人がいる。そんな場所で警察手帳を見せて任意同行を求められたらショックは大きい。もちろん普通の被疑者だったら逃走する惧れがあるわけだが、マキオスの総帥という立場の人間が、そう簡単に雲隠れするわけにはいかないからな」

突飛なようで理屈には合っている。中西の遺産の件は大きな材料だが、捜査上の梃子に使うにはしばらく時間がかかる。しかしとりあえず緒方婦人に中西の死亡届を出してもらえば、まさに井上が言う外堀は埋めたことになる。しかし宮野は突然慌てだす。

「なにもそこまで前のめりにならなくても。急いては事を仕損じるって言うじゃない」

「なにを仕損じるって言うんだ。これはあくまで警視庁の捜査なんだ。そもそもあんたが首を突っ込む権限はないんだからな」

「あ、そういうことを言うわけ？　葛西を豪徳寺に引っ張り出したり、例のアパートの見張りとか、おれはすでに十分首を突っ込まされてるよ。いよいよ山場に差し掛かったから、おれを排除して美味しいところをがめちゃおうという魂胆なんでしょ」

「あんたの目には、人はみんな同類に見えるらしいが、おれたちはそこまで腐っちゃいない。くれぐれも言っとくが、おれたちの目を盗んで勝手な動きをするんじゃないぞ」

「そうは言うけど、このヤマの端緒はおれが見つけたんだからね。つまり既得権があるわけで、そこには越えちゃいけない一線てのがあるくらいは、鷺沼さんでも理解できると思うけど」

宮野は偽弁護士のような口を利く。うんざりしながら鷺沼は言った。

「警察は営利を追求する組織じゃない。そこに既得権だ利権だという考えは馴染まない。そうだろう、井上？」

「まあ、たしかにそうなんですけど――」

奥歯にものが挟まったように井上は応じる。三好もどこか曖昧に頷くだけだ。どうも宮野に感化されている気配が濃厚だ。彼らがおかしいのか、自分がおかしいのか、なにやら自信が持てなくなってきた。

「まあ、とにかくだ。槙村みたいな悪党が巨万の富を築けるような世の中じゃ、真面目に働いている人間は馬鹿ということになる。そういう世の中を少しでもまともにするために、警察はあるんだから」

自分を納得させるように鷺沼は言った。

4

翌日は一日かけて地銀や信用金庫の口座を確認したが、中西の別口座は存在しなかった。まだ投資信託や外貨預金、金預金など、さらに調べればいろいろありそうだし、槙村が巨額の資産を隠匿するとしたら、そうそう発覚しやすい手段を使ってはいないだろう。あるいは恐ろしい想像をすれば、ほかにも戸籍を乗っ取られている別の被害者がいるかもしれない。

いずれにしても、そっちのほうはそう急ぐ仕事でもない。それより三日後の株主総会が、いまや一つの山場になりそうだ。

三好が期待するように、総会の会場周辺で槙村に接触できるかどうか、必ずしも目算が立つわけではないが、そのときに備えて手順は固めておきたい。

その際は、もちろん三好も参加する。というより、槙村に大見得を切ってみせるのは、年の功から言っても自分だと三好は張り切って譲らない。

十重二十重《とえはたえ》の秘密のベールで身を隠している槙村だから、そう簡単に身辺に近づけるかどうかわからない。おそらく警護の要員も張り付けているだろうから、こちらも頭数を揃えて包囲する。三好に加えて鷺沼と井上。もちろん宮野も駆り出すし、できれば福富にも手伝ってもらう。

浮田はさすがにゴシップ雑誌社の社長だけあって、福富がペン型カメラを届けると、説明書もほとんど読まずにあっさり使いこなしてしまったという。

もちろん槙村の件にはいたく興味を持っている様子で、なにも教えないなら仕事はしないとごねた。福富はやむなくしっかり口止めしたうえで、事件の概要だけ教えてやったらしい。

本物の槙村と中西の件、さらには川井の件を話してやって、うっかり触ると命が危ないと脅したら、それほどのネタのために死ぬならジャーナリストとして本望だと、ゴシップ屋らしからぬ口を利いたという。だったらいっそ、あることないこと書かせてやって、警察とブラックジャーナリズムによる挟撃で尻に火をつけてやる手もあると、三好はいよいよ意気盛んだ。

そんな話を福富から聞いたらしく、宮野は慌てて電話してきた。

「危ないじゃない。浮田なんて、かつてはたかりで飯食ってきた人間なんだから、手癖の悪さは半端じゃないよ」

「そういうのが二人揃ったら、槙村も枕を高くして眠れないんじゃないか」

「二人って、もう一人いるわけ？」

宮野は慌てて問い返す。それが自分だという自覚はまったくないようだ。

「ああ、うちにも、油断も隙もないのが一人居候しているよ」

「たま吉のことを言ってるんなら、ちょっとそれは可哀想じゃない？　あいつは招き猫としての使命に燃えて、全身全霊でタスクフォースの屋台骨を支えようとしてくれてるんだから」

「だったら、たま吉の善意を無にするような行動はくれぐれもしないでくれよ。きょうは一日なにをしてたんだ。例のアパートの見張りは、ちゃんとやってるんだろうな」

「大丈夫だよ。井上君が、だれか現れたらおれの携帯にもメールが届くようにしてくれたから。きょうは横浜に用事があって、ちょっと出かけてたんだけどね」

「それじゃなんの役にも立たないだろ。そのメールならおれのところにだって届く。なにかあったらすぐに飛んでいくのがあんたの役目じゃないか」

「いやいや、おれにだって独自の情報網があるんだから。県警随一の天才刑事が、大岡山のウィークリーマンションで日がな一日見張りするほど無駄なことはないじゃない」

「あんたに関して言えば、なにもしないでいてくれるのがいちばんの貢献なんだがな」

「それじゃ宝の持ち腐れだよ。じつはとっておきの隠し玉がおれにもあってね」

宮野が不吉なことを言い出した。鷺沼は慌てて問い返した。

「なんだよ、それは？」

「秘密。言えば鷺沼さんが邪魔するに決まってるから」

「ああ、ぜひとも邪魔をしないとな。横浜ということは、福富と示し合わせてなにか画策してるのか」

「違うよ。あいつも近頃やきが回って、なんだか聖人君子みたいな口ばかり利くようになって、あれじゃ槙村みたいな毒気の強い悪党とはとても渡り合えないからね。タスクフォースに活を入れられるのはいまやおれだけだよ」

「ふざけたことをしたら逮捕するぞ。このヤマは警視庁の管轄内で起きていることを忘れるなよ」

「心配は要らないよ。事件を壊すようなことはしないから。槙村をきっちり逮捕して、ついでにみんなが幸せになるような着地点を見つけるのがタスクフォースの真骨頂じゃない。そこはしっかり頭に入っているから」

宮野はあっけらかんとしたものだ。余計なことをされたくないから、アパートの監視という暇な仕事を与えておいたが、まさに小人閑居《しょうじんかんきょ》して不善を為すで、狙いは裏目に出たかもしれない。

「株主総会の日は、みんなで一仕事することになるからな。あんたにも手伝ってもらうことになるぞ」

「あ、そうそう、三日後だよね。おれは所用があって、鷺沼さんたちにはお付き合いできないよ」

「なにをする気だ？」

不穏なものを覚えて問いかけた。

「いやいや、おれにだって野暮用があるんだよ。鷺沼さんは気にしなくていいから」

競馬に行くような金はないはずだし、彼女ができたような気配もとくにないが、それもたま吉のお告げなのか、宮野は怪しげなゆとりをみせた。

5

夕刻、思いがけない人物から電話があった。桑栄出版の田島からだった。これから会えないかという。

「かまわないけど、なにかめぼしい情報でもあったのか」

訊くと田島は、勢い込んで言う。

「見つかったんですよ、川井さんが書いた原稿が」

「原稿って、ひょっとして、あの『ウルトラプレス』のサイトから削除された――」

「ええ。『企業の闇シリーズ』のデータが、サーバーにごっそり残っていたんです」

「というと、あの『マキオス会長の謎の経歴』も?」

「ええ、ありました。WEBページの形式に編集する前の生のテキストデータです。たぶんスポンサーの意向で、サイトに掲載されていたものは削除されたんだと思いますが、そっちのほうまでは、だれも気にしなかったんでしょう」

「どうやって入手したんだ」

「ハッキングしたんです。いや、私じゃありません。知り合いに腕のいいハッカーがいましてね。本業はコンピュータセキュリティのエンジニアなんですが、そういう連中は諸刃の剣とも言うべき存在でしてね」

「空き巣専門の刑事が空き巣に転職するようなものだな」

「ええ。そういうことをすれば不正アクセス禁止法違反に問われると言って、ずいぶん渋ったんですが、これは警視庁のお墨付きだからと言い含めまして」

勝手にお墨付きを与えられても困るが、そういうことならこちらも異存はない。免責まではできないが、見て見ぬふりをするに吝《やぶさ》かではない。

「読んだんだね」

「ええ。私は一度読んでいましたから、とくに驚くような内容ではなかったんです。サイトに掲載されたものに関しては——」

田島はもったいをつけるような口ぶりだ。焦れる思いで問いかけた。

「どういうことなんだ」

「連載であと三回の未掲載分がサーバーに残っていました。初回と合わせて四回分を一度に入稿したのか、あるいはサイトの運営者が、スペースの関係で四回に切り分けたのかはよくわかりません」

「真相に迫るような内容だったのかね」

「というより、その真相に辿り着く前に命を落としてしまったという感じです。そうはいっても、鷺沼さんが読めば、いろいろヒントになる材料がありそうです」

「しかしそんなことまでして、君自身が危なくなるようなことはないのか」

問いかけると、田島は笑って言った。

「心配ありません。ハッカーの腕は確かなうえに、『ウルトラプレス』のサイトのセキュリティはまったくのザルだったようで、発覚する惧れはないそうです。そもそもデータをコピーしただけで、消去したり破壊したわけではありませんから」

「いろんな意味で、君には世話になるな」

「家宅侵入罪を見逃してもらったこともありますが、僕としても川井さんの無念を晴らしたい。特捜本部で意地の悪い事情聴取を受けて頭に血が上って、それなら警察を出し抜いてやろうとあんな行動に走っちゃったんですが、素人にできることはやはり限られます。鷺沼さんと組めば、いい結果が得られそうな気がするもんですから」

田島は殊勝な口ぶりだ。鷺沼たちにしても、一時は田島の事件への関与を疑ったわけだから、そう言われると辛いものがある。

「我々もそうしたいよ。あれから、こちらのほうもいろいろ捜査が進展していてね。そのあたりについて話したいこともある。どこで会おうか」

はやる気持ちを抑えて問いかけると、田島は言った。

「神楽坂《かぐらざか》に行きつけの店があるんです。個室がありますので、落ち着いて話せます」

「特捜本部の連中が、君に張り付いているようなことはないんだね」

「ええ。事情聴取のあとは、そんな様子はありません。それまではなんとなく誰かに尾行されている気配を感じていたんですが」

内田が張り付けていた富坂署の捜査員だろう。事情聴取のあと、特捜本部の捜査線から田島は外れたと内田は言っていた。当然、富坂署による行確も打ち切ったはずだ。店の名前を教えてもらい、午後七時に会うことに決めて通話を終えて、三好に報告した。

「田島君は、またしても大胆なことをしてくれたもんだ。危なっかしさで言えば宮野君とどっこいどっこいだな」

呆れたような調子で三好は言う。鷺沼はきっぱり首を横に振った。

「宮野の場合は、あくまで金に絡んだ行動です。そこは一線を引いてやらないと」

第十章

1

午後七時に、鷺沼と井上は、神楽坂の小粋な小料理屋で田島と会った。とりあえずのビールで喉を潤すと、田島はさっそく切り出した。

「印刷して読んでもらうのがいちばんいいんですが、紛失したり盗まれたりするとまずいので、とりあえずすべてSDカードにコピーしてきました。ファイルは暗号化してあります。あとでパスワードをお教えしますので、ここではとりあえずこれを斜め読みしてください」

田島は持参したタブレットを取り出し、文書閲覧アプリを立ち上げて鷺沼に手渡した。表示されているのは連載第一回目の原稿だった。

言われた通り斜め読みしようとしたが、内容は興味深く、けっきょくじっくり十分ほどかけて読み終えた。最初に会ったとき田島が言っていたように、たしかに初回は前振りといった内容で、事件の解明に結びつくような事実にまでは踏み込んでいない。

しかしその内容自体がある種の告発状で、まだ殺人のことには触れていないものの、現在の槙村が三十年前に死んだと思われる人物に成りすまし、おそらくはその資産を奪って、日本有数の実業家に成り上がるまでを、いかにも思わせぶりに書いてある。

主に触れているのは槙村の経歴だが、その大半は前身会社のハッピー・クレジット設立から、マキオスへの改組、株式の公開とそれに続く数々の企業買収といった華々しい社歴で占められ、川井はそれを登記簿や新聞記事などから丹念に裏付けしていたが、その部分に関してはとくに嘘偽りはなかったらしい。

しかしその背後にあるであろう虚飾の臭いを盛んに漂わせ、辣腕経営者の華麗な成功の道のりを皮肉たっぷりに描き出す川井の筆致はなかなかのものだった。削除されないまま閲覧できた他の企業の記事と比べて、遥かに精彩に富んでいた。槙村の成りすまし疑惑に懸けた川井の強い意気込みが感じられ、次回を期待する読者も少なからずいただろう。

「まだ核心には触れていないが、もし槙村がこれを読んだとしたら、さぞかし恐れ慄《おのの》いたことだろうね」

ざっと読み終えて、タブレットを井上に手渡しながら、鷺沼はそんな感想を口にした。田島は身を乗り出して言う。

「社歴の部分はほぼ公表されているとおりですが、会長個人の経歴に関しては、誕生から会社設立に至る部分がほとんど書かれていません。生年月日は戸籍謄本と一致していますが、そこから先の記述がほとんどなく、某有名私立大学卒という最終学歴も、同窓会名簿を当たってみたところ、彼が卒業した事実は確認できなかったようです」

「ああ、そう書いてあるね。経歴詐称は選挙公報に載せたりしない限り犯罪には問われないが、成りすましを示唆する材料としては説得力がある。小学校、中学校、高校のことにも触れていない。そちらのほうは二回目以降も触れていないのかね」

「二回目となるはずだった連載原稿のなかで、川井さんはそのことに具体的に触れています。槙村氏の戸籍所在地の校区内にある小中学校の同窓会名簿を名簿業者から購入して当たってみたようです。そちらには名前がありました。偽の槙村は、だれかに調べられるとばれてしまうので、そのあたりの経歴はあえて書かなかったんだろうと川井さんは結論づけています。ただし大学に関しては、箔をつけるために、やむを得ず偽の経歴を書かざるを得なかったのではないかとみています」

「中学の同窓会名簿から彼は柳原氏に接触し、現在の槙村と本物の槙村氏がまったく別人だという確証を得たわけだ」

「そのことも二回目の原稿で触れています。柳原氏と会うまでは、彼も確信が持てなかったようです。そもそも端緒となった情報の出どころが、別件の取材で接触した街金業界の人間だったようで——」

田島は、川井が書き残した二回目以降の連載原稿の内容をかいつまんで説明した。

槙村は突然業界に現れて、たちの悪い害虫のように同業者のシマを食い荒らし、風雲児のように業界を席巻した。

もともと零細に過ぎない街金業者は、槙村に札びらで頬を叩かれるように運転資金の融資を受けた。その結果、貸し剝がされ、優良な顧客を引き抜かれて、破産したり、商売をたたむ者が続出した。

そんな槙村には当然敵も多かった。しかしその手の業界の連中も法律には勝てない。槙村は金にあかして強力な弁護士を雇い、ことあらば民事訴訟に打って出る。脅されれば警察に告訴する。裏稼業の世界にもそれなりの仁義があるが、槙村はそんなことにはおかまいなしだった。そのあたりは、自身もかつて街金だった、福富の知り合いの上野毛の居酒屋店主から聞いた話とも一致する。

それまで業界関係者が名前を聞いたこともなかった槙村尚孝とは何者なのか。街金業者の多くは暴力団と繋がりがあり、そのフロント企業も少なくない。ところがそういう裏社会でいくら情報を集めても、槙村尚孝という人物の情報は浮かんでこない。

しかし蛇の道は蛇という言葉のとおり、極道稼業とはまた別ジャンルの、窃盗業界とも接点がある連中がいて、そのあたりから思わぬ噂が聞こえてきたらしい。槙村が、そちらの世界でそこそこ名の知られていた原口敏夫という男と瓜二つだという。

窃盗業界もプロ級となると一匹狼では商売は成り立たない。そのために盗品を金に換えるための故買屋というある種のインフラが必要で、それを生業《なりわい》とする連中は、盗品を持ち込むお得意さんを大勢知っている。

ところが槙村と瓜二つのその原口が、ここ数年、姿を見せなくなったという話を、ある街金業者が知り合いの故買屋から聞かされた。刑務所に入ったという話も聞かない。原口はどこかの金持ちを殺害し、その人物に成りすまして、その財産を元手にのし上がったのではないか――。

そんな噂が一部の街金業者のあいだで囁かれるようになってから、槙村は滅多に人前に顔を出さず、やむを得ないときは必ず濃いサングラスをかけるようになったという。

別件の取材の際に小耳に挟んだそんな話に、川井は俄然興味を覚えた。それなりに事業の才覚があったにせよ、不法な手段で誰かを踏み台にし、いまや日本を代表する企業グループの総帥として、また有数の資産家として槙村は成功の頂点にいる――。

普通なら、当時の街金業界の無責任な噂に過ぎないとみるはずだ。しかし川井はそこに強い興味を持った。槙村は、超大物経営者としては異例なほど秘密のベールに包まれている。取締役クラスの側近以外、社員で直接顔を見た者がいないという噂すらある。さらには彼はすでに死んでいるだとか、表に顔を出せない投資家によって創作された架空の人物だというような都市伝説さえ存在するらしい。

原稿のなかでは入手経路を明かさなかったが、なんらかの非合法な手段を用いたのだろう、川井は槙村の戸籍謄本を手に入れた。そこに記載された従前戸籍から槙村が転籍していたことがわかり、それをいくつも追ってたどり着いたのが、死亡した父親を筆頭者とする除籍だった。そこに至るまで槙村は数度の転籍を繰り返していた。

その除籍によれば、両親は三十五年前に亡くなっていて、兄弟もいない。その後転籍を繰り返したのも、婚姻などの事情によるものではなく、単に戸籍の追跡をやりにくくするための手段だとしか考えられない。しかし戸籍関係からは、けっきょく別人による成りすましの証拠は得られなかった。

川井は戸籍に記載された出生地をもとに、名簿業者を通じて彼が通ったと思われる小学校と中学校の同窓会名簿を入手し、そこからたどってようやく見つけたかつてのクラスメートが柳原誠だった。もちろん原稿のなかでは仮名にしてあり、出生地や現住所も伏せてある。

川井が現在の槙村の写真を見せると、柳原は自分の知る中学時代の槙村とはまったくの別人だと証言した。それが取材の重要な転換点となった。

鷺沼たちが入手に苦労している槙村の顔写真を川井はどうやって入手できたのか――。訊くと田島はさもない口調で言う。

「彼はかつてあるテレビ局のプロデューサーで、その方面に強いコネクションがあるんです」

「我々の要請に対して、局は映像の提供を拒否したんだが」

「玄関からはなかなか入れませんが、裏口からはフリーパスです。それはどこの世界でも似たようなものじゃないですか」

「民間のジャーナリストも侮れないもんだな。ある意味で、我々の上を行ってるよ」

鷺沼は嘆息した。その槙村が、葛西が観たというテレビのインタビューで素顔をさらした理由はよくわからない。

ただマキオスはいま大手IT企業に対して社運を賭けた大規模M&Aを仕掛けていて、相手はそれに抵抗しているため、かたちとしては敵対的TOB（株式公開買い付け）になる。その仕掛け人の槙村が亡霊であるかのような噂が世間に広まってしまえば、対象企業の株主が不安がって株式の買い取りに応じない可能性もある。

それで背に腹は代えられず、リスク承知で顔出しをした——。そんな事情があったのではないかと田島は推測した。

「そのあと川井氏は、槙村氏の出生地の周辺で取材を行ったようです。そこでわかったのが、槙村氏が三十年前に突然どこかに転居したという話でした。しかも、転居する五年前に亡くなった父親がかなりの資産家で、槙村氏はそれをすべて相続していたわけです」

その点は葛西老人や、鷺沼たちが聞き込みをした話好きな近所の婦人の証言と一致する。しかしあのときはその婦人宅を含め、聞き込みをした数軒の家で川井の話は出なかった。彼は別の家を訪れたのかもしれないし、鷺沼たちも川井がその方面で取材していたことは知らなかったから、こちらから川井のことを聞き出すことはなかった。

「我々もそれは確認したよ。豪徳寺で見つかった死体が槙村氏ではなかったことも、そのときわかった」

「例の復顔の画像からですね。しかしそのとき川井さんは、本物の槙村氏が殺害されたことまでは知らなかったんです」

「その後、彼はそれを知ったのか？」

「槙村氏の突然の転居。それとほぼ同時期に業界関係者のあいだから姿を消した原口——。その二人が瓜二つだという話から、当然、それは確信していたようです。もちろん証拠はない。しかしその意味では、鷺沼さんたちも同様じゃないんですか」

田島は痛いところを突いてくる。たしかにこちらには葛西の証言があるくらいで、本物の槙村の死体が見つかったわけではないので、当時、警察はまったく事件化していない。

「たしかにね。中西の死については、彼はなにも触れていないんだね」

「もちろんそれには一切触れていません。それは鷺沼さんたちしか知り得ない事実ですから」

「彼はその後、原口の足跡を追ったんじゃないのか。あれだけ秘密のベールに包まれて、人前に姿を見せない槙村と接触するのは難しい」

「そのとおりです。それで原口を追うほうが手っ取り早いと考えたようです。川井さんは原口のかつての泥棒仲間を探し出し、生まれがどこか訊いてみたらしいんです」

「川井氏はそういう伝手まであったのか」

鷺沼は驚嘆した。警察なら犯歴情報を入手できるからやってやれないことはないが、民間人であるジャーナリストがそこまでできるとは——。田島はさらりと言ってのける。

「そのあたりは彼の才能です。獣道を縦横に走り抜ける嗅覚とでも言うんでしょうか。我々から見れば危なくて近づけないような人間を、情報源として何人も抱えていると言っていました」

「答えは得られたんだね」

「ええ。三重県の桑名《くわな》市だと聞いていた人間がいたようです。桑名市といっても広いし、何十年も前の話ですから、そこで原口の当時の所在を突き止めるのは容易じゃないはずなんですが——」

そこでも川井は槙村の時と同じ手を使い、いくつもの名簿業者を当たって、入手可能な桑名市内の中学校の同窓会名簿をすべて購入した。卒業者名簿はどこの学校にも保存されているが、本人以外の第三者には開示しないのが普通だからだ。

そのなかから、原口の名前はすぐに見つかった。記載されている住所は桑名市内で、たぶん卒業してからは同窓会とは無縁で、そこに記録されている住所がおそらく卒業時のものだろう――。

そう見当をつけて戸籍謄本を取得したところ、あったのはこちらも父親を筆頭者とする除籍で、原口は婚姻によって四十年前に新戸籍をつくっていた。

新戸籍は川崎市中原区にあり、その点は鷺沼たちが調べたとおりだった。附票に記載された現住所を見て驚いたのは川井も同様だった。目黒区大岡山一丁目――。現在の槙村の自宅のある大岡山二丁目から歩いて五分もかからない。

それを偶然とみるのは難しい。ジャーナリストとしての勘は当たった――。川井はさっそくそこにあるアパートを張り込んだ。しかし人が住んでいる気配はなく、槙村も、彼と瓜二つだという原口とおぼしい人物もなかなか現れない。

槙村が自宅から黒塗りのリムジンで会社に向かうところは確認したが、濃いスモークフィルムを貼った窓からは本人の顔は見えない。それに槙村本人の映像をすでに入手している川井にとって、彼を追い回す必要はとくにない。

自宅と目と鼻の先に、人が住むわけでもないアパートを借りている意味をどう解釈するか――。川井の結論も鷺沼たちと似たようなもので、なにかの理由で原口の戸籍や住民登録が必要だからだと考えた。たとえ戸籍上は生きていても、住民登録されていなければ住所不定になってしまい、銀行口座はつくれないし、携帯電話の契約もできない。

しかし理由はそれだけではない。槙村に成りすましたいまも原口の戸籍や住民登録を生かしているのは、隠し財産の口座を運用するためではないかと川井は疑った。しかしさすがの川井も、全国の銀行の口座を洗うような芸当まではできない。

鷺沼たちは中西の銀行口座の調査と同時に原口の口座もチェックしているが、そちらのほうはまだ見つかっていない。いまどき銀行口座なしでは、光熱費や携帯電話料金の口座引き落としもできない。さぞや不便だろうと思うが、それは槙村名義の口座から引き落とせば問題はないのだろう。

そこまでの記述には、鷺沼たちが把握していた以上の材料はまだ出ていない。しかしそれに続く原稿のなかで、川井はこちらが思いもよらない事実を明らかにしていた。

2

「そいつはたまげたな」

田島と別れ、午後九時過ぎに本庁に戻って、田島から聞いた話を報告すると、三好は驚きを隠さない。

「ええ。一人のジャーナリストの仕事として敬意を表さざるを得ませんが、同時に彼が殺害された理由も、そこにあるとしか考えられません」

切ない気分で鷺沼は言った。原口のアパートを特定してからの川井の行動は、刑事である鷺沼でも二の足を踏むような大胆なものだった。もし生きていれば、鷺沼たちに先んじて、彼は槙村の犯罪を白日の下に晒していたかもしれない。しかしその取材対象は、おそらく彼の想像を超えて極悪非道だった。彼はその餌食になって死んだものと、やはり確信せざるを得ない。

川井の原稿を納めたSDカードはその場で提供してもらった。井上はさっそくそこからすべての原稿を三部ずつ印刷し、三人でそれを読み始めた。

街金業界で流れていた噂をもとに取材を開始したあたりから、柳原と接触し、現在の槙村が原口による成りすましだと確信するまでの経緯は田島から聞いたとおりだったが、核心に入るのはその先だった。

川井は原口名義のアパートの所在を突き止めてから、そのアパートの張り込みを続けた。

ある晩遅く、一人の男が車でやってきて、室内に入り、大きなスーツケースを持ち出した。

川井は少し離れた場所に車を駐めて、暗視装置付きの双眼鏡で監視していたが、男は黒いハンチングを目深に被り、上も下も黒っぽい服装で、それがだれかは特定できない。車は真新しいSUVで、「わ」ナンバー、つまりレンタカーだった。

発進した車を川井は尾行した。車は都心方面に向かい、首都高小松川線から京葉道路に出て、向かった先は市川だった。

槙村が市川という土地と地縁があるという情報をこれまでの取材では確認していなかった。しかし現れた男が槙村こと原口なのはまず疑いない。怪訝な思いを抱きながら、川井は追尾を続けた。

男の車は市川市内の空き地の前で停まった。さほど広くはないが、頑丈そうな金網のネットで囲まれ、外から入ることは難しそうだ。時刻は夜半を過ぎていて、空き地の前の道路は人も車もほとんど通らない。

川井はそこを通り過ぎ、少し離れた路地に車を突っ込むと、車外に出て電柱の陰から様子を窺った。

男はフェンスの一部に設けられた通用口のような戸口を開け、部屋から持って出たスーツケースと大ぶりなスコップを携えてなかに入った。

男が出てきたのはそれから三十分ほどしてからで、衣服のあちこちに泥が付着している。部屋を出たときは汚れていなかったので、空き地のなかで一仕事した様子が窺える。

なにかを埋めてきたのか、あるいはなにかを掘り出してきたのか。スーツケースはキャスター付きのため、重いか軽いかは判別がつかない。

アパートを監視していたときも、距離は離れていたうえに、外階段は隣戸の陰に隠れて見えず、路上に出たとき、男はキャスターを使ってスーツケースを運んでいた。行きも帰りもたまたま川井は男の車の前方にいたため、リアハッチから積み下ろしする様子は見ていない。

男はそのまま車で立ち去った。尾行しようかどうか迷ったが、戻るとすればあのアパートか、もしくは槙村の自宅だろうとは想像がつく。その点を確認することも重要だが、それ以上に、その空き地と男との関係、そこでなにをしたのかが気になった。

男の車が見えなくなったところで、川井は空き地の前まで車で引き返した。

男が入っていった通用口には頑丈な南京錠がかかっている。フェンスは乗り越えられなくもないが、人に見られても困る。もしそこが槙村こと原口が所有する土地で、空き地とはいえなんらかの必要があって所有しているのだとしたら、どこかに防犯カメラや赤外線センサーのようなものが設置されているかもしれない。川井は五年前、取材の際にうっかり対象者の庭に足を踏み入れて住居侵入の罪で逮捕された経験がある。いまそんなことになればこの取材そのものが頓挫すると考え、さすがにそこは自重した。

フェンスの外からＬＥＤライトで照らすと、冬枯れた雑草に覆われた空き地の一画に地面を掘り返して埋め戻したような跡がある。ごく最近、というよりほんのいまという感じで、あの男が一仕事した跡だと考えるのが妥当だった。

そこがだれの名義の土地なのかは、あとで法務局で調べればわかる。しかしその現場を見て、川井は慄きを禁じ得なかった。

取材を始めて間もないころ、川井は、かつてマキオスに在職した人物から、怪しげな話を聞いていた。過去十年ほどのあいだに、マキオスでは三人の取締役が行方不明になっているという。それぞれ時期は異なるが、いずれも槙村と対立関係にあった人物だったらしい。

事件性がないとはとても思えない取締役三人の失踪と、原口とおぼしき人物のその不審な行動が頭のなかで結びついた。川井は荒唐無稽な想像だと断りながら、その空き地に、槙村や失踪した三人の取締役の死体が埋まっているのではないかとさえ示唆している。

注目すべきは、川井がその空き地の近くで、原口が落としていったとみられるポーチを見つけたという記述だった。そこに入っていたものについて具体的には触れていない。しかしそれが、今後の取材で重要な決め手になるだろうとほのめかして、最後の原稿は終わっていた。

おそらくそのポーチの中身は、川井が失踪する直前に田島に郵送してきた、原口名義の健康保険証と部屋の鍵だったと思われる。

　そこまでの取材経過を、二次資料、三次資料には目もくれず、川井は自分の目と足を使ったルポルタージュの手法で書き上げていた。もちろんそれが最終回ではなく、さらに連載は続くと予告している。たまたまそこまでを一気に書き上げ、それを適宜掲載しているあいだに、さらに取材を進めようという腹だったのだろう。

　川井は大胆な男だった。かつて住居侵入で逮捕されたこともさることながら、非合法ルートでの戸籍謄本の取得も然り、空き地の前での拾得物についても占有離脱物横領罪に問われかねない。つまり平然と法に触れる部分まで踏み込んで、しかもそれを記事にしている。

　もちろんこの原稿がネット上にアップされたとしても、その程度のことでわざわざ動き出すほど警察は暇ではない。そこを見越してのことだろうが、そのあとさらに突っ込んだ行動に出ていたとしたら、それが彼の殺害に結びついた可能性は決して否定できない。

「三人の取締役の失踪というのは、どうも意味深だな」

　すべてを読み終えて三好が言う。鷺沼も同感だ。そしてあの空き地に彼らも含めたいくつもの遺体が存在するのではないかという川井の推理も、あながちありえなくはないと思えてくる。

「川井さんは、ひょっとすると田島さんみたいに、あのアパートへの侵入を試みた可能性がありますね」

井上が言う。鷺沼は頷いた。

「たしかにな。そこで彼がなにかを発見し、それを糸口にさらに大胆な行動に出た可能性もある。部屋には興味を引くものはなにもなかったと田島君は言っていたが、なにかあったとしても、川井氏がすでに持ち去っていたのかもしれないしな」

「それじゃ、住居侵入どころか空き巣になっちゃうじゃないですか」

井上が呆れたように言う。鷺沼は頷いた。

「彼ならやりかねない。それが槙村の犯罪の立証に繋がるものなら、向こうも警察に届け出たりはできないはずだと踏んだだろう」

「それって、すごいことじゃないですか」

「ああ。勇み足も度を越していたかもしれない。その後、彼がなにをしたのかはわからないが、それによって槙村こと原口は彼が動いていることを知った。それでニュースサイトの運営会社に圧力をかけ、それでも安心できないとみて、彼を殺害することにした――。そういう想像が、あながち外れているとは思えないな」

忸怩たるものを感じながら鷺沼は言った。本来それは警察の仕事で、一人のジャーナリストが命を賭けてまで追及すべきものではなかった。しかし警察は三十年ものあいだ事件の認知さえできず、葛西の証言がなければ永遠に着手もされずに終わっていたはずだった。

「どうしますか。ここまでの事実が明らかになった以上、青梅署の特捜本部に知らせないとまずいんじゃないですか」

井上が不安げに言う。深い憤りを込めて鷺沼は言った。

「冗談じゃない。こちらが提供した情報を無視して、いまも見当違いの捜査をやめない連中に、これほどのお宝ネタをくれてやる気はない。こうなったら川井氏殺害の真相もおれたちで明らかにして、殺人班の薄ら馬鹿どもの鼻っ柱をへし折ってやる」

宮野の路線に迎合するわけではないが、このヤマは是が非でもタスクフォースの手で解決したい。殺人班が取りこぼした解決の目途の立たない迷宮入り事件ばかりあてがわれ、捜査一課の二軍、三軍としてしかみられない特命捜査対策室の一員として、意地でも殺人班の風下には立ちたくない。

「おれだって気持ちは一緒だよ。殺人班の間抜けな動きを見れば、川井氏の件だってお宮入り確定だ。どうせそのあとおれたちにお鉢が回ってくるんなら、ここで一手間省いてやるほうがむしろ親切ってもんだろう」

三好も臆する気配はさらさらない。

3

翌日、鑑識から中西輝男の死体検案書が届いた。身元特定はスーパーインポーズ法で行われた旨が記載されており、過去の裁判や災害による死亡者の身元確認でも確定的な判断と認められているとの文言が、法医学の専門医の所見とともに検視官の署名入りで付記されており、死亡届の添付書類として十分有効だと鑑識の担当者は太鼓判を押した。

死体は死後三十年前後と推定され、死因は頭蓋骨への強い衝撃による脳挫傷というのが医師の判断だが、事件性の有無については言及していない。

その点はこちらにとっても有り難い。検視官が殺人と認定すると、死後三十年経過していても殺人事件として取り扱うことになる。そうなるといったんは殺人班の所管になって、形式的に特別捜査本部が設置され、そこそこの規模の捜査が行われることになりかねない。

しかし鷺沼たちにとっては大事なホトケだ。殺人班に弄《いじ》り回されて、挙句の果てに迷宮入りファイルに綴じられて終わりでは元も子もない。

鷺沼はさっそく速達書留で、岐阜の緒方婦人に送付した。その旨、電話を入れると、婦人は早急に死亡届を提出してくれるという。その後の遺体の受け渡しについては、追って上京できる日取りを連絡してくれるとのことだった。

さすがにまだ御骨《おこつ》にもなっていない白骨死体を宅配便で送るのは法に抵触するから、そうしてもらうしか方法がない。婦人は都内の火葬場で荼毘に付して、岐阜に遺骨を持ち帰るという。それにもなにかと費用が掛かり、さらに、ささやかでも葬儀を行い、墓所を用意するとなれば、かなりの物入りになる。

必ずしも裕福な暮らし向きではない婦人にとって、その負担は決して軽くはないだろう。それを考えれば、せめて特別縁故者に認定されて、中西の資産である市川の土地と、中西名義の口座に眠る五億円余りの資産の一部でも受けとって欲しいし、叶うなら十五歳のときに中西が書いたという遺言書が見つかり、そのすべてが彼女のものになることを願いたい。

しかし特別縁故者の件については、相変わらず婦人は乗り気ではなく、遺言書にしてもとりあえず探してはみたものの、けっきょく見つからなかったと、相変わらず淡々としたものだった。

いずれにしても、死亡届が受理されて銀行に連絡すれば口座は凍結され、市川の土地の名義書き換えもできなくなる。口座は長らく入出金がないし、市川の土地も登記の移動でもしない限り中西の死亡が認定されている事実を知ることはないので、まだしばらくは、槙村こと原口がそれに気づくことはないだろう。

「市川の土地になにかが埋まっているのは間違いないんだが、令状がとれるような材料はまだこちらにはないし、あったとしても所有者が確定しないうちは、裁判所もフダ（捜査令状）を切ってはくれない。となると、あさっての株主総会が当面の山場になりそうだな」

三好はさっそく手ぐすねを引く。デスクで新聞を読むのが係長の職務だと言ってのけ、日中はほぼ椅子にビス止め状態だが、決して現場が嫌いなわけではない。

かつて所轄にいた時代、猟銃を所持した立て籠もり事件で、尻込みするSIT（捜査一課特殊犯捜査係）を尻目に数名の部下とともに強行突入し、見事犯人を取り押さえ、警察功績章を授与された。

いまでもそれが自慢のようで、桐箱に入った徽章《きしょう》を抽斗《ひきだし》の奥にしまっていて、ときおり取り出しては、これ見よがしにクリーニングクロスで磨いている。

「係長が現場に出張るとなると、タスクフォースもまさに臨戦態勢ですよ。槙村に心胆を寒からしめるくらいの啖呵を切ってやってくださいよ」

目いっぱい煽《おだ》ててやると、三好も喜んでそれに乗る。

「まかせておけよ。原口なんてチンピラのコソ泥、いくら立派な衣装をまとったところでどうせお里は知れている。いずれはいちばんお似合いの場所にぶち込んでやるが、まずは軽くお手合わせといこうかね」

「僕はデジカメを持っていきますよ。総会会場で浮田さんが撮影に成功するかどうかわからないですから。係長が外で呼び止めて、こっちを振り向いたらばっちり正面から撮影します。サングラスを着けていたって、スーパーインポーズ法ならある程度の精度で照合できるはずですから」

井上も張り切って応じる。三好が怪訝な表情で訊いてくる。

「福富君もエキストラで参加してくれるんだろう。しかし宮野君がサボるというのは予想外だな」

「そこが気になってるんですよ。普通は声をかけないと除け者にされたといって僻《ひが》むんですがね」

「急な仕事でもできたのか」

「あいつに仕事なんかありませんよ。休暇願を出すと、瀬谷署の係長がほくほく顔で判子を捺すそうですから」

「じゃあ、私用か。この大事なときに競馬にでも現《うつつ》を抜かすようなら、タスクフォースでの処遇も考えにゃいかんな」

「いや、軍資金がないから、それもないでしょう。ああいう男に彼女ができるはずもありませんし」

「だったらそのあいだ、なにをする気なんだ」

「それを言わないから薄気味悪いんです。きのうは横浜へ出かけて、誰かと会ったようなんです」

「福富君じゃないのか」

「それが違うようでしてね。なにか企んでいるのは間違いないですよ」

警戒心を隠さず鷺沼は言った。ゆうべは帰ってから川井の原稿を読ませてやった。それを読み終えて、宮野は有頂天だった。

「川井も田島もやることが凄いじゃない。犯罪すれすれっていうか、もう犯罪そのものだよ。その点じゃ警視庁のみなさんはまだまだ甘ちゃんだね。これを材料に締め上げれば、槙村こと原口は一億や二億の金すぐに吐き出すよ。これでようやく死んだ本物の槙村の供養ができるね」

「それだけの金をつぎ込めば、ギネスものの大法要が営めるな」

「奈良の東大寺を借り切ってね。いやいやそんな無駄なことに使っちゃだめだよ。ギネスに載ったって成仏はできないよ」

「その原稿をネタに強請る算段をしているようだが、重要なヒントは提示していても、いまはまだ証拠とは言えない材料ばかりだ。槙村はこのくらい屁とも思わない」

「頭の出来は人それぞれ違うんだよ、鷺沼さん。みんなが自分と同レベルだと考えるのは大きな間違いだよ」

「あんたのレベルと同等だとまで、自分を卑下する気はないんだが」

「そういう口を利くんなら、分け前はびた一文もないと覚悟しといて欲しいね」

「あんたこそ、七つ目の死体にならないように気を付けたほうがいいぞ。いったいなにを企んでるんだ」

「それは僕ちゃんとたま吉の秘密なの。ねっ、たま吉」

言いながら宮野はたま吉に頬を擦り寄せた。

そんな話を聞かせると、三好はまんざらでもなさそうに言う。

「宮野君はその道のプロだから、なにか目算があってのことじゃないのか。とりあえず五億の隠し口座を掘り当てたんだから、たま吉のご利益もあったわけだろう」

三好まで招き猫の信者になりかけているようだ。鷺沼は反論した。

「どういう道のプロなのか知りませんが、そういう方面に関しては、これまでのあいつの成功率はほとんどゼロですよ。事件はタスクフォース全員の力で解決したんですから」

「まあな。しかし今回の事案も、その方面での宮野君の天性の嗅覚があったから着手できたわけで、彼にしかできない仕事もある」

三好は未練を滲ませるが、宮野のイレギュラーな動きで危うく事件をバラしかけたこともある。苦い思いで鷺沼は応じた。

「信用しちゃいけません。金さえ手に入れれば事件は壊してもいいというのがあいつの本音で、タスクフォースにとっては獅子身中の虫です。そもそも宮野レベルの小賢しい悪だくみに引っかかるほど、槙村が間抜けだとは思えませんから」

「そこまで言うこともないと思うが、たしかにコントロールできない部分は無きにしも非ずだな。そこはおまえのほうで十分注意を払ってくれ」

三好も渋々それを認める。井上が言う。

「宮野さんも、あれでけっこう正義感はありますよ。善良な人からお金を毟り取ったりするわけじゃないし、槙村のような悪人を罰したい気持ちは人一倍じゃないですか」

「困ったことに、その罰し方について、おれとは考え方にずいぶん隔たりがあるんだよ」

情けない思いで鷺沼は言った。そういうことは井上たちにも常々言ってきたし、彼らも当人と付き合ってきてその本性には気づいているはずなのに、どうにも警戒心が薄くて困る。しかしいまここでそんな話を蒸し返してもいられない。鷺沼は三好に言った。

「いずれにせよ、槙村の顔写真の撮影に成功すれば、それが原口と同一人物だということが立証されます。原口が本物の槙村氏を殺害したとする根拠は葛西老人の証言だけですが、それをどう立件に結びつけるかです」

「そこだな、問題は。総会の日に槙村をとっつかまえても、事情聴取に応じるはずもない。しかし、衆人環視の場所で殺人容疑で任意同行を求められたら、いくら槙村でも窮地に追い込まれるのは間違いない。なんなら浮田氏に手伝ってもらって、『月刊スクープ』に記事を載せてもらう手もあるぞ。原口の写真と槙村の写真を並べて掲載したら、成りすまし疑惑が事実だとだれでも信じるはずだからな」

自信満々な口ぶりで三好が言う。井上も身を乗り出す。

「今回の株主総会の議題は、例のM&Aに関するものでしょう。これから敵対的TOBを仕掛けようというときに、そういう噂が広まったら、せっかくの買収計画が頓挫しかねませんよ」

「それで痛打を浴びせられても、それ自体は殺人容疑の立証には結びつかない。殺人捜査というのは、まず死体が出てからの話だからな」

水を差すように鷺沼が言うと、井上が大胆なことを言い出した。

「だったらあの空き地を、いますぐ捜索しちゃったらどうですか」

三好が慌てて問い返す。

「いまの状況で、裁判所がフダを出すはずがないだろう」

「でも、考えてみてくださいよ。あそこはそもそも空き地ですから、住居侵入罪は成立しない。フェンスを破壊したり土地を掘り起こしたりすれば器物損壊罪に当たりますが、そっちは親告罪です。中西は死亡しているので告訴する者はだれもいません。立入禁止の表示があれば軽犯罪法違反になりますが、僕が見た限り、そういう表示は見当たりませんでした」

いろいろ俄か勉強したらしく、井上は得々と説明する。三好が唸る。

「さすが法学部出身だな。しかしちょっと大胆すぎるんじゃないか」

「でも、川井さんや田島さんは、すでに法に抵触するところまで踏み込んでいます。ここでやらなきゃ、タスクフォースの名が泣くじゃないですか」

井上は馬鹿に強気だ。そこまで言われると、鷺沼も腰が引けてはいられない。

「やってみようじゃないか。どうですか、係長？」

「死体が見つかって、それが本物の槙村氏だと確認できれば、立件までの距離が一気に近づくな」

三好も気持ちをそそられているようだ。鷺沼は言った。

「頭蓋骨が残っていれば、柳原氏から預かった卒業アルバムの写真とスーパーインポーズ法で照合できますからね。そっちは若いころの写真ですが、年齢差は関係ないと聞いています。別人かどうかの証明はとくに簡単なはずです」

「葛西の証言と死体の身元確認。そこに現在の槙村が原口による成りすましだという事実の立証。その三点セットが揃えば、逮捕状は間違いなく出る。葛西だって、共犯もしくはほう助の罪でもう一度刑務所に入ることを覚悟の上の証言だ。裁判官だってその信憑性は高いとみるだろう。成りすまし自体、犯罪にはならないというだけで、それに類する行為なのは間違いない。ただし、その空き地を掘り起こして何も出てこないとなったら、下手すりゃおれの首が飛ぶかもしれない」

三好はやや引き気味だ。気持ちはわからないでもないが、ここで臆せば、川井の死を無駄死ににしかねない。

「だったら係長は知らなかったことにすればいいでしょう。私と井上で勝手にやりますから。それに槙村という大きな獲物を釣り上げれば、頭の固い上の連中だって、そんな些細なことは不問に付すでしょう」

皮肉な調子で言ってやると、慌てたように三好は応じる。

「ちょっと待てよ。それじゃおれがタスクフォースでいちばんの腰抜けということになる。なに、とりあえず言っただけだよ。定年まで先は短い。こんな首一つ、べつに惜しくはないんだよ。どうも大規模な土木工事になりそうだから、おれも参加するよ。どうせ法の埒外の話なんだから、宮野くんにも手伝ってもらえばいいだろう。福富君は店の仕事があるだろうから、そこまでは頼めないが」

「そうですね。宮野は力を持て余していますから、ただ遊ばせておくと、ろくでもないことを考える。いや、すでに考えている気配さえあるわけですから」

鷺沼はもちろん賛意を示した。ふと気になったように井上が口を開く。

「ただし、問題はそこから死体が出た場合ですよ。現場が市川市ですから、千葉県警のホトケになってしまうんじゃないですか」

しかし三好は気にするふうもない。

「そうだとしても、それは警視庁側の捜査の延長線上にある。死体がどこから出ようと、端緒となる事件は警視庁管内の豪徳寺だ。なんなら現場へは堂々と警視庁のパトカーで乗り付けて、はなからこっちの仕事だとしっかり主張してやればいい」

「県警から一課長にクレームが来たら、まずいんじゃないですか」

「なに、見つけたホトケは他人に渡したくないのが刑事の本能だ。一課長だって昔は刑事で、そこはおれたちと共通しているはずだ」

「ひょっとすると、死体が三つも四つも出てきちゃうかもしれませんよ。そうなると、いくらなんでも特捜本部級の事件でしょう」

井上は先走った心配をするが、三好は意気軒昂に言ってのける。

「このヤマに着手したのはおれたちで、豪徳寺で死体が出たとき、殺人班は洟もひっかけなかった。だから主導権はこっちが握らせてもらうと一課長に談判するよ。殺人班が手が足りないときは、いつもおれたちが駆り出されて帳場を仕切ってきた。つまりそういう仕事に関しても素人じゃない。それにこれは、殺人班の洟たれ小僧どもに仕切れるようなヤマじゃない」

「そうですね。死体がいくつも出るようなら、二、三百人規模の帳場になるんじゃないですか。それだけの大所帯を率いて槙村みたいな超大物を追い詰めるなんて、刑事冥利に尽きますよ」

井上はがぜん張り切り出す。

「ただし、タスクフォースとしての出番はなくなるがな」

その点が三好としては残念そうだ。それでも井上は見当違いの発破をかける。

「大丈夫ですよ。宮野さんとたま吉もいるし、福富さんもいますから。こっちは全力で槙村を追い詰めて、宮野さんたちには搦め手から経済的制裁を加えてもらえばいいんです」

そうだ、そうだと言うように三好も頷く。釘を刺すように鷺沼は言った。

「いまはそこまで先走ったことを考える場合じゃない。槙村氏の死体だけだって、そこにあるというのはまだおれたちの推測でしかない。宮野なんかを当てにしていたら、裏取引されて肝心の槙村を取り逃がしかねないぞ」

「大丈夫ですよ。宮野さんは人の悪さじゃ天下一品ですから。どんな裏取引だって平気でひっくり返しますよ」

井上は妙なところで宮野を高く評価する。たしかにそこは信頼していい。どんな裏取引をしたところで、けっきょく槙村は無期懲役か極刑で、あとで恨まれたって、宮野は痛くも痒くもないだろう。

4

翌日、鷺沼と井上は、都内のホームセンターで泥棒道具一式を揃えた。南京錠を破壊するための大型ボルトカッターや、フェンスを越えるための金属梯子《はしご》、地面を掘り返すためのスコップと充電式のLED投光器——。

強行突入が本業のSIT（特殊犯捜査係）ならそういう道具は常備している。貸してくれと言えばなんに使うのか聞かれるから、自前で揃えるしかなかったが、値段は合わせて二万円程度で、三好の裏金口座からいつでも工面できる程度の出費だ。

現場へは三好のアイデアに従って、覆面ではなく警視庁のロゴ入りの普通のパトカーを使う。こそこそやるとかえって近隣の住民に不審がられる。本物の警視庁のパトカーで現場に乗り付ければ、警察の捜査だとみて怪しむ者はいないだろう。

三好は総務の装備課と話をつけて、白パトを一台借り出す話をあっさりまとめた。覆面パトカーではないのを訝られたが、他県警の縄張りでの捜査で、地元警察との小競り合いを未然に防ぐため、警視庁としてのプレゼンスを前面に出したいのだとわけのわからない説明をすると、装備課の担当者はなるほどと納得し、そのうえ頑張れよと励ましてくれたらしい。

なにをどう頑張れというのか知らないが、総務部の事務職員といっても、他府県警に対するライバル意識は現場の警官と同様に醸成されるもので、千葉県警の管内を警視庁のロゴ入りのパトカーが走り回るイメージがことのほかお気に召したようだった。

決行はマキオスの株主総会の翌日のあさってとし、買い込んだ装備はいったん鷺沼のマンションに運び込んだ。

その晩は三好も福富もやってきて、あすの段取りを打ち合わせることにした。ここまでの経緯を説明し、市川の空き地への侵入作戦を披露すると、福富は嬉しそうに言う。

「なんだか一気に追い込めそうだね。うちの若い者も派遣しようか」

いまは功《こう》成り名遂げた身として、最近の極道社会の窮状を見るに見かね、『パラッツォ』では足抜けした元やくざの若者を何人も雇っている。

神奈川県警の暴力団離脱相談窓口、いわゆる足抜けコールからの依頼を受けてのもので、新たな暴力集団を組織しようという考えは毛頭ないが、それでも元気で強面の連中が揃っているから、タスクフォースが危ない仕事をするときは人材派遣を買って出ることもある。

「いや、とりあえず人手は足りてるよ。宮野も張り切って手伝ってくれるはずだし」

鷺沼が言うと、宮野はさっそく逃げ腰だ。

「いいアイデアだとは思うけど、それはあくまで警視庁の仕事で、おれは神奈川県警の人間だから」

「頼みもしないのに警視庁の仕事に首を突っ込んできて、いざ力仕事となると、協力を惜しむんだな。そういう人間はタスクフォースには必要ないから、いますぐ荷物をまとめて出ていってくれ」

鷺沼はきっぱりと言った。宮野は慌てて三好を振り向く。

「ちょっと、三好さん。言ってやってよ。タスクフォースのキーマンで、これまでも八面六臂の活躍をしてきたこのおれを、鷺沼さんはお払い箱にする気だよ。そういう無茶な話が許されるの？」

「あしたもサボるしあさってもじゃ、それなりの処分は必要だろうな」

宮野が用意していた牡蠣の土手鍋に舌鼓を打ちながら、三好も言うことは辛辣だ。もちろん宮野はそこを逃さない。

「おれがいなくなると、みなさん、いっぺんに食生活が貧しくなるよ。それでもいいんなら、こんなシケたマンション、いつでも出てってやるよ」

「それならみんなが集まるときは、『パラッツォ』特製のメニューを出前するよ。牡蠣の土手鍋はないけど、本場仕込みのシェフが作るイタリアンで、宮野の料理にひけはとらない」

和洋中のバラエティに富んだ宮野のメニューのようにはいかないが、イタリアンという分野に限って言えば、『パラッツォ』もなかなかのものだ。最近スカウトしたシェフはミラノのミシュラン三つ星の店で修業したそうで、福富も数年後には一つ星を目指すと豪語している。

「それもいいですね。福富さんのところでは何度かご馳走になってますけど、メインのメニューもさることながら、賄い料理が最高ですよ。あれが毎日食べられるなら、『パラッツォ』の従業員になりたいくらいですよ」

井上もわざとらしくはしゃいでみせる。宮野は口をとがらせる。

「いいよ、いいよ。どうせおれなんか、どんなに努力してもだれにも認めてもらえない。天才調理人の料理と、関内のスパゲティ屋の料理を同列にされるんじゃやってられないよ。おれの理解者はたま吉だけだよ」

涙声で言いながら、宮野はたま吉の頭をなで回す。たま吉が心なしか迷惑顔に見えるのは気のせいか。

「だったら、あさっての作戦にはちゃんと参加するんだな」

鷺沼が聞くと、宮野はうんうんと頷く。鷺沼はさらに確認した。

「あすの株主総会の件にしてもサボらないわけだな」

「あ、それはちょっとね。できれば特例ということにしといて欲しいんだけど。鷺沼さんたちに損をさせる話じゃないんだし」

「つまり槙村の件に絡んだ用事なんだな」

「まあ、そういうことでもないでもないわけで――」

宮野は回りくどい言い回しでそれを認める。鷺沼はさらに突っ込んだ。

「まさか、株主総会の現場で、なにかやらかそうというんじゃないだろうな」

「そんなことないよ。浮田と違って、おれはマキオスの株主じゃないんだし」

そう答える宮野の顔がかすかににやつく。当たらずとも遠からずといったところのようだ。鷺沼は釘を刺した。

「勝手なことをしたら、即座に追放処分にするからな」

「大丈夫、大丈夫。タスクフォースの期待を裏切るようなことは絶対にしないから」

タスクフォースとしては、料理以外の点でとくに宮野に期待はしていないが、妙に自信ありげな態度が薄気味悪い。

5

株主総会の開催場所は、横浜の港北区にある自社所有の研修センターだった。

マキオスクラスの会社であれば、普通は都心部のホテルや会議場を借りて行うものだが、マキオスの総会はいまどきにしては異常に機密性が高い。浮田の話だと、マスコミをシャットアウトし、総会出席者のカメラの持ち込みも禁止しているくらいだから、ホテルや会議場では機密性の確保に不安を感じるのだろう。

場所は新横浜駅からタクシーで二十分ほどの閑散とした場所で、定足数さえ満たせば株主総会は成立するから、厄介なことを言い出す株主が出席しないように、わざと不便な場所を選んだとしか考えられない。

鷺沼と三好と井上は、午前九時に新横浜に到着し、そこからタクシーで現地に向かった。会場周辺では警備会社の制服を着たかなりの人数の警備員が目を光らせているが、会場の入り口付近までならフリーパスで通してくれた。

会場の外で悶着が起きれば会社の評判にも疵《きず》がつくから、マキオス側としてもそこは慎重に対処しているのだろう。会場内での取材は禁止されているが、周辺にはマスコミ関係の人間も大勢やってきている。今回の臨時総会がいま話題になっている大型M&Aに絡んだものだと知っていて、総会を終えて出てくる出席者からその内容を取材しようという思惑なのだろう。

そこに紛れ込んでいれば、鷺沼たちがマキオス側から不審にみられることはなさそうだし、槙村に殺人容疑で任意同行を求めるには、まさに格好の舞台設定だとも言える。

福富もほどなくやってきた。なかなか気の利く男で、いつもの高級そうなダブルのスーツではなく、鷺沼たちの官給品のスーツと大差ない、ごくありきたりの身支度だ。

開始時刻は午前十時だが、かなりの数の株主が列をつくって、受付で手続きをとっている。まだ時間があるので鷺沼と井上で施設の周辺を一周りしてみると、裏手には荷物搬入用の入り口があり、いまはシャッターが下りているが、槙村はそこから出入りする可能性が高い。

もちろんマスコミ関係者も抜かりなく、すでに周囲にはカメラマンと記者が何名かたむろしている。井上が言う。

「二手に分かれて待機するしかなさそうですね」

「そうだな。手薄にはなるが、どっちに現れてもすぐに連絡を取り合って、合流することになる。走れば二分もかからない距離だ。そこは心配しなくていいだろう」

そんな状況を三好に伝えると、それでいこうという話になった。向こうにも、まだ槙村は姿を見せず、すでに到着してなかに入っているのだろうと三好は読んでいる。

通話を終えてそのまま裏手に待機していると、周囲にいる記者の一人が寄ってくる。

「おたくたち、どこの社の人?」

ここでしらばっくれても槙村に任意同行を求める段階でそれはばれるし、そもそもの目的が殺人容疑で任意同行を求めたことを世間に知らしめることだから、むしろ教えてやるほうがいいだろう。鷺沼は言った。

「警視庁の者ですよ。槙村会長に、ちょっと用があってね」

「というと、任意同行かなにか？」

さすがに記者は敏感だ。鷺沼はお茶を濁した。

「まあ、用事というのはいろいろあるから」

「つまりおたくたち、捜査二課ですね」

別の記者が興味津々という顔で寄ってくる。槙村に用といえば、経済事案と判断したらしい。鷺沼は首を横に振った。

「捜査一課ですよ」

「どうして捜査一課がこんなところに？　いったいどういう事件で？」

記者は驚いた様子で訊いてくる。

「捜査上の機密だからいまは言えない。どうせもうじきわかると思うけどね」

もったいをつけて言ってやると、周囲の記者も色めき立って、慌ててどこかに電話を入れる。逆に鷺沼が訊いてみた。

「槙村会長は、もう会場に到着しているのかね」

「これからじゃないんですかね。我々はもう二時間もここで待っていますが、まだ到着した様子はないですから」

最初に声をかけてきた記者が言う。そもそも槙村が素直に任意同行に応じるとは期待していない。総会前に声をかけても無視されるのは一〇〇パーセント確実だ。チャンスはやはり総会が終わったときだろう。そのときは車の前に立ちはだかってでも、任意同行を求めるしかない。

じりじりしながら三十分ほど待った。それでも槙村は現れない。急に気が変わって、ほかの役員に代役を命じたのかもしれない。そうだとしたらせっかくの作戦も空振りだ。記者たちは情報を探り出そうとして根掘り葉掘り聞いてくるが、あとはこれからのお楽しみだと期待を煽ってやって、それ以上は口を閉ざした。

午前十時を過ぎた。総会はもう始まったはずで、けっきょく槙村はつかまえられなかった。先ほどの記者の話だと、総会は普通一時間半から二時間ほどだというが、今回は議題が少ないうえに、もともとマキオスの総会は短時間というのが通例らしいから、一時間程度で終わるだろうという。

三好にも何度か電話を入れたが、状況はこちらと同様のようで、すでに受付は閉鎖されているとのことだった。それならとりあえず腰を落ち着けて、総会が終わるのを待つしかない。

そのとき鷺沼の携帯が鳴りだした。宮野からだった。

「鷺沼さん、助けて。えらいことになっちゃったよ。おれ、これから七人目の死体にされそうだよ」

いつもの金切り声ではなく、妙に押し殺した声だ。不穏なものを感じて問い返した。

「なにが起きたんだ？　いまどこにいる？」

「総会をやっている建物のなかだよ。強面の連中につかまって、物置みたいな小部屋に押し込められて――」

「なんでそんなところにいるんだよ」

「詳しい事情はあとで話すよ。それより急いで踏み込んで助けてくれる？　その部屋は――」

そこまで言ったとたん、宮野の声がいつもに倍加した金切り声に変わる。

「あ、ちょっと待って。おれは神奈川県警の刑事だよ。乱暴なことをすると、公務執行妨害で逮捕するよ――」

そこで通話がぷつんと切れた。慌てて宮野の携帯を呼び出すと、そのまま留守電サービスに切り替わる。電源を切られてしまったらしい。苦い思いで鷺沼は言った。

「やってくれたよ、宮野のやつ。これじゃ、せっかくの作戦も頓挫しかねない」

「いったいなにをやらかしたんですか」

問い返す井上の表情にも困惑が露わだ。

第十一章

1

三好たちがいる研修センターの正面玄関に走りながら、鷺沼は携帯で事情を説明した。さすがの三好も不快感を隠さない。

「おまえの心配が当たったな。しかしどういう手を使って潜り込んだんだ」

「それはわかりませんが、自分の意思でやったことなら、自業自得としか言いようがないですよ」

「かといって、宮野君が七人目の死体にされたんじゃ寝覚めが悪い。いますぐ踏み込むしかないな」

「しかし、我々は丸腰ですよ。宮野はあれでも警察官ですから、少しは武道の心得もあるでしょう。それが手もなく監禁されたということは、向こうはそれなりに手強い用心棒を雇っているわけでしょう」

そんなことで、こちらも負傷したり殉職したりはしていられない。そもそもこれでは、槙村をとっ捕まえて任意同行を求めるというこの日の作戦が頓挫しかねない——。そんな話をしているうちに、正面玄関に到着した。

「どうなんだ。かなりやばそうな感じだったのか」

三好が訊いてくる。鼻白むものを覚えながら鷺沼は言った。

「なにごとも大袈裟に騒ぎ立てる男ですから、そこはなんとも言えません」

「でも彩香に払い腰で簡単に仕留められちゃうくらいですから、いまごろこてんぱんにやられてるかもしれませんよ。それでここまでの捜査の成果やこれからの作戦をペラペラ喋られたりしたら、もうお手上げじゃないですか」

井上もここでは不信感丸出しだ。宮野はなにごとにつけても自分ファーストの男だから、その惧れは多分にある。

「しようがない。おれたちが踏み込むしかないだろう」

三好は腹を固めたようだが、問題はその口実だ。マキオス側はそんな人間はいないとしらばっくれるのは間違いないし、令状もなしに強引に踏み込めば、こちらが住居侵入罪に問われかねない。

「だったら、こういう手はどうでしょうか——」

声を落として井上が策を披露する。鷺沼は訊いた。

「だが、宮野の写真がないだろう」

「ありますよ。これです」

言いながら井上が手にしたスマホをタップすると、たま吉を抱きかかえた宮野の画像が表示された。

「ツーショットを撮れってうるさかったもんですから。ちょっと待ってください。少し加工しますので」

井上はスマホを素早く操作し、写真をトリミングして宮野の顔だけのアップにする。本人は取り澄ましたつもりだろうが、指名手配写真と見まがう怪しげな写真が出来上がった。

「これなら誰だって信じるよ。もし助かったら、こういうご面相に生んでくれた親に感謝するしかないな」

福富も大きく頷いた。

受付はすでに終了していたが、担当していた社員たちはまだ残っていた。警備会社の制服を着たごつい体格の男たちも周囲をうろついている。

総会が行われている大ホールの頑丈そうなドアは閉め切られ、遮音にもよほど神経を使っているのか、議事進行の声はほとんど漏れてこない。

三好を先頭に、鷺沼たちは玄関ホールに踏み込んで、受付にいた管理職らしい男に近づいた。

「なんですか、あなたたちは？」

男は警戒した様子で問いかける。周囲にいたガードマンたちも駆け寄ってくる。三好は警察手帳を取り出した。

「警視庁の者ですが、この建物に指名手配中の爆弾魔が侵入したという通報がありましてね。こういう男なんですが、だれか見かけていませんか」

促されて、井上が宮野の顔を表示したスマホを差し出した。男は大袈裟に首を横に振る。

「知りませんよ、こんな男。会場のセキュリティは万全で、不審な人物が入り込めるような隙はありません」

「一応、施設内をチェックさせてもらえませんか。こういう大事な行事の最中に爆弾でも仕掛けられたら大惨事になりかねないし、会社の評判にも疵がつくでしょう」

「爆弾魔って、どういう人間ですか。そういう連中は、普通は事前に爆破予告をするんじゃないんですか。私はセキュリティの担当者ですが、その種のメールや電話は受けていませんよ」

「あなた、甘いね。予告をする連中なんて大体がいたずらで、世間を騒がせて面白がっているだけですよ。しかしこいつは違う。爆弾で人を殺すのが趣味なんです。主義主張があるわけでもない単なる病気なんだが、じつにはた迷惑な男でね」

「しかし、そんな事件があったなんて聞いたこともない。そういう男が犯行を重ねているとしたら、世間を揺るがす大ニュースになっているんじゃないですか」

男は疑念を隠さない。なんにしても、警察をなかに入れるのがよほど具合が悪いようだ。鷺沼が代わって答える。

「それが幸い、すべて未遂に終わっていましてね。しかし一つ間違えば大勢の死傷者が出るような、実行寸前のケースがいくつもあったんです。万全の注意を払いながら泳がせ捜査を続けていたんですが、きのう新しい情報が入りましてね。どうも今度の標的がこちらの株主総会のようでして」

「うちの会社は顧客第一がモットーで、そういう連中の恨みを買うようなことはしていませんよ」

きょうまでのマキオスの歴史を考えれば、顧客や同業者の怨念がいたるところで渦巻いていそうだが、男はとにかく頑なだ。そういう話を聞けば、とりあえず警察に協力するのが普通だ。それを渋って万一のことが起きればセキュリティ担当者は首が飛びかねない。それでもあえて拒絶するということは、マキオスは会社そのものの体質として、警察に対する警戒心が異常に強いとしか考えられない。

そのとき、興味深げに歩み寄ってきた女性社員が、スマホを覗き込んで声を上げた。

「あ、その方、総会の会場にいらっしゃいますよ。招集通知を持っておられたので、そのままなかにお入りいただきましたけど」

男の顔が青ざめた。余計なことを言うなと言いたげに女性社員を横目で睨み、食ってかかるように三好に言う。

「あり得ないですよ。そんな不審な男に招集通知が届くはずがない」

宮野がなにやら企んでいるらしいのはわかっていた。もし招集通知を持参していたとしたら、なんらかのコネを使ってマキオスの株主と接触し、それを譲り受けたとしか考えられない。横浜に出かけるとか言っていた。県警には、競馬友達だけでなく、株に夢中になっている知り合いもいた可能性がある。

株主総会の受付は、当日ごった返すのが普通だから、招集通知の提示のみで本人確認はできたとみなすのが慣例で、身分証明書の提示はとくには求めないと聞いている。

新入社員か契約社員で、マキオスの社風にはまだ染まっていないのか、意にも介さず女性社員は続ける。

「でもその方、受付を開始してすぐいらっしゃって、まだ混んでいなかったのでよく覚えているんです。なんだか癖のある——、いえ個性的なお顔でしたから」

「まずいんじゃないんですか。もし会場にいてなにかやらかしたら、あなたの責任になりますよ」

三好はここぞとばかりに脅しをかける。しかし男は宮野の正体を知ってでもいるかのように、とくに慌てる様子を見せない。

「じゃあ、その人物がいるかどうか、これから会場を覗いてみます」

そう応じて、いかにも億劫そうにホールのドアからなかに入った。

「なにやら臭いな。どうもおれたちが三味線を弾いていると気づいているようだぞ」

三好が耳打ちする。鷺沼は頷いた。

「宮野が監禁されていることを、たぶんあの男は知っているんでしょう。なにをやらかして捕まったのか知りませんが、せっかく警察が来てやったんだから、不審者がいたら突き出せばいいのに、どうもその気がないようです」

「知られては困ることを、宮野さんが見つけたんじゃないんですか」

井上が声を弾ませる。三好も大きく頷いた。

「そうだとしたら大手柄なんだが」

「生きて帰れればの話ですがね」

期待半ばで鷺沼は言った。七人目の死体に自ら立候補した以上、どうなろうと自己責任だと言うしかないが、マキオス側の不可解な動きを見れば、宮野が摑んだネタが今後の捜査に重要な意味をもつ可能性がなくもない。

男は五分ほどで、首を横に振りながら戻ってきた。

「会場にはその顔の人物はいませんでした。ご心配は要りませんので、どうかお引き取り願えませんか」

さっきの電話の内容からして、宮野が総会の会場にいるはずがない。気分は刑事になり切っている福富が凄みを利かせる。

「この建物のどこかで、いまごろ爆弾を仕掛けている最中かもしれないよ。なかに入れたのはあんたの落ち度だ。首が飛ぼうがなにしようがおれたちの知ったことじゃないけど、総会に来た株主に怪我人や死人が出たら、マキオスという会社の責任になるでしょう。警察の忠告を無視してそんな事態が起きたら、マキオスの社会的信用は失墜しますよ」

開き直ったように男は応じる。

「警察の人にそこまで心配してもらうことはないですよ。それにここは神奈川県警の管轄でしょう。どうして警視庁がしゃしゃり出て——、いや失礼。乗り込んでくるんですか。おかしなことがあれば、すぐに県警に通報しますから」

「最初の事件が警視庁の管内で起きた。それで捜査に着手したんだ。その場合、日本全国どこであろうと警視庁の事案になるんだよ。セキュリティ担当者だかなんだか知らないけど、そのくらいのことがわからないのかね」

三好の言葉使いが荒くなる。男はわずかにたじろいだ。

「そうだとしても、上の者に相談しないと。私一人の判断では対応しかねますから」

鷺沼も声を荒らげた。

「そんな悠長なことを言ってる場合じゃないでしょう。それならこちらは完全武装のSAT（特殊急襲部隊）を投入しますよ。市民の安全を守るのが警察の仕事で、こういう事情なら、神奈川県警も協力してくれるはずですから」

手にしていた携帯のボタンを押すふりをして耳に当てると、男は悲鳴のような声を上げる。

「やめてくださいよ。いま上司と連絡を取りますから」

男は携帯を手にしたままその場を離れ、受付カウンターの奥に入ってだれかに電話をしているが、やりとりはここまでは聞こえない。

「槙村に相談してるんじゃないですか」

声を落として井上が言う。鷺沼は首を横に振った。

「槙村はいま総会に出ている。そもそもあんな下っ端が、会長にじかにご注進ということはないはずだ。宮野を監禁していることが発覚しないように、部下になにか手を打てと指示してるんじゃないのか」

「だとしたらまずいですよ。いますぐ踏み込まないと、宮野さんは見つからないかもしれません」

「ああ、ぐずぐずしちゃいられない。こうなりゃ力ずくで行こうか」

三好が腹を括ったように言う。ここまでやると詐欺に近いが、こちらは福富を除いて全員が本物の警察手帳を持っている。宮野を見つけたらその場で逮捕して、手錠をかけて連行し、そのあとすぐに釈放してやればいい。

頷いて鷺沼はエレベーターホールに向かって走り出す。全員がそのあとに続いた。

2

一階はいま総会をやっている大ホール。そこに宮野がいないのはわかっている。建物は地上五階、地下一階で、地下は駐車場だということも事前に確認している。走りながら、井上に声をかけた。

「駐車場を見てきてくれ。宮野を車で連れ出すかもしれない。おれたちは二階から五階まで見て回る。なにもないようなら、急いで上に上がってきてくれ」

「了解。面白くなりましたね」

「ああ。しかし手荒なことをする連中がいるようだから、十分気をつけてな」

井上は頷いて、やってきた下りのエレベーターに飛び込んだ。しかし上りのエレベーターがなかなかこない。三好が鷺沼に声をかける。

「おまえと福富君は階段を上ったほうが早そうだな。宮野君を監禁していた連中が下りてくるかもしれないから、おれはここで待機しよう。あいつらにも睨みを利かせておかないとな」

歳のせいで階段を上がるのが辛いという思惑もありそうだが、言っていることはもっともだ。案の定、先ほどの男が慌てて追ってくる。

「ちょっと、勝手にそういうことをされたら困るじゃないですか」

警備員たちも追ってはきたが、鷺沼たちを遠巻きにするだけで、それ以上はなにもしてこない。彼らは商売柄、警察に対して遠慮がある。

警備会社は警察の認可を受けなければ営業ができず、さらには警察官の主要な天下り先の一つでもある。イベントや集会の警備は警察の下請け仕事のようなもので、警察に嫌われると仕事が回ってこない。だから彼らに対する警察手帳の威力は絶大だ。

駆け上がった二階のフロアーには、廊下に沿ってセミナールームやアスレチックルーム、小講堂が並んでいる。宮野が言っていた物置のような小部屋はなさそうだ。

さらに三階に駆け上がる。そこも似たようなもので、大きめの会議室や映写室などもあり、施設管理の事務所もこの階にあった。職員が、どなたですかと怪訝そうに訊いてくる。鷺沼が警察手帳を提示して、黙ってその前を通り過ぎる。

四階は宿泊施設のようで、廊下の両側にビジネスホテルのようなナンバーを振ったドアがずらりと並んでいるが、どれも物置のような小部屋というイメージではない。リネンルームやランドリールームもあるが、そこにも宮野はいない。

さらに五階へ上がると、そこはほかのフロアーよりもだいぶ狭いが、廊下には額縁入りの油絵が飾られ、カーペットや壁の造り、照明器具の類もやけに豪華だ。廊下に沿って並ぶ部屋のドアも、贅を凝らしたもののように見える。賓客用の宿泊施設のようで、今回の株主総会に出席した、槙村をはじめとする重役陣の控室として利用された可能性もある。

ここが最上階だが、宮野が言っていた物置のような小部屋はどこにもない。

そのときどこかから聞き覚えのある声が聞こえてきた。福富が言う。

「宮野じゃないの」

「ああ。上のほうから聞こえたな」

鷺沼は周囲を見渡した。廊下の突き当たりに丈夫そうな金属製のドアがあり、なかからロックされている。非常階段への出口らしい。

ロックを外して外に出ると、金属製の外階段があった。その階段が下の階だけではなく、屋上まで続いている。

宮野は屋上にいるらしい。そこなら物置のようなスペースもありそうだ。福富を促して上に向かう。福富が小声で言う。

「用心したほうがいいよ。たぶん見張りの人間がいるから」

「ああ。さっきの男から、もう連絡が行っているかもしれないな」

声を落として鷺沼も応じ、足音を忍ばせて上に向かうが、金属製の外階段は軋んで音が出る。屋内の造りには金をかけているが、見えないところは手を抜いているらしい。屋上の踊り場に着くと、宮野がぎゃあぎゃあ喚き立てている声がだいぶはっきり聞こえてきた。

屋上は広々としていて、地デジやBS・CSのアンテナが設置されている。さらに奥のほうの一角にプレハブの物置のような建物がある。

その前に男が二人。ビジネスーツを着ているから警備会社の人間ではなさそうだ。おそらくマキオスの社員だろうが、どちらも妙にがたいがいい。

マキオスという会社の性格からすれば、用心棒のような社員も抱えているはずで、どうみても宮野が勝てる相手ではなさそうだ。

宮野の声は明らかにそのプレハブのなかからで、宥めたり賺《すか》したり脅したり、宮野もなかなか忙しい。二人の男はどこか緊張した様子で、周囲に視線を走らせている。

セキュリティ担当の男から、すでに連絡は来ているらしい。かといって急遽移動させる場所もなく、戸惑っているような気配が窺える。

武器を持っているようには見えない。向こうも丸腰なら、恐れるほどの相手ではない。

鷺沼は福富とともにその建物に駆け寄った。それに気づいて二人は身構えて、男の一人が声を上げる。

「誰だ、おまえたち？」

警察手帳を示して鷺沼は言った。

「警察の者だ。そのなかにいる男に用がある。いますぐ引き渡してもらいたい。拒否すれば逮捕・監禁罪で、おまえたちを現行犯逮捕することになる」

「あっ、鷺沼さん、来てくれたんだね。さすが警視庁捜査一課。信じてたんだよ。きっと助けてくれるって。鷺沼さんこそ刑事の鑑《かがみ》だって、おれは日頃から尊敬してたんだよ」

プレハブのなかから嬉々とした声が聞こえる。普段言っていることとは一八〇度違う。言われたところで嬉しくもなんともないが、とりあえず元気なことは確認できた。

「あのねえ。こっちはなにも悪いことはしてませんよ。この男が勝手にうちの施設に忍び込んで、あちこちうろつき回っていたもんだから、ちょっとお仕置きしてやっただけなんですよ」

舐めた調子で男が言う。鷺沼は鋭く応じた。

「司法警察権のない一般人が犯罪者を現行犯逮捕した場合、即刻警察に引き渡すのが原則だ。勝手な判断で暴力をふるったり監禁した場合は、それも立派な犯罪になるんだよ」

「いま株主総会が開かれている最中で、そんな騒動を起こしたら集まっている株主に不安を与えますから、それが終わるのを待って通報しようと思ってたんですよ。この男、自分が警察官だって言ってますけど、本当なんですか」

「本当だって言ってやってよ。いま休暇中で、おれは警察手帳を持っていないから」

プレハブのなかで宮野がまた喚く。鷺沼は言った。

「嘘だ。そいつはじつに危険な男で、企業爆破事件を趣味にしている異常性格者だ。今回の侵入の目的もそれだった」

「ちょ、ちょっと。なに言ってるの、鷺沼さん。なんでおれがそんな異常性格者にされなきゃいけないのよ」

宮野の声が裏返る。男は怪訝な表情で問いかける。

「しかし、あの男、あなたをよく知ってるようじゃないですか」

「何度も事情聴取したからね。勝手に友達ぶるのもあいつの作戦だよ。その錠前を開けてもらおうか」

鷺沼は入り口にかかった南京錠を指さした。男はなおも渋る。

「上の者に相談しないと。私の判断だけじゃまずいもんですから」

もう一人の男が強張った表情で入り口の前に立ちはだかる。どうやら彼らにとって、上の人間は警察より恐い存在のようだ。

「だったらあんたたちも逮捕する。相手がたとえ犯罪者でも、逮捕・監禁罪は別の話だ」

言いながら鷺沼は携帯を取り出して井上を呼び出した。

「いま屋上にいる。外階段から上に出られる。急いで応援に来てくれ」

井上はすぐ飛んでいくと張り切って応じた。鷺沼は男に言った。

「いま応援部隊が大挙してやってくる。これ以上抵抗すると、あんたたちにも手錠をかけて、この場から連行することになる」

「わかりましたよ。引き渡せば、我々はお咎めなしなんですね」

「本来ならそうはいかない事案だが、あんたたちは被害者の側だ。多少はその事情を斟酌するよ」

男は慌てて錠を開け、プレハブ物置のドアを開けた。なかで呆然としている宮野に鷺沼は言った。

「宮野裕之。爆発物取締罰則違反の容疑で逮捕する」

3

宮野に手錠をかけて連行し、タクシーで新横浜駅前に向かった。しばらくそのままにしておきたかったが、タクシーの運転手が不安げな顔をするので、途中で手錠は外してやった。

「なんでおれを逮捕しなくちゃいけないのよ。ほかにいい手は思いつかなかったの？どうせ鷺沼さんのやることだから、べつに期待はしてなかったけど、おれの才能に対する日頃の妬みが露わになったとしか思えないね」

駅前のファミレスに移動すると、宮野はさっそくまくしたてる。素っ気ない口調で鷺沼は応じた。

「井上の提案だよ。強引に踏み込む口実としてはなかなかのアイデアだった。そもそもあんたがあんなところでとっ捕まったのが悪い。いったいどうやって潜り込んだんだよ」

「おれは鷺沼さんとは頭のつくりが違うといつも言ってるじゃない。県警の競馬仲間に株にも狂ってるやつがいて、そいつに訊いたらマキオスの株も持っていて、総会に出る予定はないと言うからさ。だったら招集通知を譲ってくれないかと言ったら、いいよっ

「それで受付を通過して、総会に出るわけでもなく施設のなかをうろついていたわけだ。

なにをするつもりだったんだよ」

「決まってるじゃない。総会が始まる前に入場していれば、槙村をとっ捕まえられるか
もしれない。そしたら折り入っての話もできるじゃない」

「あんたが考えるのはどうせそのくらいだと思っていたが、けっきょくそれも失敗した。
そのうえ余計なことをされて、槙村に任意同行を求めて動揺させるというこっちの作戦
だってふいになった。けっきょく槙村には会えなかったわけだろう」

足元を見るように言ってやると、小鼻を膨らませて宮野は応じる。

「ところが、会ったんだよ。開会直前のどさくさに紛れて、総会会場を抜け出してさ、
上のフロアを探っていたわけよ。そしたら五階の廊下で見かけてね。原口とそっくりな
男が立派な部屋から出てきたもんだから、槙村さんでしょって声をかけたら、とたんに
ごつい用心棒に囲まれて、屋上へ連れていかれて、あの物置に押し込まれて」

「よく携帯を取り上げられなかったな」

「あいつらそこが間抜けだったから、おれはいま生きていられるのかもね。でも鷺沼さ
んにかけていたら、気づかれて取り上げられちゃった」

宮野が騒ぎ立てたから、没収されていた携帯はその場で返却させた。捕まる直前にそ

の携帯で写真を撮ったというので、見せてもらうとひどい手ぶれで、いくら科捜研の画像処理技術が優れていても、とても使える代物ではなさそうだ。鷺沼は訊いた。

「その時間、もう総会は始まっていたんじゃないのか。どうして槙村がそんなところにいたんだよ」

「さあね。遅刻したのかもしれないし、なにかの都合で急遽、代役を立てたのかもしれない。それについては、浮田が出席してるから、あとで確認できるでしょ」

「総会が終わったら連絡をくれることになってるよ。会場は携帯の使用が禁止されているらしいから、いまこっちからはかけられない、連絡が来たら一緒にうちの店に移動して、昼飯でも食いながらこの先のことを打ち合わせしようか」

福富が言う。すかさず井上が顔をほころばす。

「いいですね。そろそろお腹が空いてきたところです。せっかく横浜まで来て、ファミレスで昼食じゃもったいないですから」

鷺沼は宮野に訊いた。

「で、どうだったんだよ。あんたの目から見て、槙村と原口は同一人物だったのか」

「もちろんだよ。原口の顔写真はしっかり頭に焼きつけてあるからね。見間違いなんて絶対にないよ」

「あんたが余計なことをしたから、槙村は急遽出席を見合わせたのかもしれない。だとしたら、浮田に槙村の写真撮影を頼んだのも作戦としては失敗したことになる。余計なことをしてくれたな。すべてあんたの責任だぞ」

福富は宮野を睨《ね》めつける。だが宮野は少しも悪びれない。

「でも、槙村が原口の成りすましだということをおれの目で確認したんだから、それだけでも大きな成果じゃない」

「だったらあんたの頭をかち割って、その顔を焼きつけてある脳味噌を切り取って、科捜研に頼んでその画像を照合してもらうしかないな」

半ば本気で鷺沼が言うと、真に受けたように宮野は慌てる。

「そんなことされたら死んじゃうよ。それより、そもそもおれをあんなところに監禁したこと自体、こっちの見立てが当たりだという証拠じゃない。そのへんはきちっと評価してくれないと」

「いっそのこと、あんたが七人目の死体になってくれていたら、槙村の首根っこを押さえられたんだがな。どうして、あと一歩のところで退《ひ》いちまったんだ」

「嫌だよ。人柱になんかなりたくないよ」

「人柱どころか、ここまでの捜査の成果をネタに槙村を誑《たら》しこんで、あぶく銭を毟り取ろうという魂胆だったわけだろう。これでタスクフォースからの除名は確定だな」

「ちょっと、そこまで厳しいことを言わなくてもいいじゃない。それに、もし槙村がおれの要求に応じていたら、それこそ馬脚を露《あら》わすことになったわけで、あとは遠慮なしに追い込んで、死刑台の露と消えてもらうのがおれのそもそもの作戦だったんだから」

「あんたみたいな小悪党にしてやられるほど間抜けじゃなかったから、槙村は犯行を隠していまの地位にまでのし上がった。舐めてかかると手痛いしっぺ返しを食らうぞ」

福富は複雑な口ぶりだ。かたや資産家殺し、かたや横浜の暴力団の上級幹部。出発点の怪しさでは共通するが、その後の実業家としての人生で、福富は大きく水をあけられている。その点で原口は、そんじょそこらの悪党とは格が違うというべきか、経営者としても天賦の才があったのは否定できない。

「おたくと比べれば雲泥の差かもしれないけど、しょせんはけちなコソ泥で、たまたま運が良くてきょうまで悪事が発覚しなかっただけのことだよ。タスクフォースが本来の実力を発揮したら、ひとたまりもないに決まってるじゃない。鷺沼さんたちもこれから本気になるようだから、大いに期待が持てるしね」

宮野はおもねるようなことを言い出した。さすがにこの日の失策が、取り返しのつかない結果を招きそうだという自覚はあるらしい。

「ああ。あすはあんたにも力仕事をしてもらわなくちゃな。それが最大限の温情だということを忘れるな」

厳しい口調で鷺沼は言った。宮野はその言葉に縋りつく。

「もちろんだよ。もう率先してお手伝いしちゃうから。だからタスクフォースを除名するなんて意地の悪いことは言わないで」

「雨降って地固まるとも言うからな。今回は宮野君の勇み足だったが、それも槙村の正体を暴こうという強い思いのなせる業だ。今後の働きぶりに期待しよう」

三好がまたも甘やかすようなことを言う。捜査の実力とはまた別の、宮野のあくなき強欲に対する期待が心のどこかにあるのは間違いない。

「だれでも失敗はありますよ。むしろ生きて帰れてよかったじゃないですか。その点では、宮野さんにもツキがあります。たま吉のご利益かもしれません」

井上も宮野を甘やかす。悪貨は良貨を駆逐するというが、いまやタスクフォースそのものが、宮野が振りまくウィルスに感染しつつあるような気がしてくる。こうなると信じられるのは福富だけだ。その福富が吐き捨てるように言う。

「だったら死刑台の露と消えるまえに、とことんあいつを叩きのめして、身ぐるみ剝いでやろうじゃないか。マキオスのような会社が日本のトップ企業の一角を占めているというだけで、おれは虫唾が走るんだよ」

どうやら福富も、かつての本性が顔を出し始めているようだ。かといって槙村は、タスクフォースなしの順法捜査で追い詰められる相手ではない。この先は、清濁併せ呑むことにもなりそうだ。

4

そのとき福富の携帯が鳴った。それを耳に当て、福富は鷹揚に応答する。

「おう、総会は終わったのか」

浮田かららしい。福富は相手の話に耳を傾ける。その顔に当惑の色が浮かぶ。

「じゃあ、槙村は間違いなく出席していたんだな」

そう応じて、福富はまた相手の話に耳を傾ける。五分ほどで話が済んで、福富は鷺沼たちに振り向いた。

「浮田だよ。いま総会が終わったらしいんだが――」

浮田によれば、総会は午前十時きっかりに始まり、槙村はその五分ほど前から雛壇中央の議長席に着席していたという。

隠しカメラの持ち込みがばれることはなく、槙村の顔はしっかり撮影できたというが、それがたしかに槙村なら、宮野の言うことと矛盾する。宮野が槙村を見かけたとき、総会はすでに始まっていたはずなのだ。

「浮田にはこの店を教えてやったから、これから飛んでくるそうだ。撮影した映像はこっちでも見られるんだろう」

福富が訊くと、井上は即座に頷いた。隠しカメラとスマホをケーブルで繋げば、カメラ側に記録された映像を簡単に閲覧できるとのことだった。

「しかし、おかしなことになってきたな。宮野が見かけた槙村と、総会に出ていた槙村は別人ということか。そうじゃないとしたら槙村が二人いることになる」

福富は宮野に疑いの目を向ける。しかし宮野は自信ありげに首を横に振る。

「あり得ないよ。おれが見たのは間違いなく槙村こと原口だよ。総会に出ていたのはきっと別人だよ」

「いくら表に顔を出さないと言ったって、マキオスの重役連中は槙村の顔を知っているだろう。別人を出しておいて、口裏合わせてそれを槙村本人だということにしたら、株主に対する背信じゃないか」

福富はさらに追及するが、宮野はどこ吹く風で受け流す。

「槙村だったら、そのくらいのことやりかねないよ。そんなの、浮田が撮った映像を確認すれば一目瞭然でしょ。これまでの状況証拠で原口が槙村に成りすましているのは明らかなんだから、総会に出席した槙村が原口と似ても似つかない顔だったとしたら、それこそ偽物を代役にしたってことになる。それが逆に、槙村イコール原口の動かぬ証拠になるじゃない」

「どうやってそれを証明するんだよ」

「簡単だよ。葛西の爺さんが証人になるでしょう。マキオスの会長としてテレビに出ていたのを観て、爺さんはそれが原口だと気づいたわけだから、きょう浮田が撮った映像を見せれば、代役だったら一発でわかるはずじゃない」

「そこまで見え見えの芝居を打つほど槙村が間抜けだと思うのか。マスコミに露出しないといってもゼロじゃない。現に葛西や死んだ川井というジャーナリストがテレビの映像で観ているわけで、わざわざ総会に出席するほどの株主なら、そういう番組も関心をもって観たはずだ。そんなごまかしが通じるはずがない」

福富は納得しない。鷺沼も宮野に分があるとはとても思えない。それでも宮野は切なげに訴える。

「おれを信じてくれないわけね。間違いないよ。おれが見たのは原口以外の誰でもないよ。おれだって刑事だから、見当たり捜査の基本くらいは身についているよ」

「心理学者の話では、人間の目ってのは見たいと思っているものを見たと信じ込む傾向があるそうで、それに加えてあんたは金に目がくらんでいるから、おおかた幻でも見たんだろう」

しらけた気分で鷺沼は言った。そこへ浮田がやってきた。

「よう、お待たせ。タクシーのなかで確認したけど、あのカメラ、安物のわりによく映っていたよ」

浮田も電子デバイスに詳しいようで、ショルダーバッグからペン型の隠しカメラとケーブルで繋がったスマホを取り出して、何回か指でタップしてから、全員が見えるようにテーブルの上に置いた。

再生された映像はやや遠めだが、解像度は高く、雛壇に居並ぶ役員たちの顔がはっきり判別できる。浮田は手慣れた様子で親指と人差し指を使い、その中央にいる人物を拡大してみせる。

テーブルの名札は「議長 代表取締役会長 槙村尚孝」となっている。その顔は年齢差を考慮しても、こちらが写真を入手している若いころの原口と同一人物だという強い感触を抱かせる。

もちろん絶対とは言い切れないが、スーパーインポーズ法で確認すれば、出てくる答えはその想定を裏切らないだろう。柳原から預かった本物の槙村の卒業アルバムの写真とは、明らかに別の人物だ。

三好も井上も宮野に不信の目を向ける。宮野は口を尖らせる。

「ちょっと、みんなでおれを疑ってるの。嘘なんか言ってないよ。おれが見たのもこの男だよ」

井上は手慣れた操作で映像の頭出しをし、そこで停止させた。それを確認して鷺沼は言った。

「あんたがその男を見たときは、午前十時を過ぎていたはずだ。この映像には日付と時刻が入っている。撮影開始時刻は午前九時五十五分で、そこにはすでに着席している槙村が映っている。それをどう説明するんだ」

「そんなことを言われたって――」

さすがの宮野も言葉に詰まる。とどめを刺すように福富が言う。

「要するに、あんたはただ余計なことをしただけで、槙村の尻尾を摑んだわけでもない。あんたを救うためにおれたちも危ない橋を渡ったうえに、三好さんたちの作戦もふいにした。タスクフォースの一員としてこれ以上の罪はないけど、みなさん優しいから今回だけは許してくれそうだ。しかしこの先、またくだらない画策をしたら、そのときはこのおれが容赦しないからな」

福富はたっぷり凄みを利かせる。さすがに昔取った杵柄で、宮野もびびったように頰を引きつらせる。

「そ、そんなこと言われなくてもわかってるよ、福富ちゃん。汗水たらして稼いだ金がいちばん尊いって、死んだ祖父ちゃんもよく言っていたよ。おれはいまでもその家訓に忠実だから、あすの穴掘りも先陣を切って頑張るからさ」

「本当なんだな」

「本当も本当。こう見えても力仕事は得意なんだから」

三好も井上もさすがに宮野に冷たい視線を向ける。いつもは頭脳労働専門だと言って力仕事からはひたすら逃げるのに、掌《てのひら》を返すようなその言い草を信じる者はこの場にいない。しらけるというより憐れみさえ感じるが、とりあえずあすは、口先以外にも取り柄があるところを見せてもらうしかない。

5

そのあと関内の『パラッツォ』に移動して、井上所望の賄い料理をふるまわれながら、奥の事務所の一角で今後の作戦を打ち合わせた。

宮野がドジを踏んだとはいえ、浮田はきっちり仕事をしてくれた。問題はそこからどう攻めるかで、成りすまし自体は、大スキャンダルではあっても犯罪には該当しない。会社法や商法のレベルでなんらかの罪に問われることはあるかもしれないが、これまでそういう事例はほぼなかったはずで、こういう特異なケースについての法解釈はおそらくまだ定まってはいないだろう。

いずれにしても刑事捜査である以上、見た目の印象だけで同一人物だとは断定できない。鑑識の木下に電話で相談すると、スーパーインポーズ法は頭蓋骨と写真を照合するために開発された手法のため、写真と写真の照合には手間どるとのことだった。

頭蓋骨の実物があれば、それを写真の撮影角度に合わせて撮影することで容易に照合できるが、どちらも写真の場合はコンピュータによる三次元処理が必要だという。最近は民生分野で顔認証の技術が進んではいるが、まだ犯罪捜査で証拠として扱える精度には達していないとのことだった。

となると、市川の空き地での捜索がいよいよ大きな鍵になってくる。そこから頭蓋骨が出てきて、卒業アルバムの写真と照合した結果、本物の槙村だと証明されれば、葛西の証言の信憑性が大いに増して、合わせ技で槙村こと原口に対する逮捕状は間違いなく請求できる。

浮田は別の意味で興味津々のようだった。

「本物の槙村の写真、原口という男の写真、そして現在の槙村の写真。その三点セットをうちの雑誌に掲載させてもらえれば、マキオスに対する世間の風当たりは一気に強まるよ。いままでだってろくでもない会社だという風評は絶えなかったからね」

それで雑誌の売り上げ倍増なら御の字だという目算のようだが、こちらにしても、今後の捜査の追い風になるのは間違いない。

そのあと宮野は、福富の事務所のパソコンで浮田が撮影した槙村の写真をプリントしてもらい、葛西がいる老人ホームへ向かった。葛西はそれが原口で間違いないと太鼓判を押したとのことだった。

6

翌日の午後六時に、鷺沼たちは警視庁のロゴ入りの白パトで桜田門の本庁舎を出発し、いったん鷺沼のマンションに立ち寄って、一昨日買い整えておいた道具一式を積み込んだ。

宮野は日中やることがなかったようで、手の込んだ幕の内弁当を用意して鷺沼たちを迎え、それで晩飯を済ませて、市川に向かったのが午後七時過ぎだった。

「警視庁はけちだね。わざわざおれみたいな頭脳明晰な刑事を動員しなくても、パワーショベルとかブルドーザーを投入して掘り起こせばあっという間の仕事じゃない」

さも億劫そうに宮野は愚痴る。きのう踏んだドジのことはきれいさっぱり忘れたらしく、完全にいつもの宮野に戻っている。苦々しい思いで鷺沼は言った。

「そんなことをしたら埋まっている骨が粉々に砕けてしまうだろう。まあ、それがあるとしての話だが。とにかくきょうはとことん働いてもらうからな。ちょっとでもサボったらその場で解雇だ」

「べつに鷺沼さんから給料をもらっているわけじゃないのに、解雇なんて理屈に合わないでしょう」

「じゃあ、言い直す。タスクフォースから永久追放だ」

「おれの手料理とも永久にお別れになるけど、それでもいいのね」

「あんたと縁が切れるなら、一生コンビニ弁当でも構わない」

不退転の決意で鷺沼は言った。

そんな話をしているうちにパトカーは現場に到着した。時刻は九時近く、市街地から離れた住宅街のせいか、人通りはほとんどない。

空き地の前にパトカーを駐め、赤色灯を点灯する。せっかく白パトを借りたのだから、ここぞとやるよりは警察の捜査だとあからさまにアピールするほうがいい。

さっそく用意してきたボルトカッターで南京錠の破錠に取りかかる。かなり丈夫そうだと井上が言っていたので、無理なら折りたたみ式の金属梯子で侵入する手はずだったが、意外にあっさり破錠できた。

スコップと照明用のLEDライトを運び込み、さっそく作業に取りかかる。ざっと周囲を見渡すと、冬枯れた雑草に覆われた一角に、土を掘り返したような場所がある。そこが川井が目撃した不審な男の仕事の跡だろう。それからかなり日数が経っているようで、地面の固さはほかの場所とさして変わらない。

四人がかりで慎重に掘り進む。頭蓋骨を砕いてしまうと鑑定が困難になる。いまも一攫千金の夢が頭の片隅にあるようで、宮野も真剣な顔でスコップを振るう。そのときフェンスの外から声をかけられた。

「あんたたち、そこでなにをしてるの？」

柴犬を連れた初老の男が、フェンスの外からこちらを覗き込んでいる。鷺沼は慌てず男に歩み寄り、警察手帳を提示して言った。

「警視庁の者です。ここに重要な証拠物件が埋まっている可能性がありまして、いま捜索活動を行っているところです」

「パトカーを見ればわかるよ。いったいどういう事件なの。このへんは千葉県警の管轄でしょう。どうして警視庁がこんなところで？」

「事件の発端が警視庁の管轄で起きているもので、そういう場合はこちらに捜査権がありますので」

「私はこの一帯の町内会長でね。この空き地のことはずっと心配してたんですよ。八年前に更地になってから持ち主が姿を見せたことがない。いまは冬場で雑草が枯れてるけど、夏はジャングルみたいに密生して虫が湧くからなんとかしろと近所の人達が言ってくる。しかし他人の土地だから勝手に除草もできないし。そもそもそこはいまはだれの土地なの？」

刑事が民間人に訊問されるような成り行きだが、そこから新しい糸口が見つかることもある。

「中西輝男という人ですが、ご存じですか」

「たしか八年前に父親が死んでね。輝男のほうは三十年くらい音沙汰なしだったのに、親が死んだとなると欲が出たのか、突然名乗り出て遺産を相続して、この土地もそこに含まれていたと聞いたけど」

「その後、中西という人を見かけましたか」

空とぼけて訊いてみる。町内会長は首を横に振る。

「輝男が相続したという話は輝男の親類筋だという人物から聞いたんだけど。そのあとすぐ業者が入って更地にして、そのときを含めて輝男は一度も顔を見せていないらしいよ。本当に生きてるんだか怪しいもんだって、みんなは言ってるんだけど」

そのあたりはだれもが抱く感覚のようだ。しかしここで種明かしをする必要はない。

「その人物以外の人間も、ここには来なかったんですね」

「ここを更地にしたとき、このあたりじゃ見かけないサングラスをかけた男が来てね。あれこれ業者に指図していて、丈夫なフェンスで囲ったのも、その男がやらせたようだった」

「名前は名乗らなかったんですか」

「もちろん訊いたけど――」

人の住まない更地だといっても、町内会長としてはやはり気になる。名前と、中西とどういう関係なのか問い質したら、中西の代理人だとだけ答えて名前は明かさない。町内会長ごときに名乗る必要はないという態度で、さすがの会長も頭に血が上り、だったら警察を呼ぶと言ってやったら、渋々ポケットから弁護士バッジを取り出したという。ただし名前を明かすのは最後まで渋ったらしい。

裁判所へ出入りするときや被疑者と接見するとき以外バッジをつけない弁護士は珍しくない。しかし名前を明かすことをそこまで拒否した点はいかにも不審だ。

「警視庁がわざわざこんなところまできて地べたをほじくり返しているってことは、例えば殺人事件かなにかで、そこに死体があるかもしれないってこと?」

町内会長は好奇心丸出しで訊いてくる。鷺沼は首を横に振った。

「そこは捜査上の機密で、ここでは申し上げられません」

「輝男が、じつは殺されているなんてことはないだろうね」

そんな想像が町内会長の口から出るというのは意外だったが、近隣の人間のあいだでも、中西による相続についてはやはり不審な点があるとみられているらしい。

「こちらで調べた限りでは、この土地は現在も中西輝男氏の名義になっています」

「じゃあ、生きてるってわけだ。しかし、なにか怪しいことがあるから警察が動いているんじゃないの。町内に犯罪が絡んだ土地があるんじゃ、住民も安心して暮らせない。

私は藤木寛治《ふじきかんじ》といって、このすぐ先に家がある。なにか訊きたいことがあればいつでも協力するから、遠慮しないで声をかけてよ」

そう言って藤木会長は柴犬とともに立ち去った。そのとき背後で井上が声を上げた。

「これ、人の骨じゃないですか」

7

予想は半ばあたり、半ば外れというところだった。そのあと二時間かけて現場を掘り下げたが、骨らしいものは井上が発見した長さ数センチの細長い骨片のみだった。

現場にはビニールシートを張って、壊した南京錠はこちらで持参したものに付け替えた。必要ならまた出直すつもりで警視庁に戻ったのは午前零時過ぎだった。

日曜日の遅い時間なので不審がられることもないだろうと、宮野も庁舎内に招き入れ、途中で買ってきたカップ麺で夜食をとりながら、深夜の会議が始まった。

鑑識は二十四時間営業で、馴染みの木下はきょうは当直だと聞いていたが、車中から電話を入れると、新宿で強盗致傷事件が起きて、いま出動中とのことだった。まだこの件は大っぴらにしたくないから、ほかの人間には話を持ち込めない。

そもそも見つけた骨片が人間のものかどうかもわからない。いまの段階で大騒動にして、犬の骨でした、ではいい笑いものだ。

「原口が片づけたあとだったんじゃないのか。そっくり掘り出したつもりが少しだけ残った。しかし頭蓋骨がないんじゃ、スーパーインポーズ法による鑑定はできないしな」

三好は苦衷を覗かせる。犯罪すれすれの捜査手法を取った以上、懲戒処分を食らう可能性もある。期待した成果が出てくれれば、上も大目に見ざるを得ないだろう——。そこに希望を託した作戦だったが、吉と出たのか凶と出たのか、いまは判断のしようがない。

「本物の槙村のDNA試料があれば、あの骨だけでも答えが出るんですがね。例えばへその緒とか」

試料袋に入れた骨片を手にして、未練がましく井上が言う。鷺沼は力なく応じた。

「親も妻子もいないんじゃ、そういうものが残っている可能性はまずないな」

「でも、いいところまで来たんですがね。川井氏が目撃した男は、原口で間違いないですよ」

この作戦の発案者として、井上はまだ諦めきれないようだ。鷺沼は言った。

「たしかに原口かもしれないが、おれたちは四人がかりで、あそこまで掘り下げるのに二時間かかった。川井氏が目撃したとき、その男は三十分ほどで用を済ませたというんだろう。埋めてあった死体を掘り返したにしては、時間が短すぎる」

「でも、なにかを掘り出したのは間違いないんじゃないですか。たぶん死体ほど大きなものじゃなくて——。なにかを埋めたんなら、それが見つかってもいいと思います」

「死体以外に、あそこへ隠さないとまずいものがあったということか」

「ほかにもわからないことがありますよ。この骨片が人の骨なら、一時的にではあれ、あそこに死体が埋まっていたのは間違いないでしょう。しかし原口があの土地を手に入れたのは八年前で、それ以前はどこに死体を隠していたのか。そもそもどうして、どこかへ捨ててしまわなかったのか」

井上は頭を悩ます問題を次々思いつく。三好が言う。

「死体というのは、意外に始末に困るものなんだ。他殺死体をしらばっくれて火葬にするわけにはいかない。散骨というのも最近流行っているようだが、焼いていない骨は硬くて重くて処分が難しい。山に捨てても、川井氏の死体のように見つかるケースが意外に多い。槇村の場合は、死体の身元が判明した場合、築き上げた富と社会的地位をすべて失いかねない」

「さすが、三好さんの見方は説得力があるよ。だから発見されないように、後生大事に抱え込んでいたわけだね。中西の死体は、そういう意味じゃ見つかったからってとくに困らない。なぜ殺したのかという疑問は残るけど」

宮野は露骨に三好にすり寄っていく。中西殺害の動機については、これまでさほど気には留めなかった。おおかた原口が槙村の死体の始末を手伝わせ、そこで仲間割れをしたか、あるいは口封じのために殺したといったところだろう。

中西の死体なら、もし発見されても、槙村に成りすましてしまえば自分に捜査の手が伸びる惧れはない。そう考えてさほど神経を使わなかった――。宮野が聞いたところでは、そんな読みに葛西も賛同していたという。

失踪したマキオスの取締役三人については、単なる噂に過ぎないから、その死体が出なかったことに特段の疑問は感じない。

川井の死体に関しては、おそらく実行犯は原口ではなく、金で雇った裏社会の人間で、そちらも自分に捜査の手が伸びる惧れはないという自信があった。だからあえて手の込んだ隠蔽工作はしなかった。いまの捜査一課の動きからすれば、まさしく原口の思惑どおりにことが進んでいると言うしかない。

そのとき鷺沼の携帯が鳴った。木下からだった。

「いま戻ってきたところだよ。例の株主総会の写真、きのう科捜研に送っておいたんだけど、あっちも忙しいらしくてまだ返事が来ていない。どうだった。市川のほうは？」

今回の作戦については、他言は無用ということで、木下にも事前に伝えておいた。中西の身元確定の件ではなかなかいい働きができたと本人も気をよくしているようで、なにかと捜査内容を突っ込んで訊いてくる。

マキオスの株主総会での槙村の画像と犯歴データベースにあった原口の顔をスーパーインポーズ法で照合してもらうとなると、これ以上黙っているのは難しくなった。だったらその好奇心を餌に、こちらに取り込んだほうが話が早いということになったのだ。原口による本物の槙村の殺害容疑、さらに槙村への成りすまし疑惑のあらましを伝えると、木下は大いに興味をそそられて、それなら上に内緒のスカンクワークで対応してくれるという。科捜研にもなにかと顔が利くらしく、スーパーインポーズ法による鑑定にしても、いい塩梅に頼んでくれると言う。

特捜本部級の大型事件となると徹底した上意下達の態勢がとられるが、それ以外の事件については警察という組織は意外にルーズで、現場の裁量の余地はかなり大きい。ある意味、スカンクワークの集合体のようなもので、そんな柔軟な動きが捜査の現場では効率が高いと上の人間もある程度はわかっている。宮野や福富まで加わっている点でタスクフォースはたしかに異例だが、その点を除けば、その手の捜査スタイルは捜査の現場では必ずしも珍しくはない。

それは鑑識との関係でも言えることで、気心の知れた者同士がツーカーで連携できないと、地味な継続捜査が任務の鷺沼たちのような部署は仕事がやりにくい。

もちろん宮野は反対したが、かといって木下の協力なしに今後の捜査を進めるのは困難だという点は認めざるを得なかった。槙村に科すべき経済的制裁のことは絶対に言うなと釘を刺されたが、もともと宮野の頭のなかにしかない話で、実現することはまずないし、あれば鷺沼が全力で潰すつもりだから、あえて木下に言う必要もない。

「出たには出たんだが——」

数センチの骨片が一つ見つかっただけだと言うと、木下は残念そうに応じる。

「頭蓋骨さえ出れば確定だったんだがね。とりあえず、その骨はうちで預かるよ。まず人骨かどうかを調べなきゃならないから」

「いま持っていくよ。いずれにせよ、人の骨なら、殺された人間のものなのは間違いない。身元の特定までは難しいが——」

そんな鷺沼の話を木下は慌てて遮った。

「ちょっと待ってくれ。いま科捜研からファックスが来た。向こうも深夜営業をやっているようだな。すぐにかけ直すから」

槙村と原口のスーパーインポーズ法による鑑定結果が出たのか。とりあえずそっちのほうだけでも答えがわかれば、捜査は一歩前進する。木下はすぐに電話を寄越した。その声がどこか深刻だ。

「困ったことになったぞ。原口と槙村は別人だという結果が出たそうだ」

鷺沼は耳を疑った。

「まさか。おれたちが見た印象はまったく同一人物だし、昔の原口を知っているかつての空き巣仲間にも見せたが、間違いないと断言した」

「おれも見比べたよ。どう見ても同一人物だったが、鑑定の結果は違っていた。目や鼻や口の位置、頬骨や顎の骨の形状までミリ単位で比較すると、やはり一致しないそうなんだ」

「比較対象が現物の頭蓋骨じゃない場合、3D化して比較するとか言っていたな。その処理で誤差が出るということはないのか」

「その場合でも、精度は非常に高いと聞いている。九十九パーセント以上だそうだ。見た目が非常によく似た別人だったと考えるしかないな」

木下はそう応じ、拍子抜けしたようにため息を吐いて通話を終えた。それを報告すると、三好と井上の顔が青ざめた。宮野だけが色めき立った。

「だから言ったじゃない。会場にいたのは代役で、おれが見た槙村が本物なんだよ。こういうときのために、あいつは影武者を用意してたんだよ」

第十二章

1

偽槇村に、さらに影武者がいた——。

想像もしない成り行きに、鷺沼の頭は混乱するばかりだった。三好は嘆いた。

「株主総会に出てきた偽者の偽者がこのまま槇村本人だということで押し通したら、原口による成りすましの事実を立証する術がなくなる。そのうえ空き地から出てきたあの骨も本物の槇村ではなく別人のものだということになったら、こっちはもはやお手上げだな。いやはや、ややこしい事態になっちまったよ」

あのあと浮田が撮影した動画を何度も見たが、原口と同一人物だという印象はいまも拭い難い。しかし科捜研が最新のコンピュータ技術を駆使した結果だと言われれば反論はできない。

そんな影武者を見つけたこと自体、まさしく原口のツキとしか言いようがない。こちらがいよいよ追い詰めようとしていた矢先に、敵は思いもよらない奇手を繰り出した。

もちろんこちらも井上の発案で、令状なしで空き地を掘り返すという奇策を打つには打った。しかしその成果は、いまのところ決定打というにはほど遠い。

翌日の昼過ぎ、木下が電話を寄越した。ゆうべは当直だったが、鷺沼たちの事案によほど入れ込んでいるようで、きょうも非番なのにわざわざ出勤してきたらしい。

「間違いないね。ありゃ人骨だよ。肋骨の一部だそうだ。検視官に見てもらったんだが、なにか硬いものでへし折られているらしい。ただし生きているときじゃなく、骨になってからだけどね」

「かなり古いものなのか」

「何十年かは経っている。どこから出てきたんだと訊かれて、誤魔化すのに苦労したよ。いま特命捜査対策室が調べに入っている事件に関係するもので、捜査内容は極秘だとその場はしらばっくれておいたんだが、それ以上は突っ込んでこなかった。迷宮入り専門のあんたたちが古い骨の話で動き回るのは、とくに不思議でもないわけだから」

「だとしたら本物の槙村の骨の可能性が高いが、頭蓋骨じゃないのが残念だな」

「スーパーインポーズ法はだめでも、本人のDNA試料があればいいんだけどね。どっかに残ってないの？」

木下はこのままでは自分の出る幕がないとでも言いたげだ。鷺沼は嘆息した。

「死んだのが三十年前となるとな」

「そうは言っても、何万年も凍結していたマンモスの死体のDNAで、生きたマンモスが復元できるかもしれないという時代だからね。もしなにか残っていれば十分使えるよ」

「なにかというと？」

「へその緒とか乳歯とか本人の衣服とか――。子供のころに着ていた衣類で、洗濯していないものがあれば、そこについた唾液とか汗とかおしっこから試料がとれることもあるんだが」

「無理だろうな。殺されたとき槙村は天涯孤独で、遺品はぜんぶ原口が処分しちまったはずだから」

「まあ、とりあえず科捜研に持ち込んで、あの骨からDNA型の試料を採取しておくよ。この先、比較鑑定できる遺品が出てこないとも限らないからね」

　木下はなおも未練を覗かせる。出てくればあの骨が槙村のものだと立証はできる。ところが偽の槙村が二人もいて、そのうちの一人はスーパーインポーズ法による鑑定では原口と別人だとなると話はなんとも厄介だ。

　三好が言うように、原口は今後、影武者を前面に出して、本人は背後に隠れてしまうかもしれない。そもそも、じつはこれまでもずっと、原口は裏でその影武者を操っていたとも考えられる。

顔写真の照合やDNA型鑑定で現在の槙村と原口が同一人物だと証明されたら、三十年前の殺人の容疑がかかってしまう。しかし影武者を用意しておけばその心配はない。その影武者がマキオスの株主を騙せるほど原口とそっくりだとしても、中学時代の槙村の写真と見比べれば誰が見ても別人だ。しかしそれが原口とも別人だという話になると、葛西の証言が宙に浮く。

そのうえ市川の空き地で見つかったのが槙村の骨だと特定できなければ、こちらはそこでお手上げで、ここまでのあらゆる努力が水の泡になりかねない。

「あんまり期待しないでくれよ。おれもそろそろネタが尽きかけているから」

苦い口調で鷺沼は言った。気落ちしたように木下は応じる。

「残念だな。一部上場企業の会長で、日本でも指折りの資産家の一人が、じつは殺人犯による成りすましだったなんて、まさに世紀の大事件だよ。それをおれの手で解決して、本を書けば絶対ベストセラーなんだが」

運よくそうなれば多少の寄与は認めざるを得ないが、べつに木下が解決したという話ではない。事件に便乗して一儲けを企む手合いは宮野だけではないようだ。

「そのときは、ぜひ一冊買うから、サインをお願いするよ。なにかあったらまた連絡するから」

いまここで機嫌を損ねる必要もないから、木下を軽く煽《おだ》てて通話を終え、報告すると三好は唸った。

「あんなところに人骨が埋まっていること自体が普通はあり得ない話で、どう考えても本物の槙村の骨だと思うが、証明する手段がないのが悔しいな」

「いいところまで来たんですがね。死体が出ないことが、これまでの捜査の最大のネックでしたから」

井上も苛立ちを滲ませる。彼も木下と似たような心境らしい。自分の大胆なアイデアが事件解決のターニングポイントになれば、本を書く気まではないものの、刑事として鼻高々というところだろう。

鷺沼はふと閃くものがあった。

「上手い方法があるかもしれないぞ――」

その考えを説明すると、三好も井上も半信半疑だが、可能性がないわけではない。いまは思いつくことをなんでもやるしかない。

鷺沼は木下に電話を入れた。木下は張り切った。

「もしあったら、いけるかもしれないよ。いまはみんなあまりやらなくなったようだけど、昔は切手は舐めて貼るのが普通だった。その場合、DNAが糊のなかに封じ込められるから、残存率が高いと聞いたことがある。それで身元が特定できた例も過去にいくつかあったな」

その言葉に勇気づけられて、さっそく電話を入れたのは、槙村の中学時代の友人の柳原誠だった。事情を説明すると、柳原も勢い込んだ。

「自宅にあるかもしれません。私が福岡に引っ越してからも、彼とはしばらく手紙のやりとりをしていたんです。私は物持ちがいいものですから、ほかの手紙と一緒に段ボール箱に入れて、どこかに仕舞ってあると思います。今夜、自宅に戻ったら探してみます」

「それはありがたい。もしあれば、出てきた人骨が槙村さんのものかどうか、はっきり確認できると思うんです」

期待を露わに鷺沼は言った。昂った声で柳原も応じる。

「槙村君も、やっと浮かばれますね」

「ええ。うまくいけばの話ですが」

「ぜひよろしくお願いします。可能性は大いにあると思います」

柳原の声からは切なる思いが伝わってくる。小なりといえども自らの手腕でそれなりの会社を築き上げた柳原にとって、旧友を殺して成り上がった偽槙村は、福富の思いに負けず劣らず、到底許し難い存在だろう。

「うまくいきそうか」

三好が興味津々の様子で訊いてくる。鷺沼は頷いた。

「今夜帰ったら探してくれるそうです。木下も気合いが入っていますから、もし唾液のついた手紙が出てきたら大ヒットですよ」

「僕の作戦も無駄じゃなかったことになりますね。だったらもう一つ、確認すべきことがあるんじゃないですか」

井上は連続ヒットを狙ってでもいるように意欲満々で身を乗り出す。鷺沼もつい期待を寄せた。

「気になることがあるのか」

訊くと、したり顔で井上は頷いた。

「ゆうべ町内会長が言っていた話ですよ。骨のことにばかり気を取られてつい忘れていましたが、屋敷を撤去して更地にしたとき、現場に姿を現した代理人だという男、ひょっとして、原口本人だったかもしれないじゃないですか」

「たしかにな。そのとき業者に金でも摑ませて、それまでどこかに保管していた槙村氏の遺体を埋めた可能性もなくはない」

なるほどというように三好が頷く。鷺沼は首を傾げた。

「しかしそいつは弁護士バッジを持っていたんだろう。原口に弁護士の資格があるなんて考えられない」

「ジョークグッズとして売られている模造品なら簡単に手に入りますよ。それでも十分騙せます。本物の弁護士バッジを見たことある人ってあまりいないでしょ」

「サングラスをかけてたって話だろう。原口の写真からじゃ判別がつかないと思うがな。そもそも原口には影武者までいるわけだから、似ているという程度なら事件解決の切札にはならない」

井上はそれでも食い下がる。

「だったらその男、川井さんの原稿に出てきた失踪した重役の一人かもしれませんよ。あのくらいの企業の法務担当取締役なら、弁護士資格を持っているのは普通だと思います」

「いくらなんでも考えすぎだろう」

「もともとちょっと似ていたのを、整形手術でそっくりにした。だとしたら、映像では同一人物にしか見えないのに、スーパーインポーズ法だと別人だという矛盾の説明がつくじゃないですか」

いまや井上の発想は奇想天外だ。ここは藁にも縋る思いで、そのイマジネーションに賭けるしかなさそうだ。

「だったらこれからやることがいろいろあるぞ。柳原氏のところに切手を貼った郵便物があったら、それを受けとって木下に渡さなきゃいけないし、市川の町内会長のところにも行かなきゃいけない」

「ついでだから今度は、空き地全体を掘り起こしてみませんか。頭蓋骨が出てくるかもしれませんよ」

井上はさらに面倒なことを思いつく。鷺沼は考えるまでもなく却下した。

「空き地をすべて掘り起こすとなると、いまの人手じゃとても足りないだろう」

「青梅署の特捜本部を巻き込むという手はどうですか」

「どうやって？　そもそも殺人班は、こっちの死体の話にはさらさら関心がなかったわけだろう」

「例の原稿を見せてやれば、いくらなんでも無視はできないんじゃないですか。あの内容は、どう考えても川井さんが殺害された理由と不可分ですから。特捜本部なら、予算の規模は三好さんの裏金貯金どころじゃないでしょう」

「しかし向こうだって、持ち主の中西が死んで、まだ相続手続きが済んでいない土地となると、誰を相手にガサ入れの令状をとったらいいかわからないだろう」

三好も困惑顔で口を挟む。しかし井上は気にしない。

「僕らと同じ発想でやっちゃえばいいんですよ。どうせ、どこからも文句は出ませんから。むしろ、所有者がいないいまがチャンスかもしれませんよ」

「どうやってこっちのネタに食いつかせるかだよ。殺人班なんてメンツだけで商売している連中だ。おれたちの話なんか聞く耳を持たんぞ」

「だからといって、向こうのやり方だと早晩迷宮入りですよ。それじゃいくらなんでも恥ずかしいでしょう。特捜本部がみすみす取り逃がして、特命捜査対策室みたいなマイナーリーグの補欠集団に大手柄を上げられたんじゃ、一課長だって辞表を書きたくなるんじゃないですか」

「マイナーリーグの補欠集団って、おれもそこに入るのか」

苦い口ぶりで鷺沼は言った。どうも近ごろ、井上は図に乗っているようだ。宮野の毒気とはまた別の、はた迷惑な病気を蔓延させなければいいのだが、なぜか三好も面白がって乗ってくる。

「だったら、おれが一課長に談判するよ。いまはずいぶん身分が開いちまったが、若いころ、同じ交番で勤務したことがある。大きな声じゃ言えないが、案外肝っ玉が小さくてな。地元の乾物屋に出刃包丁を持って押し入った強盗にびびって、おれに助けを求めてきた。しようがないから飛んでいって、特殊警棒一本で苦もなくご用にしてやった。以来おれには頭が上がらない」

立て籠もり犯を取り押さえて警察功績章をもらった話にしてもそうだが、三好は最近、若いころの武闘派ぶりを自慢したがる。タスクフォースのムードがなにやら妙な盛り上がりを見せているようで、それが宮野の毒を中和する方向に働いてくれればいいが、予期せぬシナジー効果を発揮して、全員そろって自爆するようなことがあっても困る。やむなくやんわり釘を刺す。

「物事には順序というものがありますから、まだいまの段階で、そこまで話を大きくしなくても――」

「そうは言っても、こういうヤマは一気呵成に攻めなきゃいかんときがある。特捜本部に任せていたら、川井氏だって無駄死ににされかねない」

三好は勢いが止まらない。たしかに捜査は山場に近づいている。偽槙村のさらに偽者が出現するという頭痛がするようなややこしい状況ではあるが、影武者まで用意するというそのこと自体が、普通ではありえない裏事情の存在を暗示していると言えるだろう。

ただし本物の槙村が死亡したことが立証され、死亡届が提出されれば、戸籍上でも死亡が確定する。その場合、槙村には法定相続人がいないから、最終的に槙村名義の資産はすべて国庫に収納される。そのことは中西のケースと同様だ。

原口が惧れているのはそれかもしれない。最初は出来心から槙村の戸籍を乗っ取り資産を奪った。それを元手に闇金ビジネスを始めたら、本人に才覚があったのか運なのか、思いもかけない成功を収め、そのうち闇金からノンバンクに衣替えし、さらに急成長の道をひた走る。

その後はＩＴビジネスにも手を広げ、日本を代表する大企業の一つにまでのし上がった。いくら元手が死んだ槙村の資産でも、その成果の大半が原口の手腕によるものなのは間違いない。

しかし人生の歯車の齟齬もそこから生まれた。早い時期に資産の名義を原口に書き換えて、会社の役職も譲る手続きをしておけばよかったはずなのだ。

巨額の贈与税を嫌ったのかもしれないが、原口の名前で経営の前面に出れば、世間には過去を知る人間がいくらでもいる。そこから槙村殺害の容疑が発覚すれば、長期の刑務所暮らしは間違いないし、せっかく築き上げた資産と社会的地位のすべてを失うのは言うまでもない。

そんな二重の人生には、想像を超える無理があったというべきだろう。いつから影武者を立てていたのか知らないが、川井が槙村の出自に疑問を抱き、取材活動を始めたことがその最大の理由だと考えたくなる。原口という人物の存在は、原口自身にとってもアキレス腱のはずだった。

それなら原口を死んだことにしてしまう手もあっただろう。失踪宣告を受ければ法手続き上は死んだものとみなされる。しかしそれでは具合の悪い事情もあったから、わざわざ自宅の近くに原口名義のアパートを借り、自分とは別の原口という男がそこで生きて暮らしている実態を装った。

その理由は推し量るしかないが、中西のケースのように、秘密の蓄財の受け皿として有用だったのかもしれないし、あるいは川井の殺害や、川井が耳にしたというマキオス社内での取締役の失踪といった剣吞な話に関わる仕事をするうえで、使い勝手のいい身分だったのかもしれない。

もしそこまでの裏事情があるとすれば、特捜本部を焚きつけていますぐ動いてもらっても、大山鳴動《たいざんめいどう》して鼠一匹にもなりかねない。鷺沼は慎重に言った。

「まだこちらでやれることがいくらでもありますよ。柳原氏の自宅にある古い手紙が期待どおりなら、あの空き地の骨片は重要な決め手になるでしょう。町内会長が会った弁護士というのもやはり気になる。原口本人かもしれないし、株主総会に出ていた影武者の可能性もある。宮野がドジを踏んでくれたせいで、いまごろは向こうも我々の動きを警戒しているはずです。そこで特捜本部が派手に動き出したら、それなりの対抗策を考えてくるかもしれませんよ」

「対抗策というと?」

三好が首をかしげる。鷺沼は言った。

「海外のタックスヘイブン(租税回避地)に資産を移して、原口本人も国外へ逃げ出す手だってありますよ。というより、オフショアの原口の秘密口座へ、すでに資金移動が行われているかもしれないでしょう」

「なるほどな。日本中の銀行に問い合わせても原口名義の口座は見つからなかった。バハマやケイマン諸島の口座までは、こっちも調べられんからな」

「そうなった場合、原口の自供がない限り訴追は難しいでしょう。葛西老人の証言だと、頭部の強打が死因と考えられますが、DNA型鑑定で本物の槙村氏が死んでいることは立証できても、頭蓋骨が出ないとその点が証明できませんから」

「だったらなおさら特捜本部に動いてもらって、土木機械を入れてでもとことん探すべきじゃないですか」

井上はあの空き地に全身の骨が埋まっていると固く信じているようだ。不信感を隠さず鷺沼は言った。

「もともと一課の殺人班は、豪徳寺で白骨死体が出たといっても興味すら示さなかった。青梅署の捜査本部は、内田刑事がこちらの事案との繋がりを示す情報を提供しても耳を貸さなかった。もし空き地を掘り返しても頭蓋骨を含むほかの骨が出なかったら、連中はそこで事件をたたんでしまいかねない」

2

その日の午後、鷺沼と井上は市川へ向かった。町内会長の自宅は本人が言っていたとおり、空き地から五軒ほど先の比較的大きな屋敷で、玄関に藤木寛治の表札がある。

インターフォンを押すと、年配の女性の声が応じる。

「どなたさま?」

「警視庁の鷺沼と申しますが、藤木会長はご在宅でしょうか」

「近くの空き地でなにか探し物をしてらした刑事さんね。主人から話は聞きましたよ。ちょっとお待ちくださいね」

ゆうべの出来事は、あれから家でも話題になっていたらしい。しばらく待つと藤木の声が流れてきた。

「さっそく訊きたいことが出てきたようだね。いま開けるからお入んなさい」

なかでロックを外す音がして、ドアが開き、藤木が顔を出して招き入れられた。

リビングに通されると、夫人がお茶と茶菓子を出してきた。来るのを予想していたのか、あるいはよほど暇だったのか、いずれにしても警察関係者をここまで歓待してくれる家は珍しい。

一通りの挨拶を済ませると、鷺沼はさっそく問いかけた。

「八年前の話となると記憶は曖昧でしょうが、まず伺いたいのは、代理人を名乗る男が見せたという弁護士バッジが本物だったかどうかなんです」

井上がネットで検索してスマホにダウンロードしておいた弁護士バッジの写真を見せると、藤木はちらりと一瞥しただけで、自信ありげに頷いた。

「おれの甥っ子にも弁護士をやってるのがいてね。何度も見せてもらったことがあるんだよ」

「そうですか。だったら間違いないですね。それで、このなかにその男がいないかと思いましてね」

促すと、井上は出がけにプリントしてきた写真をバッグから取り出した。計十枚あるが、そこには浮田が撮影した株主総会のときの槙村と、犯歴データベースにあった原口の顔写真が含まれていて、それ以外はすべて無関係な人物だ。

井上はそれを一枚一枚、順番に提示して見せる。それが写真面割《めんわり》の基本手順で、先入観や思い込みを排除するうえで最適だとされている。

藤木は一巡目で、迷いながら三枚の写真がそうだと指摘した。うち一枚は犯歴データベースにあった若いころの原口の写真、もう一枚は株主総会での偽槙村の写真、もう一枚は、雰囲気は似ているが、まったく関係のない別人だった。

もう一度見せてくれと藤木が言うので、こんどは順番を変えて提示すると、選んだのは二枚で、その無関係な人物が除外されている。井上は二人の顔写真にサングラスを合成したものを取り出した。藤木はそれを見て大きく頷いた。

「ああ、間違いないよ。こっちの年配のほうがとくによく似ている。もう一枚はだいぶ若いけどね」

総会のときの写真を指さして藤木が言う。感心したように鷺沼は応じた。

「凄い記憶力ですね。会われたのは八年前でしょう」

「なに、長年客商売をやっていたからね。人の顔を覚えるのも仕事のうちなんだよ。市内じゃそこそこ繁盛していたパン屋なんだが、いまは倅に譲って隠居暮らしだ」

藤木は自慢げに言う。それはよく聞く話だ。一見の客でも店員や店主の顔は記憶に残るが、店の人間は不特定多数の客が相手だからそうはいかない。ところが客のほうは自分を覚えてくれているものと勝手に期待して、それが裏切られると気を悪くするらしい。

「そういうプロの記憶力なら間違いないでしょう。じつはこの二枚の写真、撮影時期は違いますが、同一人物で、いま我々が追っている容疑者なんです」

正確には同一人物ではないが、ここはそう答えて差し支えないだろう。

「というと、やはり殺人事件？」

藤木は身を乗り出す。鷺沼は曖昧に頷いた。

「その可能性があるんです。ただなにぶん古い話なもので」

「古いったって、たかが八年前だろう？」

「いや、事件が起きたのは三十年前なんですよ」

「そのときの死体があそこに埋まっているというわけだ。ひょっとして、それが輝男なの？　それとも輝男が犯人？」

「殺されたのは別人で、この土地の人じゃないんです。埋まっているかどうかもまだはっきりはしていませんが、中西さんは犯人じゃありません」

そこは適当に答えておいた。心配そうに藤木は応じた。

「もし死体が出るようなことがあったら、おれにも知らせてくれよ。町内でいい加減な噂が広がるのは困るし、誰の死体であれ、線香くらいは上げてやりたいから」

3

それだけ話を聞けば十分だったが、せっかくお茶まで出してもらった手前、しばらく四方山《よもやま》話をしてから藤木宅を辞した。

「帰ったら、有価証券報告書をチェックする必要がありますね。その弁護士だという男、失踪した三人の取締役の一人だとみて間違いありません。そしてもちろん、株主総会に出ていた影武者もその男です」

桜田門に戻る電車のなかで井上は一人で盛り上がる。有価証券報告書は、年度ごとの企業の概要や事業内容、決算状況を開示した書類で、主に株式を上場している企業に提出が義務付けられている。そのくらいは知っているが、閲覧の手続きが面倒だろうと思っていた。

「すぐに手に入るのか？」

「公開情報ですから、金融庁所管のＥＤＩＮＥＴというサイトから、過去のものも含めていつでも無料で閲覧できます。遡って調べれば、任期途中で退任した取締役をチェックできるはずです。川井さんは失踪という書き方をしてるんで、任期満了で辞めたわけじゃないと思うんです」

「名前がわかっただけじゃ、その先の探りようがないだろう」

「弁護士なら、どこかの弁護士会に登録しているはずです。そちらに問い合わせれば、経歴や連絡先もわかるかもしれません」

「しかし失踪したとなると、そっちも退会してるんじゃないのか」

「その場合も、過去に在籍した記録はあるでしょう。いつからマキオスの取締役になったのか知りませんが、その前に弁護士事務所を開業していたとしたら、ネットで調べれば引っかかると思うんです」

井上はあくまで強気だ。志において宮野のように腐っているわけではなさそうだが、ここ最近の能天気なまでの楽観性が、今後の捜査で悪いほうに作用しなければいいがと気にかかる。

警視庁に戻ると、井上はさっそくパソコンに噛りつき、ものの五分もしないうちにマキオスの有価証券報告書を探し出し、過去十年分の役員構成のページを印刷した。

十年前、八年前、さらに昨年と、任期満了前に退任している取締役がいた。昨年退任したのが法務担当の取締役で、名前は岸田《きしだ》恭一《きょういち》。生年月日から数えた年齢は六十二歳。槙村は公称六十五歳だ。その程度の差なら影武者として適任だろう。

就任したのは三年前で、それ以前のマキオス社内での経歴はとくにない。最近はやりの社外取締役だろうと思われる。とりあえず東京、第一東京、第二東京の三つの弁護士会のサイトをチェックしてみると、第一東京弁護士会に現在も所属していた。

井上はサーチエンジンでその名前を検索した。同姓同名とみられる人物が大勢いたが、さらに「弁護士」というキーワードで絞り込むと、リストのなかに関連しそうなリンクがいくつも出てきた。

「岸田法律事務所」というリンクはすでに切れていたが、数年前に法曹関係の団体の機関誌に寄稿した雑文や、会合に出席したときの報告のページがまだ生きていて、そこには岸田の写真も載っていた。

さらにほかのリンクから拾った記事には、過去に脅迫行為を行ったり、委任者からの預り金を着服したりという非行があり、弁護士会から何度か懲戒処分を受けているというような、出所不明の情報が電子掲示板に投稿されていた。

藤木の記憶力は大したもので、岸田は、たしかに原口とも、浮田が撮影した影武者ともよく似ていた。ただし当時の岸田は丸刈りで黒縁の眼鏡をかけていた。一見しただけなら、印象はかなり異なるだろう。

しかし髪型や髪の色を現在の原口と同じくし、さらに若干の整形手術とメーキャップが加われば、瓜二つの影武者ができるのは想像に難くない。

八年前に市川に現れたときは、まだ取締役にはなっていなかった。しかしそのときすでに原口とは、死体の隠蔽まで請け負うほどの付き合いがあったとも考えられる。

さらにその岸田を自分の影武者に仕立てたということなら、よほど深い信頼関係があるとしか思えない。なぜなら影武者の岸田が原口を裏切って会長の椅子に居座ったら、せっかく乗っ取った槇村のアイデンティティを、こんどは岸田に乗っ取られることになる。懲戒処分の常連の悪徳弁護士なら、そのくらいはお手の物だろう。その結果、原口はただの元泥棒に戻ってしまう。

狡猾な原口だから、そうはできない岸田の弱みを握っているのかもしれないが、危ない橋を渡っているのは間違いない。それが川井の取材活動に端を発したものなら、川井は自身が与《あずか》り知らぬところで、原口を追い詰めていたことになる。

「大きなネタを拾ったな。井上の勘が冴え渡ってるじゃないか」

三好が煽てるから、井上はますます調子に乗ってくる。

「影武者の正体がわかった以上、道筋は見えたんじゃないですか。岸田に妻や子や親兄弟がいれば、いま起きていることを知らないはずがない。槇村こと原口との繋がりも、そこから解明できると思います」

そんな井上の楽観論には、鷺沼はまだ納得がいかない。

「成りすましはあの総会一回きりかもしれないだろう。あるいは必要に応じてアルバイトをしているだけかもしれない」

「でも、岸田は昨年、取締役を退任してるんですよ。それからきょうまで弁護士として活動している形跡がない。やはり川井さんが聞いた噂どおり、周囲の人たちは失踪したとみてるんじゃないですか」

「川井氏は、三人の取締役が失踪したと書いているだけで、名前は特定していないんじゃなかったか」

「でも、ここ十年で途中退任したのは岸田氏を含め三人で、数は合ってます」

井上はなおこだわりを見せる。どうも今回のヤマは井上の独壇場になりそうで、鷺沼としては肩身が狭い。

「わかったよ。だったら、まずは岸田の身元の把握だな。いやそのまえに、行方不明者届が出されているかどうか、確認しておく必要があるだろう。ついでにほかの二人の取締役もだ」

「じゃあ、すぐに調べます」

井上はさっそくコンピュータに向かう。現場の捜査ではまだ出番が少ないが、ＩＴリテラシーを駆使する調べ物ならはまり役だ。

アクセスしたのは警察庁の行方不明者データベースで、そこには日本全国の失踪者情報がほぼリアルタイムで蓄積されている。井上は力なく首を横に振る。

「岸田を含め、三人とも届けは出ていません。失踪したというのがガセネタだったんでしょうか」

「岸田だって飯を食うための仕事はするはずだ。ところがインターネット上で見るかぎり、ここ最近は弁護士としての活動をしている形跡がないわけだろう」

「そうなんです。友達の話では、弁護士の広告が解禁になって以来、どんな弁護士事務所もインターネットのサイトを立ち上げて、熱心にPRしていると聞いています。ほとんどお金のかからない広告だし、やらないと世間の目から埋もれてしまう危機感があるからなんだそうです」

なにやら近ごろ法学部出身をウリにしている井上には、弁護士をやっている友人もいるらしい。

「その岸田が、株主総会に出てきた影武者だとすれば、その裏事情を探る必要はあるな。借金の取り立て依頼でもなんでもいいから、まず電話をかけてみればいい。本人が出るかどうかで、仕事をしているかいないかはわかる」

「それがいいですね。宮野さんにお願いしたらどうですか。きっと得意の口八丁で、面白い話を引き出してくれますよ」

「冗談じゃない。あいつにそんなことをやらせたら、ここまでに得た材料をちらつかせて、勝手に取り引きを持ちかけかねない。猫に鰹節をくれてやるようなもんだ」

「でも宮野さんには、たま吉という霊験あらたかな猫がついていますから」

「わけのわからないことを言ってないで、とりあえずおまえが電話してみろよ。適当な偽名を使って法律上の相談をと言えば、いまどきの弁護士は食いっぱぐれが多いと聞くから、もし仕事をしているとしたら食いついてくるはずだ。住所や電話番号はわかるのか」

「事務所のなら弁護士会の会員リストにありますが、自宅のほうはわからないんです。そっちは個人情報にあたりますから、簡単に教えてくれるかどうか。とりあえず弁護士会に聞いてみます」

「そっちのも偽名で問い合わせたほうがいいぞ。話が岸田本人に伝わる惧れがあるからな」

「わかってます。弁護士会というのはみんなお仲間で、警察から問い合わせがあったとなれば、事務局がその弁護士に情報を入れるのは間違いありません。一般市民が懲戒請求をすると、その人の名前から住所から、すべて相手の弁護士に伝わるそうですから」

「それで報復的に告訴されたりということもあるらしいな」

「問題は日本の司法制度にあるんですよ――」

井上はさっそく蘊蓄《うんちく》を傾ける。日本は弁護士会に自治権を認めている数少ない国の一つで、懲戒処分もそこに含まれる。つまり刑法の処罰対象になるものを除けば、弁護士の非行に対する懲戒権は弁護士会にあり、弁護士に対する苦情の申し立ては年間一万数千件に上るものの、懲戒処分に至る件数はわずか百件程度だという。

「おれもそういう話はよく聞くよ。要は司法の独立をお題目にした一種の治外法権だ。となると岸田を突くにしても、よほど慎重にやらんとな」

心配そうに三好が言う。腹を固めたように井上が応じる。

「だったら、ここは任せてください。今回の糸口を引っ張り出したのは僕ですから、最後まで責任を持ってやり遂げないと。タスクフォースにとっても大きなチャンスです」

「まさかおまえまで一攫千金を狙ってるんじゃないだろうな」

井上の妙な入れ込みように不安を感じて、釘を刺すように鷺沼は言った。悪びれるふうもなく井上は応じる。

「宮野さんのお零《こぼ》ればかり期待してたんじゃ、いくらなんでも情けないですから。僕も彩香とのことで、これからなにかとお金がかかりそうだし」

いよいよ結婚話でも出てきたのか、井上は臆面もない。

「そういうことだな。おれたちはこれまでも、給料に見合わないヤマをいくつも解決してきたが、出世の話が来るどころか、危なく首を切られかけたことさえある。タスクフォースもそろそろ独立採算を目指さないと」

三好の頭もいよいよ宮野化しつつあるようだ。いつもなら反論しているはずなのだが、とっさにうまい言葉が浮かばない。そう言いたい気持ちがわからなくもないというところまでは、鷺沼もその影響下に入りつつあるらしい。

しかしいまとなっては、それをむげにも否定できない。こちらが進めば進むだけ、事件の実態は逃げ水のように遠ざかる。空き地で見つかった骨が本物の槇村のものだと証明されず、原口がこのまま岸田と思《おぼ》しき影武者とすり替わってしまえば、現在の槇村と原口を結ぶラインは完全に断ち切られる。そんな難局を突破するモチベーションは、貸与品の警察手帳からは生まれない。

「とりあえず鍵は岸田です。影武者役を引き受けたということは、おそらく原口の素性を知っての上だと思います。のんびりはしていられませんよ。岸田が原口を上回る悪党だったら、取り返しのつかないことが起きるかもしれませんから」

自らに活を入れるように鷺沼は言った。三好が身を乗り出す。

「取り返しのつかないことって、いったいなんだ？」

「原口を殺してそのまま自分が槇村に成りすませば、マキオスという会社も槇村名義の資産もすべて手に入るじゃないですか。原口が死ねば、彼が成りすましだと知る者はこの世にいなくなる。成りすましのまた成りすましですが、少なくとも原口が自分の力であそこまで会社を成長させたのは間違いない。しかし岸田がそれをやったとしたら、まさに濡れ手で粟ですよ」

「いくらなんでも、考えすぎじゃないか。原口という男が、そこまで間抜けだとは思えないが」

三好は首をかしげる。鷺沼は言った。

「背に腹は代えられなかったのかもしれません。成りすましの事実が発覚すれば、三十年前の犯行もバレる。そのとき原口はすべてを失う。それを考えたら、一か八かの賭けに出るしかない」

「それほど原口は追い詰められていたと思うのか」

「そんな気がします。盗まれたハードディスクのなかに、彼にとって、よほど都合の悪い情報が保存されていたのかもしれません」

「例えば？」

三好が身を乗り出す。鷺沼は力なく答えた。

「現在の槙村と原口が同一人物だということを立証する証拠です。それがなんなのかは、いまは思いつかないんですが」

4

翌日、井上は岸田が所属する弁護士会に、彼の自宅の住所と電話番号を問い合わせた。しかし想像どおり、それについては弁護士といえども個人情報に関わることなので、開示はできないとのことだった。

やむなく弁護士会のサイトで調べた岸田の事務所に電話を入れてみたが、返ってきたのは「その電話番号は現在使われておりません」とのアナウンスだった。インターネット上のリンクが切れ、電話も通じないとなると、やはり現在は休業状態とみるべきだろう。

住所がわかれば104に問い合わせできるが、それでわかるのは電話帳に載っている番号だけだ。試しに東京都在住で岸田恭一という人物を検索してもらうと、百四十五人いるという。

すべて当たっていくのは面倒だから、井上が弁護士会にもう一度電話をかけて、急ぎの用事なのに一ヵ月も連絡がとれなくて困っていると苦情を言うと、どういう案件なのかと訊いてきた。

交通事故訴訟の代理人で、示談の話し合いを進めてもらうためだと出まかせで応じると、そんなことで所属弁護士に懲戒請求を出されては困るとでも思ったのか、あっさり自宅の電話番号と住所を教えてくれた。

そちらの番号にかけてみると、今度は呼び出し音は鳴ったものの、だれも応答しないし、留守番電話にも繋がらない。何度かかけ直してみたが、やはりまったく応答しなかった。

「居留守を使っているにしても、本当に誰もいないにしても、怪しいことは間違いないですね」

井上は勢い込む。それはこちらの読みがそう外れていないことを意味している。鷺沼は頷いた。

「自宅に出向いてみる必要があるな。どこなんだ」

「世田谷の等々力《とどろき》三丁目です。鷺沼さんのマンションから近いですよ。大岡山ほどじゃないですけど」

「だったら、これから出かけよう」

井上に声をかけると、三好もそそくさと立ち上がる。

「係長も？」

訊くと、当然だというように三好は頷いた。

「いろいろ話がややこしくなってきた。岸田の自宅を眺めたあとで、宮野君も交えてこれからの作戦を立てなきゃいかん」

「私のマンションで？」

「もちろんだ。福富君も時間があれば来てもらう。いまから言っておけば、宮野君が腕によりをかけて美味いものを用意してくれるだろう」

案の定、狙いは宮野が作る晩飯のようだった。頬を緩ませて井上も頷く。

「だったら彩香も呼びますよ。きょうは当直じゃないはずですから、きっと喜んで飛んできますよ」

なにやら全員が事件の私物化を企んでいるようで、鷺沼としては落ち着かないが、ここでタスクフォースが意思統一を図る必要はたしかにあるだろう。

岸田の自宅は、等々力三丁目の二番地、目黒通りからやや奥に入った閑静な住宅街にあった。

二階建てのまずまずの構えの邸宅だが、外装のモルタルにはあちこちひびが入り、門扉にも赤錆が浮いていて、手狭な庭も荒れた印象だ。築年数はそれほどでもなさそうだが、手入れが行き届いていないのは明らかだ。

玄関に岸田恭一の表札はあるが、窓はすべて閉め切られ、カーポートには車もない。二階のベランダにも洗濯物はなく、見るからに空き家という印象だが、さきほど電話が通じたところを見ると、いまも使われてはいるのだろう。

人が出てきたらセールスのふりをすればいいと、インターフォンのボタンを押してみる。予想どおり応答はなく、屋内からは物音一つしない。

「怪しい匂いがぷんぷんですよ。やはり岸田は偽槙村の一時的な代役じゃなく、完全に入れ替わっているんじゃないですか」

井上が言う。もしそうなら厄介だ。宮野が目撃したのが原口だとしたら、いまも生きているのはたぶん間違いないが、そのまま岸田がマキオス会長の椅子に居座るとしたらマキオスは安泰で、宮野がもくろむ経済的制裁も空を切って終わることになる。

近隣の家で話を聞こうと歩き始めたところへ、近くの交番勤務らしい制服姿の警官が自転車でやってきた。鷺沼が手を挙げて停まってもらい、警察手帳を示して事情を話すと、警官はあっさり答えを返した。

「引っ越したという話は聞いていないんですが、ここ半年くらい、ほとんど人がいる気配がないんです。ときどき立ち寄ってはインターフォンを押してみるんですが、だれも応答しません。自殺でもしてるんじゃないかと気になって近所の人に訊いてみたら、たまに夜中に明かりが点いていて、カーポートに車があったりもするとのことでした。けっきょく犯罪絡みの異変はないと私どもは見てるんですが」

「ご家族は？」

「以前は奥さんがいましたが、一年前に離婚して、こちらには岸田さんが一人で住んでいたようです。弁護士さんで、よほど仕事が忙しいらしく、いつも帰るのは夜遅くだったそうですから、日中はいまと同様、空き家みたいに見えましたがね」

「じゃあ、ほとんど家にいなくなっても、近隣の人たちは、とくに不思議がってはいないんだね」

「都心に事務所をもっているそうですから、そっちで寝泊まりしてるんじゃないかとみているようです。そもそも近所付き合いのいい人じゃなかったそうで、近隣の人からすれば、なにかが変わったという印象はべつにないようです。奥さんは人付き合いが良くて、町内会の仕事も率先してやってくれたもんですから、彼女がいなくなったとき、すでに周囲の人との接点はなくなっていたんじゃないでしょうか」

さして興味もなさそうに警官は言う。本庁の刑事が話を聞いているのだから、なにか事件性があると察してもよさそうなものだが、地域課には刑事の仕事に首を突っ込むなという不文律があるようで、それだけ話してそそくさと立ち去った。

5

そのあと三好のリクエストもあったから、やむなく宮野に電話を入れた。暇を持て余していたのか、宮野は晩飯の用意を喜んで引き受けた。

ここまでの状況をざっと説明すると、当惑を隠さず宮野は応じる。

「やっぱり影武者がいたわけね。どうするのよ、これから？　ＤＮＡ型鑑定の話は鷺沼さんのアイデアだから当てにはならないし、原口はもうどこかへ高飛びしているかもしれないし、岸田ってのも一筋縄ではいかない悪徳弁護士のようじゃない」

「まずは本物の槙村が死んでいることを立証すべきだな。当てにならないおれのアイデアで申し訳ないが、うまくいきさえすれば、そこが突破口になる」

「そうはいっても、原口と偽槙村が別人じゃ、手錠のかけようがないじゃない」

「その代わり、槙村名義のすべての資産は国に召し上げられる。死んだ槙村には法定相続人がいないからな」

「そんなの、おれの懐と関係ないよ。わざわざ国にぼろ儲けさせるために、きょうまで頑張ってきたわけじゃないからね」

「しかしあんたの悲願だった経済的制裁になるのは確実だ」

「そこまでお人好しじゃないよ。だったら国が召し上げる前に、ほんのちょっとでも掠めとる手はないの。十億や二十億なら、あいつの資産から見たら鼻くそみたいなもんじゃない」

「その手の悪知恵だったらあんたの独壇場だろう。いいアイデアがあれば、ぜひご教示願いたいもんだな」

皮肉な調子で訊いてやると、さすがの宮野も即答はできないらしい。

「これから晩飯の支度をしながら知恵を絞るよ。でも鷺沼さんもここへきて、いよいよ色気が出てきたわけね」

宮野にそう言われるのは癪だが、タスクフォースや川井の努力でここまで事件の本質に迫れたというのに、その結果、数千億にも上るとみられる槙村の総資産がみすみす国庫に収納されるというのでは、鷺沼としてもさすがに腹の虫がおさまらない。

「我々による経済的制裁が真実を明らかにするうえでなんらかの意味を持つんなら、やはり避けては通れないからな」

その点が原口にとっても、あるいは彼に成りすましている岸田にとっても最大のウィークポイントなのは間違いない。そこにしっかり梃子を差し込んでやれば、いまは鉄壁の守りを固めたつもりでも、思わぬところでぼろを出す可能性もある。

殺されたのは槙村だけではない。中西もいるし川井もいる。川井が耳にした噂が本当なら、岸田以外の失踪した取締役も殺されたのかもしれない。その真相を解明することこそ今回の捜査の眼目で、どさくさ紛れに金を巻き上げるだけなら、詐欺師や恐喝屋となんら変わらない——。

そんな考えを聞かせると、宮野はさっそく調子を合わせる。

「もちろんそこが肝心なところでね。原口でも岸田でも、最後はきっちり手錠をかけて、引導を渡してやるわけだから」

いつものパターンだと諦めて、とりあえず今夜はよろしく頼むと言って通話を切ろうとすると、宮野は慌てて確認してくる。

「三好さんのリクエストなら、材料費はそっち持ちでいいんでしょ。領収書はちゃんともらっておくから」

三好に確認すると、いいというので、それを伝えて通話を切った。

「こうなったら、裏金貯金をはたいても金に糸目はつけないよ。この先、そんなの目じゃないくらいの見返りが期待できそうだから」

三好は冗談とも本気ともつかない口ぶりだ。鷺沼もいよいよ腹を括るしかなくなった。

井上はさっそく彩香に連絡を入れた。しばらく話すうちに、その顔になにやら喜色が滲む。五分ほどで通話を終えて、井上は興奮気味に報告する。

「彩香は、今夜は来られないかもしれないと言ってます。じつは碑文谷署の管内で下着泥棒の事件が頻発していて、本来は窃盗班の担当ですが、彩香たちはいま事件を抱えていないので、そっちに駆り出されているらしいんです――」

数日前にベランダに干してあった下着を盗まれた被害者が犯人を目撃していて、きょうになって、その犯人を見かけたと通報してきた。被害者は素知らぬ顔をしてその男の後を尾《つ》け、ある家に入っていくのを確認したらしい。

「問題はその家なんですよ。どこだと思いますか」

井上はもったいぶって謎をかける。鷺沼は問いかけた。

「おれたちの事件と、なにか関係のある家なのか」

「ピンポン。当たりです」

「例の原口名義のアパートか？」

「ブー。違います。なんと槙村の邸宅だったそうなんですよ」

「まさか、槙村にそういう趣味があったんじゃないだろうな」

「だいぶ若い男だそうです。屋敷で暮らしているのは間違いなさそうで、近所で聞き込みをしたところ、お抱え運転手じゃないかと言うんです」

「面白い話が出てきたな。だったら碑文谷署のほうで、槙村邸にガサ入れできるんじゃないのか」

「そうなんです。目撃証言だけでは逮捕までは難しいので、盗品を押収する必要がありますから。もっともあくまで僕らとは別の事案ですから、捜索範囲はその運転手の居住部分に限定されると思いますが」

「そうだとしても、令状をもって槙村邸に踏み込めるのは大きいな。家宅捜索には彩香も加わるんだな」

「そのつもりだと張り切っています。いま令状を請求しているところだそうです。いろいろ準備があるので、ガサ入れは槙村が出勤する前の、あすの早朝になると言っています。もし盗品が出てきたら、その場で任意同行を求めて、自供をさせて即逮捕という段取りを考えているようです」

「ついでに槙村からも話を聞けるんじゃないのか」

「彩香もそれを期待しています。そのとき、現場写真を撮るふりをして、槙村の顔写真を撮れるかもしれません」

「もし撮れたら大きな成果になるぞ。それが原口と同一人物なら、いまもマキオスの実権は原口が握っていると考えていい。もし完全に成り代わっているとしたら、そこにいるのも影武者じゃないとおかしなことになる」

「そうなんです。家宅捜索に入れば、槙村はもちろん、家政婦とかほかの使用人からも、ついでに事情聴取することになるでしょうね。もちろん運転手を逮捕できれば、その男からもいろいろ話は聞けるはずです」

我がことのように井上は入れ込む。鷺沼も期待を露わにした。

「できればおれたちも便乗して事情聴取をしたいところだな」

「彩香に頼んでみますよ。槙村が僕らの捜査対象でもあるという話をすれば、碑文谷の刑事課も協力しないわけにはいかないと思いますので」

「しかしこちらの捜査内容は、まだ明かすわけにはいかないぞ」

「僕らには捜査上の機密という便利な言葉がありますから」

井上はけろりとしたものだ。三好が言う。

「そのときはおれが電話を一本入れるよ。あそこの刑事課長は今年の春に着任したばかりだが、以前、同じ所轄にいて、おれの相棒だった。いまも気心は通じるから、いい塩梅にやってくれると思うよ」

捜査一課長とも知らない仲ではないようなことを言っていたが、伊達に長年、警視庁で飯を食ってきたわけではないということか。

「なかなか人脈が豊富ですね」

感心したように言ってやると、気合いの入った調子で三好は応じる。

「こうなりゃ、利用できるものはなんでも利用させてもらうよ。それこそがタスクフォースの真骨頂だ」

「じゃあ、彩香に連絡しておきます」

井上はさっそく電話を入れる。こちらの考えはすぐに伝わったようで、自分も現場で積極的に動いて、いろいろ鼻を利かせてみるとのことだった。三好からの申し入れは、その後の動きをみてということにして、これから随時状況を教えてくれるという。鷺沼は期待を寄せた。

「少なくとも、いま自宅で暮らしている槙村が原口なのか岸田なのか、ある程度の見当はつくでしょう」

「ああ。どっちがこのふざけた芝居の主役かで、今後の見通しがまるっきり変わってしまうからな」

三好は嘆息した。それが判明しないと捜査の方向が定まらない。ここはけちな犯罪を犯してくれたお抱え運転手に感謝するしかなさそうだ。

「彩香はきっとやりますよ。タスクフォースの一員なのに、近ごろ出番が少ないと嘆いていましたから」

彩香の株を上げようとでもいうように、井上は力を込める。鷺沼からすれば、宮野の天敵というだけでこれまでも十分貢献をしてくれた。まかり間違っても宮野の路線に同調し、一攫千金を目指して欲しくはないが、井上や三好のここ最近の言動を考えると、あまり安心はしていられない。

「いよいよタスクフォースの総力戦だな。宮野君も、これからいろいろ知恵を絞ってくれるだろう」

三好は露骨に宮野に期待する。苦い気分で鷺沼は言った。

「せいぜい料理のほうで知恵を絞ってもらいますよ。またこのあいだのようなどじを踏まれたんじゃ堪りませんから」

そのとき鷺沼の携帯が鳴った。噂をすればなんとやらで、宮野からの着信だった。さっそく馬鹿なアイデアでもひねり出したのか、気乗りしない気分で応答すると、困惑した調子の宮野の声が流れてきた。

「まずいことになったよ、鷺沼さん。葛西の爺さん、危篤らしいよ」

「危篤？　痛風持ちだが、ほかはぴんぴんしてるとと本人は言ってなかったか？」

「おれもそう聞いていたから安心してたんだけどね。大事な生き証人だから、調子はどうかと思って、老人ホームに電話を入れてみたんだよ。ゆうべまでは元気で食事も普通にしてたんだけど、けさになってなかなか起きてこないんで、部屋を覗いてみたら意識を失っててね。すぐに病院へ搬送されたんだけど、脳梗塞でかなり重症らしい」

「発見が遅れたんだな」

「倒れてすぐ搬送すればなんとかなったんだけど、寝ているあいだだと、どうしてもそうなるらしいね。いまはＩＣＵ（集中治療室）に入っているんだよ」

「面会は？」

「すぐに病院へ電話してみたんだけど、ＩＣＵは親族以外は面会できないし、そもそもずっと昏睡状態で、会っても話はできないそうなんだ」

「親族はいるのか」

「かみさんは二十年前に死んで、子供はいないと言っていた。あの歳だから、もちろん両親は他界しているだろうしね。困ったよ。このまま逝っちまったら、原口の犯行を証言できる人間がいなくなる。それじゃ原口を死刑台に送れない。爺さん、せっかくそれを罪滅ぼしの最後のチャンスだと思っていたのに、それも叶わず地獄に落ちるなんて、あまりに気の毒な話だよ」

電話の向こうで宮野は悲痛な声を上げる。人から金を毟り取ることだけが生き甲斐だと思っていたが、葛西とのあいだには、それとは別の絆が生まれていたようだった。

第十三章

1

葛西は治療の甲斐もなく、翌日の早朝に死亡した。

宮野は昨夜一晩、たま吉の頭を撫でさすって葛西の回復を祈願した。しかし豪徳寺の招き猫のご利益にも限界があるようで、病の回復まではさすがに手が回らなかったらしい。朝いちばんで病院に電話を入れて、受けとったのがその悲報だった。

ゆうべ井上は鷺沼の家に泊まり込み、三好と福富は夜中に帰っていったが、宮野の料理で景気づけをする予定がなにやら一つも盛り上がらず、まるでお通夜の予行演習のようだった。

「爺さん、逝っちゃったね。親父が死んだときより悲しいよ」

哀切な調子で宮野は言う。仕事をずる休みする口実にしょっちゅう親族を殺しているから、何度目の父親の死のことかよくわからないが、当てにしていた金づるが断たれるかもしれないという無念さが大きな割合を占めていないとはやはり言い難い。

鷺沼は葛西とは一度会ったきりだが、元泥棒も齢を重ねればある種の徳が備わるのか、槙村の事案に入れ込んだのも、葛西の人柄に妙に惹かれたせいでもあった。その彼の人生最後の思いがここで断たれるのは、鷺沼としてもやるせない。

「ここからは爺さんの弔い合戦でもあるな。なんとしてでも原口をとっ捕まえないと、あの世で合わせる顔がない」

公判で葛西の証言が生かせないのは痛いが、こうなれば、それをカバーする証拠を積み上げるしかない。

早朝、槙村邸にガサ入れをした彩香からは、ついさっき報告があった。碑文谷署の狙いどおり、槙村のお抱え運転手の居室からは大量の女性の下着が出てきた。その場で任意同行を求め、自供を得たのち逮捕状を請求し、ほどなく逮捕手続きがとられるという。

肝心の槙村は急な海外出張だとのことで、捜索に立ち会わせるというこちらの思惑は外れた。しかし代わりに立ち会った家政婦から、彩香たちは思いがけないことを耳にした。

証拠品の押収が済んでから、家政婦からも事情を聴取した。主にその運転手の来歴や普段の行動、性癖などに関する話だったが、一とおり聴取が終わったところで、同席していた彩香に、突然、別の件でぜひ聞いて欲しいことがあると家政婦が耳打ちした。

ただならぬものを感じて先輩の巡査部長に相談すると、彼も別の事件の端緒かもしれないと興味を抱き、パトカーのなかで話を聞くことにした。その内容は彩香にすればまさに興味津々だった。主の槙村が、じつは別人ではないかというのだ。

その家政婦が槙村邸に住み込みで雇われたのは今年の八月からだった。それまで雇っていた家政婦が突然契約の打ち切りを通告された。理由は明確にされなかったが、現在の家政婦も前任者と同じ派遣会社に所属していた。

いまどき住み込みの家政婦の需要はほとんどなく、都内でそれに即応できる派遣会社は数少ないため、槙村としても新しい家政婦をそこに依頼するしかなかったようで、新たに派遣されたのが彼女だった。

前任者のどこが気に入らなかったのか知らないが、万事遺漏がないようにと、会社のほうも引き継ぎには気を配り、槙村の食事の好みから生活習慣まで、前任者からレクチャーを受けて、彼女は事前に頭に入れていた。

ところが住み込みを始めて戸惑った。魚が好きだと聞いていたが、実際に世話をした槙村は、魚が嫌いで肉が好きだった。タバコは吸わないという話だったが、住み込みを始めた当日に、灰皿を用意しろと要求された。風呂の温度も熱いのが好きだと聞いていたのに、それまでどおりの設定にしたら熱すぎると文句を言われた。

お抱えの運転手に訊いてみると、彼もつい最近雇われたばかりで、そんなことを言われてもわからないという返事だった。

いちばん不審だったのが、彼のサインだった。住み込みでも出勤簿の作成は法で義務付けられており、毎月末に、家政婦自身が記入して槙村が署名捺印することになっていた。

その出勤簿を会社に提出すると、担当者は怪訝な顔をした。槙村の「槙」が旧字体の「槇」で、筆跡も違うというのだ。最初は家政婦が嘘をついて、出勤簿を捏造したのではないかと担当者は疑ったが、槙村に電話を入れて、仕事ぶりはどうかとさりげなく確認すると、よく働いてくれて感謝しているとの返事だった。

相手は日本有数の資産家で、いまどき住み込み家政婦を雇える客はそうはいない。余計なことを言って解約されれば会社も痛い。もう少し様子を見ようということになった。しかし彼女にすれば、雇い主の槙村が得体のしれない偽者のような気がして、きょうまでそこに、なにか犯罪の匂いを感じ続けていた。たまたま槙村が不在のところへ警察がやってきたので、思い切って話すことにしたという。

巡査部長は、不審な点はたしかにあるが、犯罪の匂いうんぬんは推理小説の読みすぎだくらいに思ったようで、とりあえず話を聞いておく程度の対応だったらしいが、こちらから探りを入れたわけでもないのに家政婦がそんな話をしたということは、鷺沼たちにとっては極めて大きな意味を持つ。

「つまり今年の八月に、槙村は影武者と入れ替わっていたんですよ。彼には妻も子もいない。しかし以前から雇っていた家政婦や運転手の目までは誤魔化せない。両方とも入れ替えてしまえば怪しまれることはない。まさか入れ替わる前の槙村の好き嫌いや生活習慣まで、新しい家政婦が予習してくるとは思わなかったんでしょうね」

彩香からのそんな報告に井上は興奮した。しかし鷺沼は別の不安を覚えた。

「私生活も含めて、すでに完全に入れ替わっているとなると、心配なのは原口がいまも生きているかどうかだよ」

「でも、おれは影武者じゃない偽槙村をたしかに見たわけだから、生きているのは間違いないよ。屋敷にいるのは岸田かもしれないけど、さんざん汚い手を使ってあれだけの会社を築き上げた原口が、あっさり影武者に殺されるほど間抜けなはずないよ」

宮野はいつになく原口を高評価する。鷺沼は嘆いた。

「間抜けじゃないんなら、なおさら手がつけられないな。本物の原口は煙のように姿を消して、しかもどこかから岸田をコントロールしているとしたら、もう警察にできることはなにもない」

「警察なんて、もともとその程度のもんよ。こうなりゃ原口だろうが岸田だろうが、どっちでもいいじゃない。本物の槙村が三十年前に死んでいることを立証すれば、槙村名義の資産はすべて国に没収されるんだから」

宮野は拳を振り上げる。鷺沼は問いかけた。

「それじゃあんたの目算も狂うだろう。正義のためなら私利私欲は封じるという意味に解釈していいのか」

「まさか。おれはそこまでお人好しじゃないよ。動かぬ証拠を握ったところで、強請り倒してやるしかないじゃない。こうなると、十億、二十億なんてはした金だよ。ゼロをもう一つ二つ増やしたいくらいだね。搾れるだけ搾ったところで、残りの金は国にくれてやる。原口だろうと岸田だろうと、それで偽槙村は丸裸になるわけで、死刑台に上げられないのは残念だけど、それが葛西の爺さんへの供養にもなるわけだから」

宮野のそこまでの妄想にはついていけないが、鷺沼にしても、ここでむざむざ引き下がろうという気はない。

「果たしてそれが立証できるかだな」

「ゆうべ、たま吉のお告げがあったんだよ。鷺沼さんの例の思いつきがきっと当たるって。きょうはこれから、柳原という人のところに出かけるんでしょ」

きのうはそのアイデアに洟もひっかけなかったくせに、いまはたま吉まで動員して期待を寄せてくる。鷺沼は頷いた。

「おれも当たるような気がするな。というより、当たってもらわないと困る。いまやそれが唯一の決め手で、それがだめなら、おれたちにはもうあとがない」

そのとき鷺沼の携帯が鳴った。噂をすればなんとやらで、柳原からだった。応答すると、勢い込んだ声が流れてきた。

「朝早く済みません。見つかりましたよ、槙村君からの手紙が」

「そうですか。よかった。保存状態は？」

「いいと思います。当時の記憶はだいぶ薄れていたんですが、ずいぶん頻繁にやりとりをしていたようで、全部で二十通ほどありました」

「わかりました。これからそちらに伺います。それを預かって、急いでDNA型の鑑定を進めます」

「うまくいくといいんですがね」

柳原は祈るように言う。鷺沼は請け合った。

「お任せください。これで彼の無念を晴らす道が開けます」

鷺沼と井上はさっそく渋谷の柳原の会社に向かった。槙村が送ってきたという手紙の束を受けとると、すぐに警視庁に戻り、木下にそれを預けた。DNA型鑑定は条件のいい試料なら一日あれば可能だが、何十年も前のものとなるとDNAの抽出に手間がかかり、最低三日は必要だとのことだった。電話で報告すると、宮野はいかにもじれったそうに言う。

「警視庁の科捜研はそんなに仕事がのろいわけ？　だったらデータを誤魔化して一致し

たことにしちゃえばいいんだよ。あれが槙村の骨なのは間違いないんだから」
「そうはいかないよ。三日後には答えが出るんだから、そう焦ることもない。それより
その先の仕事の進め方について、せいぜい悪知恵を働かせてくれよ」
「うん、その件について、さっきたま吉と相談したんだけど、これはもう正攻法で行く
しかないという結論に達してね」
「正攻法？」
「鑑定書が出たら、それを槙村んちのポストに入れておいたらどう？　こういう事実を
握ってるんだけど、話によっては握り潰してもいいんだよっていう手紙を添えて――」
「慌てるだろうな。乗ってきたら誰が交渉にあたるんだ」
「もちろんおれに決まってるじゃない。鷺沼さんたちは、もらうものをもらったあと掌
を返して丸裸にする仕事があるし、死刑台に送れる可能性だって、まだ完全に消えたわ
けじゃないんだし」
「どういう可能性がある？」
「爺さんは刑務所にいるとき、そのことを検察に上申したって言ってたじゃない。うす
ら馬鹿の検察は、刑務所に長居したくてでっち上げたとみて相手にしなかったようだけ
ど、まだ去年の話だから、上申書は検察内部に残っているはずだよ」
「ほかにも補強材料が出ればの話だがな」

「その骨が槙村のものだと証明されれば、死んでいるのは明らかじゃない。三十年も前に肋骨のかけらを落っことして、いまもどこかで暮らしているとしたらゾンビだよ。さらにそこで成りすましの事実が発覚すれば、いくら検察だって捜査に乗り出すよ。おれたちはその前に、きちっと集金を済ませておく必要があるけどね」

宮野はいつもの勢いを取り戻しつつあるようだった。

2

宮野との電話を終え、ふと不安を覚えて鷺沼は三好に言った。

「急な海外出張というのが気になりますね。捜査の網が絞られているのを察知して、海外逃亡でもしようというんじゃないですか」

「先日の宮野君の一件があったから、なにかあるとは感づいているだろうが、あれほどの経済界の大物が、いくらなんでもそんな恥さらしなことをするかな」

「緒方婦人は、すでに中西の死亡届を出しています。銀行にも連絡をしたはずなので、彼の名義の五億円超の銀行預金は凍結されています。中西が死んでいることを我々はまだ公表していませんが、偽槙村はたまたまその口座をチェックして、凍結されていることに気づいたのかもしれない。そうなると、槙村氏の件は別としても、中西殺害の容疑が自分にかかるかもしれない。それで逮捕されれば、マキオスの経営者としては失脚すると当人は考えるでしょう」

「現在の我々の捜査じゃそこは立証しようがないんだが、偽槇村としては大いに心配になるだろうな」

「しかし資産をオフショアの匿名口座に移転して、自分は国外のどこかに雲隠れすれば、あとは一生安泰ですよ」

「そうなると、こちらが期待していたお宝も、ごっそり消えてなくなることになる」

三好は本音を隠す気がもうさらさらないようだ。鷺沼にとってもそれは最悪の成り行きだ。本物の槇村の死が証明できるかもしれないこのときにそれをやられたら、国による資産の没収という経済的制裁の効果がなくなる。

「急いで槇村名義の資産の状況をチェックしたほうがいいんじゃないですか。とりあえず銀行口座だけでも」

「ああ。有価証券や不動産も誰かに譲渡されていないか、確認する必要があるな。そっちは多少手間がかかるが」

三好は焦燥を露わにして、デスクの抽斗から捜査関係事項照会書の書式を取り出した。

鷺沼は井上とともに各メガバンクの本店に赴いた。槇村名義の口座はほとんどの銀行にあり、残高は普通と定期を合わせて数千万円から数億円だった。一般庶民の感覚からすれば巨額だが、数千億にも上るとみられる槙村の資産総額からしたら微々たるものだ。たぶん資産の大半は株やヘッジファンドのような金融資産、不動産などで運用しているのだろう。そこまで調べ上げるのは、経済事案が本業ではない鷺沼たちの手に余る。

警視庁に戻って報告すると、三好は唸った。

「それは十分予測できたよ。あのクラスの資産家ならだれでもやっていることだからな」

「出国した先と、いつ帰る予定なのか調べる手はないですかね」

「マキオスに訊いても教えてくれるはずがないし、そもそも訊いただけで偽槙村の耳に入って、雲隠れ計画に拍車がかかるかもしれない」

三好が思い悩むと、井上はすかさず答えを見つけ出す。

「槙村邸の家政婦が聞いているかもしれませんよ。彩香に確認してもらいます」

電話を入れると、彩香はすぐに出たようで、家政婦の携帯番号は控えてあるから、これから問い合わせるという。

「でもその偽槙村は、原口じゃない可能性が高いわけでしょう」

心配げな井上に、楽観的に鷺沼は応じた。

「どっちでもいいよ。原口であれ岸田であれ、槙村殺しの重要参考人なのは変わりない。

強盗殺人は重罪だ。もし岸田なら、原口の罪を背負って死刑や無期にはなりたくないだろうから、案外すらすら吐くかもしれない」

「行き先と帰国の日がわかったら、主だった航空会社に、その日到着する便に槙村という名前の人物が搭乗するかどうか問い合わせればいい。それがわかったら、成田でも羽田でも空港に張り込んで任意同行を求める。先日の株主総会では宮野君の勇み足で取り逃がしたが、今度はそうはさせない」

そのリベンジだとばかりに三好は息巻いた。そこへ彩香から電話が入った。井上が受けて報告する。

「四日後に帰国すると聞いているそうです。行き先はシンガポールです」

「シンガポールか。どういう用事なんだ」

三好が訊くと、井上は首を横に振る。

「そこまでは知らされていないようです」

強い確信を抱いて鷺沼は言った。

「シンガポールは世界有数の金融センターの一つです。我々の想像どおり、そこの匿名口座を使って、いよいよ資産の隠匿に動きだしたと考えていいんじゃないんですか」

「そうなると、全資産を国が召し上げるといっても、行方を突き止めて回収するだけで大仕事になるな」

「すべては無理でしょう。何分の一かでも手元に残れば、悠々自適の余生を送れますよ」

鷺沼はそこにただならぬ危機感を覚えた。三好は井上に四日後のシンガポール発東京行の便を洗い出させ、航空会社の支社宛てに捜査関係事項照会書をファックスで送付した。

タイミングを見計らって電話を入れると、どこの会社も、その日の便に槙村尚孝名義の予約は入っていないという。あるいはと思って、原口敏夫もしくは岸田恭一という名前はないかと問い合わせると、想像は当たった。その日の午後二時二十五分成田着のシンガポール航空の便に原口の名前の予約があった。

偽槙村は原口の身分をいまも利用していて、今回の渡航にはそちらの名義のパスポートを使ったのだろう。となると会社の仕事ではないのはもちろん、よほど人に知られたくない用事でシンガポールに出かけたことになる。強い手応えを覚えて鷺沼は言った。

「このまま雲隠れするならともかく、帰ってくるということは、まだしばらく槙村尚孝としての影響力を行使する気なんでしょう。それならこちらにもチャンスがありますよ」

3

敵が予想もしない手を打ってきたのを知ったのは翌日だった。

毎朝いちばんに登庁して新聞にじっくり目を通す三好が、鷺沼が出てくるのを待ちかねていたようにある全国紙を差し出した。付箋のついたページを開くと、マーカーで囲まれた記事が目に止まった。

「マキオス、筆頭株主に岸田恭一氏が躍り出る。槙村会長は退任か」

まだ第一報だからか、見出しも記事もさほどではないが、日本有数の企業のトップ交代のニュースなら、今後、他紙も含めて大きな扱いになるものと思われる。

記事を読むと、岸田が槙村の保有株の大半の譲渡を受け、実質的に経営の主導権を握ったという内容で、その部分はマキオスの広報部門が発表した公式のもののようだ。槙村が退任する話はそこから導かれた憶測のようだが、それ自体は常識的な読みで、株を手放した槙村がそのまま会長の地位に居座るとは思えない。岸田は弁護士資格を持つ謎の投資家ということになっている。

「してやられましたね。この手で来るとは思いもよらなかった」

地団駄を踏む思いで鷺沼は言った。譲渡手続きに不備がなければ、警察は手の出しようがない。さらに他社の株式や金融資産、不動産等まで岸田の名義に書き換えられたら、DNA型鑑定の結果で槙村の死が証明されても、そのとき槙村名義の資産のほとんどは岸田のものになっているだろう。

気を取り直せとばかりに三好が言う。

「原口が本物の槙村を殺害してその資産を奪い取り、それを元手に築き上げた富だ。そのことを承知で岸田が譲渡を受けたとしたら、岸田は善意の第三者とは言えなくなる。つまり盗品と承知で買った故買屋と同じだ。どうなんだ、法学部出身のおまえの見解は」

話を振られ、井上はここぞと身を乗り出す。

「譲渡を受けた資産の性質を考えると、その行為自体が盗品等関与罪に該当するかどうかは難しいですが、資産そのものは正当な相続権者に帰属します。本物の槙村氏には法定相続人がいないから、まず裁判所によって相続財産管理人が選定され、公告によって特別縁故者や相続債権者の捜索を行う。それでも見つからない場合は国のものになる。つまり相続財産管理人には、不当な譲渡を受けた岸田に対する請求権があることになります」

「つまり本物の槙村氏がすでに死亡していることを岸田が知っていたら、資産の譲渡はすべて無効になるわけだ」

鷺沼は確認した。井上は頷いた。

「ここまでわかったことから推測して、岸田がそれを知らなかったはずがありません。いま偽槙村のさらに偽物を演じていることが、まさしくそれを証明していますよ」

「例の株主総会のときの映像と、岸田の顔写真をスーパーインポーズ法で比較鑑定すれば、言い逃れはできないな」

意を強くして鷺沼は言ったが、三好はそれだけでは収まらない。

「だからといって岸田を強盗殺人罪には問えない。このまま原口を逃がしちまったら、タスクフォースの面子が立たないだろう」

さすがに悪銭を毟り取るだけが目的ではないらしい。その点は安心したが、こんどは原口の行方が気になる。株主総会の日に宮野が目撃したのが原口なら、少なくともその時点までは日本国内にいたのは間違いないが、家政婦の話が本当なら、今年の八月には岸田と入れ替わっていたことになる。

そうだとしたら今回の持ち株譲渡の計画は、そのときすでに始まっていたとも考えられる。もし原口と岸田が結託しての作戦なら、強盗殺人での訴追をまぬがれるだけのために巨額の資産を岸田にくれてやるほど原口が甘い人間のはずがない。では岸田はあくまで傀儡《かいらい》で、原口がどこかに身を隠して岸田をコントロールしているとしたら、いったいどうやってその手綱を握っているのか――。

それを考えるより、むしろなんらかのやり方で原口がすでに始末されているとみたほうが正解のような気さえする。そんな考えを口にすると、苦々しげに三好は応じた。

「もしそうなら自業自得だが、最後に甘い汁を吸うやつが一人残るのは許せないな」

4

「来たぞ。あいつだ」

成田空港第一ターミナルの到着ロビー。午後二時二十五分成田着のシンガポール航空便の乗客が入国ゲートから続々と出てくる。

三好が指さすその先にあるのは、株主総会の映像を見て以来、頭に焼き付いているあの顔だ。薄手のセーターにブルゾンというカジュアルな格好で、オフィシャルなビジネス旅行から帰ってきたという雰囲気ではない。

想像どおり私的な用事と見えて、ボディーガードのような連中の姿は見えないし、会社の人間と思しい者も迎えに来ていない。鷺沼たちは男に歩み寄った。

「原口敏夫さんだね。ちょっと話を聞きたいんだが、警視庁まで同行してくれないか」

三好が警察手帳を提示して声をかけると、男は空とぼけた。

「原口？　そんな人間、私は知らないよ」

「パスポートを見せてもらえますか」

鷺沼が代わって問いかけると、男は不快感をみなぎらせる。

「どういう理由で私を犯罪者扱いするんだね。パスポートは個人情報の最たるものだ。なにか法的な根拠でもあるというのか」

「現在、ある殺人事件の捜査を進めておりまして、原口という人物がその容疑者なんです。あなたが乗ってきた便の搭乗者名簿にその名前があるのを確認しているんです」

「だからどうだと言うんだ。それが私とどういう関係があるんだ」

「あなたが原口だという強い心証があるんだよ。間違っているんなら、パスポートを見せてくれれば殺人の容疑は氷解するんだがね」

三好は周囲に聞こえよがしに声を上げる。近くを歩いていた人々が立ち止まり、小さな人垣ができる。気をよくしたように、三好は手にした警察手帳を振りかざす。男は苦々しげな顔で名刺入れをとり出した。

「私はこういうものだ。君たちは人違いをしている」

差し出した名刺には「岸田恭一」の名前がある。肩書は第一東京弁護士会所属の弁護士となっているが、事務所名は記載されておらず、連絡先は等々力の自宅で、電話もその番号だ。鷺沼は首を傾げた。

「先ほど到着した便の搭乗者名簿には岸田さんの名前はありませんでしたが、使ったのは別の飛行機だったんですか」

「そうだよ。どうして私がその便に乗ってきたと決めつける。あのゲートを使う航空会社はほかにいくらでもある」

「しかしそのラゲージタグには、先ほど到着した便名が書いてありますね。それも間違えて付けられたんですか」

嫌味な調子で鷺沼は指摘した。スーツケースに取り付けられたタグにはシンガポール航空を示す「SQ」に数字が続いた文字列が印字されている。ロビーにある案内板に表示されていたもので、到着を待つあいだずっと目に留めていたから、しっかり記憶に残っている。ゲートを出るときタグを外さなかったのは迂闊だったが、まさか警視庁の刑事が到着ロビーへ迎えに来ているとは考えなかっただろう。男は一転して苦しい言い訳をする。

「そ、それはその、たしかにその便には乗ったが、私の名前がなかったはずがないんだよ。航空会社の確認ミスじゃないのか」

DNA型鑑定の結果はきのう出ていて、骨片は本物の槙村のものと確定した。試料を採取した手紙が間違いなく槙村からのものだということは、柳原の証言からも手紙の文面からも推認できる。しかしその話は、きょうはまだ仕舞っておくことにする。

「あなたの顔が、その原口と瓜二つなんですよ。そこまでのそっくりさんが、同じ飛行機に乗り合わせる偶然は滅多にないと思うんですがね」

めいっぱい皮肉を利かせても男は動じない。いくら似ていても、指紋やDNA型鑑定で別人だと証明できる。男が岸田ならそれは百も承知のはずで、まさにそれゆえの偽装だったわけだろう。

「私も弁護士だ。争うことになればとことん争うよ。相手が警察でも検察でも、こういう不当な捜査は、決して看過できない」

弁護士であることを妙に強調するところからしても、この男が原口ではなく岸田なのは間違いない。こちらとしてはもう答えが出たし、これで十分揺さぶった。

「だったらやむを得ませんね。おっしゃるとおり、私どもには、事情聴取を強制する法的根拠はありませんので」

あっさり引くと、男は戸惑った様子だ。

「いいのか？」

「けっこうです。我々にはほかにも捜査を進める手立てがありますので」

追及の手は緩めないという意思はしっかりと伝えておく。男はむしろうろたえた。

「言っておくが、私は原口などという男とはまったく別人だ。なんなら指紋を照合してもらってもいい」

「そこまでおっしゃられれば納得せざるを得ません。無礼なことを申し上げました。

我々はここで失礼します。どうぞお気を付けてご帰宅ください」

馬鹿丁寧に言ってやると、なにやら具合の悪そうな仏頂面をして、男は出口の方向に歩み去った。その姿を見送りながら、鷺沼は宮野に電話を入れた。

「いまそっちへ向かったよ。見た目は偽槙村だが、間違いなく岸田だ。迎えはいないから都内までタクシーだろう。詳しい話はあとでする。とりあえず尾行を始めてくれ」

「わかった。福富がハンドルを握るって張り切ってるから、連絡役はおれが担当するよ」

「あんたと喋るとストレスが溜まるから、できれば逆のほうがいいんだが、運転させるとまた車をぶっ壊しかねないからな」

「心配は要らないよ。きょうは鷺沼さんの車じゃないんだし」

ビンテージもののスカGを全損させられた恨みはまだ消えていないが、都合の悪いことを忘れることにかけては宮野は天才だ。きょうもGTRを貸せと言い出したが、目立ちすぎるという理由で断固却下して、いま彼らが使っているのはレンタカーのプリウスだ。

福富は今度の件には妙に入れ込んでいて、店の仕事を放り出してでも存在感を発揮したいらしい。そろそろ銀座に出店したい思惑があり、その資金を調達するには頃合いの仕事とみているようで、相手が原口や岸田のようなろくでなしなら、宮野の専売特許の経済的制裁という名分も十分成り立つ。

「じゃあ、我々も急がないと」

男がロビーの外に出たのを見計らって、鷺沼は三好と井上を促した。車は空港の駐車場にある。こちらは覆面パトカーだが、宮野と連絡を取り合いながら、適当に距離を置いて追尾すれば怪しまれる心配はない。

井上の運転で車が走り出したところへ、宮野から電話が入った。スピーカーフォンに切り替えてそれを受ける。

「いま新空港道から東関道に出たところ。たぶん行き先は東京方面だから、適当についてきてよ。それでどうなの、そっちの状況は？」

先ほどのやりとりを説明すると、弾んだ声で宮野は応じた。

「ちょうどいい匙加減じゃないの。こっちがどこまで真相に迫っているか、向こうは疑心暗鬼になったはずだし、いちばん肝心な切り札はまだ言ってないし」

「問題は原口がどこにいるかだよ」

「示し合わせてやっているとしたら、これから原口の隠れ家に向かうかもしれないね。まさか大岡山のぼろアパートじゃないと思うけど。なかなか面白くなってきたじゃない」

「お抱え運転手は逮捕されているが、社用で海外出張なら会社の人間が迎えに来ていいはずだ。株主総会のときはあんたを捕まえて監禁したような連中がいたんだから、こんども用心棒が出迎えるかと思っていたんだが」

「社内の人間にも知られたくない用事だったのは間違いないね。宮野木《みやのぎ》ジャンクションまであと二十分くらいだから、そこからどっちに向かうかで答えは出るよ」

5

予想を裏切って、岸田の乗ったタクシーは、京葉道路から千葉東金《とうがね》道路経由で圏央道に入り、市原鶴舞《いちはらつるまい》ICで一般道に出て、向かった先は勝浦《かつうら》市内の『かずさ友愛クリニック』という瀟洒《しょうしゃ》な外観の病院だった。

海を望む小高い丘の上にあり、市街地から外れたその場所は、病院というよりリゾートホテル向きのロケーションだ。

岸田は玄関前でタクシーを降り、タクシーはそこから駐車場に向かった。乗り捨てるのではなく、用が済むまで待機させて、そのあとまたどこかに向かうつもりらしい。

岸田が外に出てきたのは三十分ほどしてからだった。待機させていたタクシーに乗り、もと来た方向に走り出す。ここからは手分けするしかない。宮野たちはプリウスでタクシーを追尾し、鷺沼たちは、少し間を置いて病院の受付に向かった。

ここまでの状況からすれば原口がいる可能性が高い。まずはどういう病院なのか、さりげなく確認することにした。通りすがりに立ち寄ったふうを装って、受付にいる事務職員に鷺沼が問いかけた。

「素晴らしい環境ですね。もし入院するようなことがあったら、私もこういうところにお願いしたい。ちなみにこの病院の専門はなんですか」

「そういう方がよくお見えになります。ちょっと特殊な病院でして、一般の患者さんにはあまりご縁がないかと——」

言いながら、職員はカウンターにあったパンフレットを手渡した。内科、消化器科、呼吸器科、脳神経内科、放射線科といった一般的な科目に並んで、緩和療法科という科目があった。全体のバランスとしてその紹介に多くのスペースが費やされており、ホテルを思わせるような贅沢なつくりの個室や談話室の写真が掲載されている。

「こちらはホスピスなんですか」

驚きを隠して問いかけた。職員は頷いた。

「一般の診療科目もありますが、そちらは付随的なもので、ホスピスが専門とご理解ください。設備も看護スタッフも東京近郊ではトップクラスで、お食事も選りすぐりのものをご提供しており、心安らかな終末期を過ごされる方が大勢いらっしゃいます」

要は差額ベッド代や食事代がべらぼうで、セレブでなければ利用できない高級ホスピスだと言いたいわけだろう。もし原口が入院しているとしたら、その点では条件が合う。

「そうですか。私の親類にも末期がんで苦しんだ人がいましてね。そのときの様子を思い浮かべると、どうせ治らないのなら、こういうところで穏やかな最期を迎えさせてあげたかったと後悔してしまいます」

「日本ではまだホスピスの重要性が認識されていません。もちろん終末期を迎えられた患者さんがどういう治療を望むかはご本人の意思に任せられるべきで、私どもが押しつけるものではありませんが」

話の後段は、鷺沼と三好の懐具合を勘案してのものだと思われる。これ以上突っ込むと怪しまれそうなので、きょうのところは引き上げることにした。車に戻って宮野に電話を入れると、岸田は来たときと同じルートを東京方面に向かっているという。

「自宅か会社か、どっちかだと思うから、あとは心配ないよ。で、どうだったの、病院のほうは？」

そこがホスピスで、もし原口が入院しているとしたら余命幾ばくもない状況かもしれないと言うと、複雑な口ぶりで宮野は応じた。

「原口もとうとう命運が尽きたわけだ。岸田はそれにつけ込んで、財産をそっくり奪い取ろうとしているのかもね。それもおそらく、すべて適法なやり方で。なんとかしないと、岸田を除けば、誰一人浮かばれずに終わっちゃうことになるよ」

「そうはさせない。それをすべて引っ剝がす決め手を、おれたちは持っているんだから」

「でも、悔しいよ、金さえとれればいいってもんじゃない。原口も悪党だけど、岸田はそれを上回る大悪党だよ。川井どころか、行方不明の取締役にしたって、殺したのは岸田かもしれない。それを取り逃がしたら、タスクフォースの存在意義が問われるよ」

宮野が意外なことを言い出した。金以外の大義がその頭にあるとしたら、これまでずいぶん見損なっていた。鷺沼は確認した。

「株主総会の日にあんたが見たという男、本当に原口だったのか。末期がんでホスピスにいる人間が、そんなところにひょこひょこ出かけられるもんだろうか」

「そうだったんだからしようがないでしょ。でも言われてみると、なんだか瘦せてたような気がするよ。顔色も悪かった」

「まあ、緩和療法を受けていると、死ぬ直前でも比較的元気だという話はよく聞くからな。株主総会の議事録には取締役全員の署名捺印が必要だから、そのために本人が出向く必要があったのかもしれない」

「きっとそんなところだよ。例の家政婦の話でも、岸田は偽槙村の署名は真似できなかったようだからね。それで、どうするのよ、鷺沼さんのほうは？　岸田と原口が結託していろいろ画策していることはなんとか立証できても、本物の槙村を原口が殺したことも、そもそも槙村が死んでいることも知らなかったと抗弁されたら、岸田は善意の第三者になっちゃうよ」

「残念だが、それを否定する手段がいまはない。岸田が原口のパスポートで渡航したこともせいぜい旅券法違反で、それ自体は原口の強盗殺人とは直接繋がらないからな」

「そもそも岸田と原口が一緒にいるところを目撃したわけでも写真に撮ったわけでもない。だとしたら、やっかいな話になるよ」

「こうなったら、原口を逮捕して証言をとるしかないな。もちろん生きているあいだに」

鷺沼が言うと、宮野が今度は慌て出す。

「そんなことをしたら、おれたちが金を毟り取るチャンスがなくなるじゃない」

宮野にとっては、やはりそちらも無視できない大義のようだ。腹を固めて鷺沼は言った。

「それもこれからつくるしかない」

6

岸田が帰ったのは、マキオスの本社でも大岡山の槙村邸でもなく、等々力三丁目の自宅だった。鷺沼、井上、宮野の三人は、現地で合流し、そのまま張り込むことにした。三好は立場上この事案にかかりきりというわけにはいかず、いったん本庁に戻った。福富も本業をいつまでも放っておくこともできず、関内に帰っていった。岸田のほうは、夕方中華料理店の出前がやってきて、食事はそれで済ませたのか、夜になっても家から外に出てこない。

鷺沼は『かずさ友愛クリニック』にしらばっくれて電話を入れ、そちらに原口もしくは槙村という名前の患者が入院しているかと訊いてみた。案の定、個人情報保護の観点から、そうした問い合わせには応じられないと木で鼻を括ったような答えが返ってきた。

警視庁の捜査一課だと言えば対応は違うかもしれないし、それでだめなら捜査関係事項照会書を送りつける手もあるが、それにも強制力がない以上、協力が得られなければ、こちらの動きを敵に知らせるだけで終わってしまう。岸田の今後の動きによっては、人員を割り振ってホスピスにも人を張り付ける必要があるとの考えで、いまは三好とも意見が一致している。

当面の問題は岸田の動きだ。マキオスの株式譲渡の話はきょうになって新聞の扱いが大きくなっていたようで、テレビのニュースでも取り上げられ、岸田という謎の人物の正体と槙村の現在の状態に世間の関心が集中していると本庁に帰った三好から連絡があった。

マキオス側は近々、岸田による記者会見を開くとアナウンスしており、現在、取締役選任とその後の会長就任について内部調整中なのではとマスコミは報じている。おそらく岸田の今後のスケジュールは多忙となるだろう。

交代で仮眠しながら朝を迎え、井上がコンビニで仕入れてきたお握りと総菜で朝食をとっていると、岸田宅の玄関先に黒塗りの高級そうなセダンがやってきた。マキオス本社が契約しているハイヤーを呼んだのだろう。ドライバーが玄関のインターフォンを押すと、間もなく岸田が出てきて後部席に乗り込んだ。

きのうは銀髪で七三に分けていた髪が、きょうは黒々として、しかも丸刈りだ。あの特徴的な黒縁眼鏡もかけ、濃い目のファウンデーションでも塗っているのか、肌はゴルフ焼けしたように浅黒い。

井上がインターネットで検索したかつての岸田の顔そのものだが、きのう見た岸田と比べると、五センチほど背が低い。原口のほうが背が高く、成りすましていたときは底上げした靴でも履いていたのだろう。

シンガポールへの渡航の際にも槙村こと原口になりきっていた理由はわからないが、槙村として行動するなんらかの必要性があって、岸田は一人芝居を演じていたものと思われる。

しかしきょうに至って原口という役回りは不要になった。それは槙村から岸田への名義の移行がほぼ完了したことを意味しているのかもしれない。

これから記者会見でも開くのか、ダブルのスーツをびしっと着込み、ネットで見た写真ではいかにも三流弁護士の風情だったのが、いまは大物経営者の風格さえ漂わせている。

車は案の定、六本木に向かい、本社のある超高層オフィスビルに着いた。外部の人間が使えない契約車専用駐車場に入ったため、追尾はそこまでしかできない。

報告の電話を入れると、三好はすでに登庁していて、新聞のチェックを済ませていた。

「岸田はきょうの午前十時にマキオス本社で記者会見を開くそうだ。テレビのニュースでちょっとくらいはご尊顔を拝せるだろう。どういう嘘をこね上げるつもりなんだか」

「いったん好き放題やらせたらいいですよ。そのほうが、あとでひっくり返し甲斐がありますから」

自信を秘めて鷺沼は言った。どこか楽しげに三好も応じる。

「どうやら、タスクフォースの総力戦になりそうだ。岸田みたいなヤクザ弁護士に、これ以上いい思いはさせられん」

「敵の敵は味方じゃないですが、原口がこれまでと別の意味で重要な存在になりますね」

「ああ。すべてを腹にしまって死なれては困る。どのみち地獄に落ちるのは間違いないが、せめて岸田を道連れにしてもらわないとな」

共感する口ぶりで三好は言った。

岸田の記者会見の模様は、各局が昼前後のニュースで伝えた。マキオスの現社長、広報部長とともにテーブルに並んだ岸田は、すでに会長然とした風格を見せていた。

簡単な挨拶のあと岸田は、今回の株式の取得が、槙村との円満な合意のうえで行われたこと、三年前から昨年まで二年間、社外取締役を務めており、会社の内容は熟知していること、当時から会長の槙村の厚い信任を受けており、株式の譲渡は、自分を後継にという槙村の強い要請に応えたもので、槙村の引退の意思が極めて固かったことなどを、こなれた調子で説明した。

記者から株式取得に要した総額を訊かれると、それは槙村との信義で表には出せないとしらばっくれ、譲渡の手続きは適正に行われており、マキオス側とのあいだにいかなるトラブルも発生していないと強調し、傍らにいる社長もそのとおりだというように頷いた。

槙村が引退する理由については、あくまで一身上の都合であり、公表はしないという。これも本人の強い意向によるもので、今後は相談役のようなかたちを含め、一切会社には関与しないと明言した。重病なのではないかという質問も出たが、それについては岸田も広報部長も、答えられないの一点張りだった。

そのあと社長がマイクを持って、岸田は近々開催される臨時株主総会で取締役に選任され、そのあと代表取締役会長に就任する見通しだと説明した。会見はその後も続いたようだが、ニュースで流れたのはそこまでだった。

「おれたちから見れば嘘八百のオンパレードだが、事情を知らなければ、拍子抜けするほど円満なトップの交代劇に見えただろうな」

刑事部屋の会議室に置かれたテレビでニュースを見終え、渋い口調で三好が言う。この日の朝刊の記事も似たようなもので、突然引退を表明したという槙村がその後どこにも姿を見せないことから、重病説を唱える記事も散見されたが、犯罪を示唆するような論調はまったく見られなかった。

「そもそも偽槙村はこれまでほとんどメディアに顔を出さなかったわけだから、マスコミ関係者もなじみが薄い。いまは日本有数の企業の会長交代劇だということで注目を集めているが、それも一時的で、早晩、この事態は世間の記憶からは消え去るだろうな」

三好は焦燥を滲ませる。鷺沼は腹を固めた。

「いよいよ仕掛けに入りますか」

「やるしかないな。準備はＯＫなのか」

「宮野も福富も張り切ってますよ。これから井上が、岸田に送る手紙の準備に入ります」

「相手は弁護士です。しっかり脅しをかけるにはきちんとした法律知識が必要ですから、六法全書と首っ引きで頑張ります」

井上は力強く請け合う。三好は頷いた。

「おれのほうは、あすにも捜査関係事項照会書とセットで、目黒区役所にレセプト（診療報酬明細書）の開示を請求しておく。川井氏が残した原口の健康保険証があるから照会は簡単なはずだ。ただしデータが膨大だろうから、超特急でも二、三日はかかるかもしれない。きょうはこれから東京地検に行ってくるよ。刑事部に出向いて、葛西の上申書をすぐに取り上げるように談判する」

7

三日後の午後、宮野から電話が入った。

「さっそく食いついたよ。さっき電話が入ってね。折り入って話をしたいと言うんだよ。井上君が書いた脅迫状、マジに説得力があったからね。伊達に法学部は出てないよ。優秀な部下がいて鷺沼さんは幸せだね」

宮野は手放しで賞賛する。鷺沼と彩香以外の人間に対しては決して褒め言葉を惜しまない。鷺沼は訊いた。

「どこで会おうと言ってるんだ？」

「例の株主総会があった研修施設。もちろん断ったよ。そんなところにのこのこ出かけて、殺されたんじゃ割が合わないって」

「それで？」

「だったらどうしたらいいって訊いてくるから、別に会う必要はない。こっちが指定するオフショアの口座に二億ドル送金するようにって言ってやったよ。そのくらい、あんたが手に入れた資産からしたらはした金でしょって。口座は、税金逃れのために福富があちこちのタックスヘイブンにつくったのがあるから、それを借りればいい」

「ずいぶんふっかけたな」

「円に換算して二百三十億くらいだね。槙村の数千億にも上る資産からすれば小銭だよ。もう少し負けてくれって言うから、どのくらいまでなら出せるんだって訊いてやったら、二百万円だって言うからさ。馬鹿にするなって言って電話を切ったよ。するとすぐにかけ直してきて、だったら一千万出すと抜かしやがる。どうもこのおれを昔の自分と同程度の小悪党だと思ってるようだね」

大か小かは別として、宮野もいまや善人ぶる気はまるでなさそうだ。しかし岸田もけちだが、宮野のふっかけ方も尋常ではない。

「それで、あんたはどのあたりを落としどころにしようというんだ」

「原口に死なれたら困るから、そうぐずぐず交渉はしていられない。ゼロを一つ減らしたあたりで手打ちすることになると思うけど」

宮野はけろりとしたものだ。そうだとしても二十億円余りだ。鷺沼も思わず生唾を飲み込んだ。しかし数千億もの金が濡れ手に粟で国庫に入るなら、下級公務員の鷺沼たちがそのくらいのお零れをもらうことにとりたてて罪悪感は感じない。

「しかし油断はならないぞ。あんたの身元が割れたりしたら、その千分の一も払えば人殺しを請け負うようなのが世間にはいくらでもいるからな」

「心配ないよ。連絡用の携帯はネットで買った飛ばしだし、送った手紙にはこちらの身元は書いてないし、わざわざ渋谷まで出かけて投函したし。ただし同封したＤＮＡ型鑑定書は、警視庁の鑑識が作成した現物のコピーで、井上君が書いた文面を読めば、それで本物の槙村が死んでいる事実が証明されることは弁護士ならすぐわかる。そもそも疑いもせずにすぐ連絡を寄越したんだから、岸田は百も承知だったと白状したようなもんじゃない」

「だったら焦っているだろう」

「そのうちまた連絡が来るよ。で、そっちの動きはどうなの？」

「レセプトは手に入った。こっちがみたとおり、原口は勝浦のホスピスにいる。入院したのは三ヵ月前で、受けている治療は末期がんの緩和療法だ――」

レセプトは過去十二ヵ月分入手したが、原口は昨年の十二月に都内の病院で胆管がんと診断され、入院はせずに抗がん剤と放射線の併用療法を受けている。その後も何ヵ月かごとに同様の治療を受けていたが、今年の八月になって、『かずさ友愛クリニック』に入院し、そのまま現在に至っている。

井上がインターネットで調べ上げたところ、胆管がんは、初期に発見されれば外科手術で摘出が可能だが、浸潤が起きている場合は手術が不適応で、抗がん剤と放射線の併用療法が行われるケースが多いという。

「発見したときは手遅れで、抗がん剤も放射線も結果はよくなかったんだろう。それで余命宣告を受け、覚悟を決めてホスピスに入院したんじゃないのか」

「家政婦と運転手を替えた時期と一致するね。原口は自分の余命が短いことを世間に知られたくなくて、自分によく似ている岸田を影武者に仕立てたわけだ。それならいつでも逮捕は可能だね」

「いま、係長が検察に談判している。葛西の上申書を端緒に再捜査に乗り出してくれれば、そっちで逮捕状はとれるはずだが、いまごろになって動いたら、検察としては怠慢の誹《そし》りを免れない。いまさら恥をかきたくないという上の人間の意向があるようで、いま一つはっきりしない」

「原口はもうじき死んじゃうから、槙村殺害の件はけっきょく不起訴になるだろうけど、生きてるうちに取り調べできれば、岸田が絡んだ余罪が明らかになるかもしれないのにね。あいつは絶対、ただの悪徳弁護士じゃないよ。原口に匹敵する悪事を働いているよ」

宮野は確信するように言う。槙村名義の巨額の資産を懐に納めた岸田が、宮野にとってはいまや最大の仇敵のようだ。共感を隠さず鷺沼は応じた。

「どこまで追及できるかはまだわからないが、岸田を丸裸にするだけじゃ終わらない事件なのは間違いないな」

「こんど向こうから連絡が来たら、どっかで会って福富と一緒にみっちり締め上げてやるよ。普通なら警察手帳が邪魔になるような荒っぽいやり方も、おれたちならできるから」

宮野はますます気炎を上げた。

夕刻になって、宮野が深刻な調子で電話を寄越した。

「あいつ、ただものじゃないよ、鷺沼さん」

「あいつって、岸田のことか」

「うん。ついさっき電話してきてね。だったら受けて立つって、こんどは開き直りやがったんだよ」

鷺沼は覚えず携帯を握り直した。

「受けて立つって、どういうことなんだ」

「脅しに屈して金を払うなんて間違ったことはしない。もしDNA型鑑定の結果が本当だとしても、自分はそのことを知らなかった。槇村会長が原口という男の成りすましだという事実も、もちろん知らなかった。だから自分は善意の第三者で、今回の株式の譲渡もその他の資産の譲渡も法的に有効であり、それを立証するためには国を相手取ってでも争うつもりだ。金に糸目をつけず、強力な弁護団を組織するから絶対に負けることはないって、でかい口をきくんだよ」

泣き出しそうな声で宮野は言う。湧き起こる憤りに体が震えた。

「そんなことを言いやがったか」

「でも、こっちが負ける心配はないよね。だって旅行からの帰りに、あいつは勝浦の病院に立ち寄って、その病院には原口が入院していた。それがまさしく善意の第三者じゃない証拠でしょ」

縋りつくような調子で宮野は問いかける。歯軋りする思いで鷺沼は言った。

「しかし、二人が会っていることを、おれたちは確認していないからな」

「だったら、あいつが原口のパスポートで渡航したのは？」

「旅券法違反には問われるが、それもまた原口による槙村殺害を知っていた証拠にはならない」

「総会で、偽のまた偽を演じたことは？」

「商法違反になるのか会社法違反になるのか知らないが、それで経営者として失脚しても、すでに懐に入った資産を返す必要はない」

「それじゃ、おれたちは一銭もとれないし、国だって勝ち目はないじゃない」

宮野は悲痛な声を上げる。気持ちを奮い立たせて鷺沼は言った。

「こうなると、原口の自供だけが頼りだな。なにがなんでも逮捕状を取らないと」

8

翌日、三好と鷺沼と井上は、葛西を三十年前の強盗殺人事件の共犯者として、被疑者死亡のまま送検するための書類作成にとり掛った。生前、原口の犯行を告発することで、自分が刑務所に戻ってもかまわないと葛西は言っていた。だからこそいまはそうすることこそが、葛西の願いに応える唯一の方法だった。

もちろん彼が入所中に書いた上申書の件にも触れておく。というより口頭での証言のみでは証拠能力が弱い。それを原口の逮捕に繋げるにはその上申書がもっとも重要な証拠で、三好はその点を最大限強調することにした。

さらに事件の主犯である原口が現在ホスピスで療養中で、余命が限られていることも付記する。槙村への成りすまし疑惑と、中西の殺害容疑については、葛西の送検理由とは別件なのでここでは指摘するだけにとどめるが、早急に原口の逮捕状を取り、そちらの捜査にも着手すべきだとの意見も付け加えておいた。

夕刻には書類一式が整い、三好自ら地検に赴いた。一読した担当検事は緊急の事態だとすぐにわかったようで、さっそく上司と相談し、あすの朝までには結論を出すと応じた。

岸田があれだけ強気に出てきた以上、宮野の作戦はもはや有効性を失った。しかし原口の逮捕を突破口にして、槙村名義の資産の譲渡をすべて無効とし、岸田を丸裸にする作戦に関してはこれからが正念場だ。

国を相手取ってでも争うという岸田の強気は弁護士一流の恫喝に過ぎない。これまでの仕事が国庫を潤わせるだけのボランティアに終わってしまうのは悔しいが、検察が本腰を入れれば、勝機は間違いなくこちらにある。

翌日、検察は動いた。三十年前の強盗殺人事件の主犯として地検自ら原口の逮捕状を請求し、その日の午前中には発付された。

特捜を除けば地検は実動部隊を持たない。そのため、逮捕状の執行とその後の取り調べは鷺沼たち特命捜査対策室特命捜査第二係に委ねられた。

三好は鷺沼たちを含む第二係の総勢十二名を動員して原口の逮捕に向かった。しかし『かずさ友愛クリニック』は原口の逮捕を拒んだ。原口はきのうから容態が悪化し、長時間の移動には堪えられないのみならず、痛み止めのモルヒネを投与され、訊問に答えられるような意識状態ではないという。

葛西の上申書の件を相談したときに、遅滞なく動いてくれていればこういう事態には陥らなかったと三好は同行した検察官に毒づいたが、けっきょくは後の祭りだ。病院の医師の話では、保《も》ってきょうあすといったところで、現在は脳や肺にも転移しており、今後意識が戻る可能性はほとんどないらしい。

やむなく病室にあった書類や書籍、手紙など療養に欠かせないものを除いたすべての私物を押収した。

先日ここを訪れた岸田と原口はどういう関係なのかと訊くと、院長は成年後見人だと言う。原口との契約に基づく任意後見人で、その証明書も確認している。原口の入院手続きや医療費の支払いは岸田が行っているとのことだった。

入院当時は原口の意識もはっきりしていて、会話も運動機能も健常者とほぼ変わりなかったが、予後のことを考えて不安のないように後見人を立てたのだろうと院長は推測した。ホスピスにはそういう入院患者が少なからずいるという。それを聞いて鷺沼は閃くものがあった。もしそうだとしたら、岸田は槙村の成年後見人でもあり得る。原口と槙村は同一人物なのだから、もし原口が自らの意思で彼を後見人に選任したなら、槙村についても同様にしなければ意味がない。

それを耳打ちすると、担当検事は鋭く反応した。もし当たっていれば、今回の株式譲渡は、本人の意思とは関係なく、成年後見人の裁量権を濫用して岸田が勝手に手続きをした可能性がある。

さらにそれを含む槙村の巨額の資産も、すべて同じ手段ですでに手に入れているかもしれない。昨今は成年後見人制度を悪用した弁護士による横領事件は珍しくないという。そちらは鷺沼たちが関与できる領域ではないが、地検なら特捜部がある。彼らが本気で動いてくれれば、善意の第三者うんぬんとは別に、業務上横領の容疑で捜査の俎上に載せられる。

状況を報告すると宮野は声を弾ませた。

「原口を逮捕できなかったのは痛いけど、うまくいけば、横領で岸田を刑務所に送れそうじゃない」

「量刑は最高でも懲役十年以下だから、死刑台には上げようがないが、それに加えて身ぐるみ剝いで丸裸にできれば、おれたちとしてはとりあえず満足するしかないな」

固い手応えを感じて鷺沼は言った。

9

「明らかな別件逮捕だ。不当捜査そのものじゃないか」

岸田は青筋を立てて食ってかかった。市川の空き地で発見された死体の話を鷺沼が切り出したとたんの反応だった。

警視庁本庁舎内の取調室。傍らの小机で記録をとっているのは井上で、三好は地検の担当検察官とともにマジックミラーの向こうで取り調べの様子に耳を澄ましている。

つい先ほど、都内のホテルに宿泊していた岸田を逮捕した。被疑事実は旅券法違反。入管当局に確認したところ、シンガポールへの渡航の際に、岸田が原口名義のパスポートを使っていたことが確認された。鷺沼は言った。

「別件どころの話じゃないんだよ。すべてが太い糸で繋がっていてね。そのことは岸田さん、あんたがいちばんよく知っているはずなんだが」

病状の悪化で逮捕を断念した翌日、原口は死亡した。それから二週間あまり、鷺沼たちは岸田の身辺捜査を徹底して行った。

地検が動き出したこともあって、青梅署の特捜本部で川井の事件を追っていた捜査一課殺人班も、それがこちらの事案と不可分なことをようやく認めた。

彼らは川井の死因をヒ素化合物による毒殺とみて大々的なナシ割り捜査を行ってきたが、その後の再鑑識で、死体のあった場所に過去に散布された除草剤の成分が存在し、死体から検出されたヒ素がそれに由来する可能性が高いことが判明し、やむなく捜査態勢の見直しに入っていたところだった。

三好は旧知の捜査一課長に直談判した。一課長は川井と槙村、原口を繋ぐ疑惑に強い興味を示し、市川の土地を掘り返し、本格的な遺体の捜索を行うよう特捜本部に指示した。油圧ショベルを投入しての掘削の結果は予想以上で、出てきたのは三体の白骨死体だった。

DNA型鑑定の結果、一体は三十年前に死んだ槙村だと判明した。頭蓋骨には、葛西の証言どおり鈍器で殴られた痕跡があり、埋めたときになんらかの力が加わったのか、肋骨の一部が欠損していて、鷺沼たちが手作業で発掘した骨片が、その欠損部分と一致した。

残りの二体は失踪した二人の取締役のもので、家族の手元に残っていた遺品から、DNA型鑑定で身元が特定された。

町内会長の藤木が八年前に会った弁護士が岸田だとすれば、その死体と岸田になんらかの関係があると推認できるが、それだけでは逮捕状請求の要件を満たさない。

やむなくとった苦肉の策が、旅券法違反による逮捕だった。岸田はそれを別件だと言うが、鷺沼たちにしてみれば、それこそが今回の錯綜した事案の中枢に繋がる太い糸だった。

「だったらあんたが、原口名義のパスポートでシンガポールに渡航した理由を説明してくれないか」

鷺沼は穏やかに問いかけた。岸田は不快感を滲ませた。

「どうしてそのことと、そんな場所から出てきた死体の話が結びつく。旅券法違反で訴追するのなら、私は争うつもりはない。いますぐ送検してもらってかまわない」

旅券法違反は五年以下の懲役若しくは三百万円以下の罰金だが、実際には執行猶予がつくケースがほとんどで、岸田が争わなければ罪は確定し、それ単独で結審する。近々マキオスの会長に就任する予定の岸田にとってはそのチャンスを失うことに繋がるだろうが、そうなっても困らないだけの資産をすでに手に入れているとしたら痛くも痒くもない。その狙いがわかっているから、ここはとりあわずに鷺沼は続けた。

「原口には、強盗殺人の容疑がある。その原口は先日、千葉のホスピスで死亡した。あんたは彼の成年後見人だと病院関係者から聞いたんだが」

「原口氏が死亡した以上、後見は法的に終了する。従って、いま私と原口氏のあいだにはなんの関係もない」

「だったらどうして、死んだ人間の成年後見人になれたんだ」

「死んだ人間？　どういうことだ？」

「あんたは槙村尚孝氏の成年後見人もやっている。違うか？」

「弁護士の職務として、依頼があれば引き受ける。当たり前のことだろう」

岸田はまだ強気を崩さない。鷺沼はさらに突いていく。

「依頼は槙村氏からなんだな」

「もちろんだ。法律上、本人以外とは契約できない」

「その本人である槙村尚孝氏が、ＤＮＡ型鑑定の結果、三十年前に死亡していることが判明した。殺害したのは原口だ」

ここまで追い詰めても岸田はそらとぼける。

「そんなはずはない。槙村氏と契約を結んだのはごく最近だ。しかしいまも元気だから、契約は存在しても実務はまだ行っていない。同姓同名の人間の間違いじゃないのか」

「槙村氏とは、よく会うのか」

「もちろん定期的に会っている。私は顧問弁護士の契約も結んでいるんでね」

「その槙村氏が、ある人物による成りすましだということには気づいていたのか」

「なにを言い出す。冗談にもほどがある。成年後見人の契約では、戸籍を確認し公正証書も作成する。そういうインチキは不可能な仕組みになっている」

岸田は鼻で笑うが、こめかみが引き攣っている。鷺沼も笑って応じた。

「その戸籍が虚偽によってつくられたものでなければ、まさしく本物だよ。公証人役場だって疑ったりはしない。本人が死んでいると知らなければね」

「だったら、私は騙されていたことになる。しかし槙村会長が成りすましだなどとは、私には到底考えられない」

「ところが、死んだ槙村氏の戸籍と会長の戸籍はまったく同一なんだよ。別の証拠もある。これを見てくれないか」

鷺沼は柳原が持っていた卒業アルバムからコピーした槙村の写真を取り出した。

「これは中学時代の槙村氏だ。現在の槙村会長と似ているかね」

岸田はわざとらしく首をひねる。

「なんとも言えんね。私が会長と付き合うようになったのは、社外取締役に就任した三年前からで、若いころの顔は知らないから」

「ではこっちの顔は？」

取り出したのは、株主総会のとき、議長席にいた偽槙村の写真だった。

「槙村会長だよ。間違いない」

岸田は大袈裟に頷いてみせる。鷺沼は続けてもう一枚の写真を取り出した。こんどは岸田は不快感を滲ませた。成田空港で井上が撮影した岸田の写真だった。

「私に無断でこんな写真を撮っていたのか」

「そっちの写真の槙村会長と非常によく似ているんだが」

「そういうことはよく言われるよ」

岸田はふてくされる。皮肉な調子で鷺沼は続けた。

「弁護士の先生なら知ってると思うけど、スーパーインポーズ法という個人識別法があってね。その結果、その二つの写真は九十九パーセントの確率で同一人物のものと判定された。あんたはどうしてあの日、槙村会長の名を騙って総会の議長席に座っていたんだね」

岸田の額に汗が噴き出す。かすれた声で岸田は言った。

「言えないよ」

「なにか事情があるのか」

「私はマキオスの筆頭株主で、これから代表取締役会長に就任することになっている。それを言えば、会社の業績に悪影響を及ぼす惧れがあるんでね」

「では、こちらの写真は？」

取り出したのは、捜査令状を取得して各テレビ局から提出させた映像から切り出した写真だった。葛西が観たという番組も含め、ここ一年ほどのあいだに、いま話題になっているＩＴ企業の大型買収の件で、槙村は三度テレビに露出していた。

しかしそのいずれも、実際に登場していたのは岸田だったことがスーパーインポーズ法で確認された。葛西が騙されるほど、岸田と原口は瓜二つだった。ところが十数年前に一度だけ、テレビのインタビューに応じた映像があった。いま提示した写真がそこからのものだった。

「槙村会長だよ」

一瞥して岸田は言った。困惑の表情がありありだ。鷺沼は続けた。

「こちらはスーパーインポーズ法による鑑定で、原口とほぼ完全に一致したんだよ」

「原口氏が槙村氏に成りすましていたと言いたいのか」

「あんたがそれに気づかなかったとしたら、どうにも不思議なんだよ。知ってたんだろう、本当は？」

岸田は沈黙する。取り調べ用の小テーブルが小刻みに振動する。テーブルに置いた手も指先が震えている。

「原口と槙村とどちらとも付き合っていて、それが同一人物だったというのに、それでも知らなかったというわけか。そんな理屈が通らないくらい子供だってわかる」

鷺沼はテーブルを叩いた。負けじと岸田は開き直る。

「だからどうした。法医学的には同一人物でも、戸籍の上では別人だ。法律上、なにか問題があるのか。弁護士は依頼人の法医学鑑定を行ってから仕事を受任するわけじゃない。そこにはなんの違法性もない」

「たしかにそうだ。じゃあ、これはどうだ」

鷺沼が続けて提示したのは一枚の書類のコピーで、表題は「受任通知」。宛先は被相続人中西謙三の相続財産管理人である司法書士だ。依頼人は中西輝男で、差出人は弁護士・岸田恭一――。

自分は法定相続人中西輝男の代理人で、被相続人中西謙三からの遺産相続に関する一切の手続きを受任しているとの文面で、内容証明で送られたものだ。

「あんたが代理人として、死体の出た市川の土地の持ち主である中西輝男の相続手続きの一切を行ったという証拠になるんだが」

槙村を含む三体の死体が発見されたあと、鷺沼たちは、市内の司法書士事務所や弁護士事務所を片っ端からあたり、ついに見つけ出したのがその司法書士だった。物持ちのいい人物で、八年前の仕事の記録がそっくり手元に残っていた。

「それだけじゃない。中西が相続した家屋敷を更地にする際、あんたがずっと現場に立ち会っていたのを、近所に住む町内会長が目撃している。立ち話もしたそうだね」

「そういう仕事は、弁護士なら誰だって引き受ける」

岸田は吐き捨てるように言う。皮肉な口調で鷺沼は応じた。

「そりゃそうだろうが、この中西輝男という人物もじつは死んでるんだよ。つい最近死体が発見されてね。検視の結果、死後三十年前後経っていることがわかった。しかしこの受任通知は八年前のものだ。あんたのクライアントには死人が多いのか」

「ある人から頼まれた」

蚊の鳴くような声で岸田は答えた。鷺沼はさらに詰めていく。

「原口か」

「槙村氏だよ。あんたたちに言わせれば、どっちでも同じなんだろうが」

岸田は肩を落とした。鷺沼は言った。

「市川の土地に、槙村氏の死体を埋めたのはあんただろう。弁護士というのは、ずいぶんいろいろな仕事を受任するもんだな。中西の土地をうまいこと手に入れた原口が、そこを、引っ越しするたびに埋め直していた槙村氏の死体の安住の地にすることにした。あんたは依頼を受けてそれを実行した」

「そんなことが、どうしてわかる?」

「家屋を壊して更地にする工事をした業者が、あんたに頼まれてそれをやったと自供したんだよ。さらにあんたの銀行口座の金の出入りも調べた。八年前のちょうどその時期に、槙村名義の口座から五千万円が振り込まれていた。中西が相続した遺産は金にしたら微々たるもので、父親が残した借金まであった。普通の弁護士なら儲けにならないから断るくらいのものだった。しかしちょっとした付帯サービスをしてやったおかげで、当時のあんたにすれば破格の報酬が舞い込んだ。それが病みつきになり、その後あんたは槙村を食い物にして、ついにその資産を丸々乗っ取ることまで企てた」

「あんたみたいなもの好きの刑事が、三十年も昔の事件に興味を持ったおかげで、それもけっきょく夢に終わりそうだよ」

口惜しそうに岸田は言う。憤りを抑えて鷺沼は続けた。

「原口はもちろん悪党だが、それでも槙村氏の財産を奪い取ったあとは、自分の才覚であそこまでの会社に育て上げた。あんたはそれを丸ごとパクろうとした。あんたと比べたら、原口はまだ善人の部類だよ」

「少々大きすぎる夢を見ただけだ。それが悪いことなのか」

「あんたのその夢は、たぶん悪夢そのものだ。まもなく再逮捕のフダ（逮捕状）が出る。容疑は死体遺棄。今後の取り調べによっては、殺人教唆で再々逮捕もあり得る」

「殺人教唆？」

岸田は弾かれたように顔を上げた。容赦ない口調で鷺沼は言った。

「そっちはおれたちの管轄じゃない。青梅で川井克典という人の他殺死体が出てね。殺人教唆の事案を扱うのはその特捜本部だよ。あんたには身に覚えがあると思うんだが」

10

地検特捜部が国税の協力を得て調べたところでは、槙村名義の資産は総額一兆二千億円。現在、相続財産管理人がその行方を追跡しているが、岸田の名義に書き換えられていた国内の預金や株式、不動産は全体の五分の一ほどで、大半はオフショアの匿名口座で運用されているため、すべてを捕捉するには数年を要するという。

捜査一課殺人班が率いる特捜本部は、正しく方向が定まればその後はすこぶる動きがよく、原口と岸田による殺人教唆の実態を次々暴いていった。

実行したのはかつて岸田が弁護を引き受けていた半グレ集団で、川井にしても失踪していた二人の取締役にしても、すべてそのグループの手で殺害された。教唆したのは岸田だが、その岸田を教唆したのは原口で、すべて成りすましの事実を隠蔽するためだった。

川井は取材の端緒となった情報を泥棒業界の人間から仕入れていたが、マキオスの重役クラスにも闇金時代から原口に雇われていた筋者がいて、そんな連中が裏社会の知り合いから原口の成りすまし疑惑を耳にして、恐喝めいたことをすることがしばしばあった。

原口も最初は金や処遇で解決するようにしていたが、次第に彼らは味を占め、要求が過大になっていく。マキオスが一流企業の仲間入りをして以降、闇金時代の体質を残すその手の連中がいることは、会社の存続を揺るがすリスク要因にもなってきた。原口がその粛清を決断したとき、白羽の矢を立てたのが、中西の遺産相続を遺漏なくこなし、扱いに困っていた槙村の死体の最終処理までやってくれた悪徳弁護士の岸田だった。

中西の殺害にはもちろん岸田は関与していないが、槙村同様、原口が殺害したのだろうとは察していた。しかしそんな二人の相性はきわめて良く、岸田は原口に忠誠を尽くし、原口も彼を厚遇した。

原口は岸田を社外取締役として取り立てる以前にも、個人の顧問弁護士として契約し、破格の料金を支払っていた。岸田は原口にとって、なによりも便利に使える懐刀だった。

少し手を加えるだけで、自分と原口が同一人物に見えるほど似ていることに気づいたのは岸田だった。ＩＴ業界進出の野心が現実化に向かい出したとき、原口はそれまで避けていたメディアへの露出を余儀なくされた。

そこから時代の先端を行く企業グループの総帥が元泥棒だったと発覚すれば、原口の野望は頓挫しかねない。そのとき岸田が提案したのが、自分が影武者になるという奇手だった。かつての原口を知る人間から成りすましを指摘されたら、指紋でもなんでも調べさせればいい。それで疑惑は全否定できる。

しかし別の方向からの疑惑を彼らは想定していなかった。本物の槙村が引き籠もり型の人物だということを原口は知っていた。だから槙村を知っている人間から別人だと指摘されることなど考えもしなかった。ところが川井は最初にネットに掲載した記事で、その方向からの疑惑を追及した。

原口は川井の殺害と彼の原稿や資料の廃棄を岸田に指示した。岸田は子飼いの半グレ集団に仕事を任せ、彼らは見事にやってのけた。

しかし岸田も、野心の点では原口に負けない。原口が余命宣告を受けたとき、岸田は巧みに原口を口説き落とし、自分を成年後見人に指名させた。天涯孤独なうえに気が弱くなっていた原口は、万一のためだというその説得に従った。岸田のほうは、あとは原口が衰弱するのを待つだけだった。

槙村こと原口に成りすまし、会社の飛躍のステップボードとなる臨時株主総会を乗り切ったあと、岸田は会社と個人資産の乗っ取りに乗り出した。原口と槙村の二人の成年後見人の立場を利用すれば、その処理はいたって簡単だった。

そんな事情を知る人間も社内にはいたが、彼らは岸田が原口よりはるかに恐ろしい男だと知っており、逆らう者はいなかった──。

そこまでが検察の現在までの筋読みで、ベースは岸田の手先となった半グレ集団や社内の一部の人間の供述から得ているが、岸田本人はいまも全面否認している。悪徳弁護士の岸田が公判でも手を焼かせるのは明らかだが、検察もそれは重々承知のようだ。

教唆の立証は物証がない点で実行犯を落とすより困難だが、司法取引を駆使してでも強力な証言を集めて外堀を埋め、必ず事実を立証すると検察は意気込んでいる。

タスクフォースは検察に母屋を取られた状態で、宮野がもくろみ、一時は鷺沼も心が動いた数十億円の私的経済制裁もけっきょく幻に終わってしまった。

ただし幸いなことが一つあった。岐阜の緒方婦人から連絡があって、中西の遺言書が見つかったという。手狭な市営アパートには大きすぎて邪魔なので、娘にあげたタンスの抽斗にしまってあったとのことだった。さっそく裁判所の検認を受けて有効だと認められ、いま五億円の預金と市川の土地の名義書き換えを司法書士に依頼しているという。

しかし婦人は相変わらず欲がなく、老い先短い自分には五億円という大金は不要なので、自分と息子と娘のために五千万円だけ残し、あとはどこかの福祉団体に寄付をして、残された土地も生まれ育った市川市に寄贈して、公園にでもしてもらうつもりだという。

宮野はそれなら自分が引き受けるから、怪しげな団体に寄付するのはやめるべきだと息巻いたが、遺言書が出てこなかったら国庫に召し上げられていた預金と土地が、婦人の意思で自由に使えることは、鷺沼にとっても嬉しいことだった。

宮野はとくにやることがなくなり、これ以上休むと職を失う可能性もあるからと、嫌々本来の職場の瀬谷署に帰っていった。

タスクフォースの活動も一時休止で、鷺沼たちは再び落穂拾いのような継続捜査に復帰した。槙村のケースのようなモチベーションを抱ける事案はなく、タスクフォースもこのまま開店休業かと空気が抜けたような気分でいるところへ、突然宮野から電話が入った。その声が異常に弾んでいる。

「鷺沼さん。やっぱりたま吉は偉大だよ。おれ大金を手に入れたよ。これから鷺沼さんちで大パーティーだよ。三好さんと井上君、福富も嫌味な彩香も呼んでいいよ。今夜はおれのおごりだから、鷺沼さんは寂しい財布を気にしなくていいよ」

「いったいなにがあったんだ」

怪訝な思いで問いかけると、半ば涙声で宮野は言った。

「葛西の爺さん、やっぱりただ者じゃなかったよ。さすがに元プロの泥棒で、現役時代に稼いだ上がりを、警察に見つからないようにしっかりため込んでいてね。なんと遺産が六千万円あったそうなんだよ」

「しかし、葛西も天涯孤独で、法定相続人はいないだろう。槙村名義の遺産同様、そっくり国に巻き上げられるんじゃないのか」

「ところがさっき遺言執行人とかいう人から連絡があってね。爺さん、それをすべておれに遺贈するという遺言を残していたのよ」

「なんであんたに?」

「爺さんの最後の願いを遂げさせるために、献身的に努力したことへのお礼じゃないの。これもたま吉のおかげだよ」

「おれたちもいろいろ尽力したぞ。あんた一人でいい思いをするつもりなのか」

「ちょっとくらいはお裾分けしてもいいけどね」

「あんたに持たせておいたら三日も経たずにすってしまう。悪いことは言わない。おれに寄越すのが賢明だ。必要なときはいつでも貸してやるから」

鷺沼は親身に説得した。冗談で言っているつもりなのに、その声が妙に本気なのに戸惑った。

解説

細谷正充（文芸評論家）

笹本稜平のファンならば、すでにご存じかもしれない。二〇二一年十一月、作者は死去した。公にされたのは今年（二〇二二）になってからだが、私は本書の解説を書く関係で、早い段階で担当編集者から連絡を貰った。電話で話を聞いたときは、信じることができず、絶句したものである。それほど突然のことであった。

このような事情なので、まず作者を偲び、あらためて業績を振り返ってみたい。笹本稜平は、一九五一年、千葉県に生まれる。立教大学社会学部社会学科卒。出版社勤務を経て、フリーライターとなる。二〇〇〇年九月、阿由葉稜名義でスケールの大きな謀略小説『暗号―BACK-DOOR―』（現『ビッグブラザーを撃て』）を刊行。二〇〇一年、笹本稜平名義で応募した『時の渚』で、第十八回サントリーミステリー大賞と読者賞をダブル受賞し、本格的に作家活動を開始する。この作品は、私立探偵の人探しというオーソドックスな題材を扱いながら、新鮮な印象を与えてくれる快作であった。以後、順調に作品を発表。二〇〇四年には『太平洋の薔薇』で、第六回大藪春彦賞を受賞している。作風は幅広いが、冒険・謀略小説、警察小説、山岳小説が中心といっていい（ふたつのジャンルを融合させた作品もある）。この中でもっとも量が多いのが警察小説だ。そして警察小説の柱になっていたのが「越境捜査」シリーズなのである。警視庁の鷺沼友哉警部補と、神奈川県警の宮野裕之巡査部長を中心としたタスクフォースが、時に法を越境しながら巨悪に立ち向かうシリーズは、二〇〇七年八月に双葉社から刊行された『越境捜査』から始まる。本書はそのシリーズの第七弾だ。

なおシリーズ名となった「越境捜査」は当初、管轄を越境した捜査と、主人公たちが法を越境するという、ふたつの意味を持っていた。しかし巻を重ねるにつれ、後者の比重が大きくなっていく。鷺沼たちが挑むのは、警察組織、政治家、巨大企業など、常に巨悪だ。それを相手にして正義を貫くには、法を越境することも必要なのか。いつか越境したまま、戻れなくなるのではないか。作者が〝越境〟に託した問いは重い。その点を頭の片隅に置いて、ストーリーを見てみよう。

世田谷の豪徳寺にある空き家の下から、三十年くらい前の白骨死体が発見された。殺人の可能性が高いという。事件を担当する警視庁捜査一課特命捜査対策室特命捜査第二係の鷺沼友哉警部補は、神奈川県警瀬谷警察署刑事課の不良刑事・宮野裕之巡査部長が、老人ホームに入っている元窃盗犯の葛西浩二から聞いた話が気になった。消費者金融最大手のマキオスの会長・槙村尚孝の正体が、別人だというのだ。三十年前、葛西と一緒に物取り目的で世田谷の家に侵入した原口敏夫が、遭遇した槙村を撲殺。その後、槙村に成りすましたというのである。ならば白骨死体は、槙村なのだろうか。

さっそく同僚の井上拓海巡査部長と捜査を始めた鷺沼は、槙村のことを調べていたジャーナリストの川井克典が行方不明になっていることを知る。川井は、インターネット上の記事『企業の闇シリーズ――マキオス会長の謎の経歴』を執筆。しかし、なぜか記事は削除されていた。困難な調査を予感した鷺沼は、いつものメンバーを集めたタスクフォースを立ち上げ、事件にぶつかっていく。

優れたシリーズ物は、シリーズであることに甘えない。本書を読んで、その事実を再確認した。作者は冒頭で、タスクフォースの面々を、手際よく紹介。併せてシリーズの基本的なトーンや、生真面目な鷺沼と金に汚い宮野の立ち位置の違いを際立たせる。宮野が料理の達人で、鷺沼の胃袋を摑んでいるといった、お馴染みのネタもすぐに出てくる。シリーズであることに胡坐をかき、こうした説明をなおざりにすると、初見の読者が物語にすんなり入っていけない。かといって、くだくだしく説明すると、シリーズの読者の読む気を削ぐ。このバランスが難しいのだが、作者の描写は簡潔にして巧みである。ベテラン作家の腕前に、感心してしまうのだ。

かくして始まったストーリーが、読者を力強く引っ張っていく。槙村は本当に原口なのか。タスクフォースの地道な捜査が続く。鷺沼たちの捜査は、基本的にオーソドックスだ。手掛かりを調べ、関係者に当たる。隠れていた事実を明らかにして、薄紙を剝がすように真実に迫っていく。これぞ警察小説といいたくなる面白さだ。

一方、行方不明のジャーナリストの死体が青梅で発見された。神奈川県警と警視庁にも、証拠隠滅めいた動きがあり、捜査は困難をきわめる。そして中盤、白骨死体の件が意外な展開を迎えた。詳しく書くのは控えるが、事件は混迷の度合いを深めるのだ。何がどうなっているのだ！　ページを捲る手が止まらなくなる、ミステリーとしての魅力を堪能できるのである。

さらに終盤になると、事件の真相と犯人が浮かび上がってくる。分かってみれば、事件の構図は複雑極まりない。しかも鷺沼たちの捜査により、犯人側も現在進行形で動いている。クライマックスの、真実を明らかにしようとする鷺沼たちと犯人側のせめぎ合いは、凄い迫力だ。最後の最後まで、夢中になって読んでしまうのも、当然のことといえよう。

このように注目ポイントの多い作品だが、シリーズならではの読みどころも見逃せない。金に汚い宮野の影響を受けたのか、鷺沼の上司の三好や、同僚の井上の言動に、危ういものが増えているのだ。そんな鷺沼自身の心も、ラストを見れば明白だが、どこか揺らいでいる。これに関連して私が思い出したのは、G・K・チェスタートンの有名なミステリー「ブラウン神父」シリーズの一篇「飛ぶ星」の中で、ブラウン神父が宝石を

盗んで逃亡しようとしている大快盗フランボーにいう、

「人は善の道ではある種の水準を保つことはできようが、悪の道で一定の水準を保ちつづけた者はいまだかつてないぞ。その道はどんどん下る一方なんだ」（二宮馨訳）

であった。ミステリー・ファンには周知の事実だがフランボーは、この話で犯罪を止めて、ブラウン神父とよき付き合いをするようになった。「ブラウン神父」シリーズは箴言に満ちているが、フランボーを改心させた言葉も、そのひとつなのである。

その箴言が、本シリーズにも当てはまりそうだ。第一弾『越境捜査』で、鷺沼は法を大きく越境している。その後も、さまざまな形で法を越境してきた。もちろん巨悪に立ち向かうため、やむにやまれぬ部分が大きい。しかし宮野に釣られて、善悪の敷居が下がっているのではないか。おそらく鷺沼自身も、そのことを分かっている。だから何度も、宮野を批判し、彼に好意的な三好や井上を牽制するのだ。そんな鷺沼が、今後、法を越境しながらも正義の側に留まることができるのか。シリーズの行方を楽しみにしていたのは、私だけではあるまい。だから作者の突然の死去が、残念でならないのである。

とはいえ本書以後も、シリーズが二作ある。第八弾となる『相剋 越境捜査』は、二〇二〇年十月に刊行されている。さらに第九弾「流転 越境捜査9」が、「小説推理」二〇二〇年十一月号から翌二一年十一月号にかけて連載された。こちらも今年の四月に、単行本になる予定とのこと。まだシリーズの〝新作〟が読めることの幸せを、今はただ嚙み締めるのみである。

本作品は二〇一九年四月、小社より刊行されました。
作中に登場する人物・団体名は全て架空のものです。

双葉文庫

さ-32-09

越境捜査《えつきょうそうさ》
転生《てんしょう》

2022年2月12日　第1刷発行

【著者】
笹本稜平《ささもとりょうへい》

【発行者】
箕浦克史
【発行所】
株式会社双葉社
〒162-8540 東京都新宿区東五軒町3番28号
［電話］03-5261-4818（営業部）　03-5261-4831（編集部）
www.futabasha.co.jp（双葉社の書籍・コミックが買えます）
【印刷所】
大日本印刷株式会社
【製本所】
大日本印刷株式会社
【カバー印刷】
株式会社久栄社
【DTP】
株式会社ビーワークス

【フォーマット・デザイン】
日下潤一

ISBN978-4-575-52539-7 C0193
Printed in Japan

偽装　越境捜査

笹本稜平

大企業の御曹司が殺された。犯罪スレスレの捜査で企業の闇を明らかにする！

双葉文庫